KÖLN KRIMI

23

Brigitte Glaser, Jahrgang 1955, stammt wie ihre Heldin aus dem Badischen, lebt und arbeitet seit zweiundzwanzig Jahren in Köln. Sie ist die Autorin der Stadtteilkrimis »Tatort Veedel« im Kölner Stadtanzeiger.

Dieses Buch ist ein Roman. Handlungen und Personen sind frei erfunden. Ähnlichkeiten mit lebenden oder toten Personen sind rein zufällig.

Brigitte Glaser

Leichenschmaus

Emons Verlag

Umschlaggestaltung: Atelier Schaller, Köln
Umschlagzeichnung: Heribert Stragholz
Umschlaglithografie: Media Cologne GmbH, Köln
Druck und Bindung: Clausen & Bosse GmbH, Leck
Printed in Germany 2003
ISBN 3-89705-292-X

www.emons-verlag.de

Für mich war Spielmann der Größte.

Es gibt Köche, die sich mit feinen Fischspeisen in den Olymp der Haute Cuisine katapultieren, andere erobern sich die Sterne mit erlesenen Wildgerichten. Spielmann gelang es mit dem schlichtesten aller Gemüse: Er hatte die Kartoffel zur Götterspeise gemacht. Sein Kartoffel-Trüffel-Soufflé, sein Kerbelgratin, seine Erdäpfel-Blinis, seine Miniaturknödel waren sensationell; – eine Entdeckung selbst für feinzüngigste Gourmets. Nachdem sein Bestseller »Die Knolle« erschienen war, mussten gut sortierte Gemüsehändler ihr bisheriges Sortiment von namenlosen, fest oder mehlig kochenden Kartoffeln erweitern. Wie langweilig waren diese, verglich man sie mit dem unverwechselbaren Geschmack der frühreifen Arnika, der tiefgelben Leyla, der wohlschmeckenden Granola oder der kleinen Bamberger Hörnchen!

Als Spielmann nach Brüssel faxte, dass er mich in seiner Brigade haben wollte, konnte ich es nicht fassen. Roger musste mir das Schreiben dreimal vorlesen, bis ich es endlich glaubte. Dann schwebte ich auf Wolken, spendierte Schampus vom Feinsten, und der Ärger wegen Eckis Bombay-Abenteuer war plötzlich halb so schlimm. Ich hatte eine Stelle als Garde-manger bei Spielmann! Eine Stelle, auf die sich mindestens achtzig Leute beworben hatten! Ich würde im berühmten »Goldenen Ochsen« arbeiten!

Ich war aufgeregter als bei meiner Erstkommunion, als ich nach Köln fuhr, um meinen Arbeitsvertrag zu unterzeichnen. Die Zugstrecke von Brüssel nach Köln verbrachte ich mehr oder weniger auf dem Klo. Der Geruch von Reibekuchenfett, der mich zusammen mit einem klebrigen Nieselregen auf dem Bahnhofsvorplatz begrüßte, brachte meinen Magen noch mehr in Wallung.

Schnell ließ ich mir von einem Taxifahrer den Weg zum Goldenen Ochsen erklären, schritt zum ersten Mal in meinem Leben am Kölner Dom vorbei, und zehn Minuten später saß ich in Spielmanns Büro. Der Raum war bis unter die Decke mit Urkunden und Fotos zugekleistert und mit Spielmanns Zigarettenqualm und mir gut ausgefüllt.

»Sie sind also Katharina Schweitzer! Irgendein Ire in der Familie, junge Frau?«

Kein Vorstellungsgespräch, in dem man mich nicht auf meine roten Haare ansprach! Die zweite übliche Frage zu meinem Aussehen stellte Spielmann nicht, was sicher an seiner eigenen Größe lag, er mochte gut Einsneunzig sein, das heißt, er konnte auf meine Einsachtzig bequem heruntergucken. Die dritte Frage hat noch nie einer ausgesprochen, die denken sich alle nur, sie betrifft mein Gewicht. Ich bin nämlich nicht schlank, sondern eher üppig und insgesamt eine ziemlich mächtige Erscheinung. Als graue Maus könnte ich mich nicht mal zu Karneval verkleiden.

»Sie is ö phontastische Möhlspeisnköchin.«

Spielmann imitierte das Wienerische von Gerer so grauenvoll, dass ich trotz meiner Aufgeregtheit laut lachen musste. Gerer war mein Chef in Wien gewesen, er hatte mich bei Spielmann empfohlen. Spielmann lachte auch. Er sah dabei ein bisschen wie ein hoch gewachsener Junge aus. Das graumelierte Haar trug er kurz und stachelig, und seine Nase war noch gewaltiger als auf den Fotos, die ich von ihm gesehen hatte.

»Sie haben was Handfestes, kann mir gut vorstellen, dass Sie in unserer Brigade Ihren Mann stehen!«

Sätze wie diesen hatte ich schon öfter gehört, und ich ärgerte mich jedes Mal darüber. Die Chefetagen der Haute Cuisine sind von Männern besetzt. Und je näher ich diesen heiligen Hallen kam, desto dünner wurde die Luft. Wir Frauen haben da einen schweren Stand. Ich war sehr gespannt, ob sich in Spielmanns Brigade überhaupt noch eine andere Frau befand.

Das Klingeln des Telefons unterbrach unser Gespräch. Während Spielmann telefonierte, betrachtete ich die Fotos hinter ihm an der Wand. Er war auf jedem Bild zu sehen. Mal mit Millowitsch, mal mit Genscher, mal mit Harald Schmidt. Ein eitler Gockel.

»Ich brauche Sie in der Abendschicht«, sagte er, nachdem er den Hörer aufgelegt hatte. »Ihrem Posten sind ein Commis und ein Lehrling unterstellt. Der Schädele arbeitet sehr gut, und der kleine Storck ist ein cleveres Kerlchen. Da werden Sie keine Probleme haben. Sie fangen um sechzehn Uhr an und sind fertig, wenn Sie fertig sind. Das kennen Sie ja, Sie sind lange genug im Geschäft. Ich brauche Ihnen nichts über Arbeitszeiten in einer Küche zu erzählen. Also, dann«, er streckte mir die langgliedrige Hand entgegen. »Willkommen in Köln!«

Ich stand auf und stieß dabei mit dem Fuß empfindlich gegen ein Paar von diesen modischen Rollschuhen.

»Ah, meine Inliner! – Damit drehe ich zur Entspannung meine Runden auf der Domplatte.«

Sie haben alle ihre Spleens, diese Promi-Köche. Manche spielen exzessiv Golf, andere jagen Großwild. Wenn ich so ins Träumen komme, überlege ich mir manchmal, was für ein ausgefallenes Hobby ich mir zulege, wenn ich mal berühmt bin. Vielleicht Kitchen-Climbing?

»Kommen Sie, ich zeige Ihnen die Küche.« Spielmann drückte die Zigarette aus. »Haben Sie schon eine Unterkunft?«

Hatte ich nicht. Bisher war die Zimmersuche nie schwierig gewesen, wir Köche helfen uns da immer gegenseitig. So war es auch dieses Mal.

»Reden Sie mit Ihrem Vorgänger«, schlug Spielmann vor. »Der geht nach Tokio zu Okamoto. Vielleicht können Sie seine Wohnung übernehmen.«

Er hielt mir die Tür auf. Durch einen schmalen Flur, vorbei an den Personaltoiletten, vor denen es einen kleinen Spind für jeden Mitarbeiter gab, führte er mich in die Küche.

Die Küche war eine Wucht. Im Laufe meines Arbeitslebens hatte ich schon viele Küchen gesehen und wusste, dass ein First-Class-Restaurant noch lange keine Garantie für eine First-Class-Kücheneinrichtung war. Aber hier stimmte alles: Der Raum war lang und hell, das Licht fiel aus großen Fenstern und schmalen

Oberlichtern auf die glänzenden Cromargan-Arbeitsflächen. In der Mitte stand ein beachtlicher Herdblock, mit Gasflammen, Grillflächen und Friteuse, sogar ein Induktionsfeld hatte Spielmann schon. In den Unterschränken blitzten gusseiserne Pfannen, Töpfe aus Edelstahl und Kupferkasserollen. Der Platz zwischen Herd und Arbeitsflächen war großzügig bemessen, hier konnte man zu zehnt, sogar zu zwölft, gut arbeiten, ohne sich auf die Füße zu treten. Spielmann ließ sich nicht anmerken, wie geschmeichelt er sich durch meine ganzen »Ahs« und »Ohs« fühlte, und führte mich zum Pass, der quer zu den Arbeitsblöcken stand und auf dem die fertigen Speisen abgestellt wurden, damit die Kellner sie auftragen konnten. Er öffnete die Geschirrschränke darunter und zeigte mir sein Porzellan. Es war lachsfarben mit leicht gewellten Rändern und wurde zumeist mit schwarzen Tellern gleicher Machart kontrastiert. Meinem Geschmack entsprach es nicht, aber edel und teuer war's allemal.

Auf dem Weg zu den Kühlräumen kam uns Niehauser, Spielmanns Küchenchef, entgegen. Spielmann machte uns miteinander bekannt. Niehauser schlug die Hacken zusammen und verbeugte sich steif. Er war ein bisschen kleiner und ein paar Jahre älter als ich, drahtig, sonnenstudiobraun und insgesamt eine wohl gepflegte Erscheinung. Ich hatte noch nichts von ihm gehört und strengte mich an, ihn nicht sofort in die Lackaffenschublade zu stecken. Spielmann klärte mit Niehauser ein paar Details des aktuellen Speiseplans und führte mich dann zu den Kühlräumen und zum Kartoffelkeller, in dem all die Hörnchen, Arnikas und Leylas lagerten.

Das Restaurant zeigte er mir zum Schluss. Ein großer, eher dunkler Ort von barocker Eleganz. Ein Ensemble von neun runden Tischen unterschiedlicher Größe bestimmte den Raum. Palmen, Bananenpflanzen und Farne in kupfernen Töpfen trennten die Tische voneinander. Alles erinnerte an die Ausstattung großer Fin de Siècle-Hotels. Der cremefarbene Damast für die Tischwäsche, das Besteck aus englischem Silber, die französischen Weinkelche mit Goldrand und vor allem der tiefe, weinrote Teppich mit goldenen Einsprengseln verstärkten den Eindruck. Das Einzige, das mir hier wirklich gefiel, waren die Tischgestecke: üppige blassrosafarbene Ranunkeln kombiniert mit kleinen wilden Rosen und zartgrünem kleinblättrigem Efeu. Ein schmaler Getränketresen und die Schwingtür zur Küche verbargen sich hinter großen Palmen. Auf der antiken Mahagonianrichte, die als Spirituosenschrank diente, stach ein etwa fünfzig Zentimeter breiter und dreißig Zentimeter hoher goldener Ochse ins Auge. Ganz davon abgesehen, dass er überhaupt nicht auf die Anrichte passte, sah er ziemlich hässlich aus.

»Scheußliches Ding, nicht wahr?«, meinte Spielmann. »Eine Erinnerung an meinen Onkel, von dem ich das Restaurant übernommen habe.«

Durch die Schwingtür ging's schließlich zurück in die Küche.

Dort stellte mich Spielmann der Brigade vor, die soeben mit der Arbeit begonnen hatte. Kraußler, der Saucier, hackte Hühnerknochen, und neben ihm briet eine Bohnenstange mit gelb gefärbtem Kurzhaar Innereien an. Ich finde es immer toll, wenn außer mir noch andere Frauen in der Brigade arbeiten. Aber als mir Sandra Bäumer zur Begrüßung die Hand reichte, »Freut mich sehr« zischelte und mich dabei mit milchigem Blick streifte, wusste ich, dass sie mir Ärger machen würde. In solchen Einschätzungen irre ich mich selten. Ich habe einen richtigen Riecher für Katastrophen und Unglücksfälle.

Nur die Morde im Goldenen Ochsen habe ich nicht gerochen. Keinen einzigen.

*

Der erste Mord geschah an einem herrlichen Frühsommertag. Da arbeitete ich schon drei Monate bei Spielmann und hatte mich in der Brigade eingelebt. Auf meinem Posten klappte die Zusammenarbeit gut. Mein Commis, Holger Schädele, ein weicher, rundlicher Junge mit heller Haut und schwarzen Locken, sah aus wie ein schwäbischer Barockengel. Er stotterte und sprach deshalb wenig. Das Einzige, woraus er flüssig zitieren konnte, war Goethes »Faust«. Er hatte bei Vincent Klinck in Stuttgart gelernt und arbeitete konzentriert und ernsthaft. Ernsthaftigkeit ging unserem Lehrling, Dany Storck, ab. Bei ihm musste alles hopplahopp gehen, und dementsprechend oft haute er daneben. Aber böse sein konnte man dem schlaksigen Kerl deshalb nicht. Sein Lächeln, bei dem er eine wunderbare Zahnlücke zeigte, war so charmant, dass man ihm schnell verzieh. Kraußler war nicht nur Koch, sondern auch Metzger, ein derbes, schlichtes Gemüt, dessen Vater eine Metzgerei in Poll hatte, und der, außer Fleisch, nichts mehr liebte als seinen kleinen Sohn und seine Heimatstadt. Ihm arbeitete als Jungköchin Sandra Bäumer zu, eine typische Zicke, die viel meckerte und schnell beleidigt war. Und dann gab es noch den sommersprossigen Elsässer Pfister. Er war die Seele der Brigade. Pfister hatte für jeden ein gutes Wort oder eine kleine Aufmunterung parat, er konnte brenzlige Situationen entspannen und Streithammel versöhnen. Er war schon fast vierzig und arbeitete in unserer Küche als Tournant, das ist der anspruchsvollste Posten in einer Brigade. Der Tournant arbeitet da, wo Not am Mann ist, im Laufe eines Abends springt er von Posten zu Posten.

Ich erinnere mich noch genau an den Tag, an dem der erste Mord geschah, denn an diesem Tag hatte ich Post von Ecki bekommen. Einen richtig tollen Liebesbrief, der mir das Herz schwer machte. Warum hockte er nur am anderen Ende der Welt? Bombay! Indisch Kochen hätte er doch auch in London lernen können.

Voller Sehnsucht machte ich mich auf den Weg zur Arbeit. Ich ging wie immer zu Fuß. Der Himmel über Köln war blau gelackt, die Luft mild und weich und voller Sommerdüfte. Zum ersten Mal in diesem Jahr trug ich ein ärmelloses Kleid aus kühlem Leinen. Die giftgrüne Farbe passte großartig zu meinen roten Locken. Ich fühlte mich prächtig. Unter der Hohenzollernbrücke glitzerte der Rhein, die Uferpromenade war voller Menschen. Die Sonne hatte sie nach draußen gelockt, jeder wollte die Wärme genießen, den Duft der Lindenblüten riechen, ein Kölsch im Freien trinken. Wildfremde Menschen grüßten einander, und fröhliches Kinderlachen drang von der Steinlandschaft des Rheingartens zur Uferpromenade. Ich blieb kurz stehen, hielt den Kopf in die Sonne und ließ mir das Herz erwärmen. Dann schlenderte ich gemütlich den Rhein entlang. Gern hätte ich in einem der Biergärten Station gemacht, um im Sonnenschein noch einmal Eckis Brief zu lesen, aber es war schon kurz nach vier, ich musste zur Arbeit.

Niemandem fiel auf, dass ich zu spät kam. Das schöne Wetter sorgte auch im Goldenen Ochsen für gute Laune. Kraußler wetzte seine Messer im Dreivierteltakt. Sandra Bäumer führte allen ihren neuen Ledermini vor, bevor sie sich die Arbeitsklamotten anzog. Pfister pfiff eine kleine Melodie, Holger murmelte »Vom Eise befreit sind Strom und Bäche …« Wahrscheinlich hatte Goethe im »Faust« nichts über den Sommer gedichtet. Selbst unser Küchenchef, der steife Niehauser, der den Spitznamen »der General« hatte, setzte heute ein Lächeln auf.

Spielmann jedoch war genauso mürrisch wie immer in den letzten Wochen. Zumindest deutete heute nichts auf einen seiner gefürchteten Tobsuchtsanfälle hin. Dann brüllte er, dass die Gläser klirrten und hieb auf alles ein, was er finden konnte. Wer auch immer seinen Zorn erregt hatte, musste sich schnell in Deckung bringen, denn es passierte nicht selten, dass Spielmann dann eine Pfanne durch die Küche fliegen ließ. Niehauser sah diesen Zornattacken immer tatenlos zu. Bloß dem guten Pfister gelang es manchmal, den Chef zu besänftigen.

Heute blieb Spielmann nur kurz in der Küche. Er besprach mit Niehauser den Speiseplan, blaffte ein kurzes »Wehe-ihr-seid-so-lahm-wie-gestern« und zog sich dann in sein Büro zurück.

Bei dem schönen Wetter ließ sich keiner von ihm die Laune verderben. Wir arbeiteten zügig, und das mussten wir auch. Der Ochse war bis auf den letzten Platz ausgebucht. In Köln war Messe, und wer von den Ausstellern auf sich hielt, der lud potente Kunden bei uns zum Essen ein.

Von den Vorspeisen benötigte die Fischmousse die meiste Zeit. Ich legte mir die Bodenseefelchen zurecht und bat Holger, den Porree zu blanchieren. Der tapezierte bereits die zweite Pastetenform mit den sattgrünen Lauchstreifen, als Dany Storck endlich zu uns stieß. Das Haar zerzaust und atemlos entschuldigte sich der Kleine wortreich. Meine Laune war so gut, dass ich ihn heute nicht ausschimpfte, sondern nur Fische entgräten schickte. Bald fanden wir drei unseren Rhythmus.

Gegen acht Uhr trafen die ersten Gäste ein. Wenn Messe war, kamen fast alle um diese Zeit und in kleinen Gruppen an. Das hieß, Großkampftaten in der Küche zu verbringen, denn alle wollten möglichst bald etwas serviert bekommen, und es mussten immer mindestens vier Essen gleichzeitig fertig sein.

»An Tisch Sieben sitzt heute ein traumhaftes Kerlchen! Blonde Locken und eine Nase wie Cäsar!« Krüger, der schwule Oberkellner, machte sich einen Spaß daraus, uns jeden Tag seinen Mann des Abends zu präsentieren.

»Immer blond, weed Zigg, dat ens widder jät Dunkels kütt«, witzelte Kraußler und wendete flink eine Entenbrust.

Ich hörte nur mit halbem Ohr hin. Zusammen mit Holger und Dany war ich für die Vorspeisen zuständig. Unsere Sachen brauchte Krüger zuerst, und ausgerechnet heute hatte Spielmann ein Sauerampfersoufflé mit pochiertem Lachs und Rieslingsabayon auf die Speisekarte gesetzt. Soufflés sind zarte Eiergebilde, die nicht nur auf den Punkt genau gegart werden, sondern, wenn sie fertig sind, auch ganz schnell den Weg zum Gast finden müssen, weil jeden Moment die Gefahr besteht, dass sie in sich zusammenfallen. Dany pochierte den Lachs, Holger hütete die Soufflés, und ich rührte die Rieslingsauce. Als Krüger dann noch zwei Fischpasteten und eine Möhrensuppe mit Kürbiskernöl orderte, sprang Pfister herbei, um uns zu helfen. So gegen halb elf, wir hatten die letzte Vorspeise draußen und gönnten uns eine kleine Verschnaufpause, kam Krüger in die Küche geschossen.

»Den Chef, ich brauch den Chef!«, rief er aufgeregt, japste nach Luft und wieselte durch die Küche zu Spielmanns Büro. Sekunden später durchquerten die beiden eilig und stumm die Küche und entschwanden ins Resto.

»Sieht nach Ärger aus«, meinte Dany.

»Ach, Krüger, das schwule Tellertaxi, macht mal wieder aus einer Mücke einen Elefanten«, sagte Sandra. Obwohl sie drei Pfannen auf dem Feuer hatte, entging der Bohnenstange nichts von dem, was sonst noch in der Küche vorging.

»Nein, nein«, Pfister schüttelte den Kopf, »da muss was passiert sein.«

Er sollte Recht behalten. Kurze Zeit später stellten Spielmann und Krüger ächzend und schwitzend einen der großen Restaurantstühle in der Küche ab. Darauf saß ein Mann, den Kopf weit nach vorn gebeugt, die Arme eng um den Bauch geschlungen. Sein Hosenbein war mit Sauerampfersoufflé beschmiert, sein Gesicht fischbauchweiß, und seine Augen waren weit geöffnet.

Es dauerte einen Augenblick, bis ich kapierte: Der Mann war tot.

Krüger wischte sich mit dem Torchon den Schweiß von der Stirn, und Spielmann atmete schwer.

»Pfister«, keuchte er. »Ruf schnell die 110. Sag, dass ein Gast beim Essen gestorben ist. Sie sollen zum Hintereingang fahren, wenn's geht, ohne Blaulicht! – Und du, Krüger, gehst wieder nach draußen und schaust, dass die Gäste ruhig bleiben. Ein bisschen Diplomatie, einen Grappa, einen Marc auf Kosten des Hauses – du machst das schon!«

»Chef!«, jammerte Krüger laut. »Wir sind ausgebucht! Messegäste! Sie wissen, was das heißt! Die sind ungnädig, die drängeln und meckern. Das schaffe ich beim besten Willen nicht allein! Wenn es sich herumspricht, dass der Mann tot ist! – Die hören alle sofort auf zu essen, die weigern sich, die Rechnung zu bezahlen, die geraten in Panik.« Er sackte auf einen Hocker neben dem Pass nieder und tupfte sich den Schweiß von der Stirn.

»Keiner weiß, dass der Mann tot ist«, beruhigte ihn Spielmann, »und wenn Sie den Mund halten, erfährt es auch keiner. Schweitzerin!«, Spielmann wandte sich an mich, »Sie gehen mit raus. Fragen Sie die Gäste nach dem Essen, erkundigen Sie sich, was ihnen am besten schmeckt, lächeln Sie, seien Sie charmant! Sie wissen, was ich meine!«

Mir passte die Vorstellung gar nicht, nach draußen zu müssen. Sollte er doch die Bäumer rausschicken oder Pfister. Das ist der Nachteil, wenn man so groß und schwer ist wie ich. Alle denken, breite Schultern können auch viel tragen.

»Und was sage ich, wenn jemand nach dem Toten fragt?«

»Ein Unfall, wir wissen noch nichts Genaues, der Notarzt ist unterwegs«, Spielmann wurde ungeduldig, »ihr müsst sie bestimmt nicht lange hinhalten, so wie der Notarzt hier war, stoße ich zu euch! Und jetzt raus, jede Minute zählt.«

Mit heftigen Armbewegungen scheuchte er mich regelrecht zum Pass. Auf dem Weg fiel mein Blick kurz auf Niehauser. Blass und stumm starrte er den Toten auf dem Stuhl an.

»Niehauser, Kraußler«, hörte ich Spielmann hinter mir drängeln, »fasst mal mit an, wir stellen den Toten in mein Büro.«

»Das kann ich nicht«, stammelte Niehauser. »Ich kann diesen Stuhl nicht anfassen. – Ihr entschuldigt.« Er war noch blasser geworden und rannte, sich mit beiden Händen den Mund zuhaltend, Richtung Toilette.

Pfister und ich sahen uns erstaunt an. Noch nie hatte der General seine Fassung verloren.

Spielmann schüttelte den Kopf.

»Dann fass ich halt selber mit an. Los, Kraußler, hilf! – Ihr anderen an die Arbeit. Wir müssen gucken, dass die da draußen ihr Essen kriegen. – Pfister, Sie übernehmen den Posten der Schweitzerin!«

»Ziehen Sie eine saubere Schürze an!«, zischte Krüger mich jetzt von der Seite an. »Wehe, Sie blamieren mich da draußen!«

»Ich denke, Sie schaffen das nicht allein!«, blaffte ich zurück.

Aber da hatte er schon sein vornehmes Kellner-Lächeln aufgesetzt und die Schwingtür zum Restaurant aufgestoßen. Ich rückte meinen Kochkittel zurecht, wendete meine Schürze und folgte ihm.

Auf den ersten Blick war in diesem Raum nichts davon zu spüren, dass hier gerade ein Mensch gestorben war. Krüger hatte in der Küche maßlos übertrieben. Alle Gäste saßen an ihren Tischen, redeten, aßen, tranken. Durch den schweren Teppich und die raumteilenden Grünpflanzen drang nur leises Gemurmel, Gläserklirren und Besteckklappern. Einzig ein kräftiger Endsechziger in teurem Tuch an Tisch Fünf brach diese Gedämpftheit durch ein grollendes Lachen. Krüger wieselte sofort zu Tisch Zwei, an dem ein hagerer Herr allein saß, der ihm erwartungsvoll entgegensah.

Bestimmt der Mann, mit dem der Tote gegessen hatte. Krüger flüsterte etwas, eilte zur Mahagonianrichte und kehrte mit einer Flasche Trester an den Tisch zurück. Der Hagere leerte den Schnaps mit einem Schluck und starrte dann die Bilder an der Wand an. Es waren Stiche von seltenen, teilweise ausgestorbenen Obst- und Gemüsesorten. Krüger wurde an den großen Tisch Drei gerufen, wo sich ein affektierter Jungmanager-Typ lautstark darüber beschwerte, dass sein Fischgang immer noch nicht serviert worden sei. Von einem der kleinen Tische an der vorderen Fensterseite winkte mir ein kleiner, rotköpfiger Dicker zu.

»Junge Frau, bringen Se uns noch wat von dem lecker Weinchen«, sagte er mit unverkennbar rheinischem Singsang und deutete auf die leere Flasche neben sich. Auf seiner Krawatte entdeckte ich Saucenspuren, und sein Hemd spannte so sehr, dass ich befürchtete, gleich von einem weggesprengten Knopf getroffen zu werden.

»Und sagen Se, hat der Herr sich wieder erholt?«

»Wir wissen es nicht, aber der Notarzt ist schon unterwegs.«

»Der sah schlimm aus, als er hinausgetragen wurde, leichenblass«, meldete sich jetzt die Frau an seiner Seite zu Wort.

»Machen Sie sich keine Sorgen, es geht ihm den Umständen entsprechend gut.« Eine schöne Formulierung fand ich, und wer weiß, möglicherweise nicht einmal gelogen.

»So was kommt bestimmt nicht oft vor. Was machen Sie denn da? Wo haben Sie ihn denn hingebracht?« Die Frau wollte alles genau wissen.

»Im Büro vom Chef steht eine Liege.«

»Hat der Mann Fisch gegessen?«

Gott, war die nervig, dachte ich und zwang mich zu lächeln.

»Lass gut sein, Liebchen«, der Dicke tätschelte seiner Frau beschwichtigend die Hand, »sie ist fast mal an einer Fischgräte erstickt«, erklärte er mir.

Der Mann, der mit dem Toten an einem Tisch gesessen hatte, verlangte nach einem weiteren Schnaps. Krüger kämpfte noch mit dem Jungmanager. Also entschuldigte ich mich bei den Rheinländern und holte die Tresterflasche.

»Mein Beileid«, sagte ich, während ich das Glas füllte.

»Beileid? Ich kannte Schwertfeger kaum. Sehr unangenehme Sache. Wir wollten ein Geschäft miteinander machen. Wir waren fast handelseinig. – Kann man ja wohl abhaken. Machen Sie mir die Rechnung fertig, essen kann ich jetzt wirklich nicht mehr.«

»Selbstverständlich. Mein Kollege kommt sofort.«

Ich eilte zu Tisch Drei und lotste Krüger hinter eine Bananenpflanze.

»Der Herr hat nach der Rechung verlangt.«

»Der kann doch nicht einfach verschwinden! – Ich wusste es, so 'ne Sache bringt nur Ärger«, stöhnte Krüger.

»Gießen Sie ihm noch einen Trester ein, und ich frage Spielmann, was wir tun sollen.«

In der Küche stand Spielmann in lebhaftem Gespräch mit zwei Streifenpolizisten.

»Schweitzerin!«, rief er mich zu sich. »Holen Sie mir schnell das Buch mit den Tischbestellungen vom Getränketresen. Und sagen Sie Krüger, er möge den Herrn an Schwertfegers Tisch, ja, ja, so hieß der Tote, bitten, kurz in mein Büro zu kommen, damit die Herren von der Polizei Namen und Adresse für eventuelle Nachfragen notieren können.«

Ich war schnell mit dem Buch zurück. Spielmann schlug es auf und zeigte es den Streifenpolizisten.

»Hier, sehen Sie, es ist überhaupt nicht nötig, sich Namen und Adresse aller Gäste zu notieren. In unserem Haus kann man nicht ohne Voranmeldung essen.« Er deutete auf die Eintragungen. »Tisch Numero Vier hat Staatssekretär Hassenkötter aus dem Innenministerium reserviert, Tisch Sieben Frau Doktor Engelhardt aus der Presseabteilung des WDR, an Tisch Zwei saß Herr Schwertfeger, Drei, Fünf und Neun sind Messegäste. Für jeden Tisch liegt eine Reservierung mit Namen und Telefonnummer vor. Und haben Sie nicht gehört, was der Notarzt gesagt hat? Herzversagen! Tragisch, aber nicht unnatürlich!«

»Die Diagnose ist nur vorläufig«, korrigierte ihn einer der Polizisten und blähte seinen Brustkorb auf.

Der andere schaute immer wieder auf seine Uhr und sagte

dann zu seinem Kollegen: »Komm, lass gut sein. Ich denke, dass uns die Gästeliste und die Namen aller Angestellten fürs Erste reichen.« Dann fragte er Spielmann: »Können Sie uns eine Kopie machen?«

Spielmann konnte. Kurz darauf verabschiedete er die Ordnungshüter.

»Wieso war denn die Polizei hier?«, fragte ich ihn.

»Der Notarzt hat sie angerufen. Muss er. Todesfall mit unbekannter Ursache. Reine Routine. Ich bin froh, dass ich sie davon überzeugt habe, nicht die Personalien der einzelnen Gäste aufzunehmen. – Grüne Männchen im Goldenen Ochsen, das würde mir gerade noch fehlen. Wie sieht es draußen aus, Schweitzerin?« Er wartete meine Antwort nicht ab und sprach gleich weiter. »Ich werde mal schauen, ob Krüger noch Hilfe braucht oder allein klarkommt. Sehen Sie zu, dass die Nachtische rauskommen, dann können wir hoffentlich bald Feierabend machen.«

Ich warf einen Blick auf die Bestellzettel am Pass. Desserts für vier Tische waren noch anzurichten.

»Bin wieder da«, sagte ich zu Pfister.

»Und?«, fragte er und deutete in Richtung Schwingtür.

»Ich arbeite lieber auf dieser Seite«, sagte ich und erzählte ihm, was ich mitbekommen hatte.

»Lass die Jungen eine Pause machen, die haben bis jetzt geschuftet«, schlug er vor. Wie gesagt, Pfister war die Seele des Betriebs. Selbst an einem solchen Abend. Ich schickte Dany und Holger vor die Tür und holte das Himbeersorbet aus dem Kühlschrank.

»Hast du so was schon mal erlebt?«, fragte ich Pfister und drapierte zwei Kugeln Sorbet in eine hauchdünne belgische Waffelschale.

»Als ich in Bern bei Hürlimann war, hat mal ein Koch einen epileptischen Anfall gehabt«, sagte er, »aber das ist noch mal gut gegangen. Und du?«

»Noch nie. Schon eigenartig das Ganze. – Wo ist die Minze?«

»Niehauser hat noch ein paar Blättchen gebraucht. Der Topf steht wahrscheinlich am Pass. Dem General war heute gar nichts recht. Die Sache ist ihm auf den Magen geschlagen. Schau, der hat immer noch keine Farbe im Gesicht.«

Ich holte die Minze. Niehauser sah tatsächlich mitgenommen aus.

»Ist der Tote immer noch in Spielmanns Büro?«, fragte ich Pfister.

»Nein, nein, die Sanitäter haben ihn mitgenommen.«

»Und was passiert jetzt mit der Leiche?«

»Da fragst du den Falschen«, sagte Pfister. »Leichenschauhaus, Obduktion, irgend so was.«

»Hat dieser Schwertfeger öfter bei uns gegessen?«

»Kannst du Krüger später fragen. – Was für Nachtische müssen noch raus?«

»Zwei After-Eight-Parfaits, ein Schaumomelette mit Waldbeeren, ein Parmesan mit Balsamico. Hatte der Tote eigentlich einen Nachtisch bestellt?«

»Jetzt werd nicht makaber!«

»Wo bleiben die Parfaits und das Schaumomelette?«, bellte Niehauser.

Wir konzentrierten uns auf die Arbeit. Pfister schlug Eier auf, und ich schnitt das Parfait in Scheiben. Die Jungen kamen aus der Pause zurück, und bald waren alle Nachtische fertig. Gegen ein Uhr hatten wir die Küche sauber und konnten nach Hause gehen.

*

Eine Küche ist ein wunderbarer Ort: die chromblitzenden Arbeitsflächen, die blank polierten Herdflächen, die Kellen, Schneebesen, Pfannenwender, Schüsseln, Töpfe, Spachtel, Kasserollen. In einem frischen Kittel in einer blitzsauberen Küche zu stehen, die Schürze zuzubinden, den Torchon einzustecken, meine Messer bereitzulegen und den Speisezettel zu studieren, ist für mich der schönste Augenblick des Tages!

Das habe ich mit meiner Mutter gemeinsam. Schon als Kind habe ich sie gern dabei beobachtet, wie sie in der »Linde« Messer und Bretter zurechtlegte und dann erst mal nichts tat.

Es ist ein Moment der Ruhe und Konzentration. Vielleicht bin ich nur deshalb Köchin geworden. Noch bevor ich die erste Zwiebel, das erste Ei in die Hand nehme, weiß ich, was daraus werden wird. Vor meinem geistigen Auge sehe ich die fertige Speise, ziehe mir ihren Duft durch die Nase. Das ist Glück. Jemand, der kein Koch ist, kann das wahrscheinlich nicht verstehen.

Als ich am nächsten Tag pünktlich um sechzehn Uhr in die Spielmannsche Küche kam, war sie besetzt. Fremde wuselten um die Arbeitsblöcke herum. In der Mitte, neben dem Herdblock, stand ein Typ mit Pferdeschwanz und speckigem Ledermantel und gab Befehle. In seinem linken Mundwinkel hing eine selbst gedrehte Zigarette, und es störte ihn keineswegs, dass Asche auf den Boden flockte. Viele Köche rauchen, ein Kettenraucher wie Spielmann ist in der Branche keine Seltenheit, aber niemand würde es jemals wagen, in der Küche zu rauchen. Hier dürfen nur unsere Speisen ihre Wohlgerüche verbreiten, niemals darf es hier nach Nikotin stinken! Ich war so empört, dass ich keinen Ton herausbrachte. Erst als ein stachelhaariger Endzwanziger mein Sorbet aus dem Gefrierer holte und seine Nase dranhielt, fand ich meine Sprache wieder.

»Stellen Sie sofort das Himbeersorbet zurück!«, fuhr ich ihn an.

»Arbeiten Sie hier?«, fragte der Speckmantel. »Dann gehen Sie zu den anderen ins Restaurant und lassen uns in Ruhe unsere Arbeit tun.« Und zu dem Stachelhaarigen sagte er: »Nimm die übliche Probe von dem Zeugs und stell den Rest zurück!«

Natürlich ahnte ich, was der Aufstand in der Küche bedeutete, aber trotzdem war es ein Schock, als Pfister mir im Resto sagte, dass Schwertfeger vergiftet worden sei.

»Sie nehmen Proben von allem, was von gestern übrig ist«, erklärte mir Pfister.

Ich sah mich im Restaurant um. Neben der Anrichte lag ein Berg schmutziger Tischwäsche, und hinter dem kleinen Getränketresen spülten die beiden Jungkellner die letzten Gläser. Der Boden war gesaugt, Krüger hatte die Tische bereits frisch eingedeckt, der Goldene Ochse wartete auf neue Gäste. Helles Sommerlicht drang durch die champagnerfarbenen Vorhänge und verlieh den feinziselierten Gläsern, den silbernen Kerzenleuchtern, den Meißner Etageren und den Rahmen der alten Stiche einen weichen Glanz. Krüger polierte hier noch einen Messerknauf, zupfte dort noch ein welkes Röschen aus einem Gesteck und wischte über den Goldrand eines Rotweinglases. Immer wieder huschte er zu den Fenstern und verscheuchte neugierige Touristen, die sich daran die Nasen platt drückten. Seine Mundwinkel zeigten steil nach unten, er rannte unaufhörlich zwischen den Tischen umher. Der Mann war nicht nur schlecht gelaunt, er tobte innerlich.

»Wir sind bis auf den letzten Platz ausgebucht. Der OB kommt mit zwei australischen Gästen, Neven DuMont und von Oppenheim mit der Spitze der Industrie- und Handelskammer, Messegäste, die seit Jahren gutes Geld bei uns lassen. Die haben schon vor Wochen reserviert. Soll ich denen jetzt absagen? – Von denen«, er deutete Richtung Küche, »erfährt man ja nichts. Und der Chef«, jetzt blickte er nach oben, »ist mal wieder wie vom Erdboden verschluckt.«

»Der telefoniert mit seinem Anwalt und klärt, wie lange uns die Bullen die Küche blockieren können«, sagte Sandra. Sie lümmelte sich auf zwei Stühlen am großen Tisch Drei herum. Auch die anderen Köche der Brigade saßen da. Kraußler las den Express, Dany und Holger spielten mit ihren Handys, Pfister untersuchte das Blatt einer Bananenstaude. Ganz selbstverständlich hatte ich mich mit an diesen Tisch gesetzt. Genauso selbstverständlich nahmen die beiden Jungkellner, die jetzt mit Gläserspülen fertig waren, an einem anderen Tisch Platz. Obwohl es nicht nötig war, saßen Service und Küche getrennt, aber so ist das eben in unserer Branche. Köche und Kellner bleiben unter sich.

Krüger war nicht nur sauer, weil er befürchtete, dass er den Gästen des heutigen Abends absagen musste, er war auch sauer, weil wir Köche hier in seinem Resto saßen. Er nahm Sandra einen Stuhl weg und riss Dany mit einem empörten, kurzen Aufschrei eine Serviette aus der Hand.

»Kannten Sie den Toten eigentlich?«, fragte Pfister und ließ das Bananenblatt los.

»Natürlich«, erwiderte Krüger schnippisch und strich eine Tischdecke glatt. »Schwertfeger war Stammgast bei uns.«

»Jetzt erzählen Sie doch ein wenig«, bohrte Pfister nach.

Alle starrten Krüger erwartungsvoll an. Der mochte einfach nicht still stehen und wedelte jetzt an Tisch Fünf herum.

»Gottchen! Ihr wisst, wie ungern ich über Gäste rede!«

Pfisters und mein Blick trafen sich; wir grinsten beide. Schließlich wussten alle, dass das Gegenteil der Fall war. Wenn Krüger abends mit uns zusammen am Pass saß, war er die reinste Plaudertasche.

»Zieren Sie sich nicht so«, schmeichelte Pfister. »Wir kriegen in der Küche so wenig mit, was hier draußen los ist.«

»Seid froh, dass ihr in Ruhe kochen könnt!« Krüger seufzte leicht und setzte sich endlich an den Tisch der Jungkellner. »Habe ich euch die Geschichte von diesem kleinen Schnösel schon erzählt, der tatsächlich zu einer Trüffelsuppe Maggi verlangt hat? Maggi! Wieso geht der nicht gleich zu McDonalds? Und die Geschichte von dem Ehepaar, das sich vom Amuse-bouche bis zum Nachtisch nur gestritten hat und dann die Rechnung nicht bezahlen wollte? Weil jeder der beiden darauf bestand, dass der andere sie beglich? Da habe ich dann am Ende zwei Rechnungen geschrieben. Mit drei Stellen hinterm Komma ...«

»Jetzt fängt er bei Adam und Eva an!« Sandra stöhnte und zupfte eine Serviette auseinander. Blitzschnell war Krüger bei ihr und riss sie ihr aus der Hand.

»Stammjast wor hä, dä Schwertfejer, dann wor hä doch janz bestemmt us Kölle«, dröhnte Kraußler und wurschtelte seinen Express zusammen.

»Aus Rath, um genau zu sein«, bestätigte Krüger, »er wohnt in der gleichen Siedlung wie der Kölner CDU-Vorsitzende. Das hat er mir mal erzählt. Ruhig, sehr grün, direkt am Königsforst gelegen, sozusagen das Marienburg des Rechtsrheinischen. Feine Gegend. Das könnte sich unsereins nicht leisten.«

»Unsereins kann sich's auch nicht leisten, im Goldenen Ochsen essen zu gehen«, ergänzte Sandra. »Mit wem hat der Schwertfeger bei uns gegessen?«

»Er hat mir seine Tischnachbarn nicht vorgestellt, wenn ihr das meint!« Krüger klopfte einem der Jungkellner, der an seinen Nägeln kaute, auf die Finger. »Aber natürlich macht man sich so seine Gedanken. Meistens war er mit Geschäftsfreunden hier. Ganz, ganz selten mit seiner Frau. Das war so eine typische Vorstadtlady. Perlenkettchen am Hals, goldene Cartier-Uhr, manikürte Fingernägel, teures, aber langweiliges Kostüm, rosa Lippenstift, dezenter Lidschatten. Schwertfeger selbst war ein sehr jovialer Typ, aber sie ist eine Prinzessin auf der Erbse. Mal war ihr der Weißwein zu kalt, mal schmeckte das Rehfleisch zu sehr nach Wild, dann war ihr die Butter zu hart. Sie liebte es ihre eigene Stimme zu hören. Und die brauchte das Meckern, damit sie überhaupt was zu sagen hatte. Mit ihrem Mann sprach sie nämlich so gut wie nichts. – Er übrigens auch nicht mit ihr. Muss eine schöne Ehe gewesen sein.«

Das Telefon klingelte, und Krüger eilte zum Hörer.

»Mit wem war Schwertfeger eigentlich gestern Abend da?«, fragte Pfister, als Krüger zurück war.

»Mit einem Geschäftspartner. Für den war das Ganze natürlich furchtbar. Der wusste überhaupt nicht, was er tun sollte. Glücklicherweise kein hysterischer Typ, er hat mich diskret zu sich gerufen, als Schwertfeger zusammengesackt war. Ich habe sofort gesehen, dass der tot war, habe aber zur Sicherheit noch mal den Puls gefühlt. Ich weiß doch, wie das geht, erst letztes Jahr habe ich meine Erste-Hilfe-Kenntnisse mit Unterstützung eines jungen Notarztes aufgefrischt. Zum Glück saßen die beiden an Tisch Zwei. Da war der Weg zur Küche nicht so weit. – Den Rest kennt ihr ja!«

»Un womit hät dä Mann sing Brüütcher verdeent?«, wollte Kraußler wissen.

»Er war im Transportgeschäft, ich glaube im Flughafenbereich«, vermutete Krüger.

»Er handelte mit Autos«, mischte sich Sandra ein.

»Woher weißt du das?«, fragte ich.

»Niehauser hat es mir gestern erzählt. Er kannte Schwertfeger, er hat bei ihm sein Auto gekauft!«

»Deshalb sah der gestern so mitgenommen aus«, fiel Pfister ein. »Wo steckt der eigentlich?«

»Das habe ich in dem Durcheinander ganz vergessen! Der General hat sich krank gemeldet.« Krüger seufzte. »Eine Magen-Darm-Geschichte.«

Das passte überhaupt nicht zu Niehauser! Der General war nie krank, er war äußerst pflichtbewusst. Nur weil ihm schlecht war, würde er niemals zu Hause bleiben. In der Küche war er immer der Erste, der kam, und der Letzte, der ging. Spielmanns Rezepte und Anweisungen hielt er mit einer Genauigkeit ein, die ans Manische grenzte. Seine Auffassung von Arbeit und Ordnung hatte etwas Altmodisches, etwas Preußisch-Soldatisches.

Für ihn war jeder Abend eine Schlacht, in der er mit dem kritischen Geschmack, dem Gaumenkitzel unserer Gäste kämpfte. Als Vorhut schickte er die Amuse-bouche, den kleinen Gruß der Küche, ins Feld. »Wehe, einer von euch sagt Amuse-gueules!«, predigte er immer wieder. »Ein ordinäres Wort, ›la gueule‹, bedeutet Schnauze, Fresse, das ist so hart und kantig, ›le bouche‹ dagegen, der Mund, das klingt weich und rund. Das passt viel besser zu unserem Küchengruß.« Diese kleinen Köstlichkeiten mussten bei ihm vollkommen sein. Da war er gnadenlos. Die winzigen Apfel-Majoran-Tartes mit krosser Gänseleber, die marinierten Seezungenstückchen auf Zitronengras, die Hummermousse auf Koriander-Mürbeteig-Tarteletts, und was sich Spielmann sonst noch so ausdachte, mussten in Geschmack, Farbe und Arrangement absolut perfekt sein.

»Mit dieser Kleinigkeit wollen wir jeden Gast erreichen, egal ob er Fisch oder Fleisch liebt«, pflegte Niehauser zu sagen. »Das Amuse-bouche ist das Aushängeschild unseres Hauses.«

Mit den Vorspeisen ging er zum ersten Angriff über. Jetzt wurde an verschiedenen Fronten gekämpft. Es galt die Freunde von frischen Krustentieren und zarten Fischgerichten genauso zu überzeugen wie die von herzhaften Innereien, sämigen Suppen oder knackiger Rohkost. Für jeden Geschmack musste etwas auf der Karte sein. Fehlte seines Erachtens in Spielmanns Plänen etwas davon, so bat er den Meister um Ergänzungen. Spielmann tat ihm regelmäßig den Gefallen, aber ich ärgerte mich darüber, weil mein Posten dadurch immer mehr Arbeit hatte.

Mit dem Fleischgang schickte er die Kavallerie ins Feld. Dieser Zug entschied über Sieg oder Niederlage. Jetzt musste um den empfindlichsten Gaumen, den feinsten Geschmacksnerv gerungen werden. Mit kross gebratenen Rehmedallions, rotweintrunkenen Rindfleischstückchen, würzigen Lammlenden, zarten Perlhuhnbrüstchen, pochierten Kalbsrücken, ja und manchmal auch mit einem Stück von der deftigen Sau, seien es sanft gepökelte Schweinebäckchen oder asiatisch marinierte Koteletts. Nach dieser Schlacht war für den General der Kampf zu Ende. Er setzte nicht auf die Nachhut, glaubte nicht an verführerische Süße.

Als Nachtisch akzeptierte er nur Käse und Früchte. All meine zarten Cremes, meine fruchtigen Sorbets, meine knusprigen Törtchen, meine Träume aus Schokolade, meine sanften Parfaits, meine luftigen Omeletts, meine Spinnennetze aus Karamell ließ er mit einer Nachlässigkeit über den Pass nach draußen gehen, die mich manchmal wütend machte. Vielleicht konnte ich Niehauser deshalb nicht leiden. Er schätzte einen wichtigen Teil meiner Arbeit nicht.

»Was soll ich bloß mit den Gästen machen?«, jammerte Krüger plötzlich laut.

»Das kann ich Ihnen sagen.« Spielmann kam aus der Küche durch die Schwingtür ins Restaurant gestürmt. Seine Wangen glühten, und seine Augen blitzten. »Für heute absagen. Erfinden Sie irgendwas! Ihnen wird schon was einfallen!«

»Ist das Ihr Ernst, Chef?« Krüger verdrehte die Augen.

»Ich habe erreicht, dass alle Lebensmittelproben heute noch analysiert werden«, fuhr Spielmann fort. »Selbstverständlich wird man in unseren Speisen nichts finden! Folglich ist der Goldene Ochse morgen wieder geöffnet. Schlimm genug, dass man gegen den ganzen Schlamassel nichts machen kann!«

Man sah ihm an, was für Mühe er hatte, seinen Ärger über die ganze Sache nicht rauszulassen. Aber im Gegensatz zu den letzten Wochen war er voller Energie und Tatendrang, die mürrische Stimmung, die er so lang verbreitet hatte, war wie weggeblasen.

»Keiner geht nach Hause, die Polizei will noch mit jedem Einzelnen sprechen. Ich habe den Herrschaften dafür mein Büro zur Verfügung gestellt. So müssen wir nicht alle zum Polizeipräsidium. Je schneller wir die Befragung hinter uns haben, desto besser!«

*

Der Speckmantel hieß Fischer, er leitete die Sonderkommission »Ochse«, die für die Ermittlungen im Fall Schwertfeger zuständig war. Den Mantel hatte er ausgezogen, und nun stand er in knallengen Röhrenjeans und einem schmuddeligen, ebenfalls sehr engen T-Shirt, das sich über einen leichten Bauchansatz des ansonsten schlanken Körpers spannte, hinter Spielmanns Schreibtisch. Ich war etwa einen halben Kopf größer als er.

»Setzen Sie sich!«, forderte er mich auf.

Nur die wenigsten Männer können es ertragen, wenn eine Frau größer ist als sie. Fischer gehörte nicht dazu.

»Name, Adresse, Geburtsdatum«, leierte er mit unbeteiligter Stimme herunter. Nachdem er die Formalitäten erledigt hatte, interessierte ihn meine Position in Spielmanns Küche.

»Chef de partie Garde-manger.«

»Geht's etwas deutlicher?«

»Ich bin für Vorspeisen und Nachtische zuständig.«

»Dann gibt's bestimmt auch jemanden für Fleisch.«

»Kraußler. Er ist unsere Saucier, also für Fleisch und Saucen zuständig. Außerdem hat er mit Sandra Bäumer noch den Posten des Entremetier, Gemüse, Sättigungsbeilagen, Eierspeisen. Auf meinem Posten arbeitet noch ein Commis, ein Jungkoch, Holger Schädele, und ein Lehrling, Daniel Storck. Pfister ist unser Tournant, er hilft aus, wo Not am Mann ist, und Niehauser ist der Küchenchef.«

»Und was kocht der?«

»Wenig. Der Küchenchef ist für Einkauf, Kalkulation, Organisation und solche Sachen zuständig. Er hält dem Chef den Rücken frei.«

»Der Chef kocht also auch nicht?«

»Kennen Sie Spielmann nicht?«, fragte ich, irritiert darüber, dass dieser Polizist davon ausging, dass ein so bekannter und berühmter Koch täglich in der Küche stand. »Spielmann ist sehr viel unterwegs, er schreibt Kochbücher, tritt in Koch-Shows auf, manchmal sehen wir ihn eine Woche lang nicht.«

»Und wenn er nicht unterwegs ist, was macht er dann?«

»Er entwickelt Rezeptideen, probiert Neues aus. Alles, was wir hier kochen, stammt von ihm. Es kommt nicht oft vor, dass er mit uns in der Küche steht.«

»Aha.« Fischer machte sich gelangweilt ein paar Notizen.

Wenn er jeden von uns so ausführlich zu seiner Arbeit befragte, dann würde er bis zum Abend bestens über eine Kochbrigade Bescheid wissen.

»Vorspeisen. Wissen Sie, was der Tote gegessen hat?«

»Ein Sauerampfersoufflé an pochiertem Lachs mit Rieslingsabayon.«

»Woher wissen Sie das so genau?«

»Als der Tote durch die Küche getragen wurde, habe ich etwas Sauerampfersoufflé an seiner Hose gesehen.«

»Wieso gab's davon eigentlich keine Reste?«

»Ein Soufflé kann nur frisch zubereitet werden und muss dann bald gegessen werden, sonst verliert es seine Konsistenz.«

»Können Sie das Teil fürs Labor nachkochen?«

»Selbstverständlich. Es wird allerdings auf dem Weg von hier zum Labor in sich zusammenfallen.«

»Das ist ziemlich schnuppe. Auf die Zutaten kommt es an, das Zeug kann aussehen wie ein Haufen Hundescheiße. – Als Sie dieses Sauerampferdingsbums zubereitet haben, wussten Sie da, dass es für Schwertfeger war?«

»Nein.«

»Wissen Sie nie, für wen Sie ein Gericht zubereiten?«

»In der Regel nicht. Es kann schon mal sein, dass bei Stammgästen oder wichtigen Kunden die Namen genannt werden. Wenn Fritz Pleitgen hier isst, bekommt er im Herbst immer eine extra Portion Maronenpüree, weil er das so gern mag. Oder Boris Becker bekommt einen besonders großen Teller mit Schokoladenvariationen, weil er so ein Schokofreak ist. – Aber wie gesagt, das sind die Ausnahmen.«

»Könnten Sie denn herausfinden, für welchen Gast eine Speise ist?«

»Sie meinen, wenn ich beispielsweise vorhätte, jemanden zu vergiften?«

»Was meinen Sie, warum ich das frage?«, gab Fischer ungerührt zurück.

»Keine Ahnung. Am Pass hängen die Zettel mit den Bestellungen. Darauf ist nur die Tischnummer notiert, dann alle Vorspeisen, Hauptgänge, Nachtische. Selbst wenn ich wüsste, an welchem Tisch ein bestimmter Gast sitzt, erfahre ich durch den Bestellzettel nicht, was er isst. – Uns interessiert das auch nicht.«

»Es geht hier um einen Mordfall, nicht um das, was Sie interessiert!«, blaffte Fischer, ging um den Schreibtisch herum und beugte sich zu mir herunter.

Er hatte Mundgeruch.

»Einen Giftmord plant man, das ist keine Zufallstat im Affekt. Die meisten Giftopfer nehmen ihr Gift durchs Essen zu sich, davon gibt es hier jede Menge. Also! Denken Sie nach! Gibt es eine Möglichkeit, wie das Gift aus Ihrer Küche auf Schwertfegers Teller kommen konnte?«

Ich drehte den Kopf zur Seite, um frische Luft zu bekommen. Fischer trat ein paar Schritte zurück.

»Sie haben selbst gesagt, es war eine geplante Tat. – In der Küche kann niemand wissen, wer an welchem Tisch welches Essen bekommt. Deshalb kann ihn aus der Küche niemand vergiftet haben!«

»Gut, fragen wir anders.«

Fischer begann jetzt, in dem kleinen Raum auf und ab zu gehen, ich wartete darauf, dass er über Spielmanns Inliner stolperte, tat er aber nicht.

»Fangen wir ganz vorne an. Wer nimmt die Bestellungen auf?«

»Krüger, der Oberkellner.«

»Und was ist mit den beiden anderen?«

»Das sind Jungkellner, die dürfen noch keine Bestellungen aufnehmen.«

»Die könnten aber mitbekommen, was bestellt wird?«

»Ich denke schon. Fragen Sie Krüger.«

»Und Krüger kommt dann mit der Bestellung in die Küche und gibt die wem?«

»Niehauser. Niehauser ruft die Bestellungen laut zu uns durch, damit wir wissen, was wir machen müssen, und klemmt dann den Zettel in die Kladde am Pass.«

»Pass?«

»Das ist der lange Tisch zwischen Küche und Resto, auf dem die Speisen angerichtet werden, von da nimmt sie der Service mit nach draußen.«

»Sprechen Krüger und Niehauser über Gäste?«

»Kann mal vorkommen, die Regel ist es aber ganz bestimmt nicht. Dafür ist einfach keine Zeit. Wenn Hochbetrieb ist, hat keiner Zeit zum Tratschen.«

»Aber jeder Koch könnte doch mal kurz ins Restaurant kommen, ohne dass es auffällt?«

»Wo denken Sie hin! Kein Koch geht ins Resto, es sei denn, er wird gerufen, weil ein Gast sich über was beschweren will oder er den Koch persönlich loben will, kommt aber beides ganz selten vor.«

»Sonst nicht?«

Ich überlegte.

»Wenn wir für einen Nachtisch einen seltenen Likör oder Cognac brauchen, den wir nicht in der Küche haben, muss einer ins Restaurant. Da Nachtische mein Ressort sind, kann ich ihnen versichern, dass ich dafür gestern nichts gebraucht habe. – Es kann niemand aus der Küche sein. Ich finde, Sie suchen an der falschen Stelle.«

Fischer hielt kurz im Gehen inne. »Das lassen Sie mal meine Sorge sein«, meinte er. »Kannten Sie den Toten?«

»Ich habe ihn gestern zum ersten Mal gesehen. Da war er schon tot. Krüger hat uns erzählt, dass er öfter hier gegessen hat. Er kann ihnen da bestimmt Näheres sagen.«

»Krüger ist homosexuell. Wie sieht das bei den anderen Kollegen aus?«

»Was hat das mit dem Mord zu tun? Der Mann ist beim Essen gestorben, nicht beim Sex.«

»Eifersucht, verbotene Obsessionen, perverse Praktiken«, Fischer schob sein Gesicht vor, »spielen bei vielen Morden eine große Rolle.«

Sein unangenehmer Atem stieg mir in die Nase. »Ich bin nicht homosexuell, wenn Sie das wissen wollen.«

Fischer grinste leicht und klemmte sich eine selbst gedrehte Kippe in den Mundwinkel. »Wenn die Laborergebnisse da sind, sehen wir weiter. – Guten Tag, Frau Schweitzer.«

Die Küche glich einem Schlachtfeld, nachdem die Spurensicherung abgezogen war. Jede Pfanne hatten sie herausgezogen, jede Lebensmitteltüte geöffnet, jeden Buttertopf untersucht. Aber langsam eroberte sich die Brigade die Küche zurück. Sandra, Holger und Dany wischten Schränke aus und sortierten Messer, Töpfe und Pfannen, Pfister kontrollierte die Lebensmittel.

Und in der Mitte stand Spielmann und kochte! Seit Wochen hatte er in dieser Küche keinen Schneebesen angerührt, und jetzt schnibbelte, brutzelte und köchelte er. Die Luft war erfüllt von einem Duft von Sahne, Kerbel und Schalotten. Spielmann jonglierte mit fünf Töpfchen und Pfannen, elegant und souverän, wie es nur ein absoluter Profi kann.

Ich musste ihn ziemlich lange angestarrt haben.

»Nun klappen Sie endlich den Mund zu, Schweitzerin«, sagte er lachend, »man muss das Beste aus jeder Situation machen, sage ich immer. Da der Ochse heute zu bleibt, probiere ich ein paar neue Ideen aus, die mir letzte Nacht gekommen sind. – Hier probieren Sie eines von den Kartoffelschwämmchen! Sie sind absolut köstlich!«

Er grapschte sich eine Gabel und schob mir das kleine Ding in den Mund. »Holger! Schau im Backofen nach, ob die Kartoffeln schon gar sind!«

Seit Wochen hatten wir keine neuen Rezepte von Spielmann

bekommen, und jetzt, in einer Situation, die jeden anderen ziemlich nervös gemacht hätte, kochte er wie ein junger Gott.

»Ihr müsst wissen, dass man Kartoffeln, die man für Klöße verwenden will, auf keinen Fall in Wasser kochen soll. Da saugen sie viel zu viel Flüssigkeit auf!« Spielmann piekste mit einer Gabel in die Backofenkartoffeln, die Holger ihm gebracht hatte. »Wenn man sie dagegen ohne Wasser im Backofen gart, haben sie genau die richtige Konsistenz. – Jetzt schälen«, sagte er zu Dany und Holger, und mich bat er, eine Entenbrust-Terrine für morgen vorzubereiten, auch diese nach einem neuen Rezept. Als ich zwei Stunden später mit meiner Terrine fertig war, kochte Spielmann immer noch. Sandra, Holger und Dany saßen wie Hühner auf der Stange am Pass und bekamen von Spielmann ein Tellerchen nach dem anderen zugeschoben.

»Setzen Sie sich dazu!«, befahl er mir und schwenkte ein paar Keniabohnen in Knoblauchbutter. Dann ließ er jedes einzelne Böhnchen über sein breites Messer springen. »Hab ich von Mitsuo Katoro, einem japanischen Spitzenkoch, gelernt«, sagte er kichernd und ließ die Böhnchen weiter Kunststücke machen. »Dort drüben ist Kochen nicht nur Kunst, sondern auch Show.«

Und wir erlebten hier eine kleine, improvisierte, erstklassige Spielmann-Show.

»Von Zeit zu Zeit seh ich den Alten gern«, zitierte Holger seinen Faust.

Wenigstens ein Gutes hatte dieser Mord: Nach langer Zeit war Spielmann wieder in Topform.

Es war noch hell, als ich mich auf den Heimweg machte. Ungewohnt für mich, so früh nach Hause zu gehen, sonst war es Mitternacht oder später, wenn ich den Ochsen verließ. Ich hoffte, dass die Laborergebnisse tatsächlich bis zum nächsten Tag vorlagen. Schlimm genug, dass der Mann ermordet worden war, aber noch schlimmer war die Vorstellung, jemand aus dem Goldenen Ochsen könnte der Mörder sein. Nein, das konnte ich mir einfach nicht vorstellen! Ich war mir sicher, dass sie in unseren Speisen nichts finden würden.

Der Himmel sah an diesem Tag milchiggrau aus. Die Luft roch zwar noch immer nach Sommer, als ich die Hohenzollernbrücke überquerte, aber der Rhein trieb schwarz und schwer den Unrat der Stadt zur Nordsee.

*

Am Deutzer Bahnhof überquerte ich den Ottoplatz und schlenderte langsam die Kasemattenstraße entlang. Auf dem Von-Sandt-Platz lungerten ein paar Jugendliche herum, und ein leichter Sommerwind ließ das Blattwerk einer mächtigen Kastanie rauschen.

Adela war nicht zu Hause. Die Balkontür in der Küche stand auf. Die drei einsamen Geranien ließen die Köpfe hängen. Ich gab ihnen Wasser, setzte mich auf einen der beiden Campingstühle und beobachtete, wie der milchiggraue Himmel allmählich dunkelgrau wurde. Gegen Mitternacht duschte ich mir den Dreck des Tages vom Leib und zog mich in mein Zimmer zurück.

Adela hatte mir ein leeres, weiß gestrichenes Zimmer ihrer Altbauwohnung in der Kasemattenstraße vermietet. Möbel besaß ich so gut wie keine. Wenn man wie ich alle paar Jahre in eine andere Stadt zieht, wird man minimalistisch. Ich besaß so viel, wie in meinem Fiat Punto Platz hatte. Einen Textilkleiderschrank, den man mit Hilfe eines zerlegbaren Gestänges aufbaute, einen, ebenfalls zerlegbaren Garderobenständer mit Rollen für Jacken, Mäntel und Kleider, ein kleines, superleichtes Stahlregal, zwei weiße Ikea-Klappstühle, drei Klemmleuchten, zwei Tapeziertischböcke und eine Fichtenholzplatte, beides weiß lackiert. Die Matratze zum Schlafen kaufte ich mir in jeder Stadt neu. Um mich in jedem Zimmer dieser Welt heimisch fühlen zu können, hatte ich mir im Laufe meiner Wanderjahre ein paar Luxusgegenstände gegönnt. Eine Stereoanlage von Bang & Olufsen, ein Quilt in Weiß- und Beigetönen, das ich mir aus selbst ausgesuchten Stoffen hatte machen lassen, eine schlanke Morenoglas-Vase, die auf dem weißen Schreibtisch stand und in die ich immer eine weiße Lilie stellte, einen beigefarbenen Berberteppich aus Casablanca und einen venezianischen Spiegel. Ich liebe das kühle Weiß, das einen Raum leicht und hell macht und Platz für Gedanken und Phantasien lässt.

Ich schlief gegen ein Uhr ein. Um diese Zeit kam ich sonst nach Hause.

»Du siehst aus, als hättest du gerade Drillinge geworfen, Kindchen!«, weckte mich am nächsten Morgen Adelas kräftige Stimme. »Los komm aus dem Bett, ich lass schon das Autodach runter!«

Meine Zimmerwirtin Adela Mohnlein war eine früh pensionierte Hebamme. Nachdem sie genau sechstausendvierhundertundsiebzig Kinder auf die Welt geholt hatte, musste sie wegen eines irreparablen Knieschadens ihren Beruf an den Nagel hängen. Massive Schlafstörungen, auch eine Folge ihres aufreibenden Berufes, hatten Adela auf die Idee gebracht, ein Zimmer ihrer großen Deutzer Wohnung an Nachtarbeiter zu vermieten. Frank Müller, mein Vorgänger bei Spielmann, hatte bei ihr gewohnt, und sie hatte mich als Nachmieterin akzeptiert. »So habe ich immer Kontakt zu jungen Leuten«, sagte sie gern, »das hält mich selbst jung.«

Am Anfang war es merkwürdig gewesen, in einer Wohnung zu leben, die mit unzähligen Fotos von Neugeborenen, stillenden Müttern und stolzen Vätern tapeziert war, aber ich gewöhnte mich daran. Vor allem da Adela keineswegs ihrem Hebammen-Dasein nachtrauerte, sondern ihre Frühpensionierung zum Anlass genommen hatte, ins volle Leben zu treten, wovon sie bisher nur einen extremen, aber winzigen Ausschnitt gekannt hatte. Begeistert pflegte sie ihre vielen Kontakte in der Stadt. Sie las täglich alle Kölner Zeitungen, schrieb an ihren Memoiren als Hebamme, und seit Köche bei ihr wohnten, interessierte sie sich fürs Kochen. Sie studierte Kochzeitschriften und Kochbücher und verzehrte mit Genuss und begleitet von immer kenntnisreicheren Anmerkungen all die übrig gebliebenen Nachspeisen, die ich aus dem Goldenen Ochsen mit nach Hause brachte. Man konnte ohne Übertreibung sagen, dass sie mit ihren vierundfünfzig Jahren in der Blüte des Lebens stand.

Einmal die Woche besuchte Adela das Deutzer Thermalbad, und manchmal ging ich mit. Nach den Aufregungen des gestrigen Tages konnte ich an diesem Morgen ein entspannendes Bad gut vertragen. Wieder schien die Sonne, und wir hätten einen langen Spaziergang durch den Rheinpark zum Thermalbad machen können, aber Adela ging keinen unnötigen Meter zu Fuß. Sie fuhr leidenschaftlich gern Auto und besaß ein schwarzes Golf-Cabriolet; sie hatte eine Schwäche für offene Wagen. In ihrer Zeit als Hebamme hatte sie die gebärenden Frauen gern im offenen Wagen ins Krankenhaus gefahren. »Das war immer ein bisschen Ablenkung für die, bevor sie sich dann richtig anstrengen mussten.« Sie fuhr recht flott, und am Thermalbad parkte sie nicht auf dem großen Parkplatz, sondern direkt vor dem Eingang im totalen Halteverbot. Wie üblich klappte sie einfach ihr Schild »Hebamme im Einsatz« herunter.

»Bisschen unwahrscheinlich, hier im Thermalbad«, gab ich zu bedenken.

»Unsinn! Kinder kommen überall zur Welt!«

Adela bestand auf dem kompletten Programm: Sauna, Dampfbad, Ganzkörpermassage und zum Schluss die Thermalbecken. In meinen rostroten Badeanzug gequetscht war ich allein schon eine ziemlich mächtige Erscheinung, aber zusammen mit Adela der Blickfang des ganzen Bades. Adela hatte einen kupfernen Teint, große dunkle Augen und pechschwarzes Haar und war klein und kernig. Sie liebte kräftige, grelle Farben, ihr Badeanzug glänzte kanariengelb. Auch diesmal waren alle Blicke auf uns gerichtet, als wir die Treppe von der Sauna zur Therme hinabstiegen. Adela winkte einem Bekannten zu, sie kannte in Köln Gott und die Welt. Dann legten wir uns in das Becken mit dem rostbraunen Wasser. Von hier aus hatte man einen schönen Blick auf den Rheinpark. Dort war das Gras frisch gemäht, und hinter den Bäumen konnte man den Dom sehen. Beim Frühstück hatte ich Adela kurz von dem Mord erzählt, und sie war hoch interessiert, mehr davon zu hören. Im großen Außenbecken ließ sie sich nun aufs Genaueste das Verhör bei Fischer wiedergeben.

»Er geht also davon aus, dass Schwertfeger bei euch vergiftet wurde«, schlussfolgerte sie, nachdem ich zu Ende erzählt hatte. »Was hat er denn die anderen gefragt?«

Ich zuckte mit den Schultern.

»Wieso weißt du das nicht?«

Adela wüsste, was jeder Einzelne gesagt hatte. Sie war furchtbar neugierig. Mich interessierte überhaupt nicht, was die anderen Fischer erzählt hatten. Damals war ich überzeugt davon, dass keiner aus dem Goldenen Ochsen etwas mit dem Mord an Schwertfeger zu tun hatte.

»Spielmann hat bestimmt von der Kripo was auf den Deckel bekommen. Überleg mal! Der schafft die Leiche weg, bringt den Toten in sein Büro. Wer weiß, wie viele Spuren und Indizien er dabei vernichtet hat?«, ereiferte sich Adela. »Vielleicht war's der Geschäftsfreund? Der hat ein Pülverchen in dein feines Soufflé gemischt. Und der konnte einfach so nach Hause gehen? Diese Streifenpolizisten sind echte Dilettanten. Da weiß selbst ich ja mehr von Ermittlungsarbeit. Aber euch aus der Küche und vom Service hat Fischer alle befragt?«

Wieder zuckte ich mit den Schultern. Durch Spielmanns Koch-Einlagen hatte sich keine Gelegenheit ergeben, mit den Kollegen über Fischer zu reden. Dazu war das, was Spielmann in der Küche aufgeführt hatte, zu spannend gewesen.

»Außer Niehauser natürlich, der war gestern krank.«

»Was hat er denn?«

»Magen-Darm sagt Krüger.«

»Ach? Ist er so ein Sensibelchen, dem alles auf den Magen schlägt?«

»Überhaupt nicht. Mich hat diese Magen-Darm-Geschichte auch schon stutzig gemacht. Das passt überhaupt nicht zu ihm.«

»Schau, jetzt machen sie den Strudel an!«

Schnell paddelte Adela zu dem Rondell hinüber, in dem das Wasser eigentlich träge vor sich hin blubbert, das aber mit elektrischem Strom in einen schnell fließenden Fluss verwandelt werden kann. Fünf Minuten ließen wir uns von der Strömung mitreißen, dann schwammen wir zum Beckenrand zurück.

»So einer wie Niehauser wird nicht einfach krank. Er ist pünktlich, pedantisch, pflichtbewusst und extrem ordentlich«, knüpfte ich an unser Gespräch an.

»Oje. Dein Typ ist er also nicht.«

»Genau!«

»Und als Koch?«

»Hervorragende Organisation, korrekte Arbeitspläne, behält immer den Überblick, kann gut ausführen, hat aber wenig eigene Ideen.«

»Du kannst ihn wirklich nicht leiden. – Wie sieht er denn aus?«

»Er ist einen Kopf kleiner als ich, schlank, drahtig, sehr gepflegt, ein bisschen Sonnenstudio, schicker Haarschnitt. Der sieht auch nach einem Zwölfstundenarbeitstag aus, wie aus dem Ei gepellt. Er lässt seine Arbeitskleidung in Paris herstellen. Das muss ihn ein Vermögen kosten! In seiner Freizeit trägt er Jeans und weiße T-Shirts. Alles natürlich picobello gebügelt. Die T-Shirts sind am Hals ein bisschen ausgeschnitten, damit sein Goldkettchen zur Geltung kommt. Seine Jacketts sind vom Feinsten, er muss viel Geld in seine Klamotten stecken.«

»Ist er schwul?«

»Jetzt fängst du auch noch damit an! Fischer wollte gestern schon wissen, wer aus unserer Brigade schwul ist. Goldkettchen tragen heutzutage viele!«

»Weiß ich, bin ja nicht blöd. Trotzdem: Ist er schwul?«

»Warum willst du das wissen?«

»Sag ich dir gleich«, beschwichtigte Adela mich. »Also?«

»Ich weiß es nicht. Im Gegensatz zu Krüger redet er nicht über sein Sexualleben. Er redet überhaupt nicht über sich. Ich weiß nicht mal, ob er einen Freund oder eine Freundin hat. – Keine Ahnung. Also, was soll das Ganze?«

»Schwertfeger war schwul.«

Adela bewegte die Beine im Wasser auf und ab.

»Kennst du den Mann etwa?«, fragte ich irritiert.

»Ich hab seine Frau entbunden.«

»Hä?«

Adela lächelte, erfreut darüber, dass es ihr gelungen war, mich zu überraschen. »Kathrinchen, als freischaffende Hebamme bringst du nicht nur Kinder zur Welt. Die erste Zeit nach der Geburt bist du die wichtigste Person im Leben der jungen Mutter. Da bekommst du Sachen erzählt, damit könntest du eine ganze psychologische Praxis füllen!«

Adela hob kurz ihre Zehen aus dem Wasser und betrachtete diese eingehend, bevor sie fortfuhr.

»Ulla Schwertfeger hatte eine schwere Geburt, eine sehr schwere. Aber nicht nur die Geburt war schwer. In der Zeit danach wollte ihr Mann nicht mehr mit ihr schlafen. Nicht, was du denkst, wegen des Babys und so. Nein, Schwertfeger liebte Männer. Das Kind wollten sie beide, und Schwertfeger war es sehr recht, dass sie nach außen eine richtige Familie waren, aber wie gesagt.«

»Und wieso hat sie sich nicht vom ihm getrennt?«

»Schätzelchen, die Liebe nimmt manchmal seltsame Wege. Außerdem war Schwertfeger eine gute Partie, alteingesessener Rather Adel, seine Firma florierte. Und dann das schöne Haus in der Nibelungensiedlung! Ich sage dir, da war richtig Geld! So was sieht unsereins selten. Ich war ja oft bei ihnen, nach der Entbindung. Alles vom Feinsten. Marmorbäder, Salon, Wohnzimmer, Esszimmer und allein auf der ersten Etage vier Schlafzimmer. Für zwei Erwachsene und ein Baby! – Die Ulla musste nicht auf den Pfennig gucken wie viele andere Frauen, die ich entbunden habe.«

»Stimmt es, dass Schwertfeger sein Geld mit Autos verdiente?«

»Das große Autohaus VW-Audi am Clevischen Ring gehört ihm und noch mindestens drei Filialen.«

Adela paddelte jetzt zu den Außenfontänen und ließ sich den schweren Wasserstrahl über die Schultern laufen.

»Mein Cabrio hab ich bei ihm gekauft. Er hat mir einen fairen Preis gemacht. Wir sind überhaupt gut miteinander klargekommen, der Jupp und ich. Der Mann wusste nicht nur, wie man neue Autos verkauft, der hat auch was von alten verstanden. – Genau wie ich.«

»Alte Autos? Für so was kann man sich interessieren?«

»Es ist großartig. Dass du das nicht verstehst, ist mir klar. Du kannst nicht mal einen VW von einem Volvo unterscheiden! Früher sind so schöne Autos gebaut worden ... Schwertfeger hat mir zweimal einen offenen Porsche 356 Speedster geliehen! Das werde ich ihm nie vergessen.«

»Hast du noch Kontakt zu ihm gehabt?«

»Ihn hab ich länger nicht mehr gesehen, aber Ulla treffe ich manchmal hier im Thermalbad. Dann plaudern wir jedes Mal über dies und das.«

»Merkwürdig, dass du diesen Schwertfeger gekannt hast.«

»Wenn du länger hier leben würdest, Schätzelchen, dann wüsstest du, dass Köln ein Dorf ist. – Lass uns rausgehen, meine Haut ist schon ganz schrumpelig.«

Als wir eine halbe Stunde später ermattet in das Cabrio stiegen, sagte Adela:

»Für Ulla muss das Ganze furchtbar sein. Am besten, ich rufe sie mal an und überrede sie zu einem Besuch im Thermalbad. Das wird ihr bestimmt gut tun. Außerdem kann ich sie dann ein bisschen ausfragen. Wer weiß, vielleicht finde ich raus, wer den Jupp ermordet hat. – Ich habe da so ein paar Ideen ...«

Dann trat sie aufs Gaspedal. Ich schluckte trocken, denn ich wusste nicht, was ich davon halten sollte, dass sich diese fidele Frühpensionärin als Detektivin versuchen wollte.

»Das Schwimmen macht hungrig.« Adela plapperte weiter, ohne näher auf ihre detektivischen Pläne einzugehen. »Weißt du was? Ich lade dich zum Essen in die Rheinterrassen ein. Susi Kranz, die dort den Service macht, kenn ich. Die hab ich vor einigen Jahren von einem kleinen Mädchen entbunden.«

Sie parkte den Wagen am Auenweg, hakte sich bei mir unter und führte mich mit energischem Schritt durch den Rheinpark zu den Rheinterrassen. Unter weißen Sonnenschirmen luden Tische zum Verweilen ein. Adela ließ sich auf einen Stuhl plumpsen und hielt nach Susi Kranz Ausschau. »Guck dir das Panorama an«, sagte sie zu mir. »Das ist die Schokoladenseite von Köln!«

Hinter der Stahlkonstruktion der Hohenzollernbrücke erhob sich der Dom, dahinter war der Turm von Groß Sankt Martin und der Gürzenich zu sehen. Davor, auf der breiten Rheinpromenade, flanierten Kölner und Touristen. Ein wirklich schöner

Anblick, wäre da nicht dieser scheußliche blaue Musical Dome gewesen.

»Adela!«, eine junge Frau mit Pferdeschwanz kam mit einem strahlenden Lächeln auf uns zu. »Schön, dich zu sehen.«

»Wie geht's dir, Susi? Was macht die kleine Laura?«, fragte Adela, nachdem sie Susi kräftig gedrückt und geküsst hatte.

»Geht seit zwei Jahren aufs Gymnasium. Sie ist schon ein richtiger Teenager.«

»So groß schon? Ich weiß noch genau, was für ein schönes Baby sie war. Susi, bring uns eine große Flasche Wasser und die Speisekarte. Das ist übrigens Katharina. Sie arbeitet im Goldenen Ochsen.«

»Im Goldenen Ochsen? Da muss ja jetzt der Teufel los sein nach dem Giftmord.«

»Woher wissen Sie das?«, fragte ich irritiert.

»Moment mal.« Susi Kranz entschwand und kam mit einer Flasche Wasser und dem Kölner Express wieder.

»Karnevalsprinz von Sterneköchen vergiftet?« war da in dicken schwarzen Lettern zu lesen, und daneben sah man ein Bild von Schwertfeger als Prinzen und eines vom Goldenen Ochsen. Darunter, ganz klein gedruckt, stand, dass der bekannte Autohändler Jupp Schwertfeger, der im letzten Jahr Karnevalsprinz von Rath-Heumar war, im Sternelokal Goldener Ochse, wie die Obduktion ergeben hatte, vergiftet worden war.

»Schmierfinken!« Adela riss mir die Zeitung aus der Hand.

»Ich muss sofort in den Ochsen«, sagte ich.

»Und ich muss erst was essen«, sagte Adela. »Susi, du hast bestimmt einen Salat oder so was. Zweimal! Für dich«, wand sie sich mir zu, »ist es auch besser, du isst was. Sonst kochst du den ganzen Tag nur wieder für andere Leut.«

»So wie's aussieht, koche ich heute gar nicht mehr.«

»Um so besser ist es, jetzt was zu essen. Auf zehn Minuten kommt's nicht mehr an. Ich fahr dich gleich schnell über den Rhein«, bestimmte Adela, und ich fügte mich.

*

Obwohl es noch über eine Stunde dauerte, bis unsere Schicht begann, war die Brigade bereits im Ochsen versammelt. Meine Kollegen saßen am Pass, auf dem drei Exemplare des Express lagen. Alle starrten auf die Schwingtür und hörten Krüger beim Telefonieren zu.

»Ich bedauere das unendlich, Herr van der Heide, ja, ja, es handelt sich um ein riesiges Missverständnis. Sie wissen doch, wie diese Boulevardblätter ... Sicher, sicher, ja, ja. Wir rechnen heute mit der endgültigen Aufklärung. Aber ich bitte Sie, ein Restaurant wie das unsere würde niemals Gäste empfangen, wenn nicht völlig sicher ... Einen Gruß an die Frau Gemahlin. Wiederhören.«

Krüger hatte kaum den Hörer aufgelegt, als es erneut klingelte.

»Frau Doktor Engelhardt! Nein, Herr Schwertfeger hat nicht die Fischpastete gegessen. Ganz bestimmt nicht. Und auch keine Entenbrust in Portweinsauce. Nein, da müssen Sie sich keine Sorgen machen. Ganz bestimmt wäre es übertrieben, sich den Magen auspumpen zu lassen ...«

»Vun wejen Entenbrust, bis zum Hauptjang is hä doch ja nit mieh jekumme«, knurrte Kraußler.

»Die spinnen doch, oder?«, meinte Dany ungläubig und biss in einen Schokoriegel.

Kurz darauf wankte Krüger durch die Schwingtür. Hinter ihm klingelte das Telefon schon wieder.

»Ich geh nicht mehr ran«, sagte er matt. »Nur Absagen für den heutigen Abend, RTL will mit einem Fernsehteam kommen, und als Krönung diese hysterische Engelhardt.«

»Wo ist der Chef?«, fragte ich.

Krüger zuckte die Schultern, und auch Sandra wusste heute nicht, wo er steckte.

»Niehauser ist übrigens immer noch krank.« Krüger ließ sich auf dem einzigen noch freien Hocker nieder.

»Ich möchte zu gern wissen, wer den Presseheinis die Geschichte gesteckt hat«, Sandra ließ eine große Kaugummiblase platzen. »Los, Hände hoch, wer von euch ist der Verräter?«

Das Telefon klingelte noch immer.

»Über so was macht man keine Witze«, sagte Pfister scharf. »Wer sollte das getan haben? Damit würden wir uns nur selbst schaden. Wir wollen doch alle weiter hier arbeiten.«

»Vivivielleicht ddder Spespeckmantel?«, stotterte Holger.

Holger hatte Fischer den gleichen Spitznamen gegeben wie ich.

»Speckmantel?«, fragte Krüger. »Ach ja, dieser scheußliche Polizist. Dem würde ich das auch zutrauen. Das ist doch ein Mann ohne jeden Geschmack! Seine Jeans sind eindeutig aus dem vorigen Jahrhundert, seine Haare stehen vor Fett! Und dann dieser Mundgeruch! Das Stachelschweinchen von der Spurensicherung war da viel attraktiver.«

»In et heiße Fett dauche, dät ich die Tünnesse vum Express!«, dröhnte Kraußler.

»Karnevalsprinz von Sterneköchen vergiftet!«

Immer noch ignorierte Krüger das Telefon, und von uns Köchen machte keiner Anstalten, ihn von seiner Aufgabe zu erlösen. »So was kann ein Haus wie unseres ruinieren. Stellen Sie sich vor, die Nachricht dringt nach Paris. Michelin wird uns sofort den Stern aberkennen.«

Das Klingeln hörte einfach nicht auf.

»Jetzt zieh ich den Stecker raus!« Krüger stand auf.

Spielmann kam durch den Lieferanteneingang. »Ratet mal, was ich hier habe!« Er hielt ein Papier in die Luft. »Hier stehen die Laborergebnisse. Schwertfeger ist nicht durch unsere Speisen vergiftet worden. Radio Köln bringt das in den nächsten Nachrichten, und es wird natürlich morgen in Stadt-Anzeiger, Rundschau und Express erscheinen, dafür habe ich schon gesorgt. – Und jetzt auf eure Plätze, wir haben viel zu tun!«

Endlich hörte das Klingeln auf.

»Chef!« Krüger tupfte sich die feuchte Stirn. »Wir haben nur Absagen. Dafür will ein RTL-Team unseren Untergang filmen.«

»Kommen lassen«, entschied Spielmann sofort. »Alles klar auf der Andrea Doria. Wir haben nichts zu verbergen. Ach ja, Krüger, kopieren Sie bitte die Laborergebnisse. Jeder Gast, der sie sehen will, kann dies selbstverständlich tun.«

»Aber wir haben keine Gäste für heute Abend, Chef!« Krüger knetete seine Hände und sah Spielmann verzweifelt an.

»Machen Sie sich mal keine Sorgen, Krüger! Heute Abend wird unser Haus voll sein, das versichere ich Ihnen. – Herr Niehauser ist noch krank, deshalb übernehme ich seinen Posten. Los, zieht euch eure Arbeitssachen an, damit wir loslegen können!«

Wir wussten zwar alle nicht, woher er die Zuversicht nahm, aber sein Optimismus war ansteckend. Kurze Zeit später schnibbelten, klopften und rührten wir in großem Einklang. Die Messer hackten im Takt, das Wasser blubberte sanft, die Schneebesen tanzten, die Löffel klirrten, und der Duft frischer Kräuter erfüllte die Luft. So kraftvoll war es in dieser Küche lange nicht zugegangen. Das lag an Spielmann. An diesem Tag war er überall gleichzeitig, lobte hier, probierte dort, trieb die einen zur Eile an und zeigte den anderen noch einen Trick. Niehauser war ein ordentlicher Küchenchef, ein guter Handwerker, Spielmann aber war ein Genie! Unter Niehauser kochten wir gut, aber unter Spielmann leisteten wir Großartiges. Jetzt wusste ich wieder, warum ich unbedingt bei diesem Mann kochen wollte. Er war für mich der beste Koch überhaupt. Noch ein Jahr in seiner Küche, und ich würde selbst zu den Besten gehören, und genau das wollte ich ja auch. Als dann Krüger gegen sechs Uhr meldete, dass bereits die Hälfte der Tische wieder reserviert sei, steigerten wir uns noch weiter, und nur eine Stunde später verkündete er, dass der Ochse ausgebucht sei. Der Abend war gerettet! Ich bewunderte Spielmanns Instinkt. Er hatte gewusst, dass sich von einer solchen Sensationsmeldung genauso viele Menschen angezogen wie abgestoßen fühlten. Was für ein Kick, bei einem Sternekoch zu speisen, wenn die Möglichkeit bestand, dass ein Wahnsinniger Gift in das teure Essen streut! Was gab das für nette Tischgespräche! Wann konnte man schon mal russisches Roulette in einem Sterne-Resto spielen? Zu gern hätte ich an diesem Tag im Restaurant Mäuschen gespielt und die Gespräche belauscht.

Noch kurz vor Mitternacht war der Ochse bis auf den letzten Platz besetzt, wir arbeiteten auf Hochtouren. Die Desserts mussten noch raus, dann hatten wir es geschafft.

»Leute«, rief Spielmann, als Holger und ich Karamellfäden über den letzten Nachtischteller mit Pofiteroles spannen, »ihr habt heute wirklich ausgezeichnete Arbeit geleistet! Darauf spendiere ich eine Runde Kölsch. Daniel, lauf schnell rüber zu Früh und hol ein kleines Fässchen!«

Er setzte sich sogar mit uns an den Pass, der große Meister. Das hatte er noch nie gemacht, seit ich in seiner Küche arbeitete. Zu Anfang traute sich keiner so recht, was zu sagen, aber dann setzte Sandra, die neben mir saß, ihr besorgtes Lächeln auf und fragte: »Wissen Sie, wie es Herrn Niehauser geht, Chef?«

»Er hat eine schwere Magen-Darm-Grippe. Das muss ein ganz aggressiver Virus sein. Wie's scheint, kann er die Toilette kaum verlassen. Es ist ihm sehr unangenehm, dass er gerade jetzt nicht hier sein kann, ihr wisst ja alle, wie zuverlässig er ist. Nun ja, so hatte ich mal wieder das Vergnügen, mit euch zu kochen. Ihr könnt euch gar nicht vorstellen, wie sehr mir das manchmal fehlt, hier am Herd zu stehen, bei all den anderen Verpflichtungen, die ich sonst noch habe.«

»Sie waren superklasse, Chef!«, rief Dany und errötete.

Spielmann grinste.

»Danke, Daniel. Sag mal, jetzt bist du fast ein Jahr bei uns. Hast du eigentlich schon auf allen Posten gearbeitet ...«

»Von wegen aggressiver Virus«, flüsterte Sandra mir von der Seite zu. »Niehauser ist der Tote auf den Magen geschlagen. Ich hätte nie gedacht, dass der General so empfindlich ist.«

»Kann ja nicht jeder so hart gesotten sein wie ihr Fleischköche«, meinte ich.

»Von wegen. Der hat was mit dem Mord zu tun, das sag ich dir. Niehauser und Schwertfeger kannten sich. Niehauser hat bei ihm sein Auto gekauft, hat er mir selbst erzählt.«

»Und weil der Auspuff nicht funktionierte, hat er ihn vergiftet, oder was?«, fragte ich verständnislos.

»Zog sich auf alle Fälle ziemlich lange hin, dieser Autokauf, die beiden haben sich mindestens fünfmal getroffen. Das habe ich mitbekommen. Man munkelt ja, dass Schwertfeger mit der polnischen Automafia Geschäfte gemacht hat.«

»Wwwohher weiweißt dudu dadas?«, stotterte Holger, der uns gegenübersaß und zugehört hatte.

»Ich habe meine Augen und Ohren überall, Hohoholger«, höhnte Sandra, näherte sich Holger mit einem Kussmäulchen und gab ihm einen Stups auf die Nase. »Ich weiß zum Beispiel, dass du mit Dany am Samstagnachmittag zum FC-Spiel willst. Und keiner von euch traut sich, zu fragen, ob ihr dafür zwei Stunden später kommen könnt.«

Holger verstummte und wurde rot.

»Da sieht man mal wieder, dass der Service deutlich länger arbeitet als die Küche!« Krüger kam mit Schwung durch die Schwingtür, ließ sich auf einen Stuhl fallen und von Dany ein Bier zapfen. »Danke, Süßer!« Er tätschelte Dany den Arm, der das offensichtlich nicht mochte. »Apropos, mein Typ des Abends war eindeutig der RTL-Kameramann: römische Nase, Oliventeint, zartgliedrige Finger, mein Gott, war der schön, aber mehr auch nicht. Chef, haben Sie schon erzählt, wie elegant Sie diese Mediengeier abgefertigt haben? Nein? Also ...«

»Jetzt aber bitte keinen Roman.« Sandra stöhnte leise, doch Krüger hörte es dennoch.

»Ich brauche gar nichts zu erzählen, wenn ihr nichts hören wollt!« Beleidigt nahm er einen Schluck Bier.

»Natürlisch wulle mir jät hüre!« Kraußler wischte Krügers Geziere in seiner kölschen Art vom Tisch. »Dat Sandra is en Jiftspritz, dat weiß he jeder.«

»Also, gut. Angekündigt hatte sich das RTL-Team für neunzehn Uhr, gekommen sind sie um einundzwanzig Uhr. Da war natürlich das Resto schon voller Gäste, genau darauf waren die ja aus, diese Geier. Aber da hat ihnen der Chef einen Strich durch die Rechnung gemacht. Von wegen im Restaurant filmen, Datenschutz, Pressegesetz und so, nichts zu machen. Aber ihn könnten sie gern filmen, draußen vor dem Resto. Und dann hat er ihnen eine Kopie der Laborergebnisse in die Hände gedrückt. Die haben ziemlich dumm aus der Wäsche geguckt, als sie abgezogen sind, nicht wahr, Chef?«

»Wie gut, dass mein alter Freund Paffrath der Leiter vom gerichtsmedizinischen Institut ist«, meinte Spielmann, »sonst wäre ich niemals so schnell an die Laborergebnisse gekommen.«

»Aber das war das einzige erfreuliche Ereignis des Abends«, fuhr Krüger fort. »Das Publikum war fürchterlich. Kein Tisch, an dem nicht über Schwertfeger geredet wurde, wilde Spekulationen überall. Schwertfeger soll Ärger mit seinen Autohauspartnern gehabt haben, Schwertfeger Opfer einer Intrige seines Karnevalsvereins, Schwertfeger von einem Stricher umgebracht, lauter so unglaubliche Geschichten! Ich sage euch, unter den Tischen war bestimmt mehr als eine Digitalkamera versteckt. Für den Fall der Fälle. – Es gab Leute, die haben das gleiche Menü bestellen wollen, das Schwertfeger gegessen hat.«

»Dat is ja schlimmer als de Huhwassertourismus!«, rief Kraußler empört.

»Aber bei uns müssen sie für ihre Neugier richtig Geld bezahlen«, sagte Pfister.

Im Restaurant klingelte das Telefon.

»Bestimmt Ihre Frau, Kraußler«, spöttelte Krüger und stand auf, um den Anruf entgegenzunehmen. »Die will, dass Sie nach Hause kommen.«

Aber das Gespräch war für Spielmann.

»Da ist Fischer am Telefon, der Speckmantel«, flüsterte uns Krüger zu, nachdem er wieder in der Küche war. »Ob die doch was in unserem Essen gefunden haben?«

Gespannt warteten wir alle auf Spielmanns Rückkehr. Aber das dauerte. Als er vom Telefon zurückkam, setzte er sich nicht wieder zu uns. Alle sahen ihn erwartungsvoll an, aber er sagte nichts.

»Was Unangenehmes?«, fragte Sandra.

Spielmann schob seinen Stuhl unter den Pass.

»Es ist spät geworden«, murmelte er, »Zeit, Feierabend zu machen.«

Ich war zu aufgekratzt, um direkt nach Hause zu gehen. In der milden Sommernacht waren in der Altstadt noch viele Leute unterwegs. Um diese Zeit kamen Heerscharen von Touristen auf einen Kurzurlaub nach Köln, oft ganze Busladungen von Kegelclubs und Kirchenchören. Nachdem sie tagsüber den Dom und das Schokoladenmuseum besichtigt hatten, versoffen sie abends in der Altstadt ihre Vereinskassen. Vor Groß Sankt Martin torkelte eine kleine Truppe betrunkener Sangesbrüder an mir vorbei, an die Luft gesetzt von einem Wirt der tausend Kneipen und Kaschemmen, die es in der Gegend gab.

Der Tag hätte so schön zu Ende gehen können, wenn dieser Anruf nicht gewesen wäre. Was hatte Fischer von Spielmann gewollt? Hatte die Polizei eine heiße Spur? Wurde jemand aus dem Goldenen Ochsen verdächtigt?

Ich fühlte mich in der Spielmannschen Brigade wohl, ich kam mit allen gut klar, selbst Sandra Bäumer hatte mir bis jetzt keinen großen Ärger gemacht, obwohl ich das bei unserer ersten Begegnung befürchtet hatte. Ich wollte nicht, dass einer von uns etwas mit dem Mord zu tun hatte.

Es war jetzt zwei Uhr morgens. Ziellos stromerte ich durch die Altstadtgassen. Ich war noch hellwach. Nachts allein durch fremde Städte zu gehen, fand ich eigentlich immer aufregend, aber an diesem Abend war mir etwas mulmig. Schnell verscheuchte ich die Gedanken an den toten Schwertfeger.

Mit so einem Stromergang hatte die Geschichte mit Ecki in Wien begonnen, an einem Würstl-Stand in der Mariahilfer Straße, morgens um drei. Ich kaute gerade an einer viel zu salzigen Käsekrainer, als er plötzlich neben mir stand.

»Nix mit schlafen nach der Arbeit? Gibst dir Wien bei Nacht? Komm, ich zeig dir was, wennst magst!«

Ich arbeitete gerade zwei Wochen bei Gerer, und Ecki war ein Gesicht unter vielen in der neuen Brigade. Doch von dieser Nacht an begleitete mich Ecki jede Nacht. Und wenn man so zu zweit durch eine fremde Stadt stromert und morgens um drei viel zu salzige Käsekrainer isst, dann kommt man sich irgendwann näher. Und ein nicht so hübsches Gesicht verwandelt sich dann in strahlende Bergsee-Augen und einen wunderbaren Mund. So fing das an mit Ecki, und nie mehr könnte ich nachts durch Wien gehen, ohne bei jedem Schritt an ihn zu denken. In der Wollzeile hat er zum ersten Mal meine Hand genommen, am Franz-Josefs-Kai habe ich ihn zum ersten Mal geküsst, in der Salesianergasse haben wir das erste Mal über ein gemeinsames Lokal geredet, und am Naschmarkt haben wir einen Namen dafür gefunden, »Paradeiser« sollte es heißen, so nennen die Wiener Tomaten, Früchte aus dem Paradies.

Nichts wurde aus dem Paradies, jetzt kochte Ecki in Bombay, der blöde Hund.

*

Hell strahlte die Sonne am nächsten Morgen in mein weißes Zimmer, als Adela in ihrem erdbeerroten Jogginganzug hereinstürmte.

»Dein Kommissar hat zugeschlagen. Na ja, die Spur zum Niehauser war so breit wie die Kölner Ringe, da musste er handeln! Er liegt aber falsch.«

Es war spät gewesen gestern Abend, und ich erinnerte mich nicht, mit Adela über Fischer oder Niehauser gesprochen zu haben. Sie hatte schon geschlafen, als ich nach Hause gekommen war.

»Gibt's Kaffee?«, nuschelte ich.

»Frisch aufgebrüht.«

»Prima. Ich geh nur noch schnell duschen.«

Der Express lag ausgebreitet auf dem Küchentisch. »Sternekoch verhaftet« stand da in großen Buchstaben. Des Weiteren erfuhr man, dass die »Sonderkommission Ochse« den Küchenchef am gestrigen Abend wegen dringendem Tatverdacht verhaftet hatte. Artur N. wurde verdächtigt, seinen Liebhaber Josef Schwertfeger ermordet zu haben. Auf der nächsten Seite ließ der Express Kölner Karnevalsgrößen zu Wort kommen: »Wir haben einen Freund und Förderer des Kölner Karnevals verloren.« »Unfassbar – so war unser Jupp nicht.« »Niemals geht man so ganz! Mach et gut, Jupp!«

Ich ahnte, was Fischer Spielmann gestern Nacht am Telefon mitgeteilt hatte.

»Mein erster Gedanke im Thermalbad, erinnerst du dich?« Adela goss mir Kaffee ein. »Aber ich habe ihn schnell wieder verworfen. Dann wäre Eifersucht das Motiv für die Tat, und das passt nicht …«

Mein erster Gedanke war, dass Spielmann jetzt noch eine Weile mit uns kochen würde. Mein zweiter Gedanke, dass ich mir Schwertfeger und den General nicht als Paar vorstellen konnte. Der joviale rundliche Karnevalsprinz und der soldatisch pflichtbewusste Koch. In meinem Kopf passten die zwei nicht zusammen. Meinen dritten Gedanken konnte ich nicht mehr zu Ende denken, weil das Telefon klingelte.

»Deine Mutter«, sagte Adela, »sie hat schon dreimal angerufen.«

Ein schöner Morgen war das nicht. Ich rechnete nach. Immerhin, seit drei Wochen hatte ich nicht mehr mit ihr telefonieren müssen. Vielleicht merkte sie so allmählich, dass ihre zweiunddreißigjährige Tochter erwachsen war? Ich erzählte ihr nur das Allernötigste, um mein Leben vor ihrem Zugriff abzuschotten. So lange ich denken konnte, hatte ich unter ihren ständigen Kontrollen gelitten. Sie war ein äußerst beherrschender Mensch, und ich verstehe bis heute nicht, wie mein Vater es bei ihr aushält.

»Kannst du dir vorstellen, was für Sorgen wir uns machen?« Mit dieser Frage fing sie immer an. »Da passiert ein Mord bei euch, und du rufst nicht mal an! Aus der Zeitung muss ich davon erfahren. – Ich bin natürlich schon darauf angesprochen worden. Hier im Dorf wissen doch alle, dass du da arbeitest.«

»Mama«, sagte ich, »jetzt mach mal –«

»Soll ich denn sagen, ich weiß nichts? Oder soll ich sagen, unserer Tochter ist es egal, wenn ihre Eltern sich Sorgen machen?«

»Mama, darum geht's doch gar nicht.«

»So? Ich kann's nicht glauben, Kindchen. Verwickelt in einen Kriminalfall! Wirst du verdächtigt? Du hast doch hoffentlich nichts mit der Sache zu tun? Ach herrjemine, nicht auszudenken –«

»Wie geht's Papa?«, fragte ich schnell. Ich musste sie auf andere Gedanken bringen, sonst sah sie mich auch noch in Untersuchungshaft sitzen.

»Der ist angeln, obwohl ihn sein Kreuz plagt. – Ach ja, das Wichtigste hätte ich in der Aufregung fast vergessen: Der Bernhard heiratet die Sonja.«

Hinter diesem Satz lauerte ein ganzes Bataillon unausgesprochener Vorwürfe: Dein kleiner Bruder heiratet vor dir. Dir läuft jeder Mann davon. Du bist viel zu weit weg, komm endlich nach Hause. Hör auf, für die oberen Zehntausend zu kochen und mache endlich was Gescheites. Und, und, und.

»Wie schön, sag ihm, er soll mich mal anrufen.«

»Er hat's schon ein paar Mal probiert, aber du bist ja nie da …«

Es dauerte einige Zeit, bis ich sie endlich abgewimmelt hatte.

»Ich geh in die Stadt«, sagte ich danach zu Adela.

Ich brauchte jetzt dringend Ablenkung. Nachdem ich mir eine sündhaft teure Hose und die neue CD von Charlie Haden gekauft hatte, setzte ich mich mit einem Döner im Rheingarten in die Sonne. Der Rhein glitzerte, und die Touristen lärmten. Mit seiner Mutter sollte man sich zwischen siebzehn und zwanzig streiten, danach müsste Frieden sein. Warum nur konnte sie mich nicht in Ruhe lassen? Mit einem frischen Kölsch spülte ich den letzten Ärger über meine Mutter hinunter. Kurz vor vier überquerte ich den Fischmarkt auf dem Weg zur Arbeit.

Als ich die Ochsenküche betrat, stand die Brigade komplett in der Schwingtür und schaute ins Resto.

»Was ist denn los?«, wollte ich wissen.

»Sei leise!«, zischte Sandra. »Der Chef gibt ein Interview!«

Ich klemmte mich hinter die anderen, und dank meiner Größe konnte ich alles sehen. Spielmann stand vor einer Bananenstaude. Mit einer Hand stützte er sich leicht an Tisch Fünf ab, der schon festlich gedeckt war. Er trug einen seiner zweireihigen Kochkittel mit stoffbezogenen Knöpfen. Seinen Namen hatte er nicht wie üblich klein und fein, sondern in großen Buchstaben, seine Unterschrift imitierend, darauf sticken lassen, in Blau! Ich fand das sehr protzig. Zwei Kameras und mehrere Mikrofone waren auf ihn gerichtet.

»Der Tod von Jupp Schwertfeger ist wirklich tragisch, und ich versichere seiner Familie noch einmal mein vollstes Mitgefühl. Aber – und das muss ich mit großer Deutlichkeit sagen – Herr Schwertfeger ist nicht durch eine unserer Speisen vergiftet worden, dazu liegen jetzt alle Laboruntersuchungen vor.«

Er hätte auch Politiker werden können.

»Was ist mit Niehauser? Was sagen Sie zu seiner Verhaftung?«, wurde er von verschiedenen Seiten bedrängt.

»Ich hoffe sehr, dass die Polizei sich irrt. Bis dahin gilt: Im Zweifel für den Angeklagten. Solange seine Schuld nicht eindeutig bewiesen ist, bleibt er für mich unschuldig. Und wenn Sie meine persönliche Meinung wissen wollen: Ich glaube nicht, dass mein Küchenchef irgendjemanden umbringen könnte.«

Obwohl Spielmann in seinen Interviews eine wirklich gute Figur gemacht hatte, war die Berichterstattung über den Mordfall keine wünschenswerte Presse für den Ochsen. Krüger kämpfte weiter an der Telefonfront, beruhigte und hofierte Gäste. Trotzdem war der Ochse an diesem Tag nicht wie sonst ausgebucht. Natürlich hofften wir alle, dass das Interesse der Medien an dem Mord bald erlahmen und der Ochse wieder einzig und allein als Adresse für gute Küche in der Öffentlichkeit stehen würde.

Aber es sollte alles noch viel schlimmer kommen.

Schwertfeger war, wie sich herausgestellt hatte, durch die Kombination von einem starken Herzmittel und Alkohol umgebracht worden. Sein Mörder hatte ihm dieses Herzmittel einige Stunden vor seinem Tod verabreicht und durch den Alkohol, den er im Goldenen Ochsen getrunken hatte, war es dann zum Herzversagen gekommen. Aber wie Niehauser an dieses verschreibungspflichtige Mittel gekommen sein sollte und wann er es Schwertfeger hätte verabreichen können, gab nicht nur der Presse, sondern auch uns viele Rätsel auf.

»Wor dä nit im Februar in Budapest jewäse, dä Niehauser?« Kraußler klopfte seine Fleischstücke weich. »Im Osten is et övverhaup kei Problem, an su e Medikament ze kumme, für Jeld kriste da alles!«

»Der brauchte nicht so weit zu reisen, Niehauser hat einen Pharmareferenten als Cousin, über den konnte er sich alles besorgen.« Sandra kramte in ihrer Schublade. »Wo ist mein Fleischmesser? Wer hat mein Fleischmesser benutzt?«

»Wie oft han ich et schon jesaat, du Zuppel! Kauf dir 'nen Messerkoffer. Dann häste Ordnung. Ävver dovör is dat Madämsche zu jeizig, schmieß leever ihr Jeld für Klamotte rus.«

Kraußler redete sich in Fahrt.

»Ich habe das Messer gestern in die Schublade gelegt!« Sandra durchsuchte die Schublade nun hektisch.

Wir kannten das schon. Es kam öfter vor, dass sie eines ihrer Messer nicht finden konnte. Nicht mal Dany war so chaotisch wie sie.

»Aber Niehauser muss sehr raffiniert vorgegangen sein.« Sandra förderte drei Messer zutage, aber ihr Fleischmesser war nicht dabei. »An dem Tag, an dem Schwertfeger umgebracht wurde, hat er seit mittags bei uns im Ochsen gestanden, das können wir alle bestätigen. Wann soll er Schwertfeger dieses Herzmittel eingeflößt haben?«

»Dä mäht Bestellunge, dä muss Lieferungen annemme. Wie schnell ist do e halv Stündche öm? Do hätt hä fott sin künne, ohne dat et einer vun uns merk. – Häste jetz dat Metz? Loor ens im Spölbecke noh!« Kraußler verdrehte die Augen.

»Wo hätte er ihm dann das Mittel verabreichen sollen?« Sandra warf einen Blick in die Spüle. »Da ist es auch nicht, kannst du mir ein Messer leihen?«

»In 'ner Kaffebud op dr Huh Stroß. Do is et immer su voll, do kannste schnell ens unbemerkt e Pülverche in dr Kaffee streue. Un wenn dr Kaffee dann bitter schmeck, wunderste dich nit ens, weil dat do öfter vürkütt.«

»Stimmt, so könnte es gelaufen sein, du bist ja ein richtiger Detektiv, Kraußler! – So ein Shit, ich find das Messer einfach nicht!«

»Dann nimm halt endlich eins vun minge. Et nächste Mol verlang ich äver Leihjebühr dovür!«

»Da ist es ja! In der Schublade, wie ich gesagt habe!« Triumphierend hielt Sandra ihr Fleischmesser hoch. Die Bullen drehen

Niehauser bestimmt ordentlich durch die Mangel, und bald können wir in der Zeitung lesen, wie er es gemacht hat.«

»Vielleicht war er es gar nicht«, sagte Pfister.

»Kannst du jetzt mal dein Fleisch schneiden, Sandra«, drängelte ich. »Ich steh hier schon fünf Minuten mit der Brunnenkresse. Ich will keine Wurzeln schlagen.«

»Katharina die Große will keine Wurzeln schlagen«, stichelte sie. »Du bist doch nur so fleißig, weil du dich beim Alten einschmeicheln willst. Glaub bloß nicht, dass ich das nicht gemerkt habe.«

»Ich bin halt die Bessere von uns beiden!« Mein erster Eindruck hatte mich doch nicht getäuscht. Die Bohnenstange machte Ärger. Aber mit der würde ich schon fertig werden.

»Du bist wirklich schnell, vor allem wenn man bedenkt, was du an Eigengewicht mit dir herum–«

Als Spielmann in die Küche kam, verstummte Sandra. Er duldete kein Getratsche bei der Arbeit.

*

Ich traute meinen Augen nicht, als ich zwei Tage später Niehauser zufällig in einer Kneipe traf. Wie so oft, war ich abends nach der Arbeit durch die Altstadt gestromert und wollte im Päffgen einen Absacker trinken. Da stand der General am Tresen. Ich war so irritiert, dass ich schon wieder gehen wollte, aber er hatte mich bereits erblickt.

»Da staunen Sie, was?«, sagte er ziemlich laut. Er schien bereits einiges getrunken zu haben. »Kommen Sie her, Frau Kollegin, auf meine Freiheit gebe ich einen aus.«

Er bestellte ein Kölsch und drückte es mir, ohne meine Antwort abzuwarten, in die Hand.

»Auf Ihre Freiheit«, sagte ich.

»Jawohl!« Niehauser schlug die Hacken zusammen.

»Seit wann sind Sie wieder draußen?«

»Seit genau fünf Stunden«, nuschelte er nach einem Blick auf die Uhr.

»Und seither sind Sie hier?«

»Ich habe zuerst eine Stunde lang geduscht. Ich musste den Knastgeruch los werden.« Niehauser schüttelte sich. »Wissen Sie, wer mich gerettet hat? – Sie werden's nicht glauben: Rungis.«

Rungis war ein Feinkosthandel, über den wir ein Teil unserer Waren bezogen. Mit dem Rungis-Express wurden sie täglich frisch aus dem Pariser Stadtteil Rungis, wo nach dem Abriss der Hallen jetzt der Pariser Markt zu Hause war, nach Köln gebracht.

»An Schwertfegers Todestag hatte ich Ärger mit der Rungis-Bestellung. Den ganzen Nachmittag musste ich hin und her telefonieren, ich hatte überhaupt keine Möglichkeit, Schwertfeger das Gift einzuflößen. Aber bis die das bei der Polente kapiert haben! Die haben keine Ahnung, wie viel Ärger zwanzig Wachteln machen können. Wachteln. Am Anfang haben die tatsächlich gedacht, ich will sie vergackeiern. Die waren so wild darauf, mir einen Mord aus Eifersucht anzuhängen!«

So viel und so lange hatte der General noch nie mit mir gesprochen. Aus der Untersuchungshaft entlassen fängt wahrscheinlich der schweigsamste Mensch an zu plaudern. Und das Kölsch löste zusätzlich die Zunge.

»Dann hatten Sie beide gar kein Verhältnis?«, fragte ich vorsichtig.

»Verhältnis! Verhältnis! Bin ein paar Mal mit ihm im Bett gewesen, na und? – Wieso sollte ich ihn deswegen umbringen? Worauf hätte ich eifersüchtig sein sollen? Auf seine frustrierte Gattin? Wissen Sie, was ich mich seit Tagen frage?« Er kippte ein weiteres Kölsch hinunter. »Wer der Polente das gesteckt hat. Keiner wusste etwas von uns. Ich habe mit niemandem drüber gesprochen. Oder wusste etwa einer aus der Brigade etwas davon?«

»Keine Ahnung, ich jedenfalls nicht!«

»Es wusste bestimmt keiner. Und Schwertfeger war noch vorsichtiger als ich, der war ja ein Geheimnistuer hoch zehn! Das hatte er seiner Tussi hoch und heilig versprechen müssen, dass in der Öffentlichkeit niemals bekannt wird, dass er auf Männer steht. Also, wer wusste von uns, und wer hat mich bei der Polente angeschwärzt?«

Jetzt nuschelte er nicht nur, sondern gab seiner Stimme zusätzlich einen weinerlichen Unterton, und seine Augen füllten sich tatsächlich mit Tränen. Das machte ihn mir nicht sympathischer. Aber jemandem, der gerade aus dem Gefängnis kam, musste man eine gewisse Portion Selbstmitleid zugestehen.

»Wenn ihr den habt, dann habt ihr den Mörder, habe ich immer zu diesem Fischer gesagt. Aber der will irgendwie 'ne Sexgeschichte draus machen. Da sagt man immer, wir Schwule seien pervers, aber ich sage Ihnen, die wahren Perversen sind bei der Polente.«

»Haben Sie denn einen Verdacht?«, fragte ich.

»Ich würde sagen, es war seine Tussi. Bei dem Stress, den er immer mit der gehabt hat. Oder dieser alte Kumpel von ihm, mit dem er seine Firma aufgebaut hat. Den hat Schwertfeger beim Umzug der Firma an den Clevischen Ring schwer abgezockt. – Was denken Sie, was ich mir darüber in den letzten Tagen den Kopf zerbrochen habe. Es ist alles so gottverdammt beschissen.«

Er ließ seinen Kopf auf meine Schulter fallen und schniefte schwer. Der General kapitulierte.

»Herr Niehauser«, sagte ich und schob vorsichtig seinen Kopf zurück. »Es ist besser, Sie gehen jetzt nach Hause!«

Ich bat den Köbes, ein Taxi zu rufen, und verfrachtete Niehauser fünf Minuten später in den Wagen. Ich nickte ihm ein letztes Mal aufmunternd zu, aber er reagierte nicht, sondern hatte schon die Augen geschlossen.

Am nächsten Tag stand Niehauser wieder in der Ochsenküche. Unser Treffen im Päffgen erwähnte er mit keinem Wort. Seine sonnenstudiobraune Haut sah an diesem Morgen grau aus, er hatte Ringe unter den Augen, und die sonst sorgsam gekämmten Haare waren struppig und stumpf. Spielmann kam und begrüßte ihn freundlich.

»Sie können sich nicht vorstellen, wie froh ich bin, wieder hier zu sein«, sagte der General mit leicht krächzender Stimme und knetete dabei seine Hände. »Ich hatte schon ganz vergessen, wie schön diese Küche aussieht.«

»Wie wor et im Knast?« Kraußler hatte wirklich das Gemüt eines Hornochsen. »Hät et Esse jeeschmeck?«

»Furchtbar. Absolut furchtbar. Aber das Essen war nicht das Schlimmste.«

Niehauser wirkte jetzt wieder kühl und unnahbar. Natürlich waren alle sehr neugierig und wollten Genaueres über Verhöre, Gefängnis und – Berufskrankheit – über die dortige Küche hören. Niehauser beantwortete nur wenige Fragen und diese einsilbig und mürrisch. Er machte sofort klar, dass er nicht über diese Zeit reden wollte. Er zog sich schnell seine Arbeitskleidung an und sprach mit Spielmann den Speiseplan durch.

»Hoffen wir mal, dass die Polizei den Mörder Schwertfegers bald fasst«, meinte Spielmann. »Auf alle Fälle ist es großartig, dass Sie wieder bei uns sind, Herr Niehauser. Ich brauche Sie auf Ihrem Posten, ich muss mich dringend um andere Sachen kümmern!«

Niehauser war das sehr recht. Er gierte förmlich nach Arbeit. Ohne viele Worte zu machen, übernahm er seinen Posten als Küchenchef wieder. Seine Gefühle verbarg er hinter einer eisigen Maske. Pflichtbewusst bis zum Äußersten ließ er nicht den kleinsten Fehler durchgehen. Aber ich bin mir sicher, dass nicht nur ich bedauerte, dass Niehauser jetzt wieder Küchenchef war. Nicht weil er auf diesem Posten schlecht war, sondern weil er zwischen uns und Spielmann stand und wir den großen Meister nicht mehr so nah bei der Arbeit erleben durften.

*

Müde und kaputt machte ich mich nach der Schicht auf den Heimweg. Regen hatte seit dem Mittag das schöne Sommerwetter vertrieben. Mittlerweile regnete es nicht mehr, war aber recht kühl. Obwohl der Weg über die Deutzer Brücke für mich der nächste war, ging ich lieber über die Hohenzollernbrücke nach Hause. Auf dem Rathausplatz spielte eine deutsch-französische Jugendgruppe Fangen. Vor dem Senatshotel verabschiedete sich eine Altherrenrunde voneinander.

Als ich beim Domhotel die Treppen zum Roncalliplatz hochstieg, sah ich Spielmann auf seinen Inlinern. Kraftvoll und elegant drehte er seine Runden, nur dann und wann unterbrach er sie, um zu einem Sprung anzusetzen. Der Platz gehörte ihm, die Nachtschwärmer, die dem Hauptbahnhof zueilten, beachteten ihn nicht. Völlig auf sich konzentriert glitt er über den großen Platz, ein schlanker, schwarzer Strich vor der mächtigen Domfassade. Als ich durch die Passage des Römisch-Germanischen Museums weiter Richtung Hohenzollernbrücke gehen wollte, fuhr Spielmann direkt auf mich zu.

»Schweitzerin. Was machen Sie denn hier?«

»Bin auf dem Weg nach Hause.«

»Da will ich auch hin. Aber vorher brauche ich noch ein Kölsch. Leisten Sie mir Gesellschaft?«

In den letzten Tagen hatte Spielmann bei mir viele Pluspunkte gesammelt, und ich freute mich über die Einladung.

Spielmann stakste mit seinen Inlinern über das Kopfsteinpflaster und führte mich in ein Altstadtlokal, in dem ich noch nie gewesen war. Es war keine dieser lauten Touristenkaschemmen mit Stimmungsmusik und überhöhten Preisen, sondern eine schlichte Kneipe, wie man sie in den Kölner Veedeln findet. Problemlos fanden wir einen Platz am Tresen.

»Haben Sie keine Angst um Ihre Knochen?«

»Sie glauben, ich sei zu alt für diesen Sport?« Spielmann grinste mich spöttisch an.

»Ungefährlich sieht es jedenfalls nicht aus. Wenn Sie sich bei so einem Sprung auf den Hintern setzen, na ja.«

»Seien Sie doch nicht so extrem vernünftig, Schweitzerin! Was ist das Leben ohne Risiko! Dieser kleine Kitzel vor dem Sprung. Und dann schweben Sie in der Luft, ganz wunderbar ist das, sage ich Ihnen. Hinterher geht es mir immer wahnsinnig gut. Was treiben Sie für einen Sport?«

»Ich saune.«

Sport hat mich noch nie interessiert, und die Vorstellung, auf solchen Rollschuhen durch die Gegend zu kurven, fand ich horribel.

»Sie sollten es trotzdem mal probieren. Ich weiß nicht, wie ich den Stress der letzten Tage durchgestanden hätte ohne diese Rollschuhe. Das ist wirklich entspannend und macht den Kopf frei!« Spielmann nahm einen Schluck Bier und fuhr fort. »Ich bin froh, dass Niehauser wieder bei uns ist. Wenn die Polizei ihre Arbeit so gut macht wie wir die unsrige, dürfte es nicht mehr sehr lange dauern, bis sie den Mörder von Schwertfeger findet. Ich mag gar nicht daran denken, dass sich die Untersuchungen noch länger hinziehen könnten! – So und jetzt Schluss mit diesen unangenehmen Dingen. Erzählen Sie was von Gerer! Was macht mein alter Freund? Ist er immer noch mit dieser temperamentvollen Ungarin zusammen? Wussten Sie, dass ich mit Gerer vor zwanzig Jahren gemeinsam bei Witzigmann gearbeitet habe?«

Natürlich wusste ich das. Damit hatte Gerer bereits angegeben. Witzigmann! Der Mann ist heute schon Legende. Ich kenne keinen Koch, der nicht bei Witzigmann arbeiten wollte. Dementsprechend beneidet wurde das Häuflein Auserwählter, das seine Schule durchlaufen konnte.

»Mit Gerer habe ich nach der Arbeit die Münchner Discos unsicher gemacht, war 'ne schöne Zeit. Schon seit Jahren verspricht er, mich mal in Köln zu besuchen! – Aber ich habe es auch noch nicht bis zu ihm nach Wien geschafft.«

Ich erzählte von Gerer und Wien, und irgendwie kam die Sprache auf Ecki, den hatte ich schließlich bei Gerer kennen gelernt, und den geplatzten Traum vom eigenen Resto.

»Gut so!«, meinte Spielmann. »Viele Kollegen versteifen sich viel zu früh auf ein eigenes Unternehmen. Ein, zwei Jahre länger in exzellenten, internationalen Häusern täten den meisten von ihnen gut. Ich kann Ihnen allein in Köln fünf Beispiele nennen, wo junge, wirklich begabte Kollegen im letzten Jahr mit einem eigenen Unternehmen gescheitert sind. Man muss auch wirtschaften können. Und dann die Impulse von außen, in viele fremde Töpfe gucken, das ist entscheidend für unseren Beruf. Wenn ich an Mitsuo Okamoto und Tokio denke ... Das ist so eine fremde Welt, da wird ganz anders gekocht! Unser Beruf ist eine der letzten fahrenden Zünfte! In welchem Job kann man sonst noch in der Welt herumkommen?«

»Aber irgendwann muss Schluss sein mit dem Herumreisen. Dann muss man was Eigenes aufbauen.« Es ärgerte mich, dass Spielmann in dieser Frage so sehr Eckis Position einnahm.

»Natürlich, da haben Sie Recht, aber nicht zu früh. – Sie sind eine gute Köchin, Frau Schweitzer, eine sehr gute, aber Sie können noch besser werden. Ich verspreche Ihnen, unter meiner Regie werden Sie ganz groß. In zwei Jahren fliegen Ihnen die Angebote nur so zu, und Sie können sich aussuchen, ob Sie ein eigenes Restaurant auf Sylt oder in den Alpen haben wollen, das verspreche ich Ihnen.«

Natürlich übertrieb Spielmann maßlos, aber ich genoss die Lobhudelei ungemein. Mit Spielmanns Protektion konnte ich in meinem Job weit kommen. Er kannte alles, was Rang und Namen hatte. Vielleicht konnte er mir eine Stelle als Chef de Partie bei Witzigmann besorgen.

»Warum ich?«, fragte ich. »Es gibt viele gute Köche.«

»Aber nur wenige haben den Biss, es bis ganz nach oben zu schaffen. Da muss zur Begabung noch der Ehrgeiz und das Durchhaltevermögen kommen. Bei Ihnen ist es so. Glauben Sie mir, ich weiß, wovon ich rede!« Er prostete mir mit einem frisch gezapften Kölsch zu.

Wie alt mochte Spielmann sein? Mitte fünfzig? Wenn er lachte, hatte er ein Lausbubengesicht und sah richtig gut aus.

Er erzählte mir von einer neuen Kochsendung, die ihm RTL angeboten hatte.

»Wissen Sie, nicht so ein Herumbrutzeln, wie es die Kollegen in den Morgenmagazinen machen oder so ein Wettkampf wie das Kochduell, nein, die Sendung hat ein ganz neues Konzept. Der Arbeitstitel heißt ›Berühmte Gerichte‹, das muss natürlich am Ende peppiger klingen. Die Idee ist folgende: Jeder kennt Boeuf Stroganoff, Filet Wellington, Sachertorte oder Pêche Melba. Aber wer weiß, wie diese Gerichte entstanden, wie sie zu ihrem Namen gekommen sind? Der Sender produziert nach meinen Ideen einen kleinen Einspielfilm. Kaufmann Stroganoff ist auf der beschwerlichen Heimreise von seiner Salzsiederei im Ural. Seine Frau bekniet den Koch, für ihren Mann etwas ganz Besonderes zu kreieren, voilà, Boeuf Stroganoff. Oder wir zeigen die große Nellie Melba, von Liebeskummer zerfressen, im Ritz in Monte Carlo. Sie ruft ihren Lieblingskoch, den großen Escoffier, und der erfindet für sie Pêche Melba.«

»Die Geschichte wird Pfister gefallen. Escoffier ist für ihn der größte Koch.«

»Ja, ja.« Spielmann interessierte das nicht, er schwelgte in der Vorstellung seiner neuen Sendung. »Und nach diesem Einspielfilm, das lässt sich der Sender was kosten: Originalschauplätze, Kostüme und so weiter, koche ich das Gericht in zeitgemäßer Form für den Hausgebrauch nach. Das Studio dafür draußen in Ossendorf ist gerade fertig geworden. Na, was halten Sie davon?«

»Beeindruckend.« Mich wunderte allerdings, dass Spielmann bei einer neuen Kochsendung, die er mitgestalten konnte, nicht mehr wert auf die Präsentation seiner eigenen Gerichte legte, aber nun ja. Warum nicht mal wieder Filet Wellington?

»Wird so was gut bezahlt?«

»Sehr gut sogar. Multimediale Auswertung versteht sich. Buch, CD-ROM, Internetseite, Videokassette.«

Als er mir zum Schluss des Abends anbot, ihn in dieser Sendung bei den Rezeptvorbereitungen zu unterstützen, fühlte ich mich sehr gebauchpinselt. Es war zwar keine Stelle bei Witzigmann, aber auch nicht schlecht.

An diesem Abend stolzierte ich nach Hause. Auf der Hohenzollernbrücke sah ich mich als »Köchin des Jahres« auf der dritten Seite des »Feinschmecker«, auf dem Ottoplatz betrachtete ich mich als selbstverständlichen Mittelpunkt beim jährlichen Familientreffen der europäischen Starköche, und in der Kasemattenstraße stellte ich mir mein Photo in »Essen&Trinken« vor: meine roten Locken offen über einem sehr schicken weißen Kochkittel, auf dem in beigefarbenem und feinem Schriftzug mein Name stand. Vor mir ein großartiges Arrangement aus Herbstäpfeln, Quitten und Haselnüssen, farblich wunderbar auf mein Haar abgestimmt, und darunter stand: »Katharina Schweitzer, der neue Stern am deutschen Kochhimmel!«

*

Das gleichmäßige Prasseln eines dünnen Sommerregens weckte mich. Ich schloss die Augen wieder und sah immer noch den Artikel in »Essen&Trinken« vor mir ... Ich dachte an Spielmanns Angebot und stand gut gelaunt auf. Der Regen konnte mir heute nichts anhaben.

Adela saß mit Express und Stadt-Anzeiger in der Küche und schlürfte die restliche Milch aus ihrer Müslischale. »Ich hab's dir gesagt! Niehauser hat Schwertfeger nicht umgebracht!«, sagte sie bestimmt und stand auf. »Übrigens, deine Mutter hat schon zweimal angerufen. Der Termin für die Verlobungsfeier steht fest. Ich hab ihr versichert, dass du noch lebst. Ein drittes Mal wimmele ich sie nicht ab. Außerdem will ich jetzt los.«

Nein. Heute Morgen würde ich mir meine gute Laune nicht von meiner Mutter verderben lassen. Wann kapierte sie endlich, dass es mir völlig ausreichte, einmal im Monat das Notwendigste auszutauschen? Ich wusste, dass es ihr heute nicht nur um mich ging. Dank meiner Mutter, wusste das ganze Dorf, dass ich bei Spielmann in Köln arbeitete. Und sie war allzu erpicht darauf, mehr über den Mordfall Schwertfeger zu erfahren, damit sie zu Hause mit Informationen aus erster Hand angeben konnte. – Den Gefallen würde ich ihr nicht tun. Ich würde das Telefon klingeln lassen.

»Wo willst du hin?«, fragte ich Adela.

»Meinen Verdacht überprüfen. Du kannst gern mitkommen. Ich will mir Schwertfegers ersten Betrieb ansehen, die Urzelle, wenn du so willst. Die Halle liegt in einer Ecke von Köln, die du bestimmt nicht kennst. Wenn ich Glück habe, gibt es da einige sehr elegante Autos zu besichtigen ...«

Adelas Verdacht interessierte mich nicht besonders, aber ich war gern mit Adela unterwegs. Nachdem ich bei ihr eingezogen war, hatte sie mich schnell in ihr großes Herz geschlossen, und auch ich mochte sie. Oft unternahmen wir etwas gemeinsam. Die Ausflüge mit Adela waren manchmal bizarr, aber immer sehr informativ. Eine Exkursion war mir im Moment allemal lieber, als hier zu Hause den drohenden Anruf meiner Mutter zu ignorieren.

Wir fuhren nach Kalk. Vorbei an dem öden, riesigen Brachland, auf dem bis vor einigen Jahren die Chemische Fabrik gestanden hatte, im Stop-and-go über die verstopfte Kalker Hauptstraße, dann bog Adela ab. Nachdem sie uns sicher durch ein Labyrinth aus kleinen Straßen mit grauen Siedlungshäusern und wilden Müllhalden manövriert hatte, steuerte sie den Wagen in einen weiträumigen Hinterhof, ein altes Miniatur-Gewerbegebiet.

»Ich dachte, Schwertfeger war ein reicher Mann.«

»Das war er nicht immer.«

Das Einzige, was hier auf den ersten Blick jünger als dreißig Jahre aussah, war ein großes offenes Rolltor. Adela fuhr hindurch und parkte ihren Wagen direkt neben einem uralten Sportwagen, der einsam und verloren auf dem Hof stand. Der Regen hatte inzwischen aufgehört, aber der Himmel war immer noch grau.

Ich habe mich nie für Autos interessiert und besaß überhaupt nur den Führerschein, weil das auf dem Lande unumgänglich war. Aber dieser Wagen gefiel sogar mir: lange, wunderschön gerundete Kotflügel, ein winziger Innenraum mit zwei Ledersitzen und einem Armaturenbrett voller Holz und Chrom.

Adela hüpfte und kugelte um den Wagen herum und rief: »Ich hab's gewusst, ich hab's gewusst, er hat wieder angefangen!«

Sie kriegte sich so schnell nicht wieder ein, weshalb ich mir erst einmal das Gelände ansah: Rechter Hand stand ein Gebäude mit einem großen Eisentor und auf der anderen Seite eine Baracke, die augenscheinlich als Büro diente oder gedient hatte. Müngers&Schwertfeger – Autoreparatur konnte man über dem Eisentor lesen, aber die grüne Farbe war verblasst und der Schriftzug wohl seit zwanzig Jahren nicht erneuert worden. Der Blickfang der Anlage war eine wirklich große Halle mit einem gewellten, uralten Ziegeldach. Die wenigen kleinen Fenster in fast drei Meter Höhe waren blind oder kaputt, das Holztor verwittert, die Beschläge verrostet.

»Wer hat womit angefangen?« Adela schien mir wieder verhandlungsfähig zu sein.

»Na Schwertfeger mit den Oldtimern! Hier siehst du zum Beispiel einen Jaguar XK 120 vor dir. – Ist er nicht wunderschön? Mal sehen, was wir noch in der Halle finden.«

Die Halle war allerdings abgeschlossen, und ich immer noch nicht klüger. Adela holte weit aus.

»Vor ungefähr dreißig Jahren haben hier Schwertfeger und Müngers ihren ersten Betrieb eröffnet. Müngers war Kfz-Mechaniker, Jupp hat mit Gebrauchtwagen gehandelt. Das Geschäft hat schnell floriert; Müngers hat die müden Käfer und rostigen Fords ein wenig aufgemotzt, und Schwertfeger hat sie verkauft. Er war ein guter Verkäufer, der Jupp. Die beiden haben schön was verdient bei dem Geschäft. Mitte der siebziger Jahre haben sie einen besseren Ausstellungsraum gemietet, es bis 1980 zu Vertragshändler von VW/Audi gebracht und dann Neuwagen verkauft.«

Adela ging langsam zu dem Porsche zurück. Mir fehlte weiterhin der Durchblick.

»Schwertfeger hatte immer schon eine Schwäche für edle, alte Autos«, fuhr Adela fort. Sie strich mit der Hand zärtlich über einen Kotflügel des Porsche. »Und hier«, sie deutete auf die verschlossene Halle, »hat er sie in seiner Anfangszeit gesammelt. Alle frühen Porsche der Nachkriegszeit, die er kriegen konnte. In den Siebzigern ist das nicht teuer gewesen und schwer war's auch nicht. Wer wollte denn damals noch diese alten Kisten mit sechzig PS und einer Höchstgeschwindigkeit von hundertfünfzig Stundenkilometern? Schwertfeger hat mindestens fünfzehn Stück gehabt: Speedster, Cabrios, Coupés. Alle Ausgaben der frühen Jahre. Die haben hier in dieser Halle gestanden, und Schwertfeger hat sie von Müngers Stück für Stück auf Hochglanz bringen lassen.«

»Woher weißt du das denn alles?«, unterbrach ich Adelas Redestrom und ließ meinen Blick schweifen.

Tiefe Risse zogen sich durch den unebenen Teerboden auf dem Gelände, und in den Kuhlen hatte sich Regenwasser gesammelt.

»Schätzelchen, in meinem Beruf hab ich tausend Sachen erfahren! Als die Schwertfegers ihr Kind bekamen, habe ich nicht nur Ulla, sondern auch Jupp näher kennen gelernt. Natürlich hab ich ihm gesagt, dass ich mich für alte Porsches interessiere. Da war der nicht mehr zu halten. Hat mir von seiner Sammelwut erzählt und Fotos von den restaurierten Wagen gezeigt. Zu diesem Zeitpunkt hat er leider nur noch einen besessen. Aber als es Ulla einige Wochen nach der Geburt wieder besser ging, hat mir Jupp aus Dankbarkeit den Speedster für ein Wochenende geliehen. Mir wird heute noch ganz warm ums Herz, wenn ich an diese Spritztour denke!«

»Und was hat er mit den ganzen Porsches gemacht?«

»Verkauft hat er die, du Dummerle, und dabei bestimmt einen Wahnsinnsreibach gemacht. In den Achtzigern sind die Oldtimer nicht mehr nur für Liebhaber interessant gewesen, nein. Die sind von Yuppies als spekulative Anlageobjekte betrachtet worden. Ich habe darüber im Automagazin einige sehr interessante Artikel gelesen. Die Preise sind da unvorstellbar in die Höhe gegangen. Einhundertachtzigtausend Mark für einen perfekt restaurierten Porsche 356 waren nicht ungewöhnlich. Jetzt rechne das mal fünfzehn. Das war eine Kapitalspritze, da hat man schon was mit anfangen können. Und natürlich hat da jede Bank noch mal problemlos eine Reihe von Krediten draufgelegt.«

»Du willst mir jetzt nicht im Ernst den Verkauf von fünfzehn alten Porsches vor fünfzehn Jahren als Mordmotiv verklickern, oder?«

Die alte Halle, der graue Himmel, der aufgerissene Boden bildeten ein trostloses Ensemble.

»Die Sache ist kompliziert. Jetzt hör doch mal weiter zu: Diese Klitsche hat Schwertfeger und Müngers gemeinsam gehört, auch auf dem ersten Ausstellungshaus auf der Bergisch-Gladbacher-Straße hat noch Schwertfeger&Müngers gestanden. Das weiß ich deshalb so genau, weil ich da auf meinem Weg zum Krankenhaus in Holweide immer vorbeifahren musste. Aber auf dem kolossalen Prachtbau, den Schwertfeger Ende der achtziger Jahre auf dem Clevischen Ring aufgemacht hat, taucht der Name Müngers nicht mehr auf, da steht nur noch Autohaus Schwertfeger.«

»Komm doch mal zur Sache, Adela!«

»Ich glaube, dass Schwertfeger Müngers damals über den Tisch gezogen hat. Der hat ihn die alten Möhrchen reparieren lassen und dann beim Verkauf den Gewinn in die eigene Tasche gesteckt. Damals hat das Müngers vielleicht gar nicht gemerkt. Schwertfeger war ein cleverer Geschäftsmann, ein ganz ausgekochter Fuchs; das kannst du mir glauben. Und Müngers hat nie Ahnung vom Geschäftlichen gehabt, der kann halt gut Autos reparieren.«

»Geschäftspartner können sich trennen. Wer weiß, wo Müngers jetzt sein Autohaus hat?«

»Nirgendwo«, Adela spazierte zu der Baracke hinüber und rüttelte an der verschlossenen Tür, »der ist nämlich weiterhin Kfz-Meister im Autohaus Schwertfeger! Ich bring ihm doch regelmäßig meinen kleinen Schwarzen zur Inspektion. Der Mann versteht was von Autos, aber mit Menschen kann er's nicht. Wenn Müngers guten Tag und auf Wiedersehen sagt, ist er schon sehr gesprächig.« Adela presste ihre Nase an eine der Fensterscheiben. »Schau, da steht ein Schreibtisch und ein Regal mit Aktenordnern. Ich möchte zu gern wissen, wer hier noch arbeitet ...«

»Du vermutest also, dass Müngers Schwertfeger umgebracht hat, weil der ihn bei einem Autodeal vor fünfzehn Jahren betrogen hat?«

»Es gibt Leute, die brauchen Jahre, bis der Hass aus ihnen rausbricht. Stell dir doch nur mal vor, was Müngers all die Jahre hat schlucken müssen: Schwertfeger macht immer mehr Geld, geht in so schicken Läden wie dem Ochsen essen, trägt nur noch feine Anzüge, wird sogar Karnevalsprinz und Müngers kriecht immer noch unter den Autos rum. – Irgendwann ist das Fass voll. Und plötzlich schlagt er zu und bringt Schwertfeger um!«

»Das ist ja 'ne richtige Schauergeschichte, die du da erzählst! Aber meinst du, Fischer würde dir davon ein Wort glauben?«

»Dem würde ich davon kein Wort erzählen!«, entrüstete sich Adela. »Ich würde doch Müngers niemals ohne handfeste Beweise ans Messer liefern! Aber es juckt mich in den Fingern, ich würde zu gern herausbekommen, ob ich mit meiner Geschichte richtig liege.«

»Du hast zu viel Zeit, Adela, sonst kämst du nicht auf so verrückte Gedanken.«

»Besser als immer nur Kochen, Kochen, Kochen. Es gibt Tage, wo du nicht mal mitbekommst, dass die Sonne scheint.«

Erneut fing es an zu regnen, und wir liefen zu Adelas Wagen zurück.

»Apropos Kochen. Spielmann hat mir ein Angebot gemacht. Er macht eine neue Kochsendung bei RTL und will mich als Assistentin.«

»Ach ja? Und was machst du da? Zwiebeln schneiden und ihm den Schweiß von der Stirn tupfen?«

»Du bist immer direkt so negativ!«

»Wenn erfolgreiche Männer junge Frauen zu ihren Assistentinnen machen, ist Misstrauen Pflicht!«, dozierte Adela hochtrabend und klemmte sich den Sicherheitsgurt um. »Du willst dich doch nicht als schmückendes Beiwerk für Spielmanns Glanz und Gloria hergeben?«

»Jetzt hör mit diesem altbackenen Emanzenquatsch auf! Wenn du heute ein erfolgreicher Koch sein willst, musst du dich in der Medienwelt bewegen können. Spielmanns neue Sendung ist eine super Gelegenheit für mich. Ich kann mich umschauen, mich bekannt machen, Kontakte knüpfen. Jeder aus unserer Küche würde dieses Angebot mit Kusshand annehmen! – Und ich habe es bekommen.«

»Ich wollte dich nur warnen.«

»Ja, ja, ja. Ich kenne deine Einstellung Männern gegenüber. Immer auf Distanz halten! – Übrigens nur der Vollständigkeit halber: Was hat deine Müngers-Mord-Theorie damit zu tun, dass Schwertfeger wieder ins Oldtimergeschäft eingestiegen ist?«

»Das war der Auslöser für Müngers. Der hat gedacht, jetzt geht das Ganze wieder von vorne los.«

»Kapier ich nicht!«

»Ich auch noch nicht. Aber weißt du, was wir jetzt als Nächstes machen? Wir fahren bei Ulla Schwertfeger vorbei und fragen sie, was dieser Jaguar hier macht. Ich habe in den letzen Tagen schon zweimal mit ihr telefoniert. Wird Zeit, dass ich sie endlich treffe.«

So war Adela. Hatte eine Idee und setzte sie sofort um. Anrufen, sich ankündigen, fragen, ob ein Besuch genehm war, so was kannte sie nicht.

»Das Unangemeldete ist bei mir in Fleisch und Blut übergegangen«, pflegte sie zu sagen, »was meinst du, wie viele Kinder in Augenblicken auf die Welt wollen, wo man wirklich nicht damit rechnet. – Wenn's den Leuten nicht passt, brauchen sie die Tür nicht aufzumachen. Ich dränge mich keinem auf!«

*

Adela lenkte ihr Cabrio auf die Frankfurter Autobahn. Bei der Abfahrt Königsforst ließ der Regen nach, und die graue Wolkendecke brach an manchen Stellen auf. Himmelblau war zu sehen. Vereinzelt trauten sich Sonnenstrahlen zwischen den Wolken hervor. Sofort sah alles viel schöner aus.

»Ich muss um vier im Ochsen sein«, sagte ich.

»Keine Sorge, Ulla wird uns bestimmt nicht zum Essen einladen.«

Adela kannte sich hier aus. Sie bog vom Rather Mauspfad in die Wodanstraße ein und fuhr am Walhallplatz vorbei. Wir befanden uns in der Nibelungensiedlung, die in den dreißiger Jahren gebaut worden war. Wodan oder wer auch immer muss die Siedlung vor dem Bombenhagel, der Köln im Zweiten Weltkrieg zerstört hatte, geschützt haben. Die alten Häuser standen alle noch. Es gab prächtige, mit Torbogen, kleinen Laubengängen und großen Gärten, und viele schmucke Doppelhäuser mit gepflegten Vorgärten, in denen jetzt der Goldlack und die Rosen blühten. Den Walhallplatz umschloss ein Ensemble aneinander gebauter kleiner Häuschen, wie sie sich die Bauherren mit dem wenigsten Geld hatten leisten können.

Die Schwertfegers wohnten in der Donarstraße. Hier waren die Nibelungen-Häuser durch Siebziger-Jahre-Bungalows ergänzt worden. Den Schieferplattenweg zum Schwertfegerschen Anwesen säumten gelbe Rosenbäumchen. Adela klingelte. Die schmiedeeiserne Eingangstür wurde aufgerissen, und ein langer Lulatsch mit Pickeln und Bartflaum stürzte nach draußen.

»Der kleine Moritz. Hatte nur zweitausendachthundertundsiebzig Gramm, als er auf die Welt kam.« Adela winkte ihm nach.

»Oh, Adela. Jetzt schaust du sogar persönlich vorbei! Wie aufmerksam!«

Hinter Moritz war Ulla Schwertfeger aufgetaucht. Man konnte beim besten Willen nicht annehmen, dass sie sich freute, Adela zu sehen.

»Wenn wir stören, gehen wir wieder.« Adela schüttelte Ulla Schwertfeger die Hand und drängte sie behutsam ins Innere des Hauses. »Das ist übrigens Katharina. Vielleicht hast du einen Kaffee für uns?«

»Ich wollte gerade einen für mich kochen.«

Sie führte uns in ein geräumiges Wohnzimmer und platzierte uns auf eine Couchgarnitur mit pastellfarbenem Blumenmuster. Von dort fiel der Blick durch die große Glasfront auf den englischen Rasen und einen kleinen Seerosenteich. Direkt dahinter erstreckte sich der Königsforst. Auf dem Sideboard links von uns stand eine große goldgerahmte Fotografie des Verstorbenen, mit schwarzer Trauerschärpe behängt. Ulla Schwertfegers Alter war schwer zu schätzen. Sie konnte ebenso gut Mitte dreißig wie Mitte vierzig sein. Sie servierte Espresso und italienisches Mandelgebäck, bevor sie sich zu uns setzte. Sie trug Schwarz. Eine dieser teuren Damenhosen, die kleine Unebenheiten in der Figur durch einen exquisiten Schnitt wettmachten, darüber eine edle Seidenbluse mit Schalkragen. Zwei goldene Ohrklipps und die beiden Eheringe waren die einzigen Schmuckstücke ihrer Witwen-Garderobe.

»Niehauser hat Jupp nicht umgebracht. Er hat ein Alibi. Du weißt, ich habe immer gesagt, dass er nicht der Mörder ist. Jetzt steht er wieder in der Ochsenküche, frag Katharina.« Adela langte bei dem Mandelgebäck beherzt zu. »Weißt du«, wandte sie sich mir zu, »Ulla war fest davon überzeugt, dass es Niehauser war.«

»Wieso ist er wieder frei?«, flüsterte Ulla Schwerfeger und rührte unentwegt in ihrem Kaffee. »Er hatte ein Verhältnis mit Jupp. Jupp hat ihm Geld geliehen, damit hatte er ein Motiv. Es wäre für ihn ein Leichtes gewesen, ihm im Goldenen Ochsen das Gift einzuflößen.«

»Eben nicht«, sagte ich. »Das Gift hat Ihr Mann drei bis fünf Stunden vor seinem Tod zu sich genommen. Und in dieser Zeit stand Niehauser bei uns in der Ochsenküche.«

»Drei bis fünf Stunden vorher, so, so.« Ulla Schwertfeger starrte nach draußen und beachtete uns nicht. »Da war er in der Firma. Wer aus der Firma wollte ihn umbringen?«

»Hat er jemanden getroffen? Kann er noch wo anders gewesen sein an diesem Tag?«, fragte Adela sofort interessiert nach.

»Vielleicht ist er vor dem Essen nach Hause gekommen, um sich umzuziehen. Ich weiß es nicht, ich war nicht da. Ich habe meine Mutter am Niederrhein besucht. Die feierte ihren dreiundachtzigsten Geburtstag.«

Ulla Schwertfeger rührte immer noch in ihrem Kaffee.

»Wie viel Geld hat Jupp Niehauser geliehen?«, fragte Adela.

»Fünfzigtausend Euro. Zu einem Zinssatz von zwei Prozent. Zurückzahlbar in zehn Jahren. Solche Konditionen kriegt man bei keiner Bank.«

»Weißt du, wofür Niehauser das Geld gebraucht hat?«, fragte Adela mich.

Ich hatte keine Ahnung.

»Was wird die Polizei jetzt tun?« Ulla Schwertfeger nahm einen Schluck von dem kalt gerührten Kaffee. »Wenn ich nur an diesen Fischer denke, wird mir schlecht! So ein ungehobelter Klotz, ein Mann ohne jedes Feingefühl. Was der alles wissen wollte! Alle unsere Nachbarn hat er befragt. Das ganze Viertel in Unruhe versetzt. Die Wohnung hat er mir mit seinen widerlichen Zigaretten verpestet, und erreicht hat er nichts, absolut nichts. Jetzt hat er sogar den einzigen Verdächtigen wieder freigelassen. – Ich habe schon Doktor Köttenholz aus Jupps Karnevalsverein eingeschaltet, ein hohes Tier bei der Polizei, ihn darum gebeten, diesem Fischer den Fall abzunehmen. Aber Doktor Köttenholz sind die

Hände gebunden, er sagt, dass Fischer eine gute Aufklärungsquote habe. Möchte bloß wissen, wie er zu der gekommen ist.«

Auch die gepflegte Haut und das feine Make-up konnten den bitteren Zug um ihren Mund nicht verbergen. Der war so tief eingegraben, dass er nicht erst durch den Mord an Schwertfeger entstanden war. Jahrelang musste etwas an dieser Frau genagt haben. Sicher war Ulla Schwertfeger auch vor dem Mord an ihrem Mann nicht glücklich gewesen. Krüger hatte sie als Prinzessin auf der Erbse beschrieben. Das Bild schien zu passen.

»Ich denke, der Mord an Jupp hängt mit seinen Oldtimergeschäften zusammen.« Adela hatte die Kekse bis auf zwei aufgegessen.

»Oldtimer?« Frau Schwertfeger verschluckte sich an ihrem Kaffee und starrte Adela danach fassungslos an. »Jupp ist vor fünfzehn Jahren aus diesem Geschäft ausgestiegen, nachdem er damals fast seine Firma damit ruiniert hätte. Seither war er davon ein für alle Mal kuriert. Der Einzige in der Firma, der noch Spaß an diesen alten Kisten hat, ist Müngers, der alte Bastler. Aber als Hobby, nicht als Geschäft.«

»Wann ist Müngers eigentlich aus der gemeinsamen Firma ausgestiegen?«, fragte Adela.

»Wieso ausgestiegen?« Frau Schwertfeger wurde leicht ungehalten.

Ich hatte schon von Anfang an den Eindruck gehabt, dass ihr die Fragerei auf die Nerven ging. Adela ließ sich davon nicht beeindrucken.

»Na, die Firma heißt doch jetzt nur noch Schwertfeger, und früher hat sie Müngers&Schwertfeger geheißen.«

»Ach so! Müngers ist nach wie vor stiller Teilhaber, aber an dem großen Haus ist er, glaube ich, nur mit dreißig Prozent beteiligt. Ich habe mich ja nie um die Firma gekümmert, für mich ist das alles neu. Er arbeitet als Chefmechaniker bei uns, technischer Leiter, wie das heute heißt.«

»Dann erbst du jetzt einen dicken Batzen.« Adela grapschte nach dem vorletzten Plätzchen.

»Hungern werden der Junge und ich nicht müssen.« Ulla

Schwertfeger stellte ihre Tasse ab und stand auf. »Das ist allerdings ein schwacher Trost.« Sie starrte jetzt wieder nach draußen. Ihr Blick verlor sich in den Wipfeln des Königsforstes. »Wir waren eine angesehene Familie hier in Rath. Und jetzt, nach dem Geschmiere im Express wissen alle, dass Jupp andersherum war. Das wusste hier niemand. Neben Jupps Liebhabern bist du die Einzige, die von dieser unseligen Leidenschaft wusste. Hier haben uns alle für eine ganz normale, glückliche Familie gehalten. Und so war es auch, wenn man mal von diesen Bettgeschichten absieht. Gut, am Anfang habe ich darunter gelitten, dass er nicht mehr mit mir schlafen wollte, aber heute ist es anders. Wenn ich meine Freundinnen über Sex nach fünfzehn, zwanzig Jahren Ehe erzählen höre, Spaß macht das keiner mehr. – So gesehen hatte ich es richtig gut. Und jetzt? Alle Nachbarn starren mich an. Ich kann diese mitleidigen Blicke kaum mehr ertragen.«

Ulla Schwertfeger wischte eine kleine Träne aus dem Augenwinkel.

Adela machte mir ein Zeichen, und wir beide standen ebenfalls auf.

»Kopf hoch!« Adela tätschelte ihre Hand. »Es kommen wieder andere Zeiten.«

»Nichts wird besser solange Jupps Mörder nicht gefunden ist.« Sie wies uns den Weg zur Tür.

»Noch ein Letztes, Ulla«, sagte Adela. »Wofür braucht die Firma diese alte Halle in Kalk?«

Ungehalten holte Ulla Schwertfeger tief Luft, bevor sie sagte: »Keine Ahnung. Meines Wissens hat Jupp die schon vor Jahren abgestoßen. Die gehört gar nicht mehr zur Firma. – Ich bringe euch zum Wagen.« Schnell ging sie über den Schieferplattenweg und hielt uns die Gartentür auf. Sie wollte uns loswerden, das war offensichtlich.

»Und du bist sicher, dass Jupp nichts mehr mit Oldtimern gemacht hat?«, fragte Adela noch einmal.

»Absolut.« Sie reichte mir zum Abschied die Hand und nahm Adela dann etwas zur Seite. »Ich weiß ja, dass du mir helfen willst und es gut meinst«, sagte sie, »aber ich bitte dich, hör auf, in diesem

Fall herumzustochern! Das kann gefährlich werden. Es reicht, dass Jupp sterben musste. So eine Arbeit muss man Profis überlassen.«

»Diesem Fischer!« Adela verdrehte die Augen.

»Ich habe mit Doktor Köttenholz gesprochen. Er hat mir eine Privatdetektei empfohlen. Die werde ich engagieren, jetzt wo Fischer Niehauser freigelassen hat.«

»Wenn du dein Geld zum Fenster rausschmeißen willst, bitte schön. Brauchst dir aber keine Sorgen um mich zu machen, Ulla!« Adela tätschelte ihr die Backe. – Dieses Tätscheln schien ein Relikt aus ihrer Hebammenzeit sein. – Ich hatte nicht den Eindruck, dass es Ulla Schwertfeger gefiel.

»Adela!«, drängelte ich mit einem Blick auf die Uhr.

Endlich stieg sie in ihr Auto, öffnete das Autodach und wendete den Wagen in der Einfahrt. Zum Abschied winkte sie Ulla Schwertfeger zu. Die winkte nicht zurück, blieb aber vor dem Gartentor stehen, bis sie uns nicht mehr sehen konnte.

Die grauen Wolken waren jetzt vollständig verschwunden. Die Sonne schien, und überall strahlten vom Regen sauber gewaschene Blumen und Sträucher in den schönsten Farben.

»In einem Punkt muss ich ihr Recht geben«, sagte ich. »Du solltest wirklich die Finger von dem Fall lassen. – Ihr tust du damit keinen Gefallen.«

»Ja, sie hat in der letzten Zeit viel durchgemacht, die Ulla. Sie nimmt das Leben überhaupt schwer. Aber dass der Müngers was mit Oldtimern macht, auf die Idee bin ich gar nicht gekommen. Da muss ich noch ein bisschen drüber nachdenken.« Sie brummelte ein wenig vor sich hin und schüttelte dann energisch den Kopf. »Ich glaube, Schwertfeger hat den Jaguar gekauft. Alte Leidenschaften verliert man nicht. Vielleicht hat er's vor Ulla geheim gehalten? Ob ihm die Halle noch gehört? Ich fahr ganz schnell am Clevischen Ring vorbei und frag Frau Schmitz aus der Buchhaltung.«

Adelas schwarze Haare wehten im Wind, und ihre Augen leuchteten. Ich kannte sie schon gut genug, um zu wissen, dass sie ein Dickkopf war, und man ihr schwerlich etwas ausreden konnte, was sie sich vorgenommen hatte.

»Weißt du, die kenn ich ganz gut.«

»Dann lass mich an einer U-Bahn-Station raus, damit ich rechtzeitig zur Arbeit komme.«

»Quatsch. Natürlich fahre ich dich noch auf die andere Rheinseite. Das schaffen wir ohne Probleme.«

Von wegen. Vor Schwertfegers Autohaus am Clevischen Ring wartete ich eine halbe Stunde lang im Wagen, bis Adela wieder auftauchte. Es war bereits zehn vor vier, als sie auf die Mühlheimer Brücke und mitten in einen Stau fuhr. Es gab eine ganze Weile kein Vor und kein Zurück. Ich ärgerte mich maßlos, nicht die Bahn am Wiener Platz genommen zu haben.

»Jetzt reg dich nicht auf. Du bist immer pünktlich, da kannst du auch einmal zu spät kommen«, meinte Adela ungerührt. »Die Halle gehört übrigens noch der Firma, da hat Ulla sich geirrt. Aber Frau Schmitz konnte mir nicht sagen, wofür sie gebraucht wird. Das werde ich anders rausfinden müssen.«

Mich interessierte das alles einen Scheißdreck. Sollte Adela in ihrer komischen Oldtimergeschichte herumstochern, solange sie wollte, aber mich damit in Ruhe lassen. Ich hasse es, zu spät zu kommen. Ich hasse es, in eine Küche zu kommen, in der schon gearbeitet wird. Und ich wollte mir nach dem gestrigen Abend heute keinen Rüffel von Spielmann einfangen. Wenn er sich über mich ärgern würde, konnte es durchaus sein, dass er die Mitarbeit an der Kochsendung jemand anderem anbot. Es war Viertel vor fünf, als Adela mich in der Altstadt ablud. Ich hastete zum Ochsen, riss mir die Kleider vom Leib, schwang mich in meine Kochmontur und raste in die Küche. Niehauser schenkte mir einen strafenden Blick, aber Spielmann war Gott sei Dank nirgends zu sehen. Ich sah auf den Speiseplan. Der Chef hatte glücklicherweise keine neuen Gerichte daraufgesetzt. Geeiste Erbsensuppe mit Krebsschwänzen, Sbrinz-Soufflé mit dreierlei Paprikasauce, mit Spinat überkrustetes Kalbshirn. Die Nachtische würde ich mir später ansehen. Holger hatte schon das Hirn gewässert und Dany die Erbsen ausgepult.

»Immer mit der Ruhe«, sagte Pfister. »Schnapp erst mal Luft! In fünf Minuten hast du alles im Griff.«

So war es dann auch, bis Spielmann mich eine Stunde später zu sich ins Büro rief.

»Jetzt muss sich die große Katharina ihren Anschiss abholen.« Sandra grinste schadenfroh.

»Du kannst mir ja später sagen, wie ich den am besten wegstecke. Du musstest doch schon oft bei ihm antanzen«, gab ich zurück.

Als ich in sein Büro trat, sortierte Spielmann Papiere. Er suchte ein Blatt heraus, machte eine Kopie davon und gab es mir. Ich traute mich kaum, es durchzulesen. Es dauerte, bis ich merkte, was es war. Ich hielt den Zeitplan für die Kochsendung in Händen.

»Das geht morgen schon los.«

»Genau!« Spielmann sah mich lachend an. »Wenn Sie um zehn Uhr hier im Ochsen sind, nehme ich Sie in meinem Wagen mit nach Ossendorf.«

Strahlend kehrte ich in die Küche zurück.

»So schlimm kann es nicht gewesen sein«, meinte Pfister.

»Im Gegenteil«, sagte ich. »Spielmann hat eine neue Kochsendung, und ich bereite im Hintergrund alles vor.«

»Gratuliere!«, Pfister klopfte mir anerkennend auf die Schulter.

Auch die anderen Kollegen schienen sich für mich zu freuen, bis auf Sandra. Die starrte mich mit einer Mischung aus Wut, Hass und Verzweiflung an.

»Möchte bloß wissen, was er sich dabei gedacht hat. So 'ne fette Kuh wie dich mit in die Kochsendung zu nehmen.«

Mein anfängliches Gefühl schien sich zu bewahrheiten: Von nun an machte mir die Bohnenstange Ärger.

*

Ein Hauch von Glamour und Luxus ist doch wohl bei jeder Fernsehproduktion dabei, hatte ich als Laie gedacht, aber davon war in Ossendorf nichts zu spüren. Das Filmstudio lag in einem langweiligen Industriegebiet und war eines von vielen, die wie billige Mietswohnungen aneinander gereiht waren. In der Mitte unseres

Studios befand sich eine größere Arbeitsfläche mit eingelassenem Kochfeld, dahinter eine Küchenzeile mit Kühlschrank und Backofen, frei in den Raum gestellt. An der Decke hing eine Armada von Scheinwerfern, und drei Kameras auf Stativen hielten wie Wachtürme das Küchenensemble in Schach.

»Herr Spielmann, schön, dass Sie da sind.«

Eine junge Frau mit »Lola-rennt«-rot gefärbtem Haar und einem Klemmbrett unter dem Arm begrüßte uns. Um den Hals trug sie eine in Plastik eingeschweißte Kennkarte. Laura Hansen, Produktionsleitung, stand darauf.

»Boeuf Stroganoff machen wir heute. Wir haben die Zutaten nach Ihrer Liste eingekauft. Die Sachen müssen noch zugeschnitten werden.«

»Hugo, altes Haus!« Ein Zigarillo rauchender Zweizentner-Koloss hieb Spielmann eine große Pranke auf die Schulter. Eddie Steiner, Regie, las ich auf dem Schildchen. »Komm, wir sprechen die Sendung noch einmal durch.«

»Schweitzerin«, Spielmann berührte mich sanft am Unterarm, »kümmern Sie sich um die Lebensmittel. Die Bamberger Hörnchen möchte ich fein gewürfelt haben, ja?«

Die Produktionsleiterin zeigte mir alles, und bald stand ich in der Fernsehküche und schnitt Filetspitzen in Pommes-frites-Größe und Champignons in Scheiben. Das Fleisch wässerte schon beim Schneiden, Kraußler hätte so etwas nicht angerührt. Anstelle der Bamberger Hörnchen fand ich nur eine Tüte mit Supermarktkartoffeln.

»Wir machen Fernsehen, da ist der Geschmack egal. Aussehen tun alle Kartoffeln gleich!« Mit diesen Worten wischte die Produktionsleiterin meine Einwände zunächst vom Tisch.

Die Frau hatte keine Ahnung. Bamberger Hörnchen haben einen kräftigen Goldton. An diesen Kartoffeln war nicht das zarteste Gelb.

»Spielmann schmeißt Ihnen die Kartoffeln in die Kamera. So was lässt er niemals als Bamberger Hörnchen durchgehen.«

»Okay. Ich schicke Ihnen die Maske.«

Weg war sie.

Mit Pinsel und Farbe malte die Frau von der Maske den blassen Kartoffeln einen kräftigen Gelbton. Sie sahen nun tatsächlich aus wie Bamberger Hörnchen. So also wurde man vom Fernsehen betrogen.

Die eigentlichen Dreharbeiten waren furchtbar langweilig. Man konnte entweder mucksmäuschenstill hinter einer der Kameras stehen und zusehen, wie Spielmann erklärte, auf welche Weise man Filetspitzen am besten anbriet, bis der Koloss sagte: »Okay, die Szene ist am Kasten«, oder man musste nach draußen. Irgendwann zog ich mich nach nebenan in die Cafeteria zurück. Eine Uni-Mensa war ein bezaubernder, schön eingerichteter Ort im Vergleich dazu.

Ich schlürfte einen Capuccino, der auch eher fürs Fernsehen als für den guten Geschmack gemacht war, als mich Adela auf dem Handy anrief.

»Du wirst es nicht glauben, Schätzelchen. Müngers hat für den Mordtag kein Alibi.«

»Woher weißt du das jetzt schon wieder?«

»Die Frau Schmitz erzählt so gern. Ich hab heute morgen mein Auto bei ihr abgegeben. Sie hat sich zwar ein bisschen gewundert, mich so schnell wieder zu sehen, aber gestern hat mein kleiner Schwarzer beim Starten halt noch nicht gestottert. – Gute Ausrede, nicht wahr? Der Wagen ist sofort in die Werkstatt gekommen, ich bin ja Stammkundin dort, und in der Zeit habe ich bei der Schmitz im Büro gewartet. Sie hat mir nur zu gern von der Schwertfeger-Sache erzählt. Natürlich war Fischer mit seinen Leuten da gewesen. Jeder ist befragt worden und hat sagen müssen, wo er am Mordtag war. Alle haben an dem Tag gearbeitet, auch Müngers. Aber der hat an dem Tag so gegen zwei einen Anruf bekommen, und die Schmitz sagt, der war weg, so schnell konnte sie kaum gucken. Leider hat sie nicht gewusst, wer angerufen hat. – Interessant ist zudem, dass Schwertfeger an dem Tag auch unterwegs war. Na, was sagst du jetzt?«

»Adela, wenn Frau Schmitz das weiß, weiß es auch die Polizei. Fischer mag zwar nicht der beste Bulle sein, aber Alibis überprüfen, wird er schon noch können.«

»Müngers kann gelogen haben. Und, was das Wichtigste ist: Fischer weiß nichts über das Motiv. Der hat keine Ahnung von dieser Oldtimergeschichte. – Ich fahre jetzt ins Vingster Freibad und denk über alles nach. Es ist Sommer. Die Sonne scheint, hast du's schon gemerkt?«

»Dazu hatte ich heute noch keine Gelegenheit. Wie du weißt, bin ich heute beim Fernsehen, bei aufregenden Dreharbeiten.«

»Aufregend? Dass ich nicht lache. Stinklangweilig ist das. Ich war einmal bei einer Talkshow. Ich weiß wie's da zugeht ...«

Die Cafeteria füllte sich plötzlich, und ich sah Spielmann am Eingang stehen und mir zuwinken. Ich verabschiedete mich von Adela.

»Wir können gehen, Schweitzerin. Das Boeuf Stroganoff verschwindet jetzt endgültig im Mülleimer. Mein Gott, die kaufen für diese Kochsendungen wirklich nur die allerbilligsten Lebensmittel ein. Das Fleisch war so wässrig, ich konnte es kaum anbraten.«

»Du warst große Klasse, Hugo«, dröhnte der Koloss beim Abschied, »wir sehen uns heute Abend.«

Als wir vor dem Haupteingang der MMC-Studios standen, brannte die heiße Julisonne auf den riesigen, menschenleeren Vorplatz. Ich sah in Gedanken Adela im Schwimmbad liegen und konnte mir auch etwas Schöneres vorstellen, als in die nächste Küche zu fahren und dort weiterzukochen.

»Sie waren eine große Hilfe für mich.« Spielmann lächelte mich an. »Für heute Abend ist ein kleiner Umtrunk mit der Filmcrew geplant, in einem Biergarten in Nippes. Haben Sie nicht Lust, nach der Arbeit dazuzustoßen? Ich würde mich sehr freuen. Der Biergarten ist nicht so leicht zu finden. Ich schreibe Ihnen die Adresse und den Weg dorthin auf.«

Seit ein paar Tagen gefiel mir Spielmann immer besser. Sein mürrisches Wesen, seine cholerischen Anfälle kamen mir plötzlich unwirklich vor und schienen nicht zu diesem energiegeladenen und zuvorkommenden Mann zu passen. Während ich Vorspeisen rührte und Nachtische drapierte, schlichen die Stunden zäh dahin. Als der letzte Nachtisch serviert war, wischte ich meinen Arbeitsplatz in einem solch irrwitzigen Tempo sauber, dass Dany und Holger mich verständnislos anstarrten, anstatt selbst aufzuräumen. Zu Hause duschte ich und zog eine zimtfarbene, dreiviertellange Leinenhose an und ein weites, schlicht geschnittenes Hemd in einem hellkaramellfarbigen Ton darüber. Meine roten Locken steckte ich hoch und schlüpfte in die handbestickten indischen Pantoletten, die Ecki aus Bombay geschickt hatte. Zum Schluss legte ich meine Kette aus Bernstein, roter Koralle und schwerem Silber um, die ich gemeinsam mit dem Berberteppich in Casablanca erstanden hatte.

»Wie sehe ich aus?«, fragte ich Adela, die in alten Shorts auf dem Balkon saß und Liptons-Pfirsich-Eistee, ihr Sommerlieblingsgetränk, schlürfte.

»Viel zu gut! Wen willst denn verführen heut Abend?«

»Red doch keinen Quatsch!«

Adela grinste vielsagend.

Eingerahmt von Bahngleisen lag der Biergarten Olympia einsam im Niemandsland zwischen Nippes und Bilderstöckchen. Nur Spielmanns exakter Wegbeschreibung war es zu verdanken, dass der Taxifahrer ihn überhaupt gefunden hatte. Es war eine laue Sommernacht. Hinter einem kleinen Buchenwäldchen hing ein Vollmond, so groß und klar, dass man seine Kraterlandschaften erkennen konnte. Es war weit nach Mitternacht, aber der Biergarten noch voller Menschen. Die Leute saßen unter aufgespannten Segeltüchern und quatschten und lachten. Die gewaltige Stimme von Regisseur Eddie Steiner ließ mich die Filmcrew problemlos finden.

»Wie schön, dass Sie noch gekommen sind!« Spielmann stand auf, bot mir seinen Stuhl an, holte sich einen neuen und setzte sich neben mich. »Herrschaften«, wandte er sich an die Filmleute, »darf ich euch Katharina Schweitzer vorstellen: Sie ist eine ausgezeichnete Köchin. In ein paar Jahren wird sie mir Konkurrenz machen.«

»Oho!«, dröhnte der Koloss, und die anderen prosteten mir mit »Hallo« und »Cheerio« zu.

»Sagen Sie doch nicht so was, Chef!« Mir war das öffentliche Lob unangenehm.

»Wieso wollen Sie Ihr Licht unter den Scheffel stellen?« Spielmann lächelte mich an. »Glauben Sie mir, ich weiß besser als jeder andere, ob jemand gut ist oder nicht. Ich muss das wissen, sonst kann ich mich nicht an der Spitze halten. Und Sie sind eine Fee, Sie zaubern in der Küche.«

Ein spannendes Prickeln, abwechselnd heiß und kalt, machte sich in mir breit. Ich wusste nicht, was ich sagen, wohin ich sehen sollte. Sven Hermann, der Kameramann, der auf meiner anderen Seite saß, erlöste mich.

»Ich habe nur einmal in eurem teuren Schuppen gegessen«, sagte er, »und wissen Sie, was mich wirklich vom Hocker gerissen hat? Die Brötchen. Ich habe in meinem ganzen Leben noch nie so leckere Brötchen gegessen. Welcher Bäcker macht die für euch?«

Ich erzählte dem Kameramann zwar, dass Pfister diese wunderbaren Brötchen backte und das Rezept von der großartigen luxemburgischen Köchin Lea Linster stammte, die als einzige Frau den Bocuse d'Or erkocht hatte, aber mit meinen Gedanken war ich irgendwo ganz anders. Dort tanzten die Worte »zaubern« und »Fee« Walzer. »Sie sind eine Fee, Sie können zaubern«, das hatte noch nie jemand zu mir gesagt. Ich konnte Spielmanns Worte nicht einordnen. Sagte er mir das als wohlmeinender Chef, oder ...«

»Wo starren Sie denn hin?«, fragte Sven Hermann.

»Oh, äh. Ich frage mich, was das für ein einsames Hochhaus mit dem roten Leuchtstreifen da hinter den Pappeln ist«, sagte ich schnell, weil ich mich ertappt fühlte.

»Das Pascha«, sagte der Kameramann laut und grinste.

Nicht nur er, alle am Tisch grinsten.

Spielmann legte eine Hand auf meinen Arm. Tausend Volt waren nichts dagegen.

»Jetzt wissen alle, dass Sie noch nicht lange in Köln sind«, erklärte er mir. »Sie sehen von hier auf die Hornstraße. Dieses hässliche Hochhaus ist der Kölner Puff.«

Alle lachten und gibbelten, und ich wünschte nur, dass Spielmann nie mehr seine Hand von meinem Arm nehmen würde. Aber er nahm sie weg, nur um dann wie zufällig mit seinem Knie an das meine zu stoßen. Während unter dem Tisch unsere Knie und Waden immer wieder zueinander fanden und jede Berührung Stromstöße durch meinen Körper schickte, redeten wir oberhalb des Tisches über Kochen und Fernsehen und Fernsehen und Kochen und irgendwann nur noch übers Kochen.

»Du weißt, ich würde dich niemals rausschmeißen, Hugo.«

Vor uns stand der Wirt in seiner blauen Gaffel-Kölsch-Schürze. Erst jetzt bemerkte ich, dass alle anderen gegangen waren und nur Spielmann und ich noch auf der Terrasse saßen.

»Aber ich mach jetzt Schluss.«

»Oh, Benno, alter Freund«, auch Spielmann schien aus einer anderen Welt aufzutauchen. »Mach die Rechnung fertig und bring uns noch eine Flasche Champagner und zwei Gläser. – Süße Küchenfee, Sie warten doch noch mit mir, bis die Sonne aufgeht?«

Ich nickte nur. Ich war überhaupt nicht mehr in der Lage, mich fortzubewegen, so sehr hielt dieser Mann mich gefesselt.

Spielmann schob zwei Stühle an den Rand der Terrasse, und der Wirt machte die Lichter aus. Jetzt war es dunkel. Hier leuchtete nirgendwo eine Straßenlaterne. Der Mond war weiter gewandert und hing nun zu Dreivierteln hinter dem Kölner Puff. Die roten Leuchtstreifen versuchten vergeblich, den Sternen Konkurrenz zu machen. Die funkelten zu Tausenden im Kölner Nachthimmel.

»Ich weiß nicht, ob Sie schon jemals in Carrara waren, dieser kleinen Stadt in Oberitalien«, Spielmanns Stimme war ganz nah an meinem Ohr, »dahinter erhebt sich das Gebirge, aus dem der berühmte Carrara-Marmor gebrochen wird. Es ist der beste Marmor überhaupt. Man sagt, Leonardo da Vinci sei in diese Steinbrüche gestiegen, um sich die schönsten Stücke auszusuchen.« Spielmanns Finger tasteten nach meinem Gesicht und berührten es sanft. »Dieser Marmor ist so weiß und zart wie Ihre Haut im Mondschein. Leonardo hätte Sie bestimmt gern zu seinem Modell gemacht.«

Ich wollte nicht, dass er aufhörte, so zu reden, und ich wollte nicht, dass seine Finger aufhörten, mich zu berühren. Und Spielmann hörte nicht auf, er erzählte weiter, und seine Finger erkundeten mit winzigen Berührungen mein Gesicht, meinen Nacken, meine Ohren.

Viel zu schnell erschienen die ersten blassen Streifen der Sonne hinter den Gleisen. Bald schob die Sonne die Nacht endgültig zur Seite, und ihre Wärme kündete einen neuen heißen Sommertag an. Am Fuß der Terrasse erkannte ich ein Fußballfeld. Ein Platz mit Schotterbelag, zwischen einem Gleisdreieck und dem Kölner Puff gelegen. An diesem Morgen war dieser Platz für mich der schönste Platz der Welt. Die Schottersteine verwandelten sich in Carrara-Marmor, die Tore wurden zu florentinischen Türmen, und die Pappeln waren eigentlich Zypressen, hinter denen sich ein unwirklich schöner toskanischer Morgenhimmel abzeichnete. Die Nacht hatte die Welt verändert. Der große Spielmann hatte mir eine Liebeserklärung gemacht. Alles war gewaltig, in mir toste ein Strudel von Gefühlen.

»Ich muss nach Hause«, sagte ich plötzlich.

»Aber natürlich, süße Küchenfee«, sagte Spielmann und küsste mir die Hand. Der Stromschlag ging bis in die Fußspitzen. »Ich habe Sie schon viel zu lange aufgehalten.«

*

Als Spielmann mir zu meinem Geburtstag eine Woche später ein Paar Inliner schenkte und danach zum ersten Mal mit mir auf der Domplatte übte, geschah das, worauf seit dem Abend im Gleisdreieck alles hindeutete: Ich fiel ihm in die Arme, und wir landeten in seinem Bett. Meine Welt bestand fortan nur noch aus Spielmann.

Der Mord an Schwertfeger rückte in weite Ferne. Nur bei meinen Stippvisiten in der Kasemattenstraße wurde ich daran erinnert. Da erzählte Adela von den Fortschritten ihrer Ermittlungen. Bei einem weiteren Besuch in der Kalker Halle, hatte sie feststellen müssen, dass der Jaguar verschwunden war. Außerdem hatten Arbeiter auf einem Nachbargelände vor einigen Wochen beobachtet, wie englische Lastwagen vor der Halle etwas abgeladen hatten. Für Adela sprachen diese Indizien dafür, dass in der Halle nicht alles mit rechten Dingen zugehen konnte. Ich weiß nicht, was sie sonst noch herausgefunden hatte, denn mich interessierte es zu dieser Zeit wirklich überhaupt nicht. Ich war verliebt!

Acht Tage lang strahlte die heiße Julisonne über der Stadt, und ihre Wärme setzte sich langsam, aber unerbittlich in den Häusern und Straßen fest. Unerträgliche Temperaturen, doch Spielmann und ich entwickelten gemeinsam eine unglaubliche Energie. Wenn keine Kochsendung aufgezeichnet werden musste, arbeiteten wir morgens bei einem halbwegs angenehmen Lüftchen an Spielmanns neuem Kochbuch »Die Knolle im Sommer – leichte Kartoffelgerichte für heiße Tage«, ab mittags standen wir bei Sauna-Temperaturen im Goldenen Ochsen in der Küche, und die Nächte verbrachten wir nach einer gemeinsamen Dusche in Spielmanns Bett, wo wir uns so lange liebten, bis unsere Leiber an den feuchten Laken festklebten. Adela und unsere Deutzer Wohnung sah ich kaum noch. Es gab keine Nacht, die ich ohne Spielmann in meinem eigenen Bett verbrachte.

Es sollten die einzigen unbeschwerten Tage dieses Sommers bleiben.

Das erste Donnergrollen, das dieses Sommerglück erreichte, brach in Gestalt von Adela über mich herein. Sie kam eines Mittags schweißgebadet und schwer atmend in die Küche des Goldenen Ochsen und holte ein Telegramm aus Bombay aus ihrer großen Handtasche. »Lande am 5. August, 11.15 Uhr, in Frankfurt. Fahre dann direkt nach Köln. Kann's kaum erwarten, dich zu sehen. Servus. Ecki.«

Sprachlos hörte ich Adela zu.

»Außerdem hat deine Mutter schon dreimal angerufen, wegen der Verlobung deines Bruders. Die ist übermorgen, falls du's vergessen haben solltest.«

Ich hatte es vergessen. Die Verlobung, meine Familie, Ecki und Adela. Das alles hatte in der letzten Woche nicht existiert, da hatte es nur Spielmann gegeben. Ungern wandte ich mich meiner anderen Welt zu, aber ich musste nach Hause. Ich mochte meinen Bruder, bei seiner Verlobung konnte ich nicht fehlen. Ich tauschte mit Pfister meinen freien Tag und überlegte, ob ich Spielmann bitten sollte, mit mir zu fahren, traute mich aber nicht. Vor allem der Gedanke an meine Mutter ließ mich davor zurückschrecken. Schweren Herzens trennte ich mich von ihm und fuhr eher lustlos in den Schwarzwald.

Meine Mutter hatte den Verlobungstisch im Grasgarten des Gasthofes gedeckt. Auch im Badischen drückte die Hitze, aber unter der großen Linde war es auszuhalten. Gefeiert wurde im engsten Familienkreis. Ich spielte wie immer in dieser Runde die Großstädtisch-Weltgewandte, befriedigte aber die allgemeine Neugier zum Fall Schwertfeger wenig. Ich erzählte nur, dass man immer noch nicht wusste, wer ihn ermordet hatte. Sonja, die Frau, die mein Bruder heiraten wollte, stammte vom Rebstock, einem großen Gasthof aus einem Nachbardorf. Die Schwiegereltern in spe machten einen netten Endruck. Aber ich fiel aus allen Wolken, als Bernhard mir erzählte, dass er und Sonja den Rebstock übernehmen würden. Meine Mutter hatte natürlich wie immer schon alles Weitere entschieden.

»Ist doch klar, dass du jetzt die Linde übernimmst. Ein, zwei Jahre kannst du noch in der Weltgeschichte herumgondeln, aber dann kommst du heim. Bis dahin hat sich dein Wiener hoffentlich die Hörner abgestoßen und heiratet dich endlich.«

Ich wollte Bernhard das Fest nicht verderben und sagte deshalb nichts zu diesen bescheuerten Vorschlägen. Aber weh tat es schon. Warum konnte meine Mutter nicht begreifen, dass meine Wege andere waren, als die, die sie sich für mich ausdachte?

Ich war froh, als ich wieder im Zug nach Köln saß.

*

Spielmann holte mich vom Bahnhof ab. Er trug eine knittrige Leinenhose und hielt eine weiße Lilie in der Hand. Ich flog in seine

Arme. Spielmann küsste mich so, dass ich ihm am liebsten sofort die Kleider vom Leib gerissen hätte.

»Hab noch ein wenig Geduld, Küchenfee«, flüsterte er mir ins Ohr. »Zuerst musst du einen kleinen Test machen.«

Er nahm mir das Gepäck ab, legte den Arm um meine Schultern und ging mit mir zum Goldenen Ochsen. Wir wählten den Weg am Rhein entlang. Immer wieder wurde man angerempelt. Unzählige Touristen bevölkerten die Rheinpromenade, in den Altstadtgassen flirrte die Hitze. Als wir in der Ochsenküche ankamen, klebten uns die Kleider am Leib. Wir waren allein. Der Ochse hatte Ruhetag. Spielmann holte einen kleinen Topf aus dem Kühlschrank und erhitzte ihn vorsichtig.

»Du musst mir jetzt genau sagen, was du schmeckst. Mal sehen, ob du rauskriegst, wo der Kick liegt!« Spielmann reichte mir einen Probierlöffel.

Ich schlürfte zuerst von der Sauce und konzentrierte mich. »Kalbsknochen, Röstgemüse, Schalotten, etwas Knoblauch. Abgelöscht mit einem ... nein, das ist kein Riesling, ein Gutedel vielleicht?«

»Sehr gut, Katharina, mach weiter!«

»Gewürzt mit Petersilie, wenig Estragon, etwas Dill. Das Zitronige ist ... Melisse?«

Spielmann schüttelte den Kopf.

»Zitronengras. – Wo hast du dieses Zitronengras herbekommen? Das ist nicht von Rungis. Das Rungis-Zitronengras hat immer so einen leicht bitteren Nachgeschmack.«

»Es gibt einen neuen Pakistani am Barbarossaplatz. Der führt das. Ganz wundervolles Kraut. Jung und zart und im Geschmack sehr dezent. – Mach weiter!«

»Mit Ei legiert und mit Crème double gebunden. Dann schmecke ich noch etwas mild Pfeffriges! Du hast am Ende mit rosa Pfeffer abgeschmeckt!«

»Bravissimo, süße Küchenfee, bravissimo! – Und dein abschließendes Urteil?«

»Die Idee mit dem Zitronengras ist großartig! Aber der Estragon muss weg, der ist zu dominant daneben.«

»So?« Spielmanns Begeisterung war leicht gedämpft.

Eine neue Sauce ist wie ein frisch gemaltes Bild. Ein Kunstwerk, das den Erzeuger mit Stolz erfüllt. Und jede Kritik an ihm schmerzt.

»Das Zitronengras soll einen Hauch Fremdheit in die Sauce bringen, der Estragon die europäische Bodenständigkeit betonen. Verstehst du?«

Ich fand die Kombination von Estragon und Zitronengras grauenvoll. Aber womöglich hatte ich noch zu wenig Erfahrung mit dieser neuen East-meets-West-Küche. Spielmann hatte ein halbes Jahr in Tokio gearbeitet und experimentierte gern mit ungewöhnlichen Kombinationen. Vielleicht fehlte mir der Zugang zu dieser Geschmacksrichtung?

»Wie bist du auf Zitronengras gekommen?«, fragte ich.

»Du weißt schon. – Ich habe kombiniert.« Jetzt lächelte er wieder.

Das klang so leicht und lässig, war aber das Geheimnis wirklich großer Küche. Neue Gerichte entstehen nicht am Herd, sondern im Kopf. Man muss die Fähigkeit haben, sich den Geschmack von jedem Gewürz, jedem Gemüse, jedem x-beliebigen Lebensmittel in Reinform aufrufen zu können. Dann kann man kombinieren: Eglifilets mit roter Beete, Dill auf Blumenkohl, Sauerkraut mit Cassisgelee. Man weiß, wie die Zusammensetzung schmeckt, ohne einen Bissen davon zu essen. Kochen und Kosten dienen letztendlich nur der Kontrolle, dem Verfeinern und Abrunden. – Wie bei jedem Handwerk kann man es auch hier durch Übung weit bringen, aber für wirklich beeindruckende Kreationen braucht man mehr. Und das zeichnet die großen Köche aus.

»Zu was willst du die Sauce servieren?«

»Zu einem pochierten Kalbsfilet. Dazu grünen Spargel und knusprige Streichholzkartoffeln. Kommt bestimmt gut an, bei der Hitze.«

»Dany wird stöhnen, wenn er bei den Temperaturen Streichholzkartoffeln frittieren muss.«

»Schluss jetzt mit der Arbeit«, Spielmann zog mich zu sich, »mir steht jetzt der Sinn nach etwas ganz anderem«, flüsterte er und ließ seine Hände begierig über meine Hüften gleiten. »Ich habe noch nie in dieser Küche gevögelt.« Er zog mir langsam mein Trägerkleid aus.

Später saßen wir bei einem Glas eiskaltem spanischen Rosé auf dem kleinen Balkon von Spielmanns Wohnung im Kunibertsviertel. Immer noch war es sehr heiß, aber vom Rhein her wehte eine leichte Brise durch die Gassen. Die Hitze verführte die Kölner zu südländischen Gepflogenheiten. Überall standen Fenster und Türen auf, Knoblauchduft und Grillkohlegeruch erfüllten die Luft. Spielmann hielt meine Hand und fragte nach der Verlobungsfeier. Ich erzählte eher unwillig.

»Mein Bruder wird in den Gasthof seiner Zukünftigen einsteigen, und ich soll die Linde übernehmen.«

»Du sollst was?«

»Ich soll unseren Gasthof übernehmen. Mein Bruder und ich, wir sind die einzigen Kinder. Die Linde ist seit vier Generationen in Familienbesitz, Mutter will, dass das so bleibt.«

»Küchenfee, das überlegst du nicht ernsthaft, oder?«

»Die Linde ist mein Zuhause. Wenn ich den Gasthof nicht übernehme, muss er verpachtet oder verkauft werden. Ich hänge dran, rein gefühlsmäßig.«

Spielmann sah mich ungläubig an. Die Grillkohle biss in der Nase.

»Die Linde floriert, liegt direkt an der B3, hat eine große Stammkundschaft, wie das so ist im Dorf. Die Küche müsste man umbauen und die Gaststube entrümpeln.«

»Stop! Stop! Stop!« Spielmann nahm auch noch meine zweite Hand. »Was geht in deinem Kopf vor, Prinzessin? Du bist nicht für eine Dorfkneipe bestimmt, auch wenn sie noch so gut floriert. Du bist in deinem Metier Spitze, also gehörst du an die Spitze. Schau dir diese Stadt an! Du wirst doch Köln nicht gegen ein badisches Provinznest tauschen wollen? Fautenbach ist nicht mal auf einer Landkarte verzeichnet.«

»Na ja. Wohlfahrt sitzt auch in der badischen Provinz und hat drei Michelinsterne! Baiersbronn kannte vorher auch niemand.«

»Ich kann nicht glauben, dass du das ernsthaft überlegst!«

Natürlich bedeutete mir die Linde viel. Aber ernsthafte Gedanken, den Gasthof meiner Eltern zu übernehmen, machte ich mir zu diesem Zeitpunkt tatsächlich nicht. Das war eine Entscheidung, die warten musste.

»Du weißt gar nicht, wie schön es ist, dich bei mir zu haben«, sagte Spielmann und küsste mir jede einzelne Fingerspitze. – Mir wurde ganz warm ums Herz. An diesem Abend stellte ich mir vor, wie es wäre, hier in Köln bei Spielmann zu bleiben. Es war eine schöne Vorstellung: das reinste Sommerglück.

Am nächsten Tag war es dahin, das Sommerglück.

Spielmann flog am Morgen zu seinem Verlag nach Berlin, und wir beide hatten uns für den späten Abend bei ihm zu Hause verabredet. Nach der Arbeit eilte ich ins Kunibertsviertel, klingelte Sturm und lief die Treppen zu seiner Wohnung hinauf. Er öffnete die Tür nur einen Spalt breit und sagte:

»Es ist besser, wenn du gehst!«

»Was ist los?«, fragte ich besorgt und wollte ihn anfassen.

Er schlug meine Hand weg, brüllte »Hau ab« und knallte mir die Tür vor der Nase zu.

Ich war wie vor den Kopf geschlagen. Ich klingelte eine Unendlichkeit lang, aber die Tür blieb verschlossen. Dann drehte ich mich langsam um und ging nach unten. Eine Zeit lang irrte ich planlos durch das nächtliche Kunibertsviertel und gelangte irgendwann an den Rhein.

Ich sah noch mal die Sonne am Gleisdreieck aufgehen, ich spürte Spielmanns Finger an meinem Hals, hörte ihn »zart und weiß wie Carrarer Marmor« flüstern, ich sah uns beide unter der Dusche stehen, sah, wie wir uns vor Lust in der Ochsenküche wälzten, gestern Nachmittag. Und jetzt das. Was war los mit ihm? Was hatte ihn in Berlin so verändert? Mit welch wütendem Gesicht er mir die Tür vor der Nase zugeschlagen hatte! Alles in mir wollte zurück zu ihm. Ich wollte ihn lächeln sehen, wollte hören, wie er sagte: Das war ein Albtraum, Küchenfee. Ich wollte, dass er mich auszog, mir sagte, wie sehr er meine breiten Rubens-Hüften liebte. Aber da war dieses wütende Gesicht in der Tür, und ich wusste, es war kein Albtraum, es war Wirklichkeit.

Auf den Bänken am Rhein knutschten Liebespaare. Noch gestern hätte ich mit Spielmann hier sitzen können. Und jetzt? Warum war er so wütend auf mich? Meine Gedanken drehten sich wieder und wieder im Kreise. Es war vier Uhr morgens, als ich über die Hohenzollernbrücke nach Hause ging.

Adela war noch auf. Sie saß im Nachthemd auf unserem kleinen Balkon. Als sie mich sah, sagte sie bloß »Oje«.

Da konnte ich die Tränen nicht mehr halten. Natürlich quetschte sie alles aus mir heraus.

»Vor Berlin war alles in Ordnung?«

»Eitel Sonnenschein.«

»Dann lass uns mal überlegen: Spielmann schreibt nicht sein erstes Kochbuch. Da hat er Routine. Wir können also ausschließen, dass er sich wegen irgendwelchem Ärger mit dem Verlag so merkwürdig benimmt.«

Ich fühlte mich elend und verraten und konnte überhaupt nicht klar denken. Doch Adela wollte der Sache wie immer auf den Grund gehen.

»Außerdem hätte er mit dir darüber reden können. Er muss also noch etwas anderes in Berlin erlebt oder erfahren haben. Aber was?«

Durch einen leichten Tränenschleier sah ich, dass Adelas Augen funkelten, als sie sich ein Glas Pfirsich-Eistee eingoss.

»Gestorben ist niemand, das hätte er gesagt. Und eine andere Frau wird auch nicht im Spiel sein. Das drückt man anders aus, da ist man von einem schlechten Gewissen gebeutelt, da heißt es nicht ›Lass mich in Ruhe!‹, sondern ›Das musst du verstehen‹.«

Sie goss mir auch ein Glas ein. Mir wurde übel. Ich fühlte mich, als hätte jemand mit einem Messer meine Eingeweide durchwühlt.

»Eine Gerichtsverhandlung wegen nicht geleisteter Unterhaltszahlungen?« Adela dachte weiter laut nach. »Nein, da würde man sich ärgern oder drüber wütend sein, aber deswegen igelt sich keiner ein.«

Der Eistee schmeckte so, wie ich mich fühlte: ekelhaft, klebrig, künstlich.

»Ich hab's«, sagte Adela plötzlich triumphierend, »er war beim Arzt, bei einem Experten. Das könnte es sein, Katharina. Ein Krebsgeschwür. Der Mann ist unheilbar krank. Das würde sein Verhalten erklären.«

Adela mit ihren Scheißspekulationen! Ich brauchte jetzt jemanden, der sagt: »Alles wird gut, war bestimmt ein Riesenmissverständnis, gleich ruft er an und entschuldigt sich.«

»Es könnte natürlich auch was Finanzielles sein«, gab Adela zu bedenken.

»Er hat mich nicht mal in die Wohnung gelassen«, schluchzte ich dazwischen.

»Vielleicht hat er sich an einem Projekt beteiligt, das Bankrott gemacht hat? Vielleicht kann er jetzt den Goldenen Ochsen nicht mehr halten. Oder einem nahen Verwandten geht es sehr schlecht. Liegt seine Mutter im Sterben?«

»Ne, die Eltern sind schon ein paar Jahre tot.« Ich schnäuzte mich.

»Nicht in die Wohnung gelassen, sagst du? – Hatte er Besuch? Wer könnte das gewesen sein?«

Ich zuckte mit den Schultern, und mir dämmerte allmählich, wie wenig ich von Spielmann wusste. Ich konnte seine Gerichte im Schlaf kochen und seine Rezepte auswendig aufsagen. Ich wusste, dass er schnarchte und einen verbrannten Oberschenkel hatte, ich kannte ein paar Anekdoten aus seiner Lehrzeit, und ich wusste, mit welchen Spitzenköchen er befreundet war. Ende. Ich fing erneut an zu schluchzen ob der Leere, die sich da vor mir auftat.

»Jetzt beruhige dich mal, Schätzelchen«, Adela tätschelte fürsorglich meine Hand. »Wenn du so weiter machst, wird es dich einfach wegschwemmen. Wofür hast du einen Kopf? Denk nach! Überlege, ob du bei Spielmann kündigst oder wie die Bedingungen sein müssen, damit du weitermachst. Entscheide endlich, was du mit deinem Ecki machst, wenn der jetzt kommt. Wenn du dich auf die Hinterbeine stellst, kannst du ganz viel mit einem Aufwasch erledigen. Hier«, Adela reichte mir ein Taschentuch, »zum Naseputzen.«

Aber ich heulte einfach weiter.

»Männer!«, hörte ich Adela schimpfen. »Männer! Egoistische Eintänzer sind das, haben immer nur sich selbst im Kopf! Werfen einem Knüppel zwischen die Beine, wenn man ihnen nicht in allen Schritten folgen will.« Adela tigerte heftig gestikulierend in der Küche auf und ab. »Oder sie servieren einen einfach ab. Meine Devise war immer: Keinen zu nah rankommen lassen! Gut, in meiner Jugend gab's schon einen, bei dem ich fast schwach geworden wäre, der musste dann aber zur Armee, und danach war's erledigt. Stell dir vor, der war nicht bereit, die ganzen Unregelmäßigkeiten in meinem Beruf mitzutragen, der hat mir tatsächlich vorgeschlagen, dass ich als Krankenschwester arbeiten soll!« Sie drehte sich mir zu und stemmte die Hände in die Hüfte. »Krankenschwester, überlege dir mal die Unverschämtheit! Du weißt, wie sehr ich meinen Beruf als Hebamme liebe. Das war auch schon damals so. – Fernhalten, sage ich, fernhalten! Man kann mit ihnen über Autos reden, aber so wie man sie ins Bett lässt, ist es vorbei. Du bist mal wieder ein leuchtendes Beispiel dafür. Erst lässt du dich mit allen möglichen Versprechungen locken und hilfst Spielmann, wo du kannst, und jetzt, wo er dich augenscheinlich nicht mehr braucht, setzt er dich einfach vor die Tür. Lässt dich fallen wie eine heiße Kartoffel! Und da sitzt du nun wie ein Häufchen Elend. So«, schloss sie energisch, »jetzt koch ich dir einen Baldriantee, und morgen früh meldest du dich krank.«

»Ich kann mich nicht krank melden. Wieso auch?«, schluchzte ich.

»Du willst nach dem Vorfall weiter in seiner Küche stehen?«, fragte Adela ungläubig.

»Job ist Job. Ich kann da nicht wegbleiben, die brauchen mich. Wenn ich nicht komme, kann ich gleich die Stelle wechseln.«

»Dann sieh aber zu, dass du ihm ordentlich die Meinung geigst!«, ordnete Adela an, bevor sie das Teewasser aufsetzte.

*

Ein Fleurop-Bote brachte am nächsten Morgen einen großen Strauß weißer Lilien. Spielmann hatte eine Karte beigelegt: »Elf Uhr, Frühstück Café Reichard?«

Mir war, als fielen zentnerschwere Steine von meiner Brust. Obwohl ich kaum geschlafen hatte, fühlte ich mich leicht und beschwingt. Vielleicht war das gestern doch ein Albtraum gewesen. Die Blumen dufteten herrlich. Ich stellte sie in der Küche ins Wasser. Adela verdrehte die Augen, sagte aber nur:

»Ich fahre noch mal nach Kalk. Mal sehen, ob es mir heute gelingt, einen Blick in Schwertfegers Halle zu werfen.«

Ich zog mein giftgrünes Leinenkleid an und setzte den Strohhut auf, den ich letztes Jahr in Wien gekauft hatte. Seit vierzehn Tagen schien die Sonne über Köln. Nicht ein einziges Mal hatte es in dieser Zeit ein erfrischendes Gewitter gegeben. Dabei sehnte sich alles danach. Die Grasflächen am Rhein waren so ausgetrocknet, dass sie bereits gelb waren, auf den Straßen quoll der Teer aus den Ritzen, und in der Altstadt flirrte die Hitze.

Spielmann saß auf der großen Terrasse des Café Reichard, die bis gegen Mittag im Schatten lag. Das Café Reichard war sein zweites Wohnzimmer. Hier, im Herzen der Stadt, den Dom vor Augen, trank er regelmäßig seinen Morgenkaffee, las Zeitung, traf Leute. Er liebte dieses Sehen und Gesehen-Werden. Viele einflussreiche Leute der Stadt verkehrten hier. Journalisten und WDR-Mitarbeiter, Kommunalpolitiker und Leute, die was werden wollten. Spielmann war bekannt und kannte viele Leute. Ich war einige Male mit ihm hier gewesen und hätte mir an diesem Morgen gern einen unauffälligeren Ort für unser Treffen gewünscht. Spielmann saß an einem Tisch im Schatten, ins Gespräch mit einem smarten Vierziger vertieft. Als er mich sah, kam er mit seinem jungenhaften Entschuldigungslächeln auf mich zu. Diesmal fuhren keine tausend Volt durch meinen Körper, als er mir die Hand küsste. Er rückte mir den Stuhl zurecht.

»Darf ich dir Herrn Deininger vorstellen? Er gibt einen Kölner Restaurant-Führer heraus. Der hat eine Sparte ›Wo die Gabeln Trauer tragen‹«, Spielmann kicherte. »Michelin reduziert nur die Sterne, wenn ein Haus nicht mehr Spitze ist, Herr Deininger schreibt richtige Verrisse. – Herr Deininger, das ist Frau Schweitzer, eine unglaublich begabte Köchin, merken Sie sich den Namen, von dieser Frau werden Sie noch hören!«

Ich lächelte gequält. Nach Smalltalk mit einem Restokritiker stand mir nicht der Sinn. So hatte ich mir das Treffen mit Spielmann nicht vorgestellt.

»Welches Frühstück nimmst du, süße Küchenfee?«, Spielmann schob mir die Speisekarte hin.

»Eine Tasse schwarzer Tee reicht mir«, antwortete ich kühl und starrte dann gelangweilt auf die Domplatte, auf der sich an diesem Morgen Busladungen von Japanern tummelten. Fünf Minuten später verabschiedete sich Herr Deininger.

»Er ist ein Schnösel, aber ich musste mit ihm reden, du kennst das Geschäft, du weißt, wie das ist«, entschuldigte sich Spielmann.

»Wir hätten uns in Deutz oder Nippes treffen sollen, da kennt dich wenigstens nicht jeder.«

»Jetzt habe ich nur noch Augen und Ohren für dich!« Er küsste erneut meine Hand. »Du weißt, wie gern ich hier mit dir sitze, wie stolz ich darauf bin, ganz Köln die Frau meines Herzens zu zeigen!«

»So?« Ich zog meine Hand zurück. »Dann erklär mir mal, was gestern Nacht mit dir los war?«

Spielmann machte verschiedene wortreiche Anläufe, bevor er gestand, dass die Verhandlungen mit dem neuen Verlag ein Desaster gewesen seien und er außerdem auf dem Rückflug von einer fürchterlichen Migräne heimgesucht worden sei.

»Das sind mörderische Schmerzen, da werde ich zum Tier. Das Einzige, was dann ein bisschen Linderung schafft, ist ein komplett dunkler Raum und völlige Ruhe. Bei jeder Störung raste ich aus. – Das war los mit mir!«

Wieder nahm er meine Hand und sah mich mit diesem jungenhaften Entschuldigungsblick an.

»Du hättest es erklären können. Ein Satz hätte genügt!«

»Bei den Schmerzen funktioniert der Verstand nicht mehr. – Ich wollte dich nicht vor den Kopf stoßen. Bitte verzeih mir!«

Wieso schaffte es dieser Mann so schnell, mich wieder versöhnlich zu stimmen? Als Spielmann merkte, dass ich nicht mehr wütend war, strahlte er. Er rückte seinen Stuhl ganz nah an meinen und flüsterte mir ins Ohr.

»Weißt du was? Jetzt, wo du mir nicht mehr böse bist, habe ich einen Bärenhunger. Entweder wir bestellen uns hier das allergrößte Frühstück, inklusive Schampus oder«, seine Stimme wurde noch leiser, »ich lasse uns schnell zwei, drei Sandwiches einpacken, die essen wir auf dem Weg zu mir nach Hause. Dort wartet mein Bett, da möchte ich mit dir hin, bevor wir zum Ochsen müssen. Sind das nicht wundervolle Aussichten für die nächsten zwei Stunden?«

In dem Punkt kannte Spielmann mich ziemlich gut. Er wusste, dass ich seinen Verführungskünsten nur schwer widerstehen konnte. Ich landete nicht nur wieder in seinem Bett, sondern stand ein paar Stunden später auch wieder in seiner Küche.

Trotz der Versöhnung waren die Tage des ungetrübten Glücks mit Spielmann dahin. Migräne hin oder her, die ersten Wunden waren gerissen, das erste Misstrauen war gesät. Als wir nach Mitternacht auf seiner Terrasse ein Glas Wein tranken, kam er mir sehr abwesend, fast bedrückt vor, aber alle Nachfragen dazu tat er als Hirngespinste ab. Auch wenn er sich Mühe gab, es zu überspielen, so merkte ich deutlich, dass die Zeiten, in denen er voller Energie gewesen war, vorbei waren.

Am nächsten Tag war die Arbeit am Kochbuch sehr mühsam, seine Ideen für neue Rezepte sprudelten nicht mehr wie noch vor ein paar Tagen. Auch fiel mir auf, dass er auf der Speisekarte des Goldenen Ochsen alte Rezepte wiederholte. Es schien, als ob die Migräne ihn in eine Schaffenskrise gestürzt hätte. Andererseits, so sagte ich mir, konnte kein Koch, auch nicht der Begabteste, unentwegt neue Rezeptideen aus dem Boden stampfen. Wie in der Zeit vor dem Mord an Schwertfeger war Spielmann nun zumeist mürrisch und zeigte sich in der Ochsenküche als herrischer Chef, dem es niemand recht machen konnte. Nur seine gefürchteten Tobsuchtsanfälle ließen auf sich warten.

Das veränderte Verhalten fiel natürlich auch den Kollegen auf. Noch war das allgemeine Murren verhalten, nur Sandra Bäumer stänkerte schon lauthals über die miese Laune des Chefs.

Sie war einer von den Menschen, die mit nichts und mit niemandem zufrieden sind und immer ihr Gift versprühen müssen. Mein Verhältnis zu ihr war nie besonders innig gewesen, aber seit ich mit Spielmann die Kochsendung machte, war es in offene Feindschaft übergegangen. Es ärgerte sie maßlos, dass Spielmann mich gefragt hatte; sie glaubte, als dienstältere Köchin ein Vorrecht auf den Job zu haben, und ließ keine Gelegenheit aus, mir das aufs Butterbrot zu schmieren.

Spielmann legte Wert darauf, dass unsere Liebesbeziehung in der Brigade nicht bekannt wurde. In der Küche siezte er mich weiter und bewertete meine Arbeit sogar strenger als die der anderen. Aber natürlich sandte er mir des Öfteren strahlende Blicke zu, und ich war mir nicht sicher, ob diese der Brigade verborgen geblieben waren. Vor allem Sandra mit ihrem Talent, die Schwachstellen anderer Menschen aufzuspüren, traute ich da einiges zu.

»Habe ich dir erlaubt, hier im T-Shirt zu arbeiten?«, bellte der General Dany an. »Die Bedeutung der Schutzkleidung! Erklären sie euch das heute nicht mehr in der Berufsschule? Gibt es nicht mehr diese zwei Fotos von Verbrühungen am Arm mit und ohne Arbeitskleidung? – Los, zieh deine Kochjacke an!«

Niehauser sah schon wieder viel besser aus. Das Haar war akkurat gescheitelt, die gesunde Gesichtsfarbe zurückgekehrt.

»Ach Frau Schweitzer. Holger Schädele ist krank. Schauen Sie, dass Sie auf Ihrem Posten klarkommen!«

Auch bei der Hitze sah Niehauser aus wie aus dem Ei gepellt. Während uns anderen die Kochkittel nach kürzester Zeit am Leib klebten, schien sein Körper überhaupt keine Schweißtropfen zu produzieren.

»Frau Bäumer, Ihr Rinderfond. Wie lange soll ich noch auf den warten?« Der General hatte alle Posten im Blick.

»Scheiß Rinderfond!«, maulte Sandra. »Kann der Chef das nicht langfristiger planen? Der weiß doch, was Fonds für Arbeit machen. Letzte Woche hätte ich gut die doppelte Portion kochen können. Einen Fond kann man doch problemlos bis zu zwei Wochen lagern. Ich frag mich, ob der Alte schon an Alzheimer leidet.«

»Dä wullt dir jot sin.« Kraußler hatte sich ein Frotteetuch um den Hals gelegt, mit dem er sich regelmäßig den Schweiß vom Gesicht tupfte. »Dä weiß, wie jään du meckerst!«

»Ich meckere vielleicht ein bisschen.« Sandra hackte wütend Möhren klein. »Aber der Alte ist so mürrisch und schlecht gelaunt, davon kann einem die Sahne gerinnen.«

»Deshalb Rinderknochen un Röstjemös«, scherzte Kraußler und entbeinte flink eine Hühnerbrust.

»Blödkopp! – Aber ich will zu gern wissen, was dem Alten so das Leben vermiest. Katharina, du kannst es uns bestimmt sagen, du bist doch unentwegt mit ihm zusammen!« Sandra sah mich herausfordernd an.

»Wenn du es unbedingt wissen willst, frag ihn doch selbst!«

»Katharina schweigt also mal wieder!« Sie warf die Möhren in einen großen Topf und blickte in die Runde. »Sie ist unentwegt mit dem Chef zusammen, aber erzählt uns kein Wort. Glaub bloß nicht, du bist was Besseres.« Nun sah sie mich giftig an.

Lange würde ich mir das Gekeife nicht mehr anhören.

»Ich weiß genau, warum sie uns nichts sagen will. Es läuft nicht mehr so gut zwischen den beiden. Der Chef hat endlich gemerkt, dass auch Katharina die Große nur mit Wasser kocht!«

Ich schnappte mir das Salzfass und schüttete eine Handvoll Salz in Sandras Fond. Das verschlug ihr für einen Augenblick die Sprache, aber nur für einen Augenblick. »Wenn du mir den Fond versalzen hast, dann –«

Aber da war schon der General zur Stelle und rief uns zur Ordnung. Kurze Zeit später, ich hob gerade Eischnee unter eine Quarksoufflé-Masse, flüsterte mir Sandra über die Schulter ins Ohr:

»Unter uns Frauen, Katharina, kannst du es ruhig zugeben: Der Alte hat Probleme im Bett. Kriegt seinen Schwengel nicht mehr hoch, kein Wunder bei deinen Fettmassen. Selbst wenn er dich blind vögelt, muss es doch überall schwabbeln.«

Mit voller Wucht kippte ich ihr die Quarkmasse ins Gesicht. Ich weiß nicht, was ich noch getan hätte, wenn Pfister nicht dazwischengegangen wäre. Er nahm mir die Schüssel aus der Hand.

»Immer mit der Ruhe«, sagte er zu mir. »Bist du jetzt wieder im Kindergartenalter, dass du mit Lebensmitteln spielen musst? – Du hast dich doch sonst nicht so über sie aufgeregt.«

Sandra heulte und versuchte, ihr Gesicht von der Quarkmasse zu befreien.

Kraußler reichte ihr sein Frotteetuch und brummte: »Quark ist jot für de Huck.«

Als Spielmann eine Viertelstunde später in die Küche kam, kochte ich innerlich immer noch. Er steuerte auf Sandras Kochtopf zu, riss den Deckel hoch, schnupperte und fing seinerseits an zu toben.

»Bäumer, was ist das für ein Fleischfond? Den könnte der kleine Dany Storck besser machen. Das Röstgemüse ist viel zu grob!«

»Da ist doch höchstens zu viel Salz drin«, stotterte Sandra und warf mir giftige Blicke zu.

»Von wegen Salz! Die Knochen sind zu lang geröstet, bemerken Sie diesen strengen Röstgeschmack gar nicht?«

Mit Schwung nahm er den Topf vom Herd, balancierte ihn zum nächsten Spülbecken und schüttete ihn aus. Es tat in der Seele gut zu sehen, wie Sandra heulend und schniefend einen neuen Fond ansetzen musste. Von mir aus hätte Spielmann den Topf noch zweimal ausschütten können.

Sandra rächte sich. Holger hatte am Vortag Mürbetorteletts gebacken und zum Auskühlen auf den Pass gelegt. Als ich sie belegen wollte, war die Hälfte der Torteletts zerbrochen. Natürlich würde Sandra niemals zugeben, dass sie die Küchlein zerbrochen hatte, aber das kleine, triumphierende Lächeln auf ihrem Gesicht, als ich die Bescherung bemerkte, verriet sie. Jetzt reichte es mir! Mit dieser Frau wollte ich nicht länger in einer Küche arbeiten. Ich hatte keine Lust auf so einen bescheuerten Kleinkrieg. Ich nahm mir vor, am Abend mit Spielmann darüber zu reden.

Doch zunächst galt es, den Abend zu überstehen. Mir fehlten

fünfzehn Nachtische und ein Koch. Ich hatte mich gerade mit dem General auf Himbeersorbet als Ersatznachtisch geeinigt, als Spielmann wieder auftauchte. Er wischte das Sorbet vom Tisch und bestand auf Oeuf à la neige. Ein Nachtisch, der à point zubereitet werden musste und deshalb viel mehr Arbeit machte. Zudem kein Dessert für heiße Tage. Da musste was frisches Fruchtiges auf den Teller und nicht so ein schweres Eiergericht. Ich hatte eine Stinklaune und schimpfte Dany aus, weil er mir die Paprikas für das Gazpacho nicht klein genug gewürfelt hatte. Die Hitze war unerträglich. Schon seit Tagen arbeiteten wir bei weit geöffneten Fenstern, aber es half nichts. Nicht das leiseste kühle Lüftchen regte sich. Die Kochjacke klebte mir schweißnass am Körper, und mein Kreislauf spielte verrückt. Um etwas Kühlung zu bekommen, schickte ich nicht wie üblich Dany in den Kühlraum, damit er frische Eier holte, sondern stieg selbst in den Keller hinab. Hier unten konnte man wenigstens atmen. Ich ließ mir Zeit mit dem Eierholen und merkte plötzlich, dass ich nicht allein im Keller war.

»Achthundert Euro mehr pro Monat, sonst können Sie nicht mehr auf mich zählen, Chef!«, hörte ich den General sagen.

»Wissen Sie, wie man das nennt?«, antwortete Spielmann wütend, »Erpressung ist das, Erpressung!«

Die beiden mussten im Weinkeller sein.

»Ich kann auch gehen, Chef«, gab Niehauser ungerührt zurück.

»Siebenhundert Euro und keinen Cent mehr«, sagte da Spielmann.

»Sagen wir siebenhundertundfünfzig.«

Spielmann willigte ein.

Ich verstand das Ganze nicht. Schnappten jetzt alle über? Wie konnte Niehauser eine solche Gehaltserhöhung verlangen, nach allem, was Spielmann für ihn getan hatte? Und warum ließ Spielmann sich darauf ein?

Ich eilte in die Küche zurück.

Kurze Zeit später kamen auch die beiden friedlich plaudernd aus dem Keller, nichts deutete auf einen Streit hin. Spielmann kam auf mich zu und bat mich, kurz in sein Büro mitzukommen.

»Können wir uns morgen Abend treffen, Küchenfee? Der Steuerberater hängt mir im Nacken, ich muss heute unbedingt die Unterlagen für ihn zusammenstellen. Sei mir nicht böse, ja?« Er lächelte gequält.

Es ging ihm nicht gut, und daran war sicher nicht der Steuerberater schuld.

»Ich ruf dich nach der Arbeit an. Vielleicht hast du dann doch Lust auf ein Glas Wein«, versuchte ich ihn aufzumuntern.

Spielmann nickte zerstreut und ordnete die Papiere auf seinem Schreibtisch.

Das Gespräch hob meine Laune nicht. Nichts lief mehr rund. Vielleicht lag es aber auch nur an der Hitze. Obwohl es schon auf Mitternacht zuging, war es immer noch extrem heiß. Bei solchen Temperaturen konnte man leicht durchdrehen. Ich war völlig erledigt, als die letzten Nachtische draußen waren. Dany hatte den Topf, in dem ich den Karamell für das Oeuf à la neige gerührt hatte, anbrennen lassen. Er schrubbte ihn immer noch, als ich unseren Arbeitsplatz längst sauber hatte. Ich ließ ihn damit allein und ging müde zu meinem Spind. Bis auf die Unterhose nass geschwitzt tauchte ich meine Arme in kaltes Wasser und rieb den Schweiß an meinem Körper mit einem Handtuch trocken, damit mir mein Sommerkleid nicht sogleich an der Haut klebte. Der Nachthimmel war schwarz-gelb gefärbt und schien wie Blei auf die von Hitze beschwerte Stadt zu drücken. Ich schleppte mich in die Kasemattenstraße. Adela war ausgeflogen, dafür wartete ein Telegramm aus Bombay auf mich: »Noch drei Tage! Busserl. Ecki.«

Es war nicht mein Tag heute, wirklich nicht. Über meinen Wiener wollte ich jetzt nicht auch noch nachdenken müssen. Ich stellte mich sofort unter die Dusche, den einzigen erträglichen Ort bei dieser Hitze. Nur ungern drehte ich das Wasser ab, als das Telefon klingelte.

»Ich muss nach München.« Spielmanns Stimme klang kläglich. »Mein Bruder hat gerade angerufen, er braucht mich dringend. Irgendwas mit seiner Frau. Ich fahre noch heute Nacht. Bringst du mich zum Zug, ja?«

Ich brachte ihn zum Bahnhof. Er wirkte müde, kaputt und

kreuzunglücklich. Es ist die Hitze, sagte ich mir. Alles nur die Hitze.

»Ich hoffe, ich bin morgen Mittag zurück«, sagte er, »sonst melde ich mich.« Er drückte mir einen flüchtigen Kuss auf den Mund und stieg in den Intercity.

Als ich danach über die Hohenzollernbrücke nach Hause ging, entlud sich die Hitze endlich in einem gewaltigen Gewitter. Hohe Wellen trieben über den Rhein, fahle Blitze zuckten über der Altstadt, schnell folgte das Donnergrollen, und endlich kam der Regen. Sintflutartig prasselte er auf die Brücke. Ich ließ mich nass regnen und rannte barfüßig durch die Pfützen. Die Stadt triefte.

Jetzt würde alles besser werden.

*

Das Gewitter hatte die Hitze nicht aus der Stadt vertreiben können. Kein frisches Windchen wehte am nächsten Morgen. Es blieb schwül und aufgeheizt.

»Stell dir vor, Pfarrer Schmid traut die beiden!«

Meine Mutter mal wieder! Adela trieb sich wer weiß wo herum, und ich war leider ans Telefon gegangen.

»Ist das nicht toll? Der hat euch beide schon getauft. Die Hochzeit ist im August. Wie viele Tage kannst du kommen? Du musst mir beim Kochen helfen.«

»Ich denke, das Essen ist im Rebstock«, warf ich müde ein.

»Ja, aber die Trauung ist in Fautenbach. Und danach wollen wir hier einen kleinen Sektempfang geben. Dafür kannst du welche von diesen Amuse-Dingsbums machen. Du musst mir nur eine Liste schicken, was ich dafür alles besorgen soll. – Hast du schon was zum Anziehen? Ich will nicht, dass du in einem von deinen grellen Fummeln auftauchst.«

Es dauerte eine halbe Stunde, bis ich meine Mutter abgehängt hatte. Lustlos schleppte ich mich am Nachmittag zur Arbeit. Der General fehlte, und Spielmann war noch nicht aus München zurück. Stattdessen tauchte Fischer in der Küche auf.

»Wo ist der Chef?«, fragte er.

Irgendetwas schien passiert zu sein. Das sah man an seinem Blick.

»In München bei seinem Bruder«, antwortete ich.

»Dann kommen eben Sie mit!«, befahl er.

Ohne eine weitere Erklärung brachte er mich zu einem blauen Lada, der nach Plastik und kaltem Zigarettenrauch stank. Bevor er einstieg, zündete er sich eine Zigarette an.

»Ich finde Hunde zum Kotzen, und ich finde Hundebesitzer zum Kotzen. Aber manchmal sind diese blöden Köter und ihre Besitzer zu etwas nutze. Irgend so eine Töle hat so lange vor einer Mülltonne gekläfft, bis sein Herrchen dort nachgesehen hat. Pech für ihn! Was er sich ansehen musste, war kein erfreulicher Anblick. Glück für uns! Denn wenn Niehauser erst bei der Müllabfuhr gelandet wäre, hätten wir Mühe gehabt, das Hackfleisch zu identifizieren. So mussten wir ihn nur aus einer blauen Mülltüte schälen. Können Sie sich die Sauerei vorstellen? Was glauben Sie, wie eine Leiche bei diesen Temperaturen schon nach wenigen Stunden stinkt? – Schade, dass ich Ihrem feinen Kochnäschen davon keine Kostprobe mehr geben kann. Aber was von Niehauser übrig ist, das werden Sie sich jetzt angucken!«

Ich brachte keinen Ton heraus. Das war ein einziger Albtraum. Aber der Geruch, der in diesem Auto hing und der jetzt noch durch Fischers schlechten Atem verstärkt wurde, war so real, dass ich wusste, das es kein Traum war. Der General in einer Mülltüte. Schon wieder ein Toter. Schon wieder jemand aus dem Goldenen Ochsen. Warum? Warum nur?

Übelkeit stieg in mir auf.

»Weshalb muss ich ihn mir ansehen?«, brachte ich mühsam heraus, während ich versuchte, das Fenster zu öffnen.

»Wen hätte ich nehmen sollen, wo Ihr Chef nicht da ist? Sie wirken zumindest so, als würden Sie nicht gleich zusammenklappen, wenn Sie eine Leiche sehen.«

»Ich kann mir keine Leiche angucken! Da wird mir schlecht!«

Es war ein Fluch, groß und kräftig zu sein.

»Natürlich können Sie. – Was macht Spielmann eigentlich in München?«

»Er besucht seinen Bruder. Genaueres weiß ich nicht.«

»Und seit wann ist er weg?«

»Seit gestern.«

»Und Niehauser?«

Ich glotzte ihn verständnislos an.

»Na, war der gestern noch bei der Arbeit, oder was?« Fischer sog ungeduldig an seiner Zigarette. Er fuhr die Aachener Straße stadtauswärts, am Melaten-Friedhof entlang.

»Der hat gestern ganz normal gearbeitet. Als ich so um halb zwölf ging, machte er mit Krüger die Abrechnung, weil der Chef schon vorher gegangen war. – Wo wurde seine Leiche gefunden?«

»In einer großen Mülltonne in der Nähe vom Kaufhof. Keine zehn Minuten von eurem Laden.«

»Und wie?«, fragte ich zögernd weiter, »wie ist er umgebracht worden?«

»Erstochen. Mit einem Stilett oder so was Ähnlichem.«

Die Luft im Auto war unerträglich, und es war mir immer noch nicht gelungen, das Seitenfenster herunterzukurbeln, irgendwie klemmte der Hebel.

»Zwei Morde innerhalb von vier Wochen. Die beiden Opfer kannten sich, und beide hatten etwas mit dem Goldenen Ochsen zu tun«, fuhr Fischer fort, »das ist, gelinde gesagt, ziemlich merkwürdig. Tja, wir müssen euren Laden und jeden Einzelnen von euch noch mal gründlich unter die Lupe nehmen!«

Fischer drehte sich eine neue Zigarette, und ich endlich das Fenster herunter.

»Glauben Sie, dass die beiden Morde miteinander zusammenhängen?«

»Glauben kann man viel. Sagen wir mal so: Die beiden Opfer kannten sich, sogar sehr gut, wie wir wissen. Da ist es nahe liegend, zu vermuten, dass sie aus demselben Motiv ermordet wurden, vom selben Mörder. – Aber wir verfolgen jede Spur, da sind wir gründlich. Keine zu frühen Arbeitshypothesen, das ist meine Devise.«

Beim Fall Schwertfeger hatte die angebliche Gründlichkeit bisher zu keinem Ergebnis geführt, dachte ich. Wer weiß, wenn

Fischer etwas schneller gearbeitet hätte, wäre der General vielleicht noch am Leben.

Fischer fuhr jetzt in die Oskar-Jäger-Straße und bog an der Ampel rechts auf den Melatengürtel ab. Am Ende des Friedhofs lenkte er den Lada auf den Parkplatz eines freudlosen grauen Betonbaus. Ein passendes Gebäude für die Gerichtsmedizin. Er führte mich dort in den kühlen Keller, nickte einem Wärter zu, und dieser zog einen Leichenwagen aus der Wand. Selbst hier hatte Fischer noch eine Kippe im Mundwinkel kleben.

Der General hatte immer noch diese akkurat gescheitelten Haare. Sonst wirkte nichts an ihm vertraut. Sein Gesicht und sein Körper waren von Schürfwunden übersäht.

»Schleifspuren«, sagte Fischer.

In der Herzgegend klafften drei Stichwunden. Nackt auf dieser Metallbahre liegend sah er sehr klein und zierlich aus. Dabei war er höchstens einen Kopf kleiner als ich. Zu diesem zarten Körper passte der harsche Kommando-Ton, den er in unserer Küche geführt hatte, nicht.

»Sie wussten doch, wer es war, warum muss ich ihn identifizieren?«, fragte ich Fischer, als er den Wagen wieder in das Kühlfach schob.

»Routine, eine Formsache, macht normalerweise ein Familienangehöriger. Aber bisher haben wir bei Niehauser niemanden ermitteln können. – Wissen Sie was über seine Familie?«

»Nichts.« Ich stieg langsam die Treppe hoch, froh über jeden Meter, der mich von hier wegbrachte. »Wissen Sie, auch wenn das nach diesem Anblick hart klingt: Niehauser hat mich nie interessiert, ich mochte ihn nicht besonders. Warum hätte ich ihn nach seiner Familie fragen sollen? Zudem war er niemand, der über sein Privatleben geredet hat.«

Ich war froh, dass der Leichenkeller hinter uns lag und wir wieder im Freien standen. Ich holte tief Luft. Durch den Baumbestand des Friedhofs war es hier bestimmt zwei bis drei Grad kühler als in der Innenstadt. Fischer steuerte eine Parkbank an, setzte sich und bedeutete mir, mich ebenfalls zu setzen. Schließlich konnte er schlecht neben einer Frau stehen, die größer war als er.

»Der Mann hat doch bestimmt Privatgespräche geführt, sich mit Freunden verabredet. Menschenskind, irgendwas müssen Sie doch wissen!«

»Wie oft soll ich Ihnen noch sagen, dass der Mann mich nicht interessiert hat! Außerdem – Sie müssten doch der Experte sein. Schließlich haben Sie ihn nach dem Mord an Schwertfeger ordentlich durch die Mangel gedreht!«

»Was haben Sie denn gestern Abend nach Feierabend gemacht?«

Mich wunderte, dass die Frage so spät kam. »Nach der Arbeit bin ich nach Hause gegangen und habe mich unter die Dusche gestellt. Dort wäre ich gern den Rest der Nacht geblieben, wenn mich nicht ein Anruf meines Chefs weggeholt hätte. Ich habe ihn zum Bahnhof gebracht.«

»Weshalb bringen Sie Ihren Chef nachts zum Bahnhof?«

»Er hat mich darum gebeten.« Ich merkte, wie blöd das klang.

Fischer natürlich auch. Er beugte sich zu mir herüber und fragte: »Haben Sie was mit Ihrem Chef? Gehen Sie mit ihm ins Bett?

Es war mir nicht angenehm, darüber zu sprechen, aber ich wusste, dass er es früher oder später erfahren würde.

»So. So.« Er lehnte sich auf der Bank zurück, grinste und sagte nichts mehr. Dann sprang er auf und ging zu seinem Lada. »Das wär's fürs Erste. Soll ich Sie in die Stadt mitnehmen?«

Ich verzichtete gern und nahm an der Aachener Straße die Linie Eins Richtung Innenstadt.

*

Ich fuhr bis zum Heumarkt. Auf dem Weg zum Ochsen ging ich davon aus, die Brigade wie beim ersten Mord wieder im Restaurant versammelt zu finden. Doch als ich durch die Fenster nach drinnen sah, war niemand zu sehen. Nicht einmal Krüger wuselte zwischen den Tischen herum. Ich nahm den Hintereingang in die Küche. Keiner meiner Kollegen war an seinem Platz.

Am Pass stand allein Spielmann. Vor ihm lagen ein schwerer Thunfisch und fünf Doraden.

»Du weißt es schon«, sagte ich.

Spielmann sagte nichts, er wetzte sein Ausbeinmesser, hackte dem Thunfisch den Kopf ab, schlitzte den Bauch auf, entnahm die Eingeweide und schnitt Filets.

»Wo sind die anderen?«

»Der Ochse bleibt heute geschlossen.«

»Warum hast du sie nach Hause geschickt?«

»Ich kann heute kein Geschwätz vertragen. Nimm die Doraden aus! Und setz die Köpfe und Gräten gleich für einen Fond auf.«

»Ich kann jetzt keine Doraden ausnehmen. Mir wird schon schlecht, wenn ich dir zusehe! Genauso haben sie den General auseinander genommen!«

»Fisch ist Fisch! Jetzt bloß keine Sentimentalitäten!«

»Was hast du eigentlich vor?«

»Ich will ein Ragout machen. Im Kühlraum stehen noch ein paar Jakobsmuscheln, die kannst du gleich holen, die nehmen wir noch dazu. Gestern hat mir Pfeffer-Brecht eine neue Anissaat mitgebracht, die möchte ich ausprobieren.«

»Wer hat es dir gesagt?« Unter meinem Messer verloren die Doraden jetzt Köpfe und Schwänze.

»Die Spurensicherung war hier und hat Niehausers Spind geleert. Sind die Doraden fertig?«

»Dieser Fischer ist wieder zuständig. Grauenvoll! Der Mann ist maßlos überfordert. Er war schon bei Schwertfeger keine Leuchte. Du kannst von Glück sagen, dass du heute Mittag noch nicht da warst. Ich musste nämlich an deiner Stelle ins Leichenschauhaus.«

»Katharina! Die Doraden, ein bisschen plötzlich!«

»Verdammt noch mal, Hugo!« Ich klopfte mit meinem Messerknauf mehrmals auf das Brett. »Der General ist ermordet worden, und du hast nichts anderes als die blöden Doraden im Kopf.«

»Ich arbeite!«, donnerte er und ließ sein Messer in den Messerblock zurückfahren. »Wenn du quatschen willst, kannst du gehen!«

Ich hieb mein Messer mit Wucht ins Brett und ging. An der Tür holte Spielmann mich ein.

»Katharina, bleib«, bat er. »Ich bin völlig durcheinander. Wenn ich zu Ende gekocht habe, geht es mir besser.«

Es war wieder die Stimme vom Gleisdreieck und der Blick, den ich so liebte. Die Kombination war magisch, der konnte ich mich nicht widersetzen.

Dann arbeiteten wir. Still. Spielmann briet seinen Fisch, und ich machte Zitronentörtchen. Ich knetete Eiswasserteig, teilte Eier, rieb Zitronenschale, rührte Brandteig, schlug Eischnee schaumig, presste Zitronensaft und merkte, dass ich ruhiger wurde. Jetzt verstand ich Spielmann. Durch das Arbeiten kam der Boden unter den Füßen zurück. Auch Spielmann war völlig auf sich konzentriert. Wenn er mit seiner langen Nase den Fischfonddunst schnupperte und seinen Probierlöffel in die Sauce tauchte, dann glitt ein fast verklärtes Lächeln über sein Gesicht, und aus den Tiefen seines Bauches stieg ein genüssliches Brummeln.

Die Zitronentörtchen schob ich in den Ofen, die feine Gänseleber garnierte ich mit milchsauer eingelegten Kürbisspaghettis, und dann bat Spielmann mich, den Tisch zu decken.

»Nimm Nummer Acht, den am großen Fenster, du weißt schon. Ich habe so selten Gelegenheit am besten Tisch meines Hauses zu sitzen. – Und Katharina: Deck für drei!«

Ich ahnte, wen Spielmann erwartete, aber sein Gast ließ auf sich warten. So tafelte ich mit Spielmann in einem völlig leeren Resto. Er öffnete eine Flasche Château Grillet, einen Wein, für den er ein kleines Vermögen bezahlt hatte. Er schnupperte am Flaschenhals und ließ seinen Blick stolz durch das Restaurant schweifen.

»Biertische und Brauereistühle standen hier drinnen, als ich das Restaurant vor zwanzig Jahren von meinem Onkel übernommen habe. Es war eine dieser üblichen Altstadt-Touristen-Schänken«, Spielmann steckte seine große Nase ins Weißweinglas, und ein verklärtes Lächeln huschte über sein Gesicht. »Der ist großartig! Ein Gedicht! – Die erste Zeit war hart. Ich legte weiße Tischdecken auf die Biertische, und plötzlich kam überhaupt keiner mehr. Aber bald sprach es sich in Köln herum, dass ich gut kochte. Damals hatte man als guter Koch auch noch viel weniger Konkurrenz. Ja und dann kam der erste Michelinstern ...«

Nicht, dass Spielmann mir diese Geschichte zum ersten Mal erzählte! Er redete, um sich zu beruhigen. Draußen begann es jetzt zu dämmern. Ein leichter Sommerwind fuhr durch die zarten Gardinen und brachte etwas Kühlung in den erhitzten Raum.

»Die alten Stiche habe ich bei einem holländischen Antiquar in Amsterdam entdeckt, und die Damastdecken sind aus einem Mailänder Stoffgeschäft. Die Signora hat mir geschworen, dass sie mir die nächsten dreißig Jahre jederzeit die gleichen Decken und Servietten liefern kann.«

Spielmann zündete die Kerzen an. Nicht nur die auf unserem Tisch, sondern auch die auf allen anderen. Silber und Gläser blitzten, der goldene Ochse auf der Mahagonianrichte funkelte im Schein des sanften Lichts. Die Grünpflanzen warfen bizarre Schatten. Die Situation war völlig unwirklich. So als wäre nicht geschehen, was geschehen war. Wir aßen den vorzüglichen Fisch, tranken dazu den Grillet, und Spielmann redete und redete.

Als wir die Zitronentörtchen aßen, kam Fischer. Spielmann ging ihm mit offenen Armen entgegen.

»Herr Kommissar, ich habe Sie erwartet, bitte setzen Sie sich. Da wir nicht wussten, wann Sie kommen würden, haben wir schon ohne Sie gegessen. Darf ich Ihnen die Vorspeise servieren? – Eine Scheibe Gänseleberpastete von Fouchon. Exquisit, Sie werden begeistert sein.«

»Danke«, Fischer schmiss seinen Ledermantel achtlos auf einen der Stühle, »aber ich esse kein Fleisch.« Er sah sich um. »Was ist das hier? Ein Candle-Light-Dinner?«

»Dann das Fischragout? Thunfisch, Dorade, Jakobsmuscheln, abgerundet mit einem ganz klitzekleinen Touch Nordafrika aus Anis und Safran.«

»Ich esse auch keinen Fisch.«

»Oh!« Spielmann war nicht daran gewöhnt, dass man seine Gerichte nicht aß. »Dann vielleicht etwas Süßes? Frau Schweitzer hat frische Zitronentörtchen gebacken. Knusprig und säuerlich, cremig und leicht.«

»Also, gut«, Fischer zog seinen Tabak aus der Hose, »wenn ich dazu einen Kaffee kriege, nehme ich eins von den Dingern.«

»Möchten Sie einen Milchkaffee, einen Cappuccino, einen Espresso oder eine Wiener Melange?«

»Völlig egal, nur ohne Milch.«

Ich servierte Fischer ein Zitronentörtchen, und Spielmann warf die Espressomaschine am Getränketresen an. Er brachte eine große Tasse für Fischer und zwei kleine für uns und stellte die Silberdose mit den sechs verschiedenen Zuckersorten auf den Tisch. Fischer griff blind in die Dose und schüttete sich drei Tütchen Zucker in den Kaffee. Er schlürfte einen großen Schluck Kaffee, biss achtlos in eins meiner Zitronentörtchen und legte los. Er forderte die aktuelle Adressenliste aller Mitarbeiter, Niehausers Personalunterlagen und fragte nach dem Alibi von Spielmann.

»Ich bin letzte Nacht mit dem Intercity um null Uhr achtundfünfzig nach München abgefahren, um meinen Bruder zu besuchen. Frau Schweitzer hat mich zum Bahnhof gebracht.«

Fischer grinste uns beide breit an: »Das ist bestimmt praktisch, dass Ihre Köchin auch Ihre Herzdame ist.«

»Also, wirklich!«, empörte sich Spielmann. »Ich glaube nicht, dass Sie das irgendetwas angeht!«

»Da irren Sie sich. Bei einem Mordfall ist nichts mehr privat. – Frau Schweitzer hat mir übrigens schon gesagt, dass Sie mit ihr ins Bett gehen.«

»Ich muss Sie aber bitten, Herr Kommissar«, beharrte Spielmann nach einem bösen Blick auf mich, »die Angelegenheit diskret zu behandeln. Meine Angestellten wissen nichts davon, und das soll auch so bleiben!«

»Da bin ich mir nicht sicher, Hugo«, klärte ich ihn auf.

Spielmann war einen Moment lang sprachlos.

Fischer grinste.

»An dem Punkt können Sie später weitermachen, Herrschaften. Ich will jetzt wissen, wie Niehauser zu Ihnen oder Sie zu Niehauser gekommen sind, Herr Spielmann.«

»Er wurde mir von meinem Freund Hans Stucki aus Basel empfohlen. Ich kannte ihn aber schon aus München. Vor fünfundzwanzig Jahren haben wir beide bei Witzigmann gearbeitet.

Ich war damals Chef de partie und Niehauser war einer meiner Lehrlinge. Niehauser hat danach auch weiterhin nur in den besten Häusern gearbeitet. Er war bei Wondratz in Lehel, bei Schubeck in Waging, bei Finkbeiner in Baiersbronn. Aber das sagt Ihnen wahrscheinlich nichts.«

»Nein!« Fischer krümelte sich eine seiner Zigaretten zurecht.

»Als ich vor zwei Jahren einen neuen Küchenchef suchte, hat Stucki mir erzählt, dass Niehauser sich verändern will. So sind wir miteinander ins Geschäft gekommen.«

»Niehauser hat Ihnen dann hier den Laden geschmissen?«

»Er war, wie seine Position schon sagt, Chef der Küche. Das heißt, er war Tag für Tag dafür verantwortlich, dass meine Gerichte auf höchstem Niveau in perfekter Zubereitung pünktlich hergestellt wurden und dies bei einem fast immer ausgebuchten Restaurant. Er musste das Zusammenspiel der Köche untereinander und das zwischen Küche und Service koordinieren. – Er war darin sehr gut. Ich war sehr zufrieden mit ihm.«

»Wo gab's Konflikte?«

»Nun, er war ein sehr ruhiger und kühler Mensch. Sieht man von dem ermordeten Schwertfeger ab, könnte ich Ihnen nicht sagen, was ihn aus der Fassung gebracht hätte. Da ich sehr temperamentvoll werden kann – in der Küche stöhnen sie dann immer unter den Tobsuchtsanfällen des Chefs – empfand ich ihn vom Wesen her als ideale Ergänzung zu mir. Wenn es in der Brigade Konflikte gab, so hat er sie geregelt. Ich bezahlte ihn unter anderem auch dafür, dass er mir so was vom Hals hielt.«

»Und was verdiente er bei Ihnen?«

»Ein sehr gutes Gehalt. Gerade habe ich es noch mal um ein Beträchtliches erhöht.«

»Warum?«

»Wir hatten damals einen Zweijahresvertrag ausgehandelt. Der war jetzt abgelaufen. Niehauser hat mir die Pistole auf die Brust gesetzt. Er hatte ein sehr gutes Angebot aus Hamburg, das ich überbieten musste, damit er in Köln blieb. Das habe ich dann zähneknirschend getan, da ich ihn als Küchenchef nicht verlieren wollte. – Und jetzt habe ich ihn doch verloren«, Spielmann schüttelte bekümmert den Kopf. »Schade. Er war so ein guter Mann.«

»Wie war Ihr persönliches Verhältnis?«

»Wir hatten keines. – Sehen Sie, ich bin ein viel beschäftigter Mann. Und Niehauser sprach nie über sich. Deshalb wusste ich auch nichts über seine Beziehung zu Jupp Schwertfeger. Wir sprachen einfach nicht über solche Dinge.«

Fischer verzehrte achtlos den letzten Bissen des Zitronentörtchens und verabschiedete sich.

»Wollen Sie nicht hören, was ich über den Mord denke?«, fragte Spielmann verblüfft.

Fischer wischte sich mit dem Handrücken die Krümel vom Mund und setzte sich lässig auf die Stuhllehne.

»Schießen Sie los!«

»Sehen Sie, Herr Kommissar«, Spielmann schob seine Espressotasse zur Seite und strich mit den Händen großflächig über das Tischtuch, »als Jupp Schwertfeger ermordet wurde, kam mir der Gedanke zum ersten Mal, aber ich habe ihn als gar zu abwegig verdrängt. Jetzt, mit dem Mord an Niehauser, ist er mir zur Gewissheit geworden. Ich kann die beiden Morde nicht getrennt sehen. Beide stehen in engem Zusammenhang mit meinem Lokal und somit natürlich mit mir, meinem Namen, meinem Ruf. Ohne unbescheiden zu sein, kann ich sagen, dass ich in unserem Metier einer der Besten bin. Das schafft Neider. Kollegen, die sich verkannt, ungerecht behandelt oder sonst was fühlen und die nicht damit leben können, dass andere erfolgreicher sind als sie. Ich kann diese Morde nur als einen persönlichen Affront sehen. Man will mich ruinieren. Wissen Sie, was es mich gekostet hat, die Affäre Schwertfeger ohne größere Verluste zu überstehen? Und jetzt, wo gerade Gras darüber gewachsen ist, wird Niehauser ermordet. Wie soll der Goldene Ochse diesen zweiten Schlag verkraften? Auf Dauer, gibt es nur einen kleinen Zirkel von Menschen, die bereit sind und es sich leisten können, so viel für ein gutes Essen zu bezahlen, wie sie bei mir bezahlen müssen. – Aber genau auf die sind andere auch aus. Ich kann jetzt keinen direkt verdächtigen. Aber sehen Sie sich die besseren Restaurants in

Köln genau an. Nur da kann man davon profitieren, wenn ich schließen muss. Und genau da würde ich nach Verdächtigen suchen!«

»Ein bisschen genauer geht's nicht?«, fragte Fischer, als Spielmann geendet hatte.

»Werter Herr Kommissar, es gibt nicht mehr als fünf, sechs Restaurants, in denen in meiner Kategorie gekocht wird. Ein Blick in den Michelin genügt.«

»Hab ich nicht.«

Fischer schob Spielmann Papier und Bleistift hin.

Seufzend ob dieser Ignoranz die gute Küche betreffend schrieb Spielmann ihm die Namen der anderen Kölner Spitzenhäuser auf. Achtlos steckte Fischer den Zettel ein, zog seinen Speckmantel an und wehte mit kurzem Abschiedsgruß davon.

»Sehr, sehr merkwürdig, dieser Kommissar. Wenn seine kriminalistische Spürnase so schlecht ist wie seine kulinarische, dann können wir lange warten, bis er den Mörder gefunden hat.«

»Wieso schwärzt du Kollegen an?«

»Süße Küchenfee, ich komme auf keine andere sinnvolle Erklärung.«

»Blödsinn. Der Mörder könnte genauso gut aus dem Schwulenmilieu, aus dem Umfeld von Schwertfeger oder ...«

»... aus unserer Brigade kommen. Und da möchte ich nicht anfangen, jemanden zu verdächtigen.«

Aber genau da würde Fischer morgen ansetzen.

In der Nacht träumte ich von einem Prachtschiff der Köln-Düsseldorfer. Spielmann war der Kapitän. Goldbetresst und braun gebrannt stand er an der Reling, bevor er ins Wasser fiel. Er konnte nicht schwimmen und fuchtelte planlos mit seinen Armen, während seine Lippen unentwegt das Wort »Hilfe« formulierten. Ich sprang ihm hinterher. Da verwandelte er sich in einen großen blauen Müllsack, der wie ein Schlauchboot auf dem Wasser schwamm. Darauf saßen aufgereiht wie auf einer Hühnerstange fünf Doraden, die unentwegt ihre Kussmünder bewegten. Sie wiegten sich im Takt und sangen »Katharina kommt, Katharina kommt, Katharina kommt«, bis eine große Rheinwelle sie in die Tiefe riss. Es kostete mich viel Kraft, nicht auch unterzugehen, und erst als ich das Ufer erreichte, merkte ich, dass ich blutete. Meine Arme waren wie von Piranhas zerfleischt.

Erschreckt erwachte ich aus diesem Traum. Regentropfen prasselten an die Fensterscheiben. Und dieser Regen, das spürte ich, würde die Hitze endgültig aus der Stadt vertreiben. Ich ging ans Fenster. Es goss aus Kübeln. Der Wind peitschte immer neue Schauer gegen die Scheibe, und über den Straßengullys standen kleine Seen, die durch den heftig fallenden Regen aufgewühlt wurden wie Ozeanwellen. Die Kasemattenstraße glänzte. Die große Kastanie auf dem Von-Sandt-Platz ächzte unter den Regenmassen. Ein kühler Wind strich durch mein Zimmer. Auf meinem Schreibtisch standen Spielmanns Lilien, der Strauß war eigentlich viel zu groß für den zierlichen Tisch. Spielmann liebte Üppigkeit, man musste sich nur sein Restaurant ansehen. Vielleicht hatte er sich deshalb in mich verliebt?

Es war drei Uhr morgens, vom Wein hatte ich einen kräftigen Nachdurst. Die Wasserflasche neben meinem Bett war leer. Aus dem Nebenzimmer drang Adelas gleichmäßiges Schnarchen, und der Kühlschrank war immer noch ausschließlich mit Liptons-Pfirsich-Eistee gefüllt. Mangels Alternative goss ich mir ein Glas von dem klebrigen Zeugs ein.

Der tote Niehauser unter dem grünen Leichentuch in der großen Metallschublade tauchte vor meinem inneren Auge auf. – War sein Mörder auch der Mörder von Schwertfeger? Wie hatten sich Niehauser und Schwertfeger überhaupt kennen gelernt? Wofür brauchte Niehauser Geld? Teilte Niehauser Schwertfegers Leidenschaft für Oldtimer? Waren alte Autos das Mordmotiv? Aber wer brachte zwei Menschen wegen alter Autos um?

Das musste ich morgen mit Adela besprechen. Die letzten Tage waren so turbulent gewesen, dass wir zwei uns kaum gesehen hatten. Ich hatte ihr kurz von Niehausers Ermordung erzählt, wusste aber überhaupt nicht, ob sie mit ihren eigenwilligen Ermittlungen weitergekommen war.

Selbstverständlich würde die Polizei Niehausers direkte Umgebung unter die Lupe nehmen. Und dazu gehörte unsere Brigade. Wir hatten jeden Tag mit Niehauser zusammengearbeitet. Es würde wieder Verhöre geben, noch mehr Unruhe in dem stressigen Alltag, und natürlich würde die Gerüchteküche blühen. Ich konnte mir die Lästereien genau vorstellen! Auch Verdächtigungen würde es geben. Keine schönen Aussichten für die nächsten Wochen. Ob Spielmann mit seiner Energie und seiner Ausstrahlung die Brigade zusammenhalten konnte wie nach dem letzten Mord? Ich wusste es nicht. Spielmann war mir in vielem ein Rätsel.

Er war ein wunderbarer Liebhaber. Wenn ich mir vorstellte, wie er mich berührte, bekam ich selbst hier in Adelas Küche eine Gänsehaut. Er gab mir das Gefühl, eine Königin zu sein. Spielmann war großzügig, begeisternd, gewandt. Der Auftritt, den er gestern für Fischer inszeniert hatte, hatte mir gefallen. Aber seine Theorie, dass ein Kochkollege die zwei Morde verübt hat, um ihn zu ruinieren, fand ich weit hergeholt. Wie kam er auf solche Ideen? Und dann war da der Spielmann, der »hau ab« schrie, der Spielmann, der Pfannen durch die Küche schleuderte, dem es keiner recht machen konnte. Der nicht darüber sprach, was wirklich in Berlin vorgefallen war. Ich glaubte nicht, dass die Migräne der einzige Grund für seine Ausfälligkeit gewesen war. Vielleicht war ich seine Königin, seine Partnerin war ich nicht. Offenheit herrschte nicht zwischen uns beiden. Auch nicht von meiner Seite. Ich hatte ihm nicht gesagt, dass Ecki in zwei Tagen kam.

Ecki! Der war so weit weg für mich. Sollte ich ein Telegramm nach Bombay schicken, dass mir sein Besuch nicht passte? Andererseits: Vielleicht brachte eine Konfrontation auch Klarheit.

Immer noch regnete es in Strömen. Die drei einsamen Geranien auf dem Balkon schwammen in ihren Blumentöpfen. Ich dachte an zu Hause. Zu gern säße ich jetzt wie früher als kleines Mädchen mit meinem Bruder hinter den Fensterscheiben der Gaststube und sähe dem steigenden Hochwasser des Fautenbachs zu! Ganz schnell hatte der sich bei heftigen Regenfällen in einen Sturzbach verwandeln können, und mehr als einmal war er bei solchen Gelegenheiten über die Ufer getreten, und dann hatte nur noch die Ringstraße die Linde vom Wasser getrennt. Vor einigen Jahren hatte man am oberen Ende des Dorfes ein Auffangbecken gebaut, seither gab es solche Überschwemmungen nicht mehr. Nichts war mehr wie früher.

Vielleicht wäre es am besten, Köln ganz schnell den Rücken zuzukehren. Dann wäre die nächste Stelle zwar nicht bei Witzigmann, aber einen guten Posten fände ich schon. In der Schweiz oder noch besser in Rom. In Rom war ich noch nie gewesen. Da gab es einige gute Adressen, Sandro Camillieri zum Beispiel. Dessen Pasta war legendär. Ein Kollege aus Brüssel kochte bei ihm. Der würde sich bestimmt für mich stark machen.

Über Pasta und Bella Italia war ich am Tisch eingeschlafen. Als ich aufwachte, taten mir Schultern und Arme weh, und die Haare stanken nach Pfirsich-Tee. Im Schlaf musste ich das Glas mit dem klebrigen Gesöff umgestoßen haben.

Als ich aus der Dusche kam, stapfte Adela in ihrem blau geblümten Nachthemd in die Küche und setzte Kaffeewasser auf.

»Weißt du, was mir heute Nacht klar geworden ist?«, fragte sie kurze Zeit später und schob mir eine Tasse Kaffee zu. »Es waren zwei Mörder. Die beiden Fälle haben nichts miteinander zu tun. Ein Giftmörder muss seine Tat planen und will nicht sehen, wie sein Opfer stirbt, er ist ein feiger, hinterhältiger, berechnender Mörder. Einer, der von vorne zusticht –«

»Woher weißt du, dass von vorne zugestochen wurde?«

»Hast du mir doch gestern Nacht noch erzählt. Die klaffenden Wunden waren in der Brust und nicht auf dem Rücken, oder? Einer, der von vorne zusticht, der macht das spontan, aus Wut, aus Hass, aus Verzweiflung. Der ist vielleicht bis zu diesem Moment ganz aufrecht durchs Leben gegangen, war ein liebenswerter, offener, freundlicher Mensch. Zwei ganz unterschiedliche Typen von Mördern also. Verstehst du?«

*

Bei Tag war Rom weit weg, und so stand ich am Nachmittag wieder in der Ochsenküche.

Im Laufe meines Berufslebens habe ich unzählige Küchen gesehen und in vielen gearbeitet. Es gab schöne und hässliche, kleine und große, alte und neue. Überall war es üblich, auf engstem Raum mit vielen Menschen zu arbeiten. Aber selbst in der kleinsten, hässlichsten Küche hatte ich niemals das Gefühl von Enge gehabt. – Das hatte ich erst in der großen Ochsenküche nach dem Mord an Niehauser verspürt.

Spielmann hatte Brigade und Service am Pass versammelt. Er stand am Kopfende, hinter sich die Schwingtür ins Restaurant.

»Ihr wisst alle, was passiert ist!« Spielmann räusperte sich, fuhr dann aber mit fester Stimme fort. »Keinen trifft dies härter als mich. Ich habe einen exzellenten Küchenchef verloren, dessen Arbeit ich sehr geschätzt habe. Aber«, er sah reihum alle an, »ich muss jetzt dafür Sorge tragen, dass Ruf und Qualität des Ochsen nicht in diesen Mordfall hineingezogen werden!«

Ich wusste nicht, wie nah Spielmann Niehausers Tod persönlich ging, aber wenn der Ochse weiterhin ein so skandalträchtiger Ort blieb, konnte das schlimmstenfalls mit seinem finanziellen Ruin enden.

»Ich bin davon überzeugt, dass niemand hier in diesem Raum der Mörder ist.« Spielmann holte Luft und machte eine Pause. Keiner von uns regte sich. Nur ein undichter Wasserhahn tropfte deutlich hörbar. »Wenn jemand anderer Meinung ist, dann soll er es jetzt sagen.« Er sah einen nach dem anderen an. »Damit das ein für alle Mal klar ist: Ich dulde in meinem Haus keine Verdächtigungen. Jeder, den ich dabei erwische, fliegt raus.« Nochmals ging sein Blick rund. »Die Polizei wird das anders sehen. Bis sie weiß, wer der Mörder ist, muss sie natürlich jeden von uns in ihre Ermittlungen einbeziehen, vielleicht sogar verdächtigen«, fuhr er fort. »Natürlich werden wir wieder alle befragt werden. Das ist ihr Job, das müssen die Ermittler tun. – Ich bitte euch, gebt offen und ehrlich Auskunft! Wenn einem von euch an Niehauser in der letzten Zeit etwas aufgefallen ist, erzählt es Fischer! Jede Kleinigkeit kann wichtig sein. Niemandem kann mehr daran gelegen sein als uns, dass der Mörder so schnell wie möglich gefasst wird.« Wie um zu überprüfen, ob alle verstanden hatten, was er gesagt hatte, machte Spielmann noch einmal eine lange Pause und sagte dann: »Zieht euch um, die Arbeit wartet.«

»Chef!« meldete sich Krüger. »Können wir heute überhaupt aufmachen?«

»Natürlich!«, gab Spielmann leicht ungehalten zurück. »Was hat der Ochse mit dem Mord zu tun? Niehauser ist nicht vergiftet worden.«

»Und wenn Fischer wieder hier auftaucht und alles durcheinander bringt?«

»Das lassen Sie mal meine Sorge sein, Krüger!«

»Grad haben wir das Schlimmste hinter uns.« Krüger seufzte schwer und scheuchte seine Jungkellner auf. »Ich darf gar nicht an die Schmierfinken von Express und RTL denken.«

Spielmann schob sich bereits die Töpfe zurecht.

»Noch ist Ferienzeit. Da sind unsere Stammgäste im Urlaub. Und die Touristen lesen keine regionalen Zeitungen. Die gucken nur in ihren Michelinführer. – Also, an die Arbeit, pronto, pronto!«

Erstaunlicherweise gab es sogar neue Rezepte! Wann hatte er die noch entwickelt? Das konnte nur in der Nacht nach unserem Essen mit Fischer gewesen sein. Es überraschte mich aufs Neue, wie kreativ Spielmann in Krisensituationen sein konnte. Was für eine unbändige Energie musste der Mann haben, um nach diesem zweiten Mord nicht zu resignieren, sondern Rezepte zu erfinden!

So machten wir uns an die Arbeit. Pflaumen und Pfifferlinge hatten ihn inspiriert. Pfifferlingflans und in Reiswein marinierte Zwetschgen mit Quarkknödeln standen neu auf dem Speiseplan. Auch die Kalbslebermousse wollte er mit Pflaumen servieren. Ich ließ Holger Pfifferlinge abstauben und Dany Pflaumen entkernen, während ich am Herdblock die Leber in die Pfanne warf. Mir gegenüber arbeitete Spielmann, der Niehausers Posten übernommen hatte und dünne Scheiben Entenbrust für die Amuse-bouche anbriet.

»Ich habe vorhin mit Niehausers Vater in Niebüll telefoniert.

Niehauser hatte bei seinen Personalunterlagen zum Glück seine Heimatadresse aufgeschrieben«, erzählte er und wendete seine Fleischscheibchen. »Der Vater will nicht, dass Niehauser zu Hause beerdigt wird. Wir sollen ihn hier in Köln beerdigen. Ist das nicht merkwürdig?«

»Allerdings. Hat er gesagt, warum?«

Niemand außer uns beiden redete. Ich war mir sicher, dass uns die ganze Brigade zuhörte.

»Mit keinem Wort. Der war sehr kurz angebunden. Fischer hatte ihn wohl schon informiert.«

»Dä war sicher janz jeschockt!« Kraußler lieferte Spielmann Nachschub an Entenbrustscheibchen. »Wenn ich mir vürstelle, dat minge Sunn ermordet wööd, da künnt ich uch ke Wort mieh sage.«

Spielmann schüttelte den Kopf. »Weder er noch seine Frau wollen zur Beerdigung kommen. – Erstaunliche Familie!«

»Was hat er zu dem Mord gesagt?«, fragte ich.

»Nur eine Bemerkung: ›Das musste ja böse enden‹, mehr nicht.«

Das würde nicht mal meine Mutter bringen, dachte ich.

»Vielleicht hat er ein Doppelleben geführt, so wie Doktor Jekyll und Mister Hyde«, meinte Sandra.

»Macht das nicht jeder? Ein Doppelleben führen?« Diese Bemerkung kam seltsamerweise von Dany.

»Spekulationen! Alles Spekulationen!« Spielmann mahlte Pfeffer auf seine Ente. »Ich werde Fischer über dieses Gespräch mit Niehausers Eltern informieren, und dann soll die Polizei ihre Arbeit tun.«

Damit war das Gespräch zu Ende. In der Küche wurde nur noch das Nötigste gesprochen. »Wo ist das Olivenöl? Ich brauche den Schnittlauch! Sind die Pfifferlinge sauber?«

Ich löschte meine Leber mit Balsamico ab. Spielmann rollte Entenbrustscheibchen, als Krüger die Küche betrat.

»Chef, da ist einer vom Express und will Sie sprechen.«

»Servieren Sie ihm einen Espresso, Krüger. Ich komme sofort.«

Er übergab Pfister seinen Posten und eilte durch die Schwingtür. An diesem Tag wirkte Spielmanns Energie auf mich nicht ansteckend. Die Arbeit war mühsam. Es fiel mir schwer, mich zu konzentrieren, obwohl dies bei den neuen Rezepten bitter nötig gewesen wäre.

Mir ging der Gedanke nicht aus dem Kopf, dass der Mörder hier unter uns sein könnte. Da nutzte es nichts, dass Spielmann vorhin versucht hatte, solchen Gedanken einen Riegel vorzuschieben. Und wenn ich mir die Kollegen so anschaute, war ich nicht die Einzige, die das dachte. Wir arbeiteten fast stumm an diesem Tag. Nicht, dass wir ansonsten unentwegt gequatscht hätten, aber selbst im hektischsten Durcheinander gab's immer Zeit zum Lachen oder für ein kleines Wortgeplänkel. Wir schauten einander nicht in die Augen und vermieden es, uns zu berühren, was schwierig ist, wenn man auf so engem Raum arbeitet. Die Küche war zu klein, alles war zu eng, zu nah, ohne Schutz, ohne Rückzugsmöglichkeit. An diesem Tag war die Luft in der Küche ein hochexplosives Gemisch, das nur darauf wartete, sich zu entladen.

Und das geschah, als Sandra anfing, ihr Ausbeinmesser zu suchen. Wir wussten alle, was für eine Schlampe sie war, wie oft sie nach ihren Messern suchte. Aber an diesem Tag lachte und spottete keiner wie sonst über ihre Schusseligkeit. Nein, alle halfen geradezu hektisch und verbissen bei der Suche.

»Womit ist Niehauser ermordet worden?«, fragte Pfister, als keiner das Messer fand.

»Stististilet«, stotterte Holger, und uns allen war klar, dass das schmale Ausbeinmesser einem Stilett sehr ähnlich ist. Eine unheimliche Stille legte sich über die Küche, bis Sandra plötzlich wie eine Furie auf mich zuschoss, mir ihre Hände um den Hals legte und schrie:

»Du hast ihn umgebracht. Du warst von Anfang an scharf auf seinen Posten. Und als du Spielmann nicht dazu gekriegt hast, Niehauser rauszuschmeißen, hast du es auf diese Weise erledigt!«

Sie drückte mir mit einer Kraft den Hals zu, die ich diesem dürren Weib überhaupt nicht zugetraut hätte. Ich musste Sandra hart gegen das Schienbein treten, bevor sie meinen Hals endlich losließ.

Während ich nach Luft japste, fuhr Pfister sie an. »Jetzt mach mal ‘nen Punkt, Sandra. Hör auf, so einen Blödsinn zu reden!«

»Einen Teufel werd ich«, kreischte sie, »die fette Kuh wird doch zerfressen vor Ehrgeiz. Das weiß doch jeder. So wie die sich an den Chef rangeschmissen hat, schreckt die auch vor einem Mord nicht zurück!«

Ich trat ihr mit solcher Wucht gegen das Schienbein, dass sie vor Schmerz laut aufjaulte, aber bevor ich noch mal treten konnte, kam Spielmann dazu.

»Habt Ihr hier nichts zu tun?«, donnerte er. »Schweitzerin, warum ist Ihre Leber noch nicht püriert? Bäumer, wann machen Sie die frittierten Zucchinifädchen für die Amuse-bouche? – Es ist halb acht. Die ersten Gäste sind schon da. Wenn ihr jetzt nicht voranmacht, werd ich euch Dampf machen. An die Arbeit, aber flott!«

Ich war so wütend, dass meine Hände zitterten und ich die Leber nicht in die Küchenmaschine schütten konnte. Holger nahm sie mir wortlos ab. Ich weiß nicht mehr, wie ich die Kalbslebermousse gemacht habe, aber irgendwie ist sie fertig geworden.

An diesem Tag wollte die Arbeit kein Ende nehmen. Zu später Stunde schnitt sich Dany noch in den Finger. Sein Daumen blutete heftig, und ich hatte glücklicherweise noch die Geistesgegenwart, ihn weg von dem Blancmanger zum Waschbecken zu bugsieren, sonst wäre diese zarte weiße Creme mit einer Blutsauce garniert worden. Der Junge war leichenblass.

»Hol schnell den Verbandskasten«, befahl ich Holger, nahm Danys Hand und hielt sie unter kaltes Wasser. Es war ein kräftiger Schnitt. Ich legte einen Verband an und steckte eine Daumenkappe darüber, aber es kam immer noch keine Farbe in das Gesicht des Jungen.

»Hey, Kleiner! Jetzt musst du doch kein Blut mehr sehen!« Aufmunternd klopfte ich ihm auf die Schulter, da hörte ich Holger neben mir flüstern.

»Nininicht ddadas Bbbbblut«

»Wie, glaubst du etwa auch, dass ich Niehauser umgebracht habe?« Ich sah dem Jungen direkt ins Gesicht.

»Nein.« Er schüttelte heftig den Kopf. »Aber einer von uns muss es doch gewesen sein, wenn er mit Sandras Messer umgebracht wurde, oder?«

»Die findet ihr Messer bestimmt morgen wieder. Sandras Messer sind immer wieder aufgetaucht«, versicherte ich, und meine Stimme klang sogar zuversichtlich.

»Wo sind die Blancmangers? Kann ich die heute noch servieren?«, quengelte Krüger am Pass.

»Immer diese Hektik«, meckerte ich zurück, »Sie sehen doch, dass sich der Junge verletzt hat!«

»Das arme Bübchen! Soll ich an ihm mal meine Erste-Hilfe-Kenntnisse demonstrieren?«

»Verbunden ist er schon!«

Als wir endlich mit der Arbeit fertig waren, war es bereits nach Mitternacht. Müde, erledigt und völlig durcheinander verabschiedete ich mich von den anderen und wollte schon gehen. Aber Dany und Holger hielten mich zurück. Dany druckste herum, und obwohl Holger ihn mehrfach in die Seite kniff, sagte er nichts. Holger seufzte schwer und zitierte dann seinen Faust:

»Euch ist bekannt, was wir bedürfen, / Wir wollen stark Getränke schlürfen!«

»Hört Jungs, können wir das nicht ein anderes Mal machen?«

»Es ist wiwichtig«, sagte Holger bittend.

»Warum?«

»Ninicht hihier.«

»Also gut«, seufzte ich, »ein Kölsch. Dann muss ich nach Hause.«

*

»Was ist los?«, fragte ich die beiden, als wir das erste Kölsch bei Früh am Dom vor uns stehen hatten. Hier in diesem Kölner Traditionsbrauhaus kehrten wir öfter ein. Wenn wir nach Mitternacht kamen, leerte sich die Kneipe bereits, und wir fanden immer einen freien Tisch in dem alten, holzgetäfelten Schankraum. Am Tresen stehen mochte von uns um diese Zeit keiner mehr, nach acht bis zehn Stunden Arbeit am Herd, wollten wir nur noch sitzen.

Dany brachte immer noch keinen Ton heraus, und Holger fiel kein passendes Faust-Zitat ein. Stumm tranken wir das erste Bier. Als auch nach dem zweiten Bier keiner der beiden den Mund aufmachte, wurde ich ungehalten.

»Wenn ihr jetzt nicht erzählt, was los ist, könnt ihr was erleben! Ich bin hundemüde und habe mich bloß euretwegen noch hierher geschleppt. Also?«

Endlich machte Dany den Schnabel auf.

»Du weißt, dass ich nach der Arbeit oft noch so 'ne kleine Tour durch die Kneipen mache.«

Danach war wieder Sendepause. Ich stellte mein Bierglas ab. Lange würde ich nicht mehr warten.

»Das ist cool so spät, da trifft man interessante Typen, nicht so die Spießer wie tagsüber«, fuhr Dany langsam fort. »Man kann mal über etwas anderes als Kochrezepte labern, manchmal sind da auch klasse Frauen. Mit denen kann man noch 'ne Runde dancen oder sie direkt abschleppen.«

»Komm zur Sache, Dany!«

Am Nachbartisch brachte der Köbes einer Gruppe Japanern die Rechnung. Die reichten sie von Mann zu Mann weiter und debattierten aufgeregt.

»Den Absacker nehme ich meistens im Hotel Timp, das ist mega-hipp, weil das ziemlich lange auf hat.«

»Was ist das für ein Laden?«, fragte ich.

»Tratravevevestie«, stotterte Holger.

»Genau!«, bestätigte Dany. »Da sind aber nicht nur Schwule, morgens zwischen drei und fünf trifft man da alle möglichen Typen, ist immer 'ne echt geile Mischung.«

»Kniesbüggele!«, fluchte der Kellner am Nachbartisch. »Wisst ihr wat? Ihr seid acht Mann und müsst achtundsiebzig Euro bezahlen. Also legt jeder einen Zehner auf den Tisch, dann ist die Sache klar.«

»Eines Abends stand plötzlich Niehauser neben mir«, erzählte Dany weiter. »Sah völlig anders aus als auf der Arbeit. Heißes Outfit, schwarze Lederhose, Hawaiihemd offen bis zum Bauchnabel und so. Hab ihn gar nicht erkannt, erst als er ›Hallo Dany‹ sagte. Er hat ein paar Kölsch springen lassen, und wir haben über Hiphop und Techno und die Discos hier gequatscht, war echt locker. Am Ende habe ich gedacht, der ist richtig gut drauf, der Alte.«

Am Nebentisch zauberte einer der Japaner einen Taschenrechner aus der Jacke und begann nach einem Blick auf die Getränkekarte Zahlen einzutippen. Der Köbes verdrehte die Augen, und die Japaner lächelten ihn an.

»Ob du's glaubst oder nicht: Seit dem Abend war der immer da, wenn ich im Hotel Timp aufgetaucht bin. Hat immer ein Kölsch spendiert, bisschen gelabert, Ende.«

»It's only seventysix Euro and fifty Cent«, verkündete der Japaner mit dem Taschenrechner dem Köbes. Die anderen sieben nickten und lächelten.

»Das war alles ganz easy, bis die Sache mit Schwertfeger passierte. Die Bullen müssen ihn schwer in die Mangel genommen haben. Der war fertig, der Mann. Der saß nicht mehr, der hing auf seinem Barhocker im Hotel Timp, richtig zombiemäßig. Hab dann auch mal die eine oder andere Runde springen lassen. Eines Abends, wir hatten beide schon einiges intus, da hat er plötzlich meine Hand genommen und gefragt, ob ich sein Freund sein wolle. Ich hab die Hand weggezogen, mich innerlich aufgerafft und ihm gesagt, er sei ein klasse Typ, mit dem ich gern einen trinke, aber ansonsten stünde ich auf Frauen und nur auf Frauen. – Das hat er irgendwie nicht gerafft, und ab diesem Zeitpunkt war alles große Scheiße.«

»Leev Lück! Wenn ihr Schlitzauje mir e Bier spendiert, müsst ihr dat auch bezahle!« Der Köbes war jetzt ungehalten.

»Nachgestellt hat er ihm!« Wenn Holger Bier getrunken hatte, war es mit dem Stottern nicht mehr so schlimm.

»Niehauser hat jeden Abend nach der Arbeit auf mich gewartet. Du weißt, wie oft ich gedrängelt habe, früh aus dem Laden rauswollte, das war der Grund. Es war der Horror, wenn wir viele Nachtische machen mussten und als Letzte rauskamen! Irgendwann hab ich dann Holger die Ohren mit der Story zugequatscht, ab dem Zeitpunkt sind wir immer zusammen aus dem Ochsen raus. Da hat Niehauser sich nicht getraut, uns nachzulaufen. Ich habe gedacht, irgendwann muss es der Alte doch raffen, aber Fehlanzeige!«

»Und dann?«

»Telefonterror. Der hat jeden Tag bei uns zu Hause angerufen, mir ›guten Morgen‹ ins Ohr gesäuselt, gefragt, ob ich gut geschlafen habe, erzählt, dass er wieder von mir geträumt habe und so weiter. Ich konnte doch nicht einfach den Hörer auf die Gabel knallen, meine Eltern wussten doch, dass er mein Küchenchef war. – Und mit denen wollte ich über die Geschichte wirklich nicht sprechen.«

»Hast du noch mal versucht, mit Niehauser zu reden?«

»Ich hab's ihm klar und deutlich gesagt. Hotel Timp ist für mich seither out of order. Wer da nichts rafft, der ist doch krank!«

»Liebeskrank eben«, ergänzte Holger.

»Ich wollte schon die Stelle wechseln, hab Holger gefragt, ob er nicht mit Stuttgart was managen kann. Davor wäre ich ums Verrecken nicht freiwillig nach Stuttgart gegangen!«

»Du hättest Spielmann informieren können!«

»Spielmann! Spielmann! Wem glaubt er wohl mehr? So 'nem kleinen Küchenjungen oder seinem Küchenchef? Der hat mir ja nichts getan, der Niehauser. Es war reiner Psychoterror!«

»Du solltest die Geschichte auf alle Fälle diesem Kommissar Fischer erzählen«, riet ich Dany. »Wenn er sie von jemand anderem erfährt, kann das unangenehm werden. Aber ein Mordmotiv wird er daraus sicher nicht stricken.«

»Das war noch nicht alles«, sagte Holger leise und gab Dany einen Knuff.

Er brauchte eine Zeit lang, bis er sagte: »Es war an dem Abend, als er ermordet wurde. Holger war krank an dem Tag, weißt du noch? Wir zwei waren allein auf unserem Posten, keine Chance, früh abzuhauen. Klar, dass er auf mich gewartet hat, so 'ne Gelegenheit hat der sich nicht entgehen lassen, und da bin ich ausgerastet. Hab gesagt, dass ich ihn zu Brei schlage, wenn er mich nicht in Ruhe lässt. ›Komm doch, komm doch, zeig's mir Junge‹, hat der Idiot gebrüllt.« Dany trank schnell sein Bier aus und orderte ein neues. »Ich hab tatsächlich zugehauen. Drauf und noch mal drauf, ich konnte gar nicht mehr aufhören, erst als irgendwann Blut aus seiner Nase schoss. Niehauser ist gegen die Hauswand getorkelt, hat gerasselt wie ein Opa und mich dabei angegrinst. Der Idiot hat mich tatsächlich noch angegrinst. Dann bin ich abgehauen.«

»O Mann«, sagte ich, »das hört sich nicht gut an.«

»Ich hab ihn nicht umgebracht, ich schwör's. Der hat mich noch angegrinst, als ich abgehauen bin!«

»Wo hast du dich mit ihm geprügelt?«

»Auf dem Rothenberg, an der Ecke zur Lintgasse.«

»Und euch hat keiner gesehen?«

»Keinen blassen Schimmer. Du weißt doch, wie einsam die Lintgasse um die Zeit ist. Da ist doch keiner mehr unterwegs, da hängen die Touris doch in den Kneipen. Wär mir aber auch nicht aufgefallen.«

»Was hast du dann gemacht?«

»Bin zu Holger. Der hat mich zurückgeschickt. Nachsehen, ob mit Niehauser alles in Ordnung ist und so.«

»Wann warst du wieder am Ochsen?«

»So 'ne gute Stunde später. Von Niehauser keine Spur. Hab natürlich gedacht, dass er nach Hause ist. Hatte ein echt gutes Feeling, weil ich dachte, dass er es jetzt endlich kapiert hatte.«

»Warum bist du nicht mitgekommen?«, fragte ich Holger.

»Saß auf dem Klo fest! Durchfall.«

»Am nächsten Tag ist Niehauser nicht zur Arbeit gekommen. Stattdessen tauchte dieser Fischer auf. Mir ist der Arsch auf Grundeis gegangen, als er mit dir losgezogen ist.«

»Wenn du die Wahrheit sagst, dann ist Niehauser nach dir seinem Mörder begegnet«, murmelte ich nachdenklich.

»Ich schwör's hoch und heilig. Ich hab ihm nur ein paar Kinnhaken verpasst. Ein Messer hatte ich überhaupt nicht mit. Wer trägt denn schon ein Ausbeinmesser mit sich herum?«

»Wir vermuten nur, dass es das Ausbeinmesser war. Und die

Chancen stehen nicht schlecht, dass es morgen wieder auftaucht. War noch jemand im Ochsen, als du gegangen bist?«

»Ich war der Letzte. Ich musste noch die Karamelltöpfe sauber schrubben, erinnerst du dich? Kurz nachdem du gegangen warst, hat Krüger das Resto dichtgemacht und die Geldkassette weggebracht. Er hat den Vordereingang abgesperrt. Ich hab dann wie immer den Notausgang benutzt.«

»Im Goldenen Ochsen war also niemand mehr. Aber was heißt das schon? Genau wie Niehauser dir aufgelauert hat, könnte jemand anderer Niehauser aufgelauert haben. Und damit ist wieder jeder verdächtig. – Lass uns damit aufhören.« Ich merkte, dass sich in mir alles zu drehen begann, wenn ich über den Mord an Niehauser nachdachte. »Morgen ist Niehausers Beerdigung. Ein paar Stunden Schlaf täten mir gut.«

»Und was soll ich jetzt tun?« Der kleine Dany sah verzweifelt aus, nichts war mehr zu sehen von dem charmanten, lebensfrohen Bürschchen, das er sonst war.

Ich seufzte schwer und überlegte. »Ich würde es trotzdem diesem Fischer erzählen. Vielleicht ist er nicht der Cleverste und Beste, im Fall Schwertfeger hat er wahrlich keine gute Figur gemacht, aber ganz so dämlich kann er nicht sein. Außerdem haben die Labors und weiß der Henker, was noch alles ... Vielleicht haben sie Haare oder Hautpartikel von dir an Niehausers Leiche gefunden. Und wenn sie selbst dahinterkommen, dann sieht es für dich wirklich übel aus.«

»Wenn ich die Wahrheit sage, wieso sollte Fischer mir glauben? Ich hatte ein Motiv und die Gelegenheit.«

»Ich kann dir die Entscheidung nicht abnehmen. Entweder du sagst es ihm, oder du lässt es bleiben. – Du musst das entscheiden, Dany!« Ich schenkte ihm das aufmunterndste Lächeln, zu dem ich um diese Uhrzeit noch fähig war. »So, und jetzt muss ich nach Hause!«

Der Köbes und die Japaner am Nebentisch schienen sich in der Zwischenzeit geeinigt zu haben. Der Köbes hatte sich von ihnen sogar zu einem gemeinsamen Foto überreden lassen. Es dauerte, bis wir unser Bier bezahlen konnten.

»Gnädiges Fräulein, darf ich es wagen, / Ihnen Arm und Geleit anzutragen.«

Ein blöderes Faust-Zitat hätte Holger an diesem Abend wirklich nicht einfallen können.

*

Ein leichter Nieselregen hüllte die Kölner Altstadt ein. Drei schirmlose Nachtschwärmer überquerten hastig den Roncalliplatz. Das eng umschlungene Liebespaar, das mir auf der Hohenzollernbrücke entgegenkam, störte der Regen anscheinend nicht. An der Kreuzung vom Ottoplatz ließen zwei Idioten die Motoren ihrer Autos laut aufheulen. Zum Glück war die Kasemattenstraße still. Nur wenige Fenster waren beleuchtet. In Adelas Wohnung brannte noch Licht.

»Schau mal, hier: die Dreher-Drillinge! Ich hab nur einmal welche entbunden, die kamen ganz flott hintereinander. Drei Mädchen: Rachel, Esther und Sarah. In der Zeit waren die jüdischen Namen modern. Die müssen jetzt dreizehn oder vierzehn Jahre sein.«

Adela saß auf dem Küchenfußboden und sortierte Babyfotos. Das machte sie oft, wenn sie nicht schlafen konnte. Ich ließ mich auf einen Stuhl fallen. Ich war zugleich müde und hellwach.

»Dany hat sich in der Mordnacht mit Niehauser geprügelt.«

Adela pfiff durch die Zähne, räumte die Babyfotos zur Seite, setzte sich an den Tisch und ließ sich von mir die Geschichte erzählen.

»Wer weiß davon?«

»Dany hat die Geschichte Holger gebeichtet und die beiden jetzt mir. Ich glaube nicht, dass sie noch jemand anderem was erzählt haben. Und Niehauser hat bestimmt mit niemandem darüber gesprochen. – Kannst du mal das große Licht ausmachen?«

Adelas Küche war absolut hässlich. Eine billige Kochzeile mit Herd, Kühlschrank und Spüle füllte eine Seite des Raumes, darüber zwei graue Hängeschränke aus Resopal-Spanplatten. In der Mitte ein Tisch mit Wachstuch und vier Stühlen. Zwei Neonröhren als Lichtquelle an der Decke verbreiteten in der Küche die Helligkeit eines Operationssaals.

»Der Täter muss jemand gewesen sein, der Niehauser kannte.« Adela stand auf und machte das Licht aus. »Es war ein Stoß von vorn, Niehauser hat sich nicht gewehrt, er hat den Mörder gekannt und nicht damit gerechnet, dass derjenige zusticht.«

»Du mit deinen gewagten Theorien!« Ich zündete drei dicke, weiße Kerzen an, die ich zu dieser Kücheneinrichtung beigesteuert hatte.

»Da müssen aber mindestens zwei Faktoren zusammen kommen: ein Motiv, Niehauser umzubringen, und die zufällige Anwesenheit bei der Schlägerei.«

Jetzt konnte man es in diesem hässlichen Raum aushalten.

»Was auf einen Täter aus dem Ochsen hindeutet.« Adela öffnete die Balkontür, um frische Luft in die Küche zu lassen. Es regnete noch immer. »Wer von euch hätte ein Motiv?«

»Niemand. Spielmann hat heute Mittag in der Küche die Vertrauensfrage gestellt. Keiner war's.«

»Das ist doch Quatsch!« Adela setzte sich wieder zu mir an den Tisch. »Natürlich gehört die komplette Brigade zum Kreis der Verdächtigen. – Dany müssen wir aufgrund der Tatsachen auf die Liste setzen. Wie ist es mit euch anderen?«

»Die Bäumer denkt, ich hätte Niehauser umgebracht.«

»Ach?« Adela stützte die Ellenbogen auf den Tisch und sah mich interessiert an.

»Aus Ehrgeiz. Ich sei scharf auf seinen Posten gewesen. Nachdem ich Spielmann nicht dazu bekommen hätte, ihn zu feuern, hätte ich ihn umgebracht. Nett, nicht wahr?«

»Interessante Theorie. Und? Bist du scharf auf diesen Posten?«

»Adela!«, sagte ich vorwurfsvoll, weil sie nicht davor zurückschreckte, mich zu verdächtigen. »Ehrlich gesagt habe ich mir darüber nie Gedanken gemacht. Als Küchenchef hast du viel mit Organisation, Kalkulation, Bestellwesen und so was zu tun. Ich koche lieber. Wenn ich ernsthaft darüber nachdenke, meinen eigenen Laden aufzumachen, muss ich mir für ein, zwei Jahre einen Posten als Küchenchef suchen, damit ich später nicht pleite mache, aber zurzeit reizt mich das noch nicht. Da ist der Garde-manger-Posten interessanter.«

Das Reden übers Kochen machte mich hungrig. Außer einem Teller Suppe hatte ich heute noch nichts gegessen. Ich ging zum Kühlschrank. Darin lagen zehn Pakete Liptons-Pfirsich-Tee und eine Flasche Sekt. Die Marke kannte ich nicht, aber immerhin stand »trocken« darauf. An Handfestem bot der Kühlschrank nichts, wenn man von dem winzigen Stück Kölner Leberwurst absah, das auf einem Teller vor sich hin gammelte. Ich nahm die Flasche Sekt.

»Haben wir noch irgendwas zu essen?«, fragte ich.

»Klar, Chips.«

Chips waren das Einzige, was Adela immer vorrätig hatte. Ansonsten gab es keine Spur von Vorratshaltung in ihrer Küche. Manchmal war Milch da, manchmal Brot, manchmal kaufte sie ein Sonderangebot von zehn Tiefkühlpizzas. »Satt wird man immer«, pflegte sie zu sagen. Und mehr interessierte Adela nicht. Oft hatte ich in den letzten Wochen eingekauft, aber in der letzten Zeit, na ja.

»Ich habe noch eine große Schachtel Mozartkugeln!«

Adela kramte in unserem Vorratsschrank und förderte außerdem eine halbe Packung Knäckebrot und ein Glas Essiggurken zutage.

»Stell alles auf den Tisch!«

Beim Gedanken an Mozartkugeln lief mir das Wasser im Mund zusammen. Adela tat, wie geheißen. Dabei fiel ihr Blick auf meinen Hals.

»Wer ist dir denn an die Gurgel gesprungen?«

Ich sagte es ihr.

»Das geht heiß her bei euch. Warum hat sie das getan?« Adela öffnete die Essiggurken, aß eine und spülte mit Sekt nach.

»Igitt, Sekt und Essiggurken, ist doch grauenvoll!«

»Stimmt«, sagte Adela und griff nach den Mozartkugeln. »Also: Was hat sie gegen dich, dass sie so etwas tut?«

»Ich bin besser, klüger und zivilisierter als sie. Das verkraftet sie nicht.«

Adela verdrehte die Augen. Ich wusste, ihre Frage war berechtigt. Sandra war zu niemandem in unserer Brigade besonders freundlich. Aber ausfallend war sie nur gegen mich geworden.

»Sie ist sauer auf mich wegen der Kochsendung. Sie glaubt, weil sie länger im Ochsen arbeitet als ich und weil ihre Saucen ganz passabel sind, hätte Spielmann sie fragen müssen.«

»Komische Einstellung, wirklich.« Adela strich das Silberpapierchen der verzehrten Mozartkugel glatt und legte es vor sich auf den Tisch. »Da müsste sie doch sauer auf Spielmann sein und nicht auf dich.«

»Das traut sie sich nicht. Es ist einfacher, ihre Wut an mir auszulassen. – Na ja, ich kann sie auch nicht besonders gut leiden. Wenn ich nur an die Nummer mit dem Minirock denke! Auf den Pass hat sie sich gestellt, damit alle dieses gelbe Etwas und ihre langen Beine sehen konnten.«

»Die Nummer wäre bei dir nicht so gut gekommen!«

»Bei dir aber auch nicht!«

Wir prusteten beide los bei der Vorstellung, wie wir zwei mit Miniröcken auf dem Pass stehend aussehen würden.

»Schieb mir noch mal den Sekt rüber!«, forderte ich Adela auf.

Die Flasche war schon halb leer. Auch die Schachtel Mozartkugeln wies schon deutliche Lücken auf.

»Drehen wir den Spieß mal um«, sagte ich und steckte mir eine weitere Mozartkugel in den Mund. »Sandra hat Niehauser umgebracht, damit sie mir den Mord in die Schuhe schieben kann und damit ich aus der Brigade fliege. Leider hat sie nicht mit meiner überragenden Intelligenz und meinem großen Rückhalt in der Brigade gerechnet. Sowie ich ihr blödes Messer gefunden habe, überführe ich sie, und dann sind wir dieses Elend ein für alle Mal los.«

»Setzen, sechs«, sagte Adela. »Genau das spricht dagegen. Warum sollte sie diese riesige Suchaktion starten, wenn sie sich damit nur selbst ans Messer liefert? – Nein, die war's nicht. Lass uns mal die anderen durchgehen!«

Mit jeder Mozartkugel, die wir aus der Schachtel pflückten, nahmen wir uns einen Kollegen aus dem Ochsen vor. Wir durchleuchteten alle: Krüger und seine Jungkellner, Kraußler, Pfister, Holger, sogar Spielmann ließ Adela nicht außen vor. Wir drehten uns im Kreise und waren am Ende da, wo Spielmann uns heute Morgen am Pass haben wollte. Wir konnten keinen aus der Brigade ernsthaft verdächtigen, uns fiel bei keinem ein glaubhaftes Mordmotiv ein.

»Es ist aber auch wirklich schade, dass du so wenig über deine Kollegen weißt.« Adela schob sich die letzte Mozartkugel in den Mund.

»Ha, ha, ha. Wenn ich gewusst hätte, dass im Goldenen Ochsen zwei Morde passieren, hätte ich bestimmt frühzeitig angefangen, sie zu beschatten.«

Eine bleierne Müdigkeit kroch langsam in mir hoch. Draußen hatte der Regen aufgehört. Der Hinterhof lag in völliger Dunkelheit. Ich sehnte mich nach meinem Bett.

»Gehen wir mal davon aus, dass beide Männer vom selben Täter umgebracht wurden.« Adela schien noch nicht müde zu sein. »Was verband Niehauser und Schwertfeger, außer dass sie beide schwul waren?«

»Die Liebe zu gutem Essen? Der Goldene Ochse? Autos? – Fischer hackt gern auf Sex herum. Vielleicht waren die beiden Mitglieder in einem perversen Sado-Maso-Club?«

»Ach je. Bestimmt wird Fischer das nachprüfen. Hat der eigentlich noch was Nützliches über Niehauser gesagt?«

Ich überlegte. Aufgrund meiner Müdigkeit dauerte das etwas länger. »In Niehausers Wohnung hat die Polizei eine Liste mit Telefonnummern von Hals-Nasen-Ohren-Spezialisten gefunden.«

»Hatte er Probleme?«

»Geklagt hat er nie darüber.«

»Hm ...«, grummelte Adela. Sie nahm den letzten Schluck Sekt und stellte die leere Flasche auf den Balkon.

»Ach, und noch was. Spielmann hat heute Morgen mit Niehausers Vater in Niebüll telefoniert. Den hat es nicht überrascht zu hören, dass sein Sohn ermordet wurde.«

»Wo stammt er her? Aus Niebüll? – Interessant, Ulla Schwertfeger stammt auch aus Niebüll ... – Nein«, sagte sie dann energisch. »Niehauser und Schwertfeger sind nicht vom gleichen Mörder umgebracht worden. Zwei völlig verschiedene Handschriften. Wäre Niehauser vergiftet worden, wäre es was anderes. Aber so nicht.«

»Wenn dem Mörder das Wasser bis zum Hals steht, wieso nicht?« Ich gähnte laut. »Außerdem vergiss nicht: Schwertfeger ist durch ein Herzmittel gestorben, damit hätte man Niehauser nicht vergiften können. Da hätte der Mörder Arsen oder sonst so was gebraucht, das ist bestimmt nicht so einfach zu bekommen wie ein Herzmittel. Außerdem ist es bestimmt leichter, ein Rezept zu fälschen, als sich ein Gift zu besorgen. – Da war das Messer vielleicht doch einfacher. So was hat jeder.«

»Aber berechnend zustoßen kann nur ein Killer. Es war eine Verzweiflungstat, kein kaltblütiger Mord wie der an Schwertfeger.« Adela holte sich einen Eistee aus dem Kühlschrank. »Vielleicht muss man einen Schritt nach dem anderen machen. Erst mal den Fall Schwertfeger klären und dann den Fall Niehauser.«

»Apropos Schwertfeger. Hast du etwas wegen dieser Oldtimergeschäfte herausgefunden?«

»Der Porsche war weg, als ich noch mal bei der Halle war. Aber das hab ich dir ja schon erzählt. Bestimmt hat ihn jemand verschwinden lassen.«

»Und dein Lieblingsverdächtiger? Dieser Müngers. Wusste der von dem Auto?«

»Er sagt nein. Der hat mich behandelt, als wär ich bekloppt, als ich ihn danach gefragt habe. Die Firma sei schon vor mehr als zehn Jahre aus dem Oldtimergeschäft ausgestiegen, und er persönlich froh, wenn er nach Feierabend keine Autos mehr sehen müsse, hat er mir gesagt. Für die Halle suchen sie zurzeit einen Käufer, deshalb steht das Rolltor offen. Theoretisch kann also jeder sein Auto dort abstellen.«

»Hört sich so an, als hättest du dich in was verrannt.« Ich konnte mich kaum mehr auf dem Stuhl halten, so müde war ich.

»Vielleicht.« Jetzt gähnte auch Adela. »Aber da ist noch die Sache mit den englischen Lkws. Aufgeben werde ich noch nicht.« Sie stand auf und schob ihren Stuhl zur Seite. »Jetzt muss ich ins Bett.«

Ich legte mich ebenfalls hin und fiel in einen kurzen, unruhigen Schlaf. Um sechs Uhr morgens wachte ich auf, und es gelang mir nicht, wieder einzuschlafen. Ich zog mich an und ging zum Rhein. Die Rheinpromenade war noch menschenleer. Der Portier vor dem Hyatt gähnte. Der Morgen war kühl und frisch, vom Ufer her wehte ein leichter Wind. Der Boden war durch die Regenfälle der letzten Tage mit Wasser getränkt und federte quietschend. Über dem Wasser hing ein leichter Nebel, aus dem ab und an das Tuten eines Schiffes drang. Ich ging zur Zoobrücke und starrte eine Zeit lang aufs Wasser hinab.

Dany spukte mir im Kopf herum. Was hatte er gesagt, als Sandra Niehauser mit Doktor Jekyll und Mister Hyde verglich? Irgendwas über Doppelleben ... Führen wir nicht alle irgendwie ein Doppelleben. Wie kam der Junge auf einen solchen Gedanken? Stimmte die Geschichte, die er über die Schlägerei mit Niehauser erzählt hatte? Schon seit längerem hatte er sich von Niehauser bedroht gefühlt. Hatte er nicht doch aus Wut und Verzweiflung zum Messer gegriffen? Ich sah ihn vor mir, den schlaksigen Kerl, mit seinem charmanten Lächeln und der wunderbaren Zahnlücke ... Das passte alles nicht zusammen.

Der Morgennebel lichtete sich. Der Rhein floss träge unter der Brücke her. Langsam machte ich mich auf den Rückweg.

Die Kirchturmuhr von Sankt Heribert schlug acht. Auf der Deutzer Freiheit herrschte schon reger Betrieb. Schulkinder, die bereits ihre Pausenbrote verschlangen, Angestellte, die wie blind zur Arbeit hetzten, ein Junkie, der mit einem Becher von McDonalds Geld schnorrte, Straßenkehrer, die gemächlich den Müll des vergangenen Abend zusammenkehrten. Aus den Bäckereien drang der Duft von frisch gebackenen Hörnchen und Kaffee, und die Metzgereien lockten mit dick beschmierten Leberwurstbrötchen. Ich kaufte zwei davon und beim Bäcker ein paar Butterhörnchen und ging nach Hause. Schon als ich die Wohnungstür aufschloss, stieg mir ein fremder und doch sehr vertrauter Geruch in die Nase. Ich machte die Küchentür auf, und da saß neben einer sehr verschlafen dreinblickenden Adela ein braun gebrannter Ecki, der freudestrahlend aufsprang.

»Servus Kati! Um vier in der Früh sind wir gelandet und ich nix wie zu dir. Freust dich?«

»Ecki«, stöhnte ich und ließ die Hörnchen fallen. »Du hast mir jetzt gerade noch gefehlt!«

Da stand er, mein Herzbube, und strahlte mich an. Jeans und T-Shirt schlabberten wie immer um seinen schmalen Körper. Das dunkelblonde Haar war von der indischen Sonne gebleicht, und seine grünen Augen glitzerten wie zwei Bergseen. Eckis Strahlen wurde schwächer, als ich nicht in seine Arme, sondern auf einen Stuhl fiel und nach Kaffee verlangte.

Adela goss mir eine große Tasse voll und machte sich über die Hörnchen her. Ich verzehrte gierig die zwei Leberwurstbrötchen. Ecki starrte mich mit offenem Mund an und begann dann, hektisch in seiner Reisetasche zu wühlen. Das Telefon klingelte.

»Gott sei Dank, du lebst! Kannst du dir vorstellen, was wir uns für Sorgen machen?«

Meine Mutter war mal wieder zur rechten Zeit am rechten Ort.

»Jetzt mussten wir auch von dem zweiten Mord aus der Zeitung erfahren, Kind. Das ganze Dorf macht sich Sorgen um dich. Du kannst dir nicht vorstellen, wie oft ich deswegen angesprochen werde. Ich bete jede Nacht zu unserem Herrgott, dass du endlich zur Vernunft kommst und dieses Sodom und Gomorrha verlässt.«

»Ecki ist da«, sagte ich, »der beschützt mich jetzt.«

Sie schnaubte schwer. Seit Ecki ihr in Brüssel einmal gedroht hatte, er würde sie bei seinem nächsten Besuch mit dem Telefonkabel erwürgen, wenn sie uns weiter mit ihren Anrufen schikanieren würde, konnte sie ihn nicht mehr leiden. Bevor sie mit dem nächsten Schwall an Vorhaltungen beginnen konnte, versprach ich, sie bald zurückzurufen, und legte den Hörer auf.

Ecki lud ein Paket nach dem anderen auf unseren Tisch, und langsam breitete sich in unserer Küche der Duft einer fremden Welt aus. Ecki zauberte Tütchen mit Kardamom, Koriander und Garam Masala, Gläser mit Pickles, Relishs und Chutneys, Banderolen von Chilis, irdene Töpfchen mit Ghee, Kochgeschirr aus blank geriebenem Messing, grüne Bananen, winzige Kokosnüsschen und duftenden Basmatireis aus seiner Tasche. Die Gewürze waren alle frisch und leuchteten kraftvoll: sandgelb das Garam Masala, herzrot die Chilis, schlangengrün das Chutney. Ich öffnete alle Tütchen und schnupperte, prüfte die Konsistenz von Körnern zwischen Daumen und Zeigefinger und ließ die Gewürzpulver durch meine Finger rieseln. Das Garam Masala in einem Pot au feu vom Lamm? Der Koriander in einer Zucchini-Tarte? Die Chilis im Sauerbraten? Ecki erzählte von den unzähligen Gewürzmischungen und Würzbreis der indischen Küche, und er tat dies mit dieser Melange aus Begeisterung und Ironie, wie es nur ein Wiener, nein, wie es nur mein Ecki tun konnte. Und plötzlich merkte ich, wie sehr ich mich freute, dass er da war. Auch Ecki merkte das. Ein letztes Mal griff er in seine Reisetasche und zauberte einen Seidenkaftan mit passender Streifenhose hervor, die er für mich hatte nähen lassen. Die rostroten Streifen in der Hose hatten exakt den Farbton meiner Haare. Ich war gerührt. Ecki zog mich zu sich und wollte wissen, wo mein Zimmer war. Im Bett war er mir gleichsam fremd und vertraut, und ich war müde und wach zugleich. Eine erregende Mischung.

*

Wir beerdigten Niehauser gegen Mittag. Der Kölner Himmel war wieder grau verhangen. Spielmann hatte für den General ein Grab auf Melaten gekauft. »Wenn er schon nicht in Heimaterde begraben werden soll, dann wenigstens auf dem schönsten Friedhof von Köln«, hatte er gesagt. Als wir von der Trauerhalle in Richtung Grabstelle losgingen, fing es erneut an zu regnen. Die Wassermassen drückten die alten Bäume nach unten. Die Steinengel und die großen Grabsteine, die sich wohlhabende Kölner Bürger des neunzehnten Jahrhunderts auf diesem Friedhof hatten bauen lassen, glänzten regennass.

Es war ein überschaubares kleines Häuflein, dass Niehauser auf seinem letzten Weg begleitete: der komplette Goldene Ochse und Adela. Von Niehausers Familie war tatsächlich niemand gekommen. Es goss jetzt in Strömen. Zudem war der Boden vom nächtlichen Regen so aufgeweicht, dass der Gang zu Niehausers Grabstelle ein einziges Schlittern und Schlingern war. Nach einer sehr kurzen Ansprache des Geistlichen warfen wir alle unser Häufchen Erde auf Niehausers Sarg. Sandra, die schon die ganze Zeit leise vor sich hin geschluchzt hatte, hob jetzt zu einem lauten Heulen an und breitete dramatisch die Arme aus. Dabei geriet sie schwer ins Wanken und nur ein beherztes Zugreifen von Spielmann und Kraußler verhinderte, dass sie in das frisch geschaufelte Grab rutschte.

»Jetzt reicht aber dieses Getue«, wies Spielmann sie leise zurecht, »wir sind doch hier nicht bei der Oper!«

Die Worte verstärkten ihr Schluchzen noch, die Tränen rannen ihr über das Gesicht, sie hörte überhaupt nicht mehr auf zu heulen. Der Regen tat es ihr gleich. Geradezu sintflutartig schoss das Wasser vom Himmel. Ganz unfeierlich zerstreute sich die Trauergesellschaft in Windeseile. Nicht mal eine ordentliche Beerdigung war dem armen Niehauser vergönnt.

Im Weggehen drehte ich mich noch einmal um. Da sah ich Fischer am Grab stehen. Den speckigen Ledermantel eng an den Körper gepresst und die Haare nass vom Regen starrte er uns nach. Wahrscheinlich hatte er die ganze Zeremonie aus der Ferne beobachtet.

Adela hakte mich unter und patschte mit ihren Gummistiefeln durch jede Pfütze. Ich hatte nicht so eine weise Schuhwahl getroffen und hüpfte, beim Versuch, nicht im Matsch zu versinken, wie ein aufgeschrecktes Huhn neben ihr her. Spielmann holte uns ein und breitete einen großen Schirm über uns beide.

»Die Bäumer kann einem wirklich auf die Nerven gehen!« Er bot mir seinen Arm an.

»Schmeiß sie aus der Brigade raus«, sagte ich.

»Nur weil sie mal einen hysterischen Anfall hat, soll ich sie rausschmeißen? Ihre Saucen sind phantastisch!«

Ich funkelte Spielmann missbilligend an.

»Jeder, den du als Saucier anstellst, kann phantastische Saucen machen.«

»Katharina!«, Spielmann funkelte zurück. »Ich habe jetzt wirklich andere Sorgen, als mich um einen neuen Saucier zu kümmern.«

»Warum sind Niehausers Eltern nicht zur Beerdigung gekommen?«, fragte Adela.

»Nicht wahr, das ist doch sehr merkwürdig.« Spielmann war froh, das Thema wechseln zu können. »Ich sage Ihnen, der Vater war am Telefon so abweisend, als wäre es ihm unangenehm, überhaupt etwas über seinen Sohn zu hören.«

»Familiendramen«, sagte Adela, »da kann der Hass über Jahre schwelen, ein Hass, der vielleicht zu einem Mord geführt hat!«

»Sie meinen«, Spielmann war hoch interessiert, »dass der Mörder in Niehausers Familie zu suchen ist?«

»Ist doch nahe liegend, oder? Wissen Sie was, Herr Spielmann?« Adela hatte sich ganz selbstverständlich bei ihm untergehakt. »Zufällig will ich nächste Woche eine alte Freundin in Niebüll besuchen. Niehauser ist doch dort aufgewachsen, nicht wahr? Da könnte ich doch der Familie einen Besuch abstatten und mich diskret erkundigen.«

»Liebe Frau Mohnlein, das würden Sie wirklich tun? Wissen Sie, jeder Verdacht, der nicht auf meine Brigade verweist, ist mir aufs Äußerste willkommen, und je energischer er verfolgt wird, desto besser. Und unter uns – Kommissar Fischer scheint mir in dieser Hinsicht nicht der Hellste. Ein Banause übrigens, er hat vor kurzem ein Fischragout von mir einfach stehen lassen.«

Damit waren wir an Spielmanns Wagen angelangt. Er bot mir an, mich bis zum Ochsen mitzunehmen und verabschiedete sich mit Handkuss von der »lieben Frau Mohnlein«. Die wollte nicht nur den Schwertfegerschen Mord, sondern auch den an Niehauser aufklären. Wieder einmal konnte ich mich über die umtriebige Hebamme nur wundern.

Im Ochsen wartete ein normaler Arbeitstag auf uns. Ich war froh, die nassen Klamotten und Schuhe gegen meine Kochkluft tauschen zu können. Sandra hatte den Spind neben mir. Da saß sie mit verheulten Augen und schlotterte vor Kälte.

»Hey«, sagte ich, »zieh wenigstens das feuchte Zeugs aus, sonst wirste krank!«

»Kann dir doch egal sein«, schniefte sie giftig, aber ohne mich anzusehen.

Eine Viertelstunde später stand sie immer noch nicht in der Küche. Da ging ich zu Kraußler.

»Sandra sitzt neben ihrem Spind und heult sich die Augen aus. Weißt du warum?«

»Meinste, dat verzällt mir alles? Dat Mädche is halt mit de Nerve zu Foß«, brummte er.

»Mit den Nerven sind wir doch alle runter, aber keiner von uns rastet so aus wie die. Weißt du übrigens, warum sie mich auf dem Kicker hat?«

Kraußler starrte mich aus seinen kleinen Fleischeräuglein an. »Wenn du dat nit weiß, weed ich nen Düvel dun und et Muul oprieße.«

»Jetzt stell dich nicht so an! Hat es was mit Niehauser zu tun?«

»Niehauser? Wie küste dann do drup?«

»Kraußler, jetzt sei doch nicht so schwer von Begriff. Sie ist mir wegen Niehauser an den Hals, sie heult ohne Unterlass auf Niehausers Beerdigung ... Also liegt der Verdacht nahe –«

»– dat Sandra kunnt dä Niehauser nit usstonn. Dat war doch fruh, als hä noh dr Schwertfejer-Jeschech singe eijene Lade opmache wollt.«

»Niehauser wollte ein eigenes Lokal aufmachen?«

»In Bonn. Schwalbennest. Noh koot vür singem Dud hät hä drövver verhandelt. – Ich luhr ens no däm Mädche.«

Ein eigenes Restaurant. Vielleicht hatte er dafür das Geld von Schwertfeger gebraucht. Aber warum dann die Gehaltserhöhung von Spielmann, wo er doch weggehen wollte?

Kraußler kam kurz darauf mit Sandra zurück. Das Gesicht immer noch verheult, machte sie sich an die Arbeit und sprach die ganze Zeit kein Wort. Ihr Schweigen war wie ein großer Vorwurf. Selbst so stumm blieb sie eine dämliche Zicke.

Nachdem ich den letzten Teller mit Quarkknödel und Zwetschgensauce auf den Pass gestellt hatte, kam Spielmann zu mir.

»Ich wusste gar nicht, dass deine Adela auch detektivische Fähigkeiten hat.«

»Ob sie die hat, muss sich noch herausstellen. Ich wäre da nicht so optimistisch.«

»Jetzt nimm mir doch nicht meine winzigen Hoffnungen, süße Küchenfee«, seufzte Spielmann und sah mich an wie ein kleiner Junge. »Alles, was darauf hindeutet, dass Niehausers Mörder nicht im Goldenen Ochsen oder im Kollegenkreis zu suchen ist, nehme ich mit größter Dankbarkeit auf. Nur so kann ich überhaupt weitermachen. Hast du eine Vorstellung, unter welch enormen Druck ich stehe? Was es mich an Anstrengung kostet, den Ochsen am Laufen zu halten, mit der Kripo zu verhandeln, die Presse zu bedienen, bei meiner Kochsendung zu strahlen und, und, und.«

»Ich finde, dass du in Krisensituationen zu Hochform aufläufst. Du schaffst es sogar noch, neue Rezepte zu entwickeln. Das grenzt an übermenschliche Fähigkeiten.«

»Findest du wirklich?«

Spielmanns Reaktion war schwer einzuschätzen. Sie lag zwischen irritiert und geschmeichelt.

»Man wächst mit seinen Aufgaben, weißt du. Aber jetzt hätte ich gern eine klitzekleine Pause, in der ich nicht an Niehauser und den Ochsen denken muss, sondern nur an was wirklich Schönes.« Spielmann rieb schmusig seinen Kopf an meine Schulter. »Nimm mich mit in dein weißes Zimmer. Meine Wohnung sieht aus wie ein Schweinestall.«

Mir wurde gleichzeitig heiß und kalt. Ich konnte nicht mit Spielmann nach Deutz, denn dort wartete Ecki auf mich. Bis jetzt hatte ich ihm nichts von Eckis Besuch erzählt und keine Ahnung, wie er reagieren würde, wenn er davon erfuhr. Aber es half nichts.

»Ecki ist aus Bombay gekommen.«

Spielmann hielt in der Bewegung inne, nahm seinen Kopf aber nicht von meiner Schulter. »Sieh an, der Wiener. Den hatte ich schon ganz vergessen! Wie lang bleibt er denn?«

»Ich weiß es nicht.«

»Nun ja«, langsam nahm Spielmann seinen Kopf von meiner Schulter und schaffte wieder Distanz zwischen uns. »Du musst wissen, was du tust. – Ich suche jetzt ein freies Eckchen in meinem Schweinestall.« Spielmann verließ die Küche. Erst an der Tür drehte er sich noch einmal um und sagte: »Wir sehen uns morgen!«

*

Grau, schwer und trüb floss der Rhein gen Leverkusen. Ein Güterzug rollte quietschend über die Hohenzollernbrücke. Schwarz glänzte das Brückengeländer. Der Himmel machte eine Regenpause, doch die Nässe war überall.

Ich fühlte mich beschissen. Was sollte ich tun? Ins Kunibertsviertel zu Spielmann laufen? Ecki anrufen und sagen: »Du, tut mir Leid, es gibt einen anderen«? Ecki war so weit weg gewesen in der letzten Zeit, nicht nur räumlich, auch in meinem Herzen. Spielmann hatte mich im Sturm erobert, aber wollte ich mit ihm leben, so wie ich es immer mit Ecki gewollt hatte? Ich wusste nicht, wie lange ich auf der Brücke gestanden und in das dreckige Wasser gestarrt hatte. Irgendwann fing es wieder an zu regnen, und meine Beine führten mich nach Hause.

Adela war nicht da, und Ecki schlief in meinem Bett. Schon immer hatte er einen gesegneten Schlaf gehabt. Er konnte jederzeit und überall schlafen, gleichgültig, wie aufregend der Tag gewesen war. Zusammengerollt wie ein Kleinkind lag er auf meiner großen Matratze. Seine Haut roch wie immer nach frischem Heu. Heute war ich ganz froh, dass er schlief. Nach einer ausführlichen Dusche legte ich mich zu ihm. Ich quetschte mich auf das Stück zwischen ihm und der Wand. Gegen vier Uhr morgens schreckte ich auf. Ich war es nicht mehr gewohnt, mit Ecki das Bett zu teilen. Immer noch regnete es. In der Wohnung fehlte ein Geräusch. Ich vermisste Adelas Schnarchen. Ihre Zimmertür stand weit offen, sie war nicht da. In mir klingelten sämtliche Alarmglocken. Adela übernachtete nie anderswo, sie trieb sich nicht in Nachtbars herum, und sie machte auch keine Spaziergänge bei Regen. Ich zerrte und rüttelte so lange an Ecki, bis er aufwachte.

»Lass mi schlafen«, nuschelte er undeutlich und machte die Augen wieder zu.

»Wo ist Adela?« Ich rüttelte kräftiger.

»Weg. Ich bin ins Bett, und sie hat sich vertschüsst.«

»Wohin?«

»Keine Ahnung.« Wieder drohte er einzuschlafen.

»Ecki«, flehte ich und schüttelte ihn fester.

»Was weiß ich. – Vorher ist sie dagesessen und hat so eine Auto-Illustrierte gelesen. Nicht schlecht. Eine Hebamme, die auf Autos steht.«

Ich zog ihm die Bettdecke weg. »Steh auf Ecki, wir müssen sie suchen!«

Ich rief ein Taxi.

Zehn Minuten später waren wir in Kalk. Zum Glück hatte ich ein ausgezeichnetes Gedächtnis für Straßen und Orte, und so fand ich nach wenigen Fehlversuchen den Hinterhof, in dem die Firma Schwertfeger ihren Anfang genommen hatte. Adelas Cabrio parkte rechts neben dem großen Rolltor. Das war heruntergelassen. Es regnete Bindfäden, und nachdem uns das Taxi abgesetzt hatte, waren wir in kürzester Zeit nass bis auf die Haut.

»Jetzt sag doch, was wir hier machen«, quengelte Ecki. »Ich wüsst schon gern, wofür ich mir eine Lungenentzündung hole.«

Aber für Erklärungen war jetzt keine Zeit, erst musste Adela gefunden werden. Was suchte sie hier mitten in der Nacht? Wo steckte sie? War ihr etwas zugestoßen?

Das Rolltor hatte eine Höhe von mindestens drei Metern. Auf diesem Weg konnte Adela nicht auf das Gelände gekommen sein. Wie hatte es jenseits des Rolltors ausgesehen? War die Wand hinter der Bürobaracke nicht niedriger gewesen als das Rolltor? Hoffentlich führte sie irgendwo auf die Straße und war nicht, wie bei diesen Hinterhöfen oft üblich, nur die Grenze zur Nachbarwerkstatt!

»Komm mit!«, befahl ich Ecki und rannte die Straße rechts des Rolltors entlang. Die Mauer war viel zu hoch, um hinübersteigen zu können, selbst für mich. Aber es musste einen Durchgang geben, irgendwo musste Adela sein.

»Was hältst davon, die Feuerwehr oder die Polizei zu rufen? Ein Irrgarten und stockfinster, ohne Scheinwerfer findest du da keinen.«

»Hör auf zu quatschen, Ecki. Da schau!«

Ich hatte in der Wand einen Bretterverschlag entdeckt. Mehrere Bretter waren lose. Wir rissen sie heraus und hatten uns schnell einen Durchschlupf geschaffen. Drinnen war es stockdunkel, das Licht der Straßenlaternen drang nicht über die Mauern. Wir stolperten über Kabel und Eisenteile.

»Adela!«, rief ich, aber niemand antwortete.

Als sich meine Augen an die Dunkelheit gewöhnt hatten, erkannte ich die Silhouetten ausgeschlachteter Autos, dahinter erhob sich als mächtiger, schwarzer Klotz die Schwertfegersche Halle. Die Bürobaracke war nicht zu sehen. Sie lag versteckt hinter einer weiteren Mauer. Diese war nicht so hoch wie die erste, aber ich schaffte es trotzdem nicht, darüber zu klettern.

»Mach mir mal eine Räuberleiter!«, befahl ich Ecki.

»Meinst du nicht, es ist besser, wir machen's umgekehrt? Ich bin viel leichter als du.«

»Nun mach schon!«

Murrend und unter Aufbietung all seiner Kräfte, stemmte Ecki mich hoch, und mit einem Satz war ich auf der anderen Seite. Ich landete in einer Schlammlache, aber das machte nichts, denn zu diesem Zeitpunkt hatte ich bereits kein einziges trockenes Kleidungsstück mehr am Leib.

»Gott sei Dank, dass du gekommen bist, Schätzelchen«, hörte ich Adelas Stimme sagen. Sie hatte sich unter dem kleinen Vordach der Bürobaracke verkrochen und zitterte vor Kälte und Feuchtigkeit. Ich fragte mich, wie diese kleine, runde Kugel, die zwanzig Zentimeter kleiner und ein paar Jahre älter war als ich, überhaupt so weit gekommen war. Da entdeckte ich die Leiter.

»Die habe ich von zu Hause mitgenommen. Auf dem Hinweg hat auch alles wunderbar geklappt, aber auf dem Rückweg ist mir die Leiter umgekippt, und ich mit ihr. Ich habe mir den Knöchel verstaucht und kann mit dem linken Fuß nicht mehr auftreten.«

»Komm, irgendwie kriegen wir dich rüber. Ecki wartet auf der anderen Seite.«

»Du musst aber die Ordner mitnehmen, deshalb bin ich doch überhaupt gekommen.«

»Welche Ordner? Hast du etwa Unterlagen geklaut?«

»Erklär ich dir später, Schätzelchen. Schaff mich zuerst nach Hause.«

Ich glaubte einfach nicht, dass diese alte Hebamme bei Nacht und Regen in ein Firmengelände eindrang, um Akten zu klauen. Gar nicht auszumalen, was noch hätte passieren können. Ein Nachtwächter mit Schrotflinte, ein Wachhund, der sie zerfleischt ... Aber meckern konnte ich später mit ihr, erst mussten wir sie zum Auto schaffen.

»Wollt ihr hier übernachten?«, drängelte Ecki von der anderen Seite.

Es gelang uns nicht, Adela ohne Hilfsmittel über die Mauer zu hieven. Also untersuchte ich die Bürobaracke. Ein kleines Fenster war nur angelehnt. Mit Hilfe einer Kiste war es kein Problem, in die Baracke einzusteigen. Im vorderen Raum entdeckte ich ein dickes Seil, das ich mitnahm. Ich lief zu Adela zurück, half ihr beim Aufstehen und schleppte sie bis zur Mauer. Ich band ihr das Seil um den Bauch und warf das andere Ende über die Mauer. Glücklicherweise war es lang genug. Dann packte ich Adelas Leiter, stemmte sie fest in den aufgeweichten Boden und half Adela auf die erste Sprosse. Ecki zog auf der anderen Seite an dem Seil, und ich schob von hinten, sodass Adela mit dem gesunden Bein langsam Stufe um Stufe weiterkam. Als wir oben waren, brauchten wir erst mal eine Pause, dann wiederholten wir die Prozedur auf der anderen Seite. Zum Schluss holte ich die Tüte mit den Aktenordnern. Ecki hatte sich Adela schon auf den Rücken geladen, und ich nahm Leiter und Ordner und stolperte den beiden hinterher. Ecki und ich schnauften heftig.

»Gib mir mal die Autoschlüssel!« Ich stellte Leiter und Aktenordner ab.

Wir trieften alle drei vor Nässe und Dreck.

»Auf gar keinen Fall!«, zeterte Adela. »Das sind Ledersitze. Weißt du, was die mich gekostet haben? Keiner von uns setzt sich in meinen kleinen Schwarzen.«

»Gut!« Ecki ließ Adela unsanft zu Boden rutschen. »Dann bleibst du halt hier. Komm Kati, wir fahren mit dem Taxi.«

Zähneknirschend nestelte Adela den Autoschlüssel aus ihrer nassen Jacke. Im Auto sahen wir uns Adelas Fuß an. Der war dick wie ein Hefekloß und schillerte in allerlei Rot- und Blautönen. Adelas Gesicht war schmerzverzerrt, und ich fragte mich, was ihr mehr weh tat: der Knöchel oder der Gedanke an die Autositze.

»So wie der Haxen ausschaut, brauchst einen Gips. Ich führ dich ins Spital.« Ecki klemmte sich hinters Steuer.

Aber Adela bestand darauf, erst zu duschen und sich umzuziehen. Nachdem Ecki Adela die Treppen zu unserer Wohnung hochgehievt hatte, und sie sich geduscht hatte, fuhr er sie ins Krankenhaus. Keine Ahnung, wann er wieder nach Hause gekommen war. In dieser Nacht hätte mich nicht mal mehr ein Erdbeben geweckt.

*

Die Gondel hing an unsichtbaren Fäden und schwebte durch ein Wolkenmeer. Immer tiefer drang sie in die Wolken ein, es wurde dunkler und stickiger, ich konnte kaum mehr atmen. Da hörte ich eine Stimme »Kati, Kati« rufen.

Ecki saß neben mir, als ich aufwachte.

»Kati«, flüsterte er und strich mir über die Stirn. »Ich muss nach Wien. Ich wollte es dir schon direkt bei der Ankunft sagen, aber immer ist etwas dazwischengekommen. Ich habe nur einen Zwischenstop in Köln eingelegt, weil ich dich unbedingt sehen wollte. Der Großvater hat uns was vererbt, und mein Bruder hat einen Notartermin gemacht. Den habe ich schon zweimal verschoben. Wenn ich es jetzt noch mal tue, redet er nimmer mit mir.«

»Wien? Ist gut«, nuschelte ich schlaftrunken, dabei fiel mir ein, dass Ecki doch gerade erst ankommen war.

»Ich komme so schnell wie möglich zurück. Versuch doch ein paar Tage Urlaub zu bekommen.«

»Urlaub«, wisperte ich, »Urlaub ist gut.«

Ecki küsste mich zärtlich, und dann fielen meine Augendeckel wie von selbst wieder zu.

Die Gondel schwebte jetzt frei und schleuderte mich durch die Stadt. In einem irrwitzigen Tempo raste sie die großen Boulevards entlang, und immer wenn sie auf ein Auto zu prallen drohte, wurde sie wie von unsichtbarer Hand nach oben gezogen. Ich hielt mich krampfhaft fest und hoffte, dass die Gondel mich an der richtigen Stelle ausspeien würde. Ich musste arbeiten, ich war bei Gerer in Wien. Aber die Gondel raste immer weiter, immer schneller die breiten Straßen hinunter. Auf und ab, bis sie schließlich in einen breiten Tunnel schoss und darin von einem Müllberg gestoppt wurde. Ich kletterte heraus und musste die Gondel den ganzen Weg zurückschieben. Diese Arbeit war so mühsam, dass ich davon wach wurde.

Jemand hatte die Vorhänge zugezogen und mir ein Glas Wasser neben das Bett gestellt. Ich versuchte, mich aufzusetzen. Ich war allein in meinem Zimmer. Mein Körper war bleischwer und es gelang mir nur mit Mühe, die Beine aufzustellen. Bis ich stand, verging eine Ewigkeit. Langsam setzte ich einen Fuß vor den anderen und zitterte so, dass ich glaubte, jeden Augenblick umzukippen. Irgendwie schaffte ich es bis ins Bad. Ich spritzte mir kaltes Wasser ins Gesicht und sah in den Spiegel. Der Anblick war keine Freude. Das Gesicht teigig, die Haare stumpf und zerzaust, die Augen trüb und die Lippen aufgesprungen. Ich schleppte mich zurück ins Bett, ich wollte nur weiterschlafen.

Als ich das nächste Mal wach wurde, begann es bereits zu dunkeln. Das Dämmerlicht machte alle Gegenstände im Zimmer weich und fließend. Ein weißer Nebel hüllte den Raum ein. Spielmanns Lilien ließen die Köpfe hängen und stanken nach Moder. Ich stand mit Mühe auf und hatte Angst, mich irgendwo festzuhalten, weil ich fürchtete, alles würde unter meiner Berührung zerrinnen. In Zeitlupe schlurfte ich durch den Raum. In der Küche brannte Licht, und der Duft einer richtig guten Hühnerbrühe stieg mir in die Nase. Adela saß am Küchentisch und schmauste mit herzhaftem Appetit einen Teller davon. Das verletzte Bein war dick verbunden und hochgelegt.

»Kochen kann er, dein Wiener. Die Suppe hat er noch gemacht, bevor er das Weite gesucht hat. Magst du auch einen Teller?«

Ich schüttelte den Kopf. »Haben wir noch Mineralwasser?

»Im Kühlschrank steht welches!«

Es dauerte, bis ich dort war.

»Oje, Katharina. Du hast auch schon mal besser ausgesehen. Komm mal her!«

Folgsam taperte ich zum Tisch. Adela fühlte den Puls und die Stirn, und befahl mir, Fieber zu messen. »Neununddreißigfünf. Ab ins Bett, bevor du eine Lungenentzündung kriegst. Aber sei so nett, hol mir vorher noch das Handy aus der Tasche, schau mal, ob du mir den Fernseher hier hereinschieben kannst, und bring noch die dicke Wolldecke, die auf dem Sofa liegt!«

Ich erledigte Adelas Aufträge und verfluchte Ecki. Ließ hier einfach zwei kranke Frauen allein. Dann schleppte ich mich ins Bett zurück und schlief sofort wieder ein.

Als ich aufwachte, schien die Sonne, und ich fühlte mich besser. Ich duschte, zog eine Trainingshose und ein Sweatshirt an und hatte Hunger auf eine riesige Schüssel Cornflakes und ein Glas Orangensaft. Es klingelte, und an der Tür standen zwei Männer mit einem Rollstuhl.

»Das wird aber auch Zeit«, krähte Adela aus der Küche. »Ich kann mich hier doch überhaupt nicht bewegen. Hab schon in der Küche schlafen müssen, weil ich den Weg ins Schlafzimmer nicht geschafft habe. Los, helfen Sie mir mal, meine Herren, und erklären Sie mir, wie das Ding funktioniert.«

Die Herren taten wie geheißen, und kurze Zeit später kurvte Adela mit dem Elektrorollstuhl durch die Wohnung. Im Kühlschrank fand ich weder Milch noch Orangensaft, dafür zwei gekochte Suppenhühner. Ich schnappte mir das Einkaufsnetz und dankte dem Herrn, dass der nächste Supermarkt nur fünf Minuten entfernt war. Nachdem ich die Lebensmittel nach oben geschleppt hatte, war ich fix und fertig. Cornflakes, Orangensaft und zwei Tassen Kaffee richteten mich wieder auf.

»Jetzt erzähl mal, welcher Teufel dich geritten hat, nachts in Schwertfegers Halle einzusteigen und Akten mitgehen zu lassen!«

Adela schlürfte ihren Kaffee und sagte nichts.

»Stell dir vor, ich hätte in der Nacht gut geschlafen und nicht gemerkt, dass du weg warst!«

»Ist ja gut, ist ja gut. – Ich hab übrigens schon bei Spielmann angerufen und dich krank gemeldet.«

»Wieso denn? – Ich kann doch arbeiten.«

»Kannst du nicht, Schätzelchen! Du bist knapp an einer Lungenentzündung vorbeigeschrammt. Dein Spielmann ist ein alter Sklaventreiber. Der geht davon aus, dass seine Köche noch mit vierzig Grad Fieber in seiner Küche stehen. Na, dem habe ich aber die Meinung gegeigt, das kannst du mir glauben!«

Das Gespräch der beiden konnte ich mir lebhaft vorstellen!

»So ein sturer Kopf, hat nur sein Lokal im Sinn. Hat am Ende tatsächlich gefragt, ob du morgen wieder arbeiten kommst. – Schau mal, so geht der Rückwärtsgang.« Mit einer kindlichen Freude kurvte Adela rückwärts in den Flur und zurück.

»Ist doch klar. Er ist schon für Niehauser eingesprungen, und für mich hat er jetzt keinen Ersatz.« Ich stellte das Frühstücksgeschirr zur Seite und ließ Wasser in die Spüle laufen. »Ich mag gar nicht dran denken, wie die jetzt in der Küche rödeln müssen. Am besten, ich schlafe noch eine Runde, dann bin ich morgen wieder fit.«

Ich warf Adela, die immer noch in der Küche hin und her fuhr, ein Handtuch zu. »Abtrocknen kannst du ja. – Und jetzt erzählst du mir, warum du die Akten geklaut hast.«

»Ich gebe zu, dass ich mich etwas übernommen habe. Aber mir ist nichts Besseres eingefallen, um an die Akten zu kommen.« Adela trocknete zwei Tassen ab und legte sie vor sich auf den Schoß.

»Warum hast du sie überhaupt geklaut?« Ich gab ihr das triefende Besteck an.

»Nicht geklaut, nur ausgeliehen«, stellte Adela klar.

»Also?«

»Na, du erinnerst dich bestimmt an die Bürobaracke. Von außen habe ich gesehen, dass in einem Regal noch Aktenordner stehen, und außerdem habe ich entdeckt, dass auf der Rückseite der Baracke ein kleines Fenster offen war.« Sie fuhr mit ihrem Rollstuhl zum Tisch und stellte dort das abgetrocknete Geschirr ab. »Einräumen musst du es.«

»Du bist wie ein Dieb in der Nacht eingestiegen?«

»War gar nicht so einfach. Habe meinen dicken Po kaum durch das kleine Fenster bekommen und bin dann unsanft auf einer Toilettenschüssel gelandet. Die hat vielleicht gestunken, sage ich dir.«

»Geschieht dir recht. Aber was glaubst du, in den Akten zu finden?« Ich schrubbte den Boden der Kaffeekanne. Das hatte schon lang keiner mehr gemacht.

»Wenn Schwertfeger wieder ins Oldtimergeschäft eingestiegen ist oder einsteigen wollte, dann muss es darüber Unterlagen geben. Angebote, Auktionslisten und so weiter.« Adela wienerte die Teller trocken.

»Aber so was sammelt man heute doch nicht mehr auf Papier, das ist im Computer gespeichert.«

»Schwertfeger war noch einer von der alten Sorte, so wie ich. Wir möchten etwas Schriftliches in die Hand nehmen können.«

»Und hat sich die Aktion gelohnt, bist du fündig geworden?« Ich ließ das Wasser ab und wischte die Spüle blank.

Adela sah mich beleidigt an, bevor sie sagte: »Ich hab wohl im Dunkeln die falschen gegriffen, Unterlagen über die Oldtimergeschäfte von 1980 bis 1982, sehr interessant nachzulesen, wie sich Schwertfeger damals finanziell vergaloppiert hat, die Verluste waren in einer Größenordnung von …«

»Auf deinen aktuellen Verdacht also nicht der winzigste Hinweis? Die ganze Aktion wegen nichts und wieder nichts?«

»Man müsste vielleicht noch ein zweites Mal, bestimmt habe ich nicht richtig gesucht. Du bist doch noch viel jünger als ich und könntest –«

»Vergiss es, Adela, vergiss es!«

Aufregen sollte ich mich besser noch nicht! Meine Beine wurden plötzlich bleischwer und der Kopf wieder heiß. Zittrig schlappte ich in mein Zimmer zurück. Ich legte die Charly-Haden-CD in die Bang&Olufsen-Anlage. Ich hatte sie noch kein Mal gehört, seit ich sie mir nach einem dieser schrecklichen Telefonate mit meiner Mutter gekauft hatte. Hadens sanfter Jazz beruhigte mich und schickte mich ins Reich der Träume, bis ich von einer Hupe wieder in die Wirklichkeit zurückgeholt wurde.

»Klasse, was?« Adela stand mit ihrem Rollstuhl neben meinem Bett. »Es gab ein Modell mit Klingel und eines mit Hupe. Hupe fand ich besser.« Sie deutete mit dem Kopf Richtung Flur. »Dein Chef ist am Telefon, er lässt sich nicht abwimmeln. Er muss unbedingt mit dir sprechen.«

Adela hatte tatsächlich noch so ein Siebziger-Jahre-Telefon, das auf einem Tischchen im Flur stand und dessen Schnur höchstens zwei Meter weit reichte. Ich musste also aufstehen und schlurfte in den Flur.

»Ich bekomme seit zwei Nächten anonyme Anrufe. Immer nachts um drei ruft jemand an und sagt: Das Morden ist noch nicht zu Ende. Fragen Sie Ihre Küchenfee!«

Ich erkannte Spielmanns Stimme kaum. Sie klang so vernuschelt, als wäre er heillos besoffen oder als bemühte er sich mit letzter Kraft, Fassung zu bewahren. Anonyme Anrufe? Ich sollte etwas über die Morde wissen? Wie gebannt starrte ich den Trockenblumenstrauß auf dem Telefontischchen an, ohne dass mir irgendetwas dazu einfiel.

»So sag schon was!«, hörte ich Spielmanns fremde Stimme sagen.

Ich schluckte dreimal trocken, bevor ich fragte: »Männer- oder Frauenstimme?«

»Männerstimme, verzerrt. Keine, die ich kenne.«

Ich klammerte mich an das Telefontischchen und holte tief Luft. Von der Wand lachten mir glückliche Mütter mit ihren Neugeborenen entgegen. Jetzt bloß keine Panik, ruhig und sachlich bleiben.

»Wer weiß, dass du mich ›Küchenfee‹ nennst?«

»Du weißt, wie begrenzt der Kreis ist! Eigentlich kann es nur jemand aus der Brigade sein. Vielleicht hat mal einer im Café Reichard mitbekommen, dass ich dich so nenne.« Spielmanns Stimme gewann allmählich an Vertrautheit wieder.

»Hast du früher andere Frauen so genannt? Vielleicht bin ich gar nicht gemeint?«

»Katharina, du musst mir jetzt die Wahrheit sagen: Weißt du irgendetwas über die Morde? Hast du irgendetwas damit zu tun?«

Die glücklichen Mütter, die strampelnden Babys, die stolzen Väter und das Riesenfoto, das zwei Brüste mit Quarkwickeln zeigte, verschwammen vor meinen Augen. Ich ließ das Tischchen los und rutschte die Wand entlang auf den Boden.

»Wenn du denkst, dass ich etwas mit den Morden zu tun habe, dann sag es direkt und schieb keine anonymen Anrufe vor!« Ich kochte innerlich vor Empörung darüber, dass Spielmann einen Verdacht gegen mich überhaupt zuließ.

»Tue ich doch gar nicht. Aber dieser anonyme Anrufer ...«

»Während Schwertfeger ermordet wurde, habe ich in deiner Küche gestanden!«, schrie ich in den Hörer, ohne Spielmann zu Wort kommen zu lassen. »An dem Abend, als Niehauser umgebracht wurde, bin ich nach der Arbeit direkt nach Hause. Danach habe ich dich zum Bahnhof gebracht. Wann also hätte ich Niehauser umbringen sollen? Sag mir das mal! – Da hättest beispielsweise du viel mehr Zeit gehabt, weil du den Ochsen viel früher verlassen hast!«

»Wunderbar! Ich ruiniere mir mein eigenes Geschäft!« Spielmanns Stimme wechselte jetzt in hysterische Gefilde.

Das war doch alles Wahnsinn! Mein Kopf war heiß wie eine Glühbirne, ab dem Hals wurde mein Körper von Kältewellen geschüttelt. Nur Vernunft hilft, sagte ich mir. Gebrauch deinen Verstand. Ich holte tief Luft. In Wien hatte ich ein bisschen Yoga gemacht. Noch mal tief Luft holen.

»Hör auf, dich verrückt zu machen, Hugo!« Meine Stimme klang jetzt ruhig. Besser könnte es kein Seelenklempner machen. »Sag Fischer wegen der anonymen Anrufe Bescheid. – Das wird ihn interessieren. Es ist ein deutlicher Hinweis auf den Täter.«

»Es ist dieser enorme Druck, weißt du?« Spielmanns Stimme klang jetzt wieder fast normal. »Ich stehe jeden Tag in der Küche, der Kochbuch-Verlag drängt, mit der Vorbereitung für die Kochsendung hinke ich hinterher, und jetzt bekomme ich noch nachts um drei anonyme Anrufe. – Da kann man doch wirklich verrückt werden.«

»Was hältst du davon, den Ochsen einige Tage zu schließen?«

»Zumachen? Bist du verrückt? Das will dieser Wahnsinnige doch nur!« – Spielmann war jetzt ganz der Alte.

»Dann such dir einen neuen Küchenchef!«

»Natürlich muss ich das. Und ich kann dir noch eine Liste von mindestens zwanzig weiteren Dingen aufzählen, die ich ganz schnell erledigen muss.«

Ich seufzte tief. Ich wollte wirklich nicht in seiner Haut stecken. Aber in meiner fühlte ich mich zurzeit auch nicht wohl.

»Wie geht es dir übrigens?«

Da war sie wieder, die sanfte Stimme, die ich so liebte.

»Fieber, Schüttelfrost, Durcheinander im Kopf. – Blendend also.«

»Ich hoffe sehr, dass Fischer Niehausers Mörder schnell findet. Lange hält das keiner von uns mehr durch. – Wann sehe ich dich?«

»Wenn das Fieber weg ist, komme ich morgen arbeiten.«

»Wunderbar!« Seine Stimme fand jetzt direkt den Weg vom Telefonhörer zum Herzen.

Eine Zeit lang sagte keiner etwas, bis Spielmann fragte: »Und dein Wiener?«

»Ist in Wien.«

»Ah!«

»Kommt aber in den nächsten Tagen zurück.«

»Sieh zu, dass du schnell gesund wirst. Ich brauche dich!«

Eine große Zärtlichkeit für ihn durchfuhr mich. Behutsam legte ich den Hörer auf. Ich stemmte meinen Po gegen die Wand und richtete mich langsam auf. Zähneklappernd wankte ich mit Eisfüßen zurück ins Bett. Ich wollte nur noch schlafen, nicht mehr denken. Mein Kopf tat höllisch weh. Es dauerte, bis ich endlich einschlief. Als das Telefon wieder klingelte, hatte ich keine Ahnung, wie lange ich geschlafen hatte, aber mit Sicherheit nicht genug. Schlaftrunken schlurfte ich im Dunkeln zum Telefon.

»Ja?«

»Katharina? Katharina Schweitzer?«

Ich hörte eine verstellte Männerstimme.

»Ja. Wer sind Sie?«

»Ihr Chef weiß, wer Niehausers Mörder ist. Fragen Sie ihn. Seiner Küchenfee sagt er bestimmt die Wahrheit!«

»Hallo? Wer sind Sie? Woher wissen Sie das? Legen Sie nicht auf!«

Aber schon während ich sprach, begann es, in der Leitung zu tuten. Ich sah auf die Uhr neben dem Trockenblumenstrauß. Es war exakt drei Uhr morgens.

Ich riegelte die Wohnungstür zweimal ab, und schob den Schuhschrank davor. Dann schaltete ich die grellen Neonleuchten an und setzte mich an den Küchentisch. Sollte ich Spielmann anrufen, ihm sagen, dass der anonyme Anrufer sich jetzt auch bei mir gemeldet hatte? Sollte ich Fischer informieren? Oder zumindest Adela wecken? – Ich konnte mich nicht entscheiden, wusste einfach nicht, was richtig war. Also tat ich nichts und ging zurück ins Bett. Irgendwann gelang es mir sogar, wieder einzuschlafen. Adelas Hupe weckte mich. Der Himmel vor meinem Fenster war so strahlend blau und hell, dass es weh tat, die Augen zu öffnen.

»Gegen wen musstest du heute Nacht unser Haus verteidigen?«, fragte sie und balancierte ein Tablett mit zwei Tassen Kaffee und einigen Scheiben gebuttertem Toast von ihrem Rollstuhl auf mein Bett.

Ich klemmte ein Kissen gegen die Wand und setzte mich langsam auf. In meinem Kopf klopften dutzend Hämmer.

»›Küchenfee‹ sagt er bei dir und bei Spielmann. Das ist derselbe Typ, ist doch klar«, folgerte Adela, nachdem ich ihr von dem nächtlichen Anruf erzählte hatte. »Hier iss noch einen Toast, damit du wieder zu Kräften kommst. Ob er sich nur bei dir und Spielmann gemeldet hat? Oder hat der Typ noch jemand anderen aus der Brigade angerufen? Will euch vielleicht jemand auseinander kriegen?« Adela fuhr aufgeregt in meinem Zimmer hin und her. Die Zahl der klopfenden Hämmer in meinem Kopf erhöhte sich auf mehrere Dutzend.

»Was sollst du jetzt mit dem Dreck machen, den der Typ dir erzählt hat? Erzählst du es Spielmann, wird er noch nervöser. Erzählt du es Fischer, ist die Frage, ob er dir glaubt. – Nein, Schätzelchen, das Einzige, was uns weiterbringt, sind Beweise. Der Typ muss noch mal anrufen. Und dann haben wir ihn. Irgendwo habe ich doch noch so einen kleinen Kassettenrekorder.«

Sie warf ihr Elektromotörchen an und sauste in den Hausflur. Sie fand den Rekorder, ein vorsintflutliches Teil, das aber noch gut funktionierte, und baute es neben dem Telefon auf. An diesem Tag rief stundenlang keiner an. Als dann das Telefon klingelte, waren wir beide sofort im Flur und starrten ein paar Sekunden lang gebannt auf den Apparat. Dann drückte Adela die Aufnahmetaste, und ich nahm vorsichtig den Hörer ab.

»Hast du nicht gesagt, du rufst zurück? Kannst du dir vorstellen, was wir uns für Sorgen machen?«

Es war meine Mutter. Neben den üblichen Vorwürfen, schärfte sie mir den Termin für die Hochzeit meines Bruders ein und drohte damit, mich persönlich in Köln abzuholen, falls ich nicht frühzeitig käme.

In der nächsten Nacht rief der anonyme Anrufer weder um drei noch zu einer anderen Uhrzeit an. Es wäre auch zu einfach gewesen!

Der viele Schlaf indes hatte mir gut getan. Am nächsten Tag fühlte ich mich erholt und schon wieder viel besser. Die Arbeit rief.

*

Die Ochsenküche glänzte sauber und unschuldig. Über dem Arbeitsblock hingen die Siebe, Schneebesen, Kellen und warteten darauf, bewegt zu werden. Auf dem Pass verströmten frisch gelieferte Zwetschgen und Birnen Spätsommerduft. Unter den Herdflächen bereiteten sich Töpfe und Pfannen auf einen neuen Arbeitstag vor. Genauso wie ich. Ich sog die Atmosphäre von Ruhe und Klarheit in mich auf, bevor ich Hose, Kochkittel und Schürze anzog und meine Messer zurechtlegte. Ich war die Erste in der Küche. Krüger hörte ich im Restaurant telefonieren, aber von den Köchen war noch keiner da.

Spielmann hatte die kleinen Kartoffelmuffins auf den Speiseplan gesetzt, die wir manchmal zum Kaffee reichen. Sie werden aus einem Kartoffelbiskuitteig gemacht, der mit einem Hauch Bittermandel aromatisiert und in winzige Pralinentüllen gespritzt wird. In die Muffins steckt man zum Schluss eine enthäutete Mandel, bestreicht sie mit Eigelb und streut etwas Hagelzucker obendrauf. Die kleinen Dinger waren gut vorzubereiten, also fing ich damit an und machte mich auf den Weg in den Keller, um Kartoffeln zu holen.

Im Kartoffelkeller traf ich Spielmann. Er stand vor seinen Kartoffelkisten, drei Bamberger Hörnchen in der Hand.

»Du bist wieder da! Wie schön!«

Spielmann warf die Kartoffeln zu den anderen und umarmte mich. Er roch nach kalter Erde, und sein Kuss schmeckte nach Staub.

»Was machst du hier unten?«, fragte ich, als er mich losließ.

»Nichts ist so erdverbunden wie Kartoffeln. Der Keller ist ein guter Ort zum Nachdenken.« Er nahm eine tiefgelbe Leyla und ließ sie von einer Hand in die andere gleiten. »Es trifft sich ausgezeichnet, dass du gekommen bist. Ich habe gerade entschieden, dass du meine Küchenchefin wirst!«

Ich fiel aus allen Wolken. Damit hatte ich überhaupt nicht gerechnet. Natürlich musste Spielmann den Posten schnellstens neu besetzen, nur ein neuer Küchenchef konnte ihm den Rücken freihalten. Ich hätte es am besten gefunden, wenn Spielmann den Posten mit jemandem von außen besetzt hätte. Frischen Wind konnte der Ochse sehr gut gebrauchen. Bestimmt wäre es eine Wohltat, unter jemandem zu arbeiten, der unbelastet von den Vorkommnissen der letzten Wochen war. Aber ich wusste auch, dass man einen neuen Küchenchef nicht in zwei Tagen bekam. – Wenn ich jemanden aus der Brigade hätte auswählen sollen, wäre dafür niemand anderer als Pfister in Frage gekommen. Pfister mit seiner ausgeglichenen Art würde den Laden zusammenhalten können. Pfister war bei allen hoch angesehen. Selbst diese Giftkeule Sandra hatte Respekt vor ihm. Da Pfister als Tournant arbeitete, war er mit allen Posten bestens vertraut, es würde kein Problem für ihn sein, den Überblick zu bewahren. Ich war mir sicher, er würde einen guten Küchenchef abgeben.

Deshalb traf es mich völlig unvorbereitet, als Spielmann mir den Posten anbot. Gut, er wollte jemanden als Küchenchef haben, dem er vertrauen konnte, das konnte ich nachvollziehen, aber das konnte nicht das einzige Kriterium für eine so weit reichende Entscheidung sein. Ich hatte keinerlei Erfahrung als Küchenchefin, und bisher hatte mich dieser Posten auch nicht interessiert. Noch kochte ich lieber. Wenn ich mich schon auf so eine Herausforderung einlassen sollte, dann bitte schön unter besseren Bedingungen. Ohne Morde, ohne nervlich aufgeriebene Brigade. Zudem würde keiner aus der Brigade von dieser Entscheidung begeistert sein, die roch zu sehr nach Bett und hochgeschlafen. – Ich konnte mir die Häme der Kollegen schon lebhaft vorstellen. Nein, es wäre weder für mich noch für den Ochsen eine gute Entscheidung, wenn ich Küchenchefin würde. Das sagte ich Spielmann und schlug ihm vor, Pfister zum Küchenchef zu bestellen.

»Pfister! Pfister ist ein guter Tournant, ein Mann der Tat. Aber kann er den Überblick über die gesamte Crew und die Speisen behalten? Kann er den nötigen Druck machen? – Nein, dafür ist er viel zu menschenfreundlich! Du kannst das, und du weißt, dass du das kannst.« Spielmann warf die Leyla achtlos in den Kartoffelkorb zurück, nur um sich eine andere herauszuholen.

»Natürlich kann Pfister das. Er ist ein Glücksfall in einer solchen Situation.«

»Das kann ich wohl besser beurteilen als du. Sag mir einen vernünftigen Grund, warum du den Posten nicht annehmen willst.«

»Ich habe dir gerade mindestens drei genannt. Vergiss es, Hugo. Ich mach's nicht.« Ich stellte mein Sieb ab und packte es voll mit Granolas für die Muffins.

»Das wirst du bereuen. So eine Chance bekommst du bei mir

kein zweites Mal!« Spielmann warf die Leyla zurück und verließ wütend den Kartoffelkeller.

»Wenn du Pfister nicht willst, such dir jemanden!«, rief ich ihm nach. »Du weißt, dass du unter den Besten auswählen kannst, bei deinem Ruf!«

Spielmann reagierte nicht. Er stürmte davon, ohne sich noch einmal umzusehen, und ließ mich hier in seinem Kartoffelkeller stehen. Er war gewohnt, sich durchzusetzen, und hasste es, wenn man ihm widersprach. Aber was er wollte, war Schwachsinn. Warum nur war er vernünftigen Argumenten nicht zugänglich? – Ich packte meine Kartoffeln und marschierte zurück in die Küche.

Dort hatte die Brigade bereits mit der Arbeit begonnen. Kraußler bestäubte ein Boeuf bourguignonne mit Mehl, Sandra blanchierte grüne Bohnen, und Pfister knetete seinen Brötchenteig. Nur Dany und Holger quatschten. Spielmann war nicht zu sehen.

»Hey, ihr beiden, könnt ihr nicht mehr lesen?« Ich deutete auf den Speiseplan und schüttete die Kartoffeln in die Spüle. »Der Boden für die Kürbistarteletts muss für eine Stunde in den Kühlschrank. Los, hol dir das Kichererbsenmehl und mach den Teig dafür fertig!«, rief ich Holger zu. »Und du gehst zu Krüger und holst dir eine Flasche Champagner für das Granité!«, befahl ich Dany, während ich meine Kartoffeln sauber schrubbte.

»Mach ich, mach ich«, sagte der Kleine. »Das Gespräch mit Fischer ist übrigens ganz gut gelaufen«, flüsterte er mir noch kurz zu. »Der wollte gar nicht so viel wissen. Er hat übrigens gefragt, warum du krank warst. Hat er dich zu Hause angerufen?«

»Was soll das Gequatsche, Daniel!«, brüllte Spielmann ihn vom Pass her an. Von dort aus überprüfte er den Stand der Vorbereitungen. »Hast du keine Arbeit?«

Mich würdigte er keines Blickes.

Ich stellte die Kartoffeln aufs Gas und holte mir Sellerieknollen aus dem Kühlraum. Auf dem Weg dorthin suchte ich Blickkontakt zu Spielmann. Sein Blick war kurz und eisig. Sollte er doch beleidigt sein! Wenn er meine Entscheidung nicht akzeptieren wollte, bitte schön. Ich konnte die Stelle wechseln. Es gab noch ein paar andere Häuser in vergleichbarer Kategorie, bei denen ich Chancen hatte.

Vor dem Kühlraum traf ich auf Sandra. Sie sagte nichts und sah durch mich hindurch. Das war mir allemal lieber, als wenn sie mir noch mal an die Gurgel sprang. Als ich in die Küche zurückkam, war Spielmann weg.

»Wo ist er hin?«, fragte ich Pfister.

»Er kontrolliert die Rungis-Lieferung, die grade gekommen ist.« Pfister breitete ein Tuch über den gut durchgekneteten Teig. »Die letzten zwei Tage waren furchtbar. Fischer hat wieder seine Verhöre geführt, und der Chef war so gereizt wie vor dem Mord an Schwertfeger. Ich bin froh, dass du zurück bist. Das hebt mit Sicherheit seine Laune.«

»Da bin ich mir nicht so sicher«, sagte ich und fing an, meine Sellerieknollen zu schälen.

»Mensch, Katharina«, dröhnte Kraußler hinter seinem Fleischtopf. »Dat weiß he doch jeder, dat du mit dem Chef e Fisternöllsche häs.«

»Das war doch schon am ersten Tag klar, dass die sich an ihn ranschmeißen wird.« Sandra tauchte ihre Bohnen in Eiswasser. Sie hatte die kurzen Haare frisch gefärbt und das Gesicht sorgfältig geschminkt. »Ich wusste nur nicht, dass der Chef auf so viel Fett steht.«

»Themenwechsel, Sandra!«, rief Pfister scharf und sah dabei Sandra und mich abwechselnd an. »In dieser Küche ist in letzter Zeit genug Unheil passiert.«

Seine Segelohren glühten wie immer, wenn er sich aufregte.

Sandra zischte ein schnippisches »Tsts«, hielt aber ansonsten den Mund, während sie ihre Bohnen aus dem Eiswasser holte.

Auch ich verkniff mir eine Reaktion und fragte Pfister stattdessen: »Sag mal, worin liegt eigentlich das Geheimnis deiner leckeren Brötchen?«

»Die Zeit, das Entscheidende ist die Zeit!« Pfister lächelte mich an, erleichtert darüber, dass es ihm gelungen war, den Konflikt zwischen Sandra und mir zu entschärfen. Wenn er lachte, sah er mit seinen Sommersprossen aus wie die erwachsene Version des

Mickey von den kleinen Strolchen. »Den Vorteig musst du schon am Abend vorher ansetzen. Dafür verrührst du zweihundertfünfzig Gramm Mehl mit dreihundert Milliliter Wasser und zehn Gramm Hefe.«

»Mein Gott, das hat gedauert, bis Krüger mir den Schampus rausgesucht hat.« Dany kam mit einer Flasche Veuve Cliquot zurück. »Der tut immer so, als sei es sein eigener. – Was soll ich jetzt damit machen?«

»Hol dir eine flache Arbeitsschüssel und schütte ihn rein. Und dann ab damit in den Gefrierer«, sagte ich und schnitt eine Schalotte klein.

»Und dann kann ich wieder alle zehn Minuten in den Keller rennen, damit das Granité nicht am Stück gefriert. Immer muss ich solche Scheißarbeiten machen«, meckerte der Kleine, machte sich aber brav auf den Weg nach unten.

»Bring mir aus dem Kühlraum noch zwei Zitronen mit!«, rief ich ihm nach.

»Am nächsten Tag gibst du dem Vorteig achthundert Gramm Mehl und noch mal zehn Gramm Hefe zu. Nicht mehr, diese kleine Menge Hefe reicht wirklich.« Pfister stellte seinen Hefeteig zum Gehen zur Seite und deckte ihn sorgfältig ab. »Und dann kneten, kneten, kneten. Bis der Teig ganz geschmeidig ist. Ganz zum Schluss einen Teelöffel Salz einarbeiten. Und jetzt muss wieder ganz viel Zeit vergehen, bis –«

Ganz undeutlich hörten wir einen Schrei aus dem Keller, Sekunden später stürzte Dany in die Küche. »Im Kühlraum liegt einer, ich schwör's«, stammelte er.

Kraußler stellte das Boeuf ab und griff sich sein größtes Fleischermesser. Auch wir anderen nahmen unsere Töpfe vom Herd. Pfister ging voran. Dany hatte Recht: Im hinteren Teil des Kühlraumes lag ein Körper, mit einem weißen Leintuch bedeckt.

»Holger, hol den Chef«, flüsterte Pfister.

»Dat mir keiner jät aanpack«, sagte Kraußler.

»Es liegt ein Fluch über dieser Küche«, murmelte Sandra und suchte im Türrahmen Halt, während Dany vorsichtig im Flur stehen blieb.

Es dauerte eine Ewigkeit, bis Spielmann nach unten kam. Holger stolperte hinter ihm her, Krüger folgte mit seinen Jungkellnern. Spielmann hastete in den Kühlraum und riss das Leintuch weg. Der halbe Ochse darunter war wirklich mausetot.

»Ein Charolais-Rind aus Burgund. Hat Rungis vorhin angeliefert.« Spielmann scheuchte uns nach draußen.

»Da hast du allen einen gehörigen Schreck eingejagt, Dany!« Pfister gab dem Kleinen einen Klaps auf die Schulter.

Erleichtert nahmen wir unsere Arbeit wieder auf.

Zwei Stunden später stieß Pfister zu unsrem Posten, weil mal wieder zehn Vorspeisen gleichzeitig nach draußen mussten.

»Gibt's irgendwas Neues über den Mord an Niehauser?«, fragte ich und löffelte einen Tupfer Sahne auf die Selleriesuppe. »Gib mir mal die frittierten Selleriestreifen!«

»Sieht nicht so aus, als ob es einer von uns war.« Pfister reichte mir die Selleriestreifen. »Fischer hat uns alle wieder in der Mangel gehabt, aber keinen verhaftet.«

»Weißt du, ob einer von den Kollegen anonyme Anrufe bekommen hat?« Ich drapierte die frittierten Streifen auf das Sahnehäubchen.

»Wie kommst du darauf?«

»Das hört man doch öfter bei Morden. Dass Leute sich nicht trauen, was zu sagen, und dann anonym anrufen.« Ein neuer Sahneklecks schmolz auf der heißen Suppe.

»Weißt du, was furchtbar ist?« Pfister drehte das Gas unter der Suppe zurück.

Ich packte mir drei Suppen und balancierte sie zum Pass, wo Spielmann die fertigen Speisen begutachtete. Spielmann schob seine Nase über die kleinen Schüsseln und schnupperte.

»Ausgezeichnet, die Selleriesuppe, Schweitzerin!« Seine Laune hatte sich in den letzten zwei Stunden spürbar gebessert. Jetzt strahlte er mich sogar wieder an. »Wissen Sie, was Escoffier über Suppen gesagt hat, Pfister?«

Pfister war ein großer Bewunderer des alten Küchenrevolutionärs.

»Die Suppe, sagt Escoffier, ist für ein Diner das Gleiche wie das

Portal für eine Kathedrale. Also, nicht allein das Entree, sondern ihre Beschaffenheit muss – wie eine Ouvertüre zu einer komischen Oper – derart sein, dass man eine ungefähre Ahnung von den Herrlichkeiten bekommt, die danach folgen werden.«

»Dat han Se schön jesaat«, drang Kraußlers Bass durch eine Wolke Bratfett hindurch. »Hät hä uch jät zu Fleisch jesaat?«

»Zwei Granité und die Kürbistarteletts, Chef!« Krüger lud sich die Suppen auf die Arme.

»Hol das Granité aus dem Keller und vergiss die geeisten Trauben nicht«, befahl ich Dany und fragte dann Pfister: »Was ist so furchtbar?«

»Diese Talkshows«, sagte Pfister, zupfte Friséesalatblätter zurecht und legte sie neben die Kürbistarteletts, »die vormittags im Fernsehen kommen. Ich schau da manchmal beim Frühstück rein. Weißt du, da bohren die Talkmaster so lange, bis die Leute intimste Details aus ihrem Privatleben preisgeben. Und Fischer ist wie einer von diesen widerlichen Talkmastern.«

»Ja, sicher. Aber das ist sein Job. Er muss einen Mörder finden, oder zwei.« Ich legte jetzt einige grüne Bohnen und Trauben auf die Friséeblätter, streute geröstete Kürbiskerne darüber und reichte dann den Teller an Holger weiter, der eine Vinaigrette mit Kürbiskernöl darüber träufelte.

»Diese Art zu fragen hat etwas Menschenverachtendes.« Pfister reichte mir den nächsten Teller an. »Ich finde, jeder Mensch hat ein Recht auf Geheimnisse.«

»Jeheimnisse? Wat dann für Jeheimnisse?« Kraußler drängelte hinter uns mit einem Sauerbraten von der Entenbrust.

Pfisters Ohren glühten wieder, aber er sagte nichts mehr. Hier in der Küche hatte jeder große Lauscher, und seit den Morden waren die noch größer geworden. Natürlich wollte auch ich wissen, was Pfister mit Geheimnissen meinte, aber im Augenblick würde ich es nicht mehr erfahren.

»Wir haben jetzt also den Brötchenteig stundenlang gehen lassen und dann?« Ich nahm einen neuen Teller von Pfister an.

»Du knetest ihn noch mal durch und formst dann kleine Brötchen, deren zwei Enden drehst du wie Bonbonpapier.« Pfister grinste mich mit seinem Mickey-Lächeln an. »Längs ziehst du mit dem Messer einen Strich und bestäubst sie zart mit Mehl. Jetzt wieder warten. Nochmals gehen lassen, mindestens eine Stunde. Dann ab in den vorgeheizten Ofen, bei zweihundertundfünfzig Grad. Zwischendurch eine Tasse Wasser in den heißen Backofen schütten. – C'est tout.«

»Kraußler, zweimal das Boeuf! Pfister, mach jetzt mit dem Fisch weiter«, orderte Spielmann vom Pass her.

Als ich zwei Stunden später den Sommerfrüchten mit Mascarponesauce den letzten Schliff verpasste und sie zu Spielmann auf den Pass schob, sagte dieser leise: »Gilbert hat heute Abend einige Kollegen zu einer kleinen Weinprobe geladen. Begleitest du mich?«

»Gibt es einen Anlass?« Ich zupfte ein paar Blättchen Zitronenmelisse zurecht.

»Gilbert plant eine Kölner Gruppe von Eurotoques zu gründen.«

»Was?«

»Die modernen Ritter der Tafelrunde, zur Rettung des guten Geschmacks! Eine gute Sache. Gilbert möchte, dass ich mitmache, und natürlich habe ich zugesagt. Ein Mann mit meinem Renommee darf da nicht fehlen. – Der Abend wird bestimmt ganz nett.« Er legte zwei Melisseblättchen auf meine Nachtische und sah mich dabei erwartungsvoll an.

Ich wollte ihn nicht noch ein weiteres Mal vor den Kopf stoßen, und Gilbert Lemaître war der Senkrechtstarter unter den Kölner Köchen, den ich schon lange kennen lernen wollte, und dies war eine gute Gelegenheit. Außerdem lockte die Aussicht auf einen netten Abend. Davon hatte es in letzter Zeit nicht viele gegeben.

*

Zum Glück hatte ich heute Mittag nicht widerstehen können, und meine neue Seidenhose und den dazu passenden Kaftan angezogen! So musste ich nach der Arbeit nicht nach Hause, um etwas

Schickes anzuziehen. Ich duschte in der Personaldusche, steckte mir die Locken mit zwei Kämmen zurecht und legte Lippenstift auf. Nach einem Blick in den Spiegel war ich zufrieden. Ich sah insgesamt schon wieder sehr viel besser aus als noch vor zwei Tagen.

Ich klopfte an Spielmanns Büro. In seinem hellen Leinenanzug wartete er bereits auf mich. Erst jetzt fiel mir auf, dass seine Haare frisch geschnitten waren. Wie gut ihm diese kurzen grau-schwarz gesprenkelten Stacheln standen!

»Nehmen wir die Inliner oder gehen wir zu Fuß?«, fragte er.

Ich wusste, wie sehr er große Auftritte liebte und dass es ihm eine diebische Freude machen würde, in Lemaîtres schickem Lokal mit Inlinern und Knieschonern aufzutauchen, aber ohne mich. Ich wollte mir auf keinen Fall die neue Hose ruinieren.

»Wie es der Dame beliebt!« Er drängte nicht weiter, sondern nahm meinen Arm, und wir schritten zügig über die Domplatte, von dort den Eigelstein hinunter und bogen dann in die Weidengasse ein. Die war auch jetzt um Mitternacht belebt.

»So kurz ist der Weg von Köln nach Istanbul«, sagte Spielmann lachend und legte den Arm um meine Schultern.

In dieser Straße reihten sich türkische Lebensmittel- und Juwelierläden aneinander. Manche Lebensmittelgeschäfte hatten noch auf; kleine Gruppen türkischer Männer diskutierten gestikulierend und mit ihren Gebetsketten spielend auf der Straße. Restaurants gab es hier in Hülle und Fülle. Einfache, für einen Döner auf die Hand, etwas bessere, die die reichhaltige Palette türkischer Vorspeisen anboten, und das hochgelobte Lokal von Enis Kucakaya.

»Enis kommt auch heute Abend, genau wie Karl-Heinz Drechsler vom Hyatt und Enno Ponitke vom Wasserturm«, sagte Spielmann. »Ich werde bei den Kollegen mal wegen eines neuen Küchenchefs vorfühlen.«

»Fragen lohnt sich auf alle Fälle«, bekräftigte ich ihn eifrig, froh darüber, dass er das Thema anschnitt. Wie es schien, war er in der Frage zur Vernunft gekommen. »Aber du kannst deine Suche nicht auf Köln beschränken! Du musst zumindest bundesweit suchen!«

»Meine Schöne, du wolltest den Posten nicht, also überlass es mir, wie ich ihn besetze!«

Er sah mich mit einem Blick an, der deutlich machte, dass er in diesem Punkt keine weitere Einmischung meinerseits dulden würde.

»Hugo, glaub mir, ich wollte dich nicht verletzen. Findest du nicht, dass unser Verhältnis so schon kompliziert genug ist? Es würde nicht gut gehen mit mir als Küchenchefin. Wirst sehen, wie toll das ist, wenn jemand Neues frischen Wind in den Ochsen bringt!« Ich versuchte, die Situation zu entschärfen

Doch es gelang mir nicht. Spielmanns Miene blieb eisig. Stumm überquerten wir den hässlichen Hansaring. Bis zu Lemaîtres Restaurant sagte keiner von uns beiden ein Wort. Erst vor dem Lokal machte Spielmann den Mund wieder auf.

»Das hat damals keiner für möglich gehalten, dass Gilbert in dieser heruntergekommen Straße mit einem feinen Resto Erfolg haben würde«, sagte er jetzt im Plauderton, ohne noch einmal auf unseren Disput zurückzukommen. »Aber er hat gewonnen. Sein Konzept ist aufgegangen.«

Formvollendet hielt er mir die Tür zu dem im edlen Bistrostil eingerichteten Restaurant auf.

Am großen Tisch, hinter der Vinothek, saßen bereits einige Kollegen. Lemaître kam mit offenen Armen auf Spielmann zu, und der setzte sein Siegerlächeln auf.

»Ügo! Dass du disch frei machen konntest!« Küsschen rechts, Küsschen links. »Wir alle wissen, was auf dir lastet. Gratülation zu deiner Kochsendung, viel, viel besser als die von diesem Österreischer! Isch sehe die Sendung so gerne, macht misch immer so 'errlisch müde!«

Gekicher im Hintergrund, Spielmann lächelte milde. »Du weißt doch, wie das ist, Gilbert, ein bisschen Schischi für gelangweilte Hausfrauen. Hat nichts mit großer Küche zu tun, bringt aber gutes Geld. – Dein Kochbuch ist übrigens auch wunderbar. Ein richtiges Bilderbuch. Verkauft es sich gut?«

Nachdem die beiden ihre kleinen Gemeinheiten beendet hatten, stellte Spielmann mich vor. Lemaître küsste mich, klassisch französisch, dreimal auf die Wangen.

»Natürlisch 'abe isch schon von Ihnen gehört«, sagte er mit diesem wunderbaren französischen Akzent. »La grande cuisinière garde-manger! Die Frau mit den wunderbaren Desserts! Wenn Sie mal die Stelle wechseln wollen, rufen Sie misch an!«

»Hör auf, mir meine Küchenfee abspenstig zu machen, du alter Charmeur!« Spielmann kniff Lemaître in die Seite, und dieser bot uns Platz an dem großen Tisch an.

Dort stand eine üppige Käseplatte, auf der alle Regionen Frankreichs vertreten waren. Dazu gab es vorzügliches Olivenbrot und ein knuspriges Baguette, das aber nicht an Pfisters Brötchen heranreichte. Beim Wein ließ Lemaître sich nicht lumpen: Er servierte Burgunder, einen Grand Echézaux.

»Chers amis«, Lemaître hob sein Glas. »Als ich letzten Sommer in Bologna Guiseppe Turini besucht 'abe, 'at er misch für diese Eurotoque-Idee begeistert. Ihr alle wisst, um was es geht: Die Geschmacksnerven unserer Kinder werden immer stumpfer, bald werden sie nur noch McDonald und Mikrowelle kennen! Entsetzlisch!«

Von Soul-Food war die Rede und von Slow-Food, von Geschmacksseminaren für Erwachsene und von Kochkursen für Kinder, aber ich war nicht bei der Sache. Ich musste immer wieder an den anonymen Anrufer denken. Wer weiß, dass Spielmann mich »Küchenfee« nennt? Eben noch, hier bei Lemaître, hatte er mich so genannt. Wer weiß, wo noch?

»Da hast du Recht, Gilbert. Kinder sind durch diese Fastfoodkacke am meisten gefährdet.« Drechsel vom Hyatt, der neben mir saß, prostete Lemaître zu.

»Die glauben doch heute, dass eine Kuh lila ist«, warf Kronauer vom Domhotel ein.

Drechsler nickte. »Die müssen den Unterschied kennen lernen zwischen einer frischen und einer Dosenananas oder zwischen Streichholzkartoffeln und Tiefkühlfritten. Nur so kann man den Grundstock für zukünftige Genießer legen!«

»Aus kleinen Genießern werden zukünftige Kunden!« Kronauer kicherte.

Warum versuchte der anonyme Anrufer, uns gegeneinander

auszuspielen? Zu Spielmann sagte er: Das Morden ist noch nicht zu Ende, fragen Sie Ihre Küchenfee. Und zu mir sagte er: Ihr Chef weiß, wer der Mörder ist. Seiner Küchenfee sagt er es bestimmt.

Lemaître legte sich jetzt richtig ins Zeug, sprach von einem poetischen Rendezvous der Sinne, vom Geheimnis der Geschmacksknospen, von Genussreisen der Zunge.

Keiner außer uns beiden schien eine ähnliche Nachricht bekommen zu haben. Der anonyme Anrufer wollte einen Keil zwischen Spielmann und mich treiben, wir beide sollten uns misstrauen. Wer würde davon profitieren, wenn Spielmann mich verdächtigte? Und warum sollte ich Spielmann nicht mehr trauen?

Natürlich war klar, dass die Runde nicht nur an der Eurotoque-Idee interessiert war, sondern darauf brannte, etwas über die Geschehnisse im Goldenen Ochsen zu erfahren. Herblinger von der Silbernen Sichel machte den Anfang, indem er vorsichtig anfragte, ob die Polizei bei der Suche nach Niehausers Mörder schon weitergekommen sei. Ich war auf Spielmanns Strategie gespannt und fand, dass er sehr geschickt vorging. Zuerst ließ er sich darüber aus, was für eine schwere Prüfung es für ein Restaurant seiner Kategorie sei, innerhalb weniger Wochen in zwei Mordfälle verwickelt zu sein und dies ohne Imageverlust und Gästerückgang zu überstehen. Damit war allen Anwesenden klar, dass die Morde dem Ochsen bis jetzt nicht geschadet hatten. Aber natürlich, so fuhr er fort, nicht ohne zwischendurch den neu eingeschenkten Wein kenntnisreich zu kommentieren, habe er sich seine Gedanken gemacht und sei zu dem Schluss gekommen, dass der Mörder ihn und den Goldenen Ochsen ruinieren wolle. Heftiges Gemurmel am Tisch, Nachfragen, ob Spielmann einen Verdacht hätte, Bedenken ob einer solchen Vermutung wurden eingeworfen. Spielmann nahm alles auf, ohne sich aus dem Konzept bringen zu lassen. Er wolle keinen verdächtigen, fuhr er fort, aber es könne durchaus sein, dass der Mörder in unserem Metier zu suchen sei. »Gewagt, gewagt«, klang es aus der Runde, und der Ruf nach Konkretisierung des Verdachtes wurde laut. Aber da hielt sich Spielmann bedeckt.

Schon als Spielmann diesen Verdacht Fischer gegenüber geäußert hatte, fand ich ihn ziemlich aus der Luft gegriffen, und ich hätte es nicht für möglich gehalten, dass er diese Theorie hier im Kollegenkreis vertreten würde. Aber er hatte es mit Bedacht getan. Mir war, als würde er jetzt, wo es in der Runde drunter und drüber ging, jeden Einzelnen beobachten, um bei einem der Anwesenden ein mögliches Zeichen von Verrat zu entdecken. Ich sah am Tisch nichts als Ratlosigkeit, Verwirrung, Ärger und bei dem einen oder anderen ein bisschen besserwisserische Belustigung.

»Bestimmt wird sisch alles bald aufklären«, versuchte Lemaître, die Situation zu beruhigen, »dieser Commissaire Fischer soll ein sehr guter Mann sein.«

Spielmann grinste verächtlich. »Ein Mann, der sich von Kaffee und selbst gedrehten Zigaretten ernährt, kann doch keine ordentliche Spürnase haben. – Der hat mein Doradenragout nicht angerührt und ein Zitronentörtchen hinuntergeschlungen wie einen aufgeweichten Hamburger. Ein Mann ohne Geschmack, ohne Gespür fürs Feine. Wie soll so jemand einen Mörder finden?«

»Er gilt als einer der erfolgreichsten Polizisten der Stadt«, warf Nino Frappati vom Canzino ein.

»Ja«, ergänzte Drechsel vom Hyatt, »habt ihr im Express die Serie ›Die besten Bullen von Köln‹ gelesen? Da war er bei den Top Ten. Ich konnte nicht glauben, dass dieser ungepflegte Langhaarige ein erfolgreicher Kriminalist sein soll. – Manchmal trügt halt der Schein.«

Das fanden alle, aber die Kollegen konnten auch Spielmanns Bedenken nachvollziehen. Einer, der ein Doradenragout von Spielmann stehen lässt, musste in ihren Augen schon ziemlich bekloppt sein. So einen konnte man in seiner Arbeit schwerlich ernst nehmen. Mit diesem Punktsieg war für Spielmann das Thema erledigt. Langsam löste sich die Runde auf. Als ich Spielmann signalisierte, dass ich gehen wollte, stand er sogleich auf.

Lemaître verabschiedete uns an der Tür. Es war drei Uhr morgens, die Krefelder Straße menschenleer. Ein milder Sommerwind strich um die Häuser, und wir entschieden uns, zu Fuß zurückzugehen. Spielmann legte seinen Arm um meine Schultern und zog mich nah an sich.

»Ich hoffe, du hast dich nicht gelangweilt«, flüsterte er und küsste mich aufs Ohr. »Was hältst du davon, den Abend bei mir mit einem Glas Champagner zu beschließen? Ich habe noch einen Bollinger R.D. auf Eis liegen.«

Samtweich drang Spielmanns Stimme in mich ein, und mir wurde warm ums Herz. Das liebte ich an Spielmann. Der Mann konnte sich fallen lassen, konnte alle Konflikte und Probleme für eine gewisse Zeit ausblenden. Aber mir gelang das in dieser Nacht nicht.

»Glaubst du wirklich, dass man dich mit den Morden ruinieren will?«, fragte ich, als wir bei Rot den autofreien Hansaring überquerten. Drei Penner prosteten uns mit einer Flasche Rotwein zu. Sie hatten unter der Eisenbahnbrücke ihr Nachtlager aufgeschlagen.

»Frag mich was Leichteres«, seufzte Spielmann und sah zu den Bahngleisen hoch. »Sagen wir, ich habe mich entschlossen, daran zu glauben.«

»Das heißt, dir ist klar, wie unwahrscheinlich diese Komplott-Theorie ist?«

»Schau mal!« Er führte mich zu einem Schaufenster mit billigen Haushaltswaren und hässlichem Nippkram am Anfang der Weidengasse. »Diesen Laden gab es hier schon, als ich Kind war. Ich glaube, sie haben die Dekoration nie verändert.«

Von der regen Betriebsamkeit, die auf dem Hinweg hier geherrscht hatte, war in der Weidengasse nichts mehr zu spüren. Alle Geschäfte und Restaurants waren geschlossen. Auch Kölns Istanbul schlief.

»Ach Hugo!«

»Jeder, der Erfolg hat, wird beneidet«, sagte Spielmann jetzt. »Dazu kommen massive wirtschaftliche Interessen. Du weißt, die Zahl der Leute ist begrenzt, die für ein Essen zwischen einhundertfünfzig bis dreihundert Euro ausgeben wollen. In schlechten Zeiten wie jetzt wird der Kampf um diese Kundschaft härter.« Spielmann zündete sich eine Zigarette an. »Also, nimm einen Kollegen, der mich schon immer beneidet hat, dem das Wasser bis zum Hals steht und der ein bisschen ballaballa ist. So was gibt es, ist gar nicht so selten.«

Spielmann sah mich erwartungsvoll an, aber mir leuchtete seine Argumentation nicht ein.

»Wenn man dich wirklich ruinieren will, dann wäre es effektiver, deine Lebensmittel zu vergiften oder zu behaupten, du nähmest Drogen. Du weißt doch, wie sehr Witzigmann die Kokainaffäre geschadet hat. Da muss man doch keinen für umbringen!«

Wir überquerten jetzt die Nord-Süd-Fahrt, die hier das Viertel zerschnitt und liefen »Unter Krahnenbäumen« weiter.

»Du denkst wie immer clever und praktisch, süße Küchenfee! Wie sehr ich das an dir liebe!« Spielmann küsste mir lächelnd die Hand. »Aber kannst du dich in das kranke Hirn eines Mörders hineindenken? Weißt du, wie verschlungen die Wege zu einer solchen Tat sind?«

»Wenn dieser Mörder dich ruinieren will, dann sind seine Wege so verschlungen, dass er bis jetzt das Gegenteil von dem erreicht hat, was er will. Der Ochse summt und brummt, du hast keine müde Mark weniger verdient, eher mehr, du hast neue Kundschaft gewonnen.«

»Na ja, Sensationsgeier und Fernsehfuzzies.« Er drückte seine Zigarette auf den Pflastersteinen aus.

Im Gebüsch zankten sich zwei Kater.

»Jetzt tu nicht so moralisch! Als ob wir uns die Gäste aussuchen könnten! Grade hast du noch davon gesprochen, wie schwierig es ist, genügend Kunden zu finden, die für teures Essen bezahlen. – Also, wenn deine Theorie stimmt, dann muss der Mörder sich was Neues überlegen.«

»Genau das macht mir ernsthafte Sorgen. Wenn einer so weit gegangen ist, was sollte ihn dann noch abschrecken?« Spielmanns Blick verlor sich in der Ferne. Im Licht der Straßenlaterne gruben sich tiefe Furchen in seine schmalen Wangen. Die Kater machten immer noch ein Riesengeschrei.

Ich traute mich kaum, die nächste Frage zu stellen: »Du meinst, ein weiterer Mord?«

Spielmann zuckte mit den Schultern und sah jetzt sehr alt und müde aus.

Stumm liefen wir an der Musikhochschule entlang und überquerten den Kirchplatz von Sankt Kunibert.

»Adela glaubt ja, dass die Morde nicht miteinander zusammenhängen, dass es zwei Mörder gibt!«

»Wie kommt sie darauf?«, fragte Spielmann spitz.

»Der Mord an Schwertfeger war geplant, der Mord an Niehauser war spontan: zwei unterschiedliche Mördertypen.«

»Sehr kurz gedacht, findest du nicht? Als ob nicht gerade darin die Raffinesse eines Plans liegen könnte.«

Wir waren jetzt vor Spielmanns Haus angelangt.

»Das ist eines der wenigen Dinge, die mir an Fischer gefallen. Er versteigt sich nicht in Theorien, er fragt nur. Ob er allerdings seine Informationen richtig zusammensetzt? – Komm, lass uns aufhören, darüber zu reden, das macht einen nur verrückt«, er zog mich an sich, »denn wenn wir damit weitermachen würden, müsste ich mich fragen, ob ich schon den ganzen Abend mit einer Mörderin ins Bett will.«

Ich wollte etwas erwidern, aber Spielmann legte mir den Finger auf den Mund.

»Sag nichts, du müsstest dich dasselbe fragen. Wem kann man in einer solchen Situation noch trauen?« Er küsste mich heftig und strich mit den Fingern meinen Rücken entlang. »Glaubst du, dass Körper lügen?«, flüsterte er und fuhr mit der Hand zwischen meine Schenkel.

»Das kann man nie wissen«, flüsterte ich zurück.

Beim Aufwachen tat mir der Kopf weh, und ich verspürte ein Kratzen im Hals. Hoffentlich kam das nur vom Alkohol und Zigarettendunst des Vorabends und war kein Vorbote der nächsten Grippe!

»Hast du Halsschmerztabletten im Haus?«, fragte ich Spielmann. Der hantierte schon fertig angezogen in der Küche.

»Glaube nicht. Aber Hexoral ist da, damit kannst du gurgeln!«

»Auf keinen Fall vor dem Frühstück«, murmelte ich und tapste vom Bad in die Küche, wo Spielmann mir einen Kaffee eingoss und nach der Zeitung griff. Wegen der Halsschmerzen fiel mir Niehauser und seine Liste mit Hals-Nasen-Ohren-Ärzten wieder ein.

»Hat Niehauser dich mal nach einen HNO-Arzt gefragt?«

»Wieso?« Spielmann blickte irritiert von der Zeitung auf.

»In seiner Wohnung ist eine Liste mit Telefonnummern von Hals-Nasen-Ohren-Ärzten gefunden worden. Aber er hat keinen davon aufgesucht.«

»Woher weißt du das?«

»Fischer hat mich danach gefragt.«

Er zuckte mit den Schultern und vertiefte sich wieder in seine Zeitung.

»Kölner Ärzte?«, fragte er etwas später.

»Mensch, ist der heiß!« Ich stellte den Kaffee zur Seite. »Keine Ahnung. Warum?«

»Na ja, das kann doch ein Hinweis sein. Kölner Ärzte, da ist er einfach durchs Branchenbuch gegangen, bei Ärzten von außerhalb hat er gezielt einen Experten gesucht«, murmelte Spielmann in seine Zeitung.

»Fischer hat nur von Hals-Nasen-Ohren-Ärzten gesprochen.« Ich pustete in den viel zu heißen Milchkaffee. »Hatte er es mit den Mandeln? Oder ein Problem mir den Schleimhäuten?«

»Woher soll ich das wissen?« Spielmann nahm ebenfalls einen Schluck Kaffee. Ihm war er nicht zu heiß.

»Hätte ja sein können, dass er dich mal nach einer Adresse gefragt hat. Er war schließlich nicht aus Köln. Gib mir mal ein Brötchen.«

»Hat er aber nicht. Hier steht ein Artikel über die schlechte Ernährung von Grundschülern. Viele kommen mit einer Milchschnitte als Pausenbrot in die Schule. Milchschnitte! Nur Zucker und Geschmacksverstärker! Da soll Lemaître gleich mal einen Artikel über die Eurotoques Köln hinterherschicken. Erinnere mich bitte daran, dass ich ihn deswegen anrufe.«

»Gib mir mal die Marmelade!«

Spielmann reichte sie mir, ohne aufzusehen.

»Wofür hat Niehauser dann diese Liste gebraucht? – Ist doch merkwürdig, oder?«

Spielmann zuckte mit den Schultern und versank wieder hinter seiner Zeitung. Ich öffnete die Marmelade, es war eine Orangenmarmelade, eine ziemlich teure Sorte. Sie roch herrlich, hatte aber beim Essen einen extrem bitteren Nachgeschmack.

»Hast du auch von der Marmelade gegessen?«, fragte ich Spielmann. »Ist dir nichts aufgefallen?«

»Die Marmelade schmeckt wie immer«, sagte Spielmann gedehnt und seine Stimme klang leicht genervt.

»Ich finde, sie hat einen extrem bitteren Beigeschmack!«

Spielmann ließ blitzschnell die Zeitung fallen und starrte mich an, als wäre ich nicht ganz bei Sinnen. Dann lächelte er plötzlich. »Das sind deine Halsschmerzen, du kannst nicht richtig schmecken!«

*

Von wegen nicht richtig schmecken! Die Marmelade war bitter. Keine Ahnung, warum Spielmann das nicht gemerkt und so darauf beharrt hatte, dass ich mich irrte. Einen regelrechten Streit hatten wir wegen dieser Kleinigkeit. Nach dem Frühstück reichte mir seine rechthaberische Art, und ich fuhr nach Deutz.

In ihrem roten Jogginganzug thronte Adela im Rollstuhl und futterte ein Müsli. Sie hatte Besuch. Es überraschte mich, Ulla Schwertfeger am Küchentisch sitzen zu sehen. In Adelas billiger Küche wirkte sie mit ihrer gestärkten weißen Bluse, der Edeljeans und den Goldslippers an den Füßen ziemlich deplatziert.

»Weißt du, was Ulla mir gerade erzählt hat, Schätzelchen?« Adela warf mir einen triumphierenden Blick zu. »Sie hat den Porsche gefunden. Und rate mal, wo?«

»Sag nicht in Müngers Garage!« Ich setzte mich zu den beiden an den Küchentisch.

»Doch, genau da«, bestätigte Ulla Schwertfeger. »Wissen Sie, ich hatte den Eindruck, Adela verrennt sich in etwas. Ich wusste doch, dass mein Mann niemals wieder in dieses Oldtimergeschäft eingestiegen wäre. Deshalb war ich auch etwas ungehalten bei deinem letzten Besuch.« Sie lächelte Adela entschuldigend an und tröpfelte etwas Milch in den Kaffee. »Gestern bin ich rein zufällig an Müngers Haus vorbeigekommen, und da sah ich dieses Auto in seiner Garage. Ich weiß nicht, ob Sie sich meine Überraschung vorstellen können.«

»Und was heißt das?«, fragte ich und goss mir auch einen Kaffee ein.

»Nun, das weiß ich nicht genau. Aber da Niehauser nun wirklich nicht der Mörder meines Mannes war«, fuhr Ulla Schwertfeger fort, »in dem Punkt habe ich mich auch getäuscht, liebe Adela«, sie berührte zart Adelas Arm, »muss es jemand anderer gewesen sein.

»Er kam übrigens aus Niebüll«, sagte Adela.

»Ist nicht wahr!« Ulla Schwertfeger lehnte sich erstaunt im Stuhl zurück. »Natürlich kenne ich die Familie Niehauser aus Niebüll. Sie haben ein großes Gut, der alte Niehauser ist eine einflussreiche Persönlichkeit. Aber ich bin natürlich nie auf die Idee gekommen, dass Niehauser aus dieser Familie stammen könnte. Bestimmt wäre es mir aufgefallen, wenn ich ihn mal gesehen hätte. Aber so. Nein, was für Zufälle es gibt.«

»Jetzt findet Ulla meine Idee, dass der Mord an Niehauser mit diesem Oldtimergeschäft zu tun haben könnte, nicht mehr so abwegig.« Adelas Blick triumphierte. Sie fuhr surrend mit ihrem Rollstuhl zum Kühlschrank, um sich einen Joghurt zu holen.

»Sehen Sie«, sagte Ulla Schwertfeger und lehnte dankend einen Joghurt ab, »vielleicht hat Müngers meinen Mann überreden können, wieder in dieses Geschäft einzusteigen. Aber der hat gemerkt, was das für ein Risiko ist, und wollte wieder aussteigen. Und da hat Müngers ihn ...«

»Vergiftet?«, fragte ich. Das klang doch an den Haaren herbeigezogen. »Ich nehme an, Fischer weiß davon immer noch nichts?«

»Natürlich nicht!«, rief Adela entrüstet. »Das ist doch viel zu früh, wir haben ja noch keinerlei Beweise.«

»Na dann, kümmert euch mal schön um die Sache«, sagte ich und stand auf. Mit dieser verrückten Idee von Adela wollte ich mich nicht mehr länger beschäftigen. »Ich geh arbeiten.«

»Kannst du vorher noch was einkaufen, Schätzelchen?« Adela verwies auf ihren Fuß.

Ich duschte, zog mich um und marschierte zum Einkaufen zur Deutzer Freiheit. Anschließend fuhr ich zum Getränkemarkt und holte ein paar Kästen Wasser. Nachdem ich diese in unsere Wohnung geschleppt hatte, merkte ich, dass es schon kurz vor vier war, und hastete zur Arbeit.

Es war zehn nach vier, als ich beim Ochsen ankam. Durchs Fenster sah ich Krüger im Restaurant herumwieseln. Ich klopfte an die Scheibe, und er öffnete mir die Vordertür. Er sah furchtbar aus.

»Jetzt dreht er durch«, sagte er, wischte sich über die Stirn und deutete zur Küche.

Von dort hörte ich Schreien, Hämmern und Klirren. Krüger seufzte schwer. Vorsichtig öffnete ich die Schwingtür und blieb stehen.

Spielmann stieß mit beiden Händen zwei Rührschüsseln von der Arbeitsfläche, die klirrend zu Boden gingen und drehte sich mit hochrotem Kopf zum Herd um.

Die Brigade stand eng zusammengedrängt am Pass. Kraußler hüpfte unruhig auf seinen kurzen Beinen hin und her, Sandra zerknüllte ein Taschentuch und heulte. »Er nennt's Vernunft und braucht's allein, nur tierischer als jedes Tier zu sein«, zitierte Holger zittrig seinen Faust, und Dany glotzte stumm in der Gegend herum.

Spielmann ergriff jetzt eine von den schweren Eisenpfannen. Alle duckten sich blitzschnell. Aber Spielmann warf die Pfanne nicht, sondern hieb mit ihr auf den Herd, dass die Funken stoben. Er schrie etwas von »Pfister«, »Saububen« und »gestern Abend«.

Es dauerte, bis ich erfuhr, was dieses Durcheinander ausgelöst hatte. Pfister war nicht zur Arbeit erschienen. Er war auch nicht bei Fischer auf dem Polizeirevier aufgetaucht, wo er heute Vormittag hätte sein sollen. Pfister war unauffindbar, und alle vermuteten das Schlimmste.

Während Spielmann weiter auf die Herdplatten eindrosch, brach in der Küche Hektik aus. Wie aufgescheuchte Hühner liefen alle herum. Kraußler öffnete die Kühlschränke, als ob Pfister sich dort versteckt haben könnte. Dany und Holger stolperten in den Keller, und Sandra zog alle Schubladen heraus, ohne sie wieder zu schließen. Das war keine Küche, das war ein Irrenhaus. So ein Durcheinander hätte Pfister nicht zugelassen, ihm wäre es gelungen, die Situation zu entschärfen.

»So tun Sie doch was«, stöhnte Krüger hinter mir.

»Hugo!«, rief ich und ging mit festen Schritten auf Spielmann zu. »Hör auf damit!«

Endlich ließ Spielmann seine Pfanne los. Das brachte auch die anderen zum Stillstand.

»Habt ihr Nellie angerufen?«, fragte ich. »Die weiß bestimmt, wo er ist.«

Nellie war Pfisters Freundin und ebenfalls Köchin. Sie arbeitete im Wasserturm.

»Bin schon unterwegs«, sagte Krüger, erleichtert darüber, etwas tun zu können.

»Nein«, sagte Spielmann jetzt wieder völlig ruhig und kontrolliert. »Schweitzerin, gehen Sie da persönlich vorbei. Wer weiß, was vorgefallen ist!«

Die anderen scheuchte er auf ihre Posten und sagte ihnen, was zu tun war. Schließlich musste in dieser Küche gekocht werden, der Ochse war fast ausgebucht. Den Triumph, den Ochsen zu schließen, würde Spielmann seinen Feinden, wer immer sie waren, niemals gönnen.

Über der Altstadt lockte ein blauer Himmel. Vor dem Gürzenich vertieften sich Touristen in ihre Fremdenführer, und beim jüdischen Bad sonnten sich einige Jugendliche. Ich hastete zum Neumarkt, setzte mich in die U-Bahn und fuhr eine Station bis Poststraße.

Der Wasserturm war ein piekfeines Hotel, in dem die Großen der Welt übernachteten, wenn sie Köln besuchten. Ich war noch nie dort gewesen, und es dauerte seine Zeit, bis ich mich zur Küche durchgefragt hatte. Die sah nicht besser aus als unsere, und ein Blick auf die Töpfe sagte mir, dass Spielmann deutlich mehr investiert hatte, als dieses Luxushotel. Nellie fiel im ersten Moment aus allen Wolken, als ich ihr erzählte, dass Pfister nicht zur Arbeit erschienen war.

»Dann muss er noch in Bonn sein«, sagte sie, nachdem sie sich wieder gefasst hatte, und erzählte mir, dass sie dort ein Restaurant übernehmen wollten. Pfister sollte heute Morgen hinfahren, um einiges wegen der Übernahme zu klären.

»Ein eigenes Restaurant?«, fragte ich. Pfister hatte im Ochsen mit keinem Wort erwähnt, dass er sich verändern wollte.

»Ist auch erst seit gestern spruchreif, da haben wir den Vertrag unterschrieben«, meinte Nellie. »Warum soll man schlafende Hunde wecken? Vor allem bei dem, was bei euch zurzeit los ist.«

Das war völlig einleuchtend, das hätte ich auch nicht anders gemacht.

Aber Pfister war nicht in Bonn gewesen, und nachdem Nellie den aufgebrachten Vorbesitzer beruhigt und endlich den Telefonhörer aufgelegt hatte, wurde sie richtig nervös.

»Er sollte auch noch zu Fischer aufs Polizeipräsidium«, sagte ich.

»Davon weiß ich nichts«, entgegnete sie und fuhr sich hektisch über die Kochschürze. »Wo könnte er nur sein? Komm, wir fahren zu seiner Wohnung. Ich habe einen Schlüssel.«

Aber Nellies Küchenchef wollte sie nicht gehen lassen. Für den Abend war im Wasserturm eine karibische Nacht angesagt. Es mussten noch Berge von Ananas und Mangos geschält werden, und sie waren jetzt schon zu wenig Leute. Also steckte Nellie mir Pfisters Wohnungsschlüssel zu und beschwor mich, sie bei der kleinsten Neuigkeit sofort anzurufen.

Kurze Zeit später brachte mich die Linie Zwölf nach Weidenpesch. Pfister wohnte in einem dieser langweiligen Fünfziger-Jahre-Siedlungshäuser in der Ortweinstraße. Ich klingelte fünf Minuten Sturm, ohne dass sich etwas regte. Nervös schloss ich die Haustür auf und stieg in die vierte Etage.

In der Wohnung hörte ich zwei Männer streiten, aber Pfisters Stimme war nicht dabei. Ich nahm meinen Mut zusammen und klingelte abermals. Niemand öffnete. Wo war Pfister? Was hatten sie mit ihm gemacht? Beherzt steckte ich den Schlüssel in die Tür.

»Hallo Pfister, ich bin's, Katharina!«

Meine Stimme klang dünn, und meine Beine wackelten wie Pudding. Wieso schlich ich durch eine fremde Wohnung, in der sich zwei fremde Männer stritten? Mein Verstand sagte mir: Hau ab!

Die Wohnzimmertür war angelehnt. Ich öffnete sie vorsichtig und erblickte die Streithähne: zwei Talkshow-Gäste von Pro Sieben. Da hätte ich schon früher draufkommen können! Erleichtert stellte ich den Fernseher aus. Darüber hing ein Foto des schnauzbärtigen Escoffier, Pfisters Koch-Idol. Im Regal entdeckte ich eine Erstausgabe von Escoffiers »Le Guide Culinaire« von 1907, auf die Pfister sehr stolz war. Und noch was fand ich im Wohnzimmer: Auf dem Couchtisch lag ein kleiner Spiegel, versehen mit Spuren von weißem Pulver. Pfister kokste!

Pfister und Koks? Er war doch so ein besonnener, ausgleichender Typ, der mit seinen Kräften gut haushalten konnte. Bei einem Typ wie Spielmann hätte mich das nicht verwundert, aber Pfister? Vielleicht war das Kokain gar nicht von ihm? Vielleicht von jemand anderem? Mein Herz klopfte bis zum Hals. Neben den Koksresten lagen einige offizielle Schreiben der Stadt Séléstat, Pfisters Heimatort. Sie waren von 1988. Mein Schriftfranzösisch war miserabel, und so ein Beamtenfranzösisch verstand ich erst recht nicht. Das Einzige, was ich lesen konnte, war »votre fils, né à Scherwiller«, das kam ganz oft vor. Pfister hatte also einen Sohn im Elsass.

Von Pfister selbst war nichts zu sehen. Wer weiß, wie lange der Fernseher schon gelaufen war? Jetzt war es ganz still in der Wohnung. Leise ging ich in die Küche. Auf dem Tisch lag der Stadt-Anzeiger von gestern. Die Seite Zwei war aufgeschlagen. Daneben wölbte sich eine halb gegessene Salamipizza nach oben. Außer ein paar Fliegen, die darauf herumsummten, war auch hier niemand. Das tannengrün geflieste Badezimmer roch nach Schmutzwäsche und Rasierwasser. Das Waschbecken sah aus, als hätte es schon seit Wochen kein Scheuerpulver mehr gesehen. Als ich mich umdrehte, sah ich den Blutfleck am Rahmen der Badezimmertür. Es war frisches Blut, noch leuchtend rot, kaum eingetrocknet.

Das Schlafzimmer war der einzige Raum, in dem ich noch nicht nachgesehen hatte. Und wenn der Mörder noch in der Wohnung war? Ich zögerte nur kurz. Dann rammte ich mit meinem vollen Gewicht die Schlafzimmertür auf. Es knirschte und krachte fürchterlich. Hinter der Tür war niemand, nur ein Kleiderhaken, der zu Bruch gegangen war.

Auf dem Bett lag Pfister, bewegungslos, vor ihm auf dem Boden ein blutverschmiertes Handtuch. – Er stank nach Kneipe und viel Alkohol.

Ich betrachtete ihn genauer und beugte mich zu ihm hinunter. Ein ganz leises, aber erkennbares Schnarchen war zu hören.

Der Mann lebte!

Ich schüttelte ihn fest an den Schultern, darauf reagierte er überhaupt nicht. Mit einem kräftigen Ruck drehte ich ihn auf den Rücken. Auf seiner Stirn prangte ein blutverschmiertes Horn in der Größe einer Kartoffel. Pfister verzog keine Miene, gleichgültig ob ich ihn durchschüttelte oder ihm rechts und links auf die Backen klatschte. Er war einfach nicht wachzubekommen. Ich rief Adela an.

»Eiswasser und Kaffee. Und wenn du ihn in fünf Minuten nicht wach hast, ruf den Notarzt.«

Den Kaffee mischte ich zu gleichen Teilen aus Pulver und Wasser. Glücklicherweise waren im Kühlschrank Eiswürfel, die ich in ein feuchtes Handtuch packte und Pfister auf den Kopf klatschte. Er gab so was Ähnliches wie ein Stöhnen von sich. Jetzt Kaffee. Ich richtete Pfister auf, lehnte ihn an die Wand hinter dem Bett, öffnete ihm mit einer Hand den Mund und schüttete einen Schluck Kaffee hinein, der an den Mundwinkeln wieder herausrann. Das hatte man davon, wenn man nie einen ordentlichen Erste-Hilfe-Kurs absolviert hatte. Beim nächsten Schluck lehnte ich seinen Kopf leicht nach hinten, und diesmal ging nur die Hälfte daneben. Noch mal Eiswasser, dann wieder Kaffee. Den fünften Schluck spie mir Pfister ins Gesicht. Da wusste ich, dass ich es bald geschafft hatte. Ich machte weiter: Kaffee, Eiswasser, Kaffee, Eiswasser.

»Mein Kopf, mein Kopf.« Pfister öffnete endlich die Augen. »Was machst du denn hier?« Er starrte mich entgeistert an und drohte wieder einzuschlafen.

Da packte ich ihn, lud ihn auf den Rücken und schleppte ihn ins Badezimmer. Ich stellte ihn mit seinen Klamotten unter die Dusche und ließ das kalte Wasser laufen. Fünf Minuten später war er endlich wach.

»Wie spät?«, nuschelte Pfister undeutlich.

»Gleich sechs Uhr abends. Eigentlich stehst du jetzt schon zwei Stunden in der Ochsenküche.« Ich reichte ihm ein Handtuch.

»Jemine!« Pfister rieb sich den Kopf trocken und schlurfte mit seinen nassen Klamotten ins Schlafzimmer zurück.

Ich ging in die Küche und setzte erneut Kaffee auf. Im Kühlschrank fand ich Eier und Speck. Daraus brutzelte ich Pfister ein Katerfrühstück.

Mickey von den kleinen Strolchen war in vielen Straßenschlachten übel zugerichtet worden. Aber so ein fettes Horn wie das auf Pfisters Stirn hatte er nie abbekommen. Im Kölner Karneval hätte er damit als Einhorn gehen können. Pfister hatte trockene Klamotten angezogen. Ich goss ihm einen Kaffee ein und stellte die Speckeier vor ihn.

»Wer war das?« Ich deutete auf sein Horn.

»Der Laternenpfahl Ecke Neusser Straße/Bergstraße.« Er tunkte ein Stück Toast ins Ei und begann langsam zu essen.

Auch ich schmierte mir einen Toast. Irgendwie bewegte ich mich heute von einem Frühstück zum nächsten. Erst bei Spielmann, dann bei Adela und jetzt hier. Während Pfister aß, holte ich mir sein Telefon und rief im Ochsen an. Spielmanns Erleichterung war durch das Telefon zu spüren.

»Melde dich mal bei Nellie«, sagte ich dann zu Pfister. »Die macht sich Sorgen.«

Pfister folgte brav, und so langsam fing sein Kopf wieder an zu arbeiten. Alles, was er heute hatte tun wollen, fiel ihm wieder ein.

»Wieso säufst du dir so die Hucke voll?«

»Alles ein bisschen viel zurzeit! Das Letzte, an was ich mich erinnere, ist das Altnippes auf der Neusser Straße.« Pfister schob die Eier zur Seite.

»Warum solltest du eigentlich zu Fischer?«, fragte ich.

Pfister rieb sich das dicke Horn und überlegte. »Was würdest du tun, wenn du was Belastendes über einen Kollegen weißt?«

»Oje. Kommt drauf an.«

War es das Geheimnis, über das er jetzt sprechen wollte?

»Also gut«, sagte Pfister nach einer Weile. Seine Segelohren begannen zu glühen. »Sagen wir mal so: Ich habe einen aus der Brigade gesehen, in der Nacht, als Niehauser ermordet wurde. Ich habe gesehen, wie er in diese kleine Gasse hinter dem Ochsen gelaufen ist. Er hat sich überall umgeguckt. Es sah aus, als ob er jemanden suchte. – Seit Tagen quäle ich mich jetzt damit, ob ich Fischer das sagen muss. Ich kann nicht glauben, dass einer von uns etwas mit dem Mord zu tun hat! Andererseits, wenn es eine Verbindung gibt, muss ich es der Polizei mitteilen. – Ich seh den Niehauser immer vor mir, wie gebrochen er war nach seiner Untersuchungshaft! Was würdest du machen?«

Am Abend als Niehauser ermordet worden war, musste Pfister also länger im Ochsen gewesen sein. »Ich dachte, du bist an dem Abend vor mir gegangen?«

»Ich hatte meinen Schlüssel vergessen und bin deshalb noch mal zurück. Es war schon spät, so gegen halb zwei. Soll ich das diesem Fischer sagen, oder nicht?«

Halb zwei, das musste die Zeit gewesen sein, als Dany zurück gekommen war, um nach dem verletzten Niehauser zu sehen.

»Wen hast du gesehen?«

Pfister rieb sich das Horn, als läge darin die Antwort, sagte aber nichts.

»Mich kannst du nicht gesehen haben, Holger auch nicht. Bleiben noch Sandra, Kraußler, Spielmann und Dany. Also?«

Wieder rieb er sein Horn, bevor er sagte: »Der Kleine ist noch so jung, der ist doch erst siebzehn. Wenn er nun nichts damit zu tun hat? Dann bin ich schuld, wenn die Polizei ihn jetzt durch die Mangel dreht.«

»Da kann ich dich beruhigen. Soviel ich weiß, hat Dany das schon selbst getan.«

»Puh.« Pfister ließ endlich sein Horn los. »Jetzt fällt mir wirklich ein Stein vom Herzen.«

»Sonst hast du niemanden beim Ochsen gesehen?«

Er schüttelte eine Weile den Kopf.

»Solltest du wegen Dany zu Fischer?«, fragte ich weiter.

»Nein. Ich sollte ihm die Liste mit den Hals-Nasen-Ohren-Ärzten bringen. Aber ich schleppe diese Dany-Geschichte schon seit dem Mord an Niehauser mit mir herum und wusste nicht, ob ich es Fischer sagen sollte oder nicht. – Mensch, du kannst dir nicht vorstellen, wie erleichtert ich bin, dass Dany selbst erzählt hat, dass er noch mal am Ochsen war.«

»Was macht diese Liste mit Hals-Nasen-Ohren-Ärzten für die Polizei wohl so interessant?«

»Keine Ahnung«, sagte er. »Weißt du, Nellie hat Niehauser die Liste gegeben, die die Polizei in seiner Wohnung gefunden hat. Die kennt sich aus, sie hat's doch immer mit dem Hals. Niehauser hat sie mal nach einem guten Facharzt gefragt, weil er Probleme mit seiner Zunge gehabt hat.«

»Zunge?«

»Ja. Er hatte immer so Blässchen und konnte dadurch schlecht abschmecken.«

»Grauenvoll, schlecht schmecken zu können. Da hätte ich mir auch einen guten Facharzt gesucht.«

»Ja, und Fischer wollte jetzt Nellies Liste und die von Niehauser miteinander vergleichen. Ob da Unterschiede sind oder so. Keine Ahnung, wozu das gut sein soll. In so einer Ermittlung müssen die halt die brauchbaren Indizien von den unbrauchbaren trennen. – O jemine, und in Bonn wollte ich auch noch vorbeigefahren sein.«

»Hab schon gehört, dass du dich verändern willst.«

»Hat Nellie geplaudert? Weiber, die können einfach den Schnabel nicht halten.«

»Aber, ihr Männer ... Denk doch mal an Krüger, die Plaudertasche. – Wie heißt der Laden?«

»Schwalbennest. Ich sage dir, ein Traumteil, wirklich eine Spitzenlage. Ich hab ja lang überlegt, ob ich mich überhaupt selbstständig machen soll. Aber in das Lokal habe ich mich sofort verliebt, du solltest es dir mal ansehen! Nellie hat von ihrem Vater ein bisschen was geerbt, sonst hätten wir's uns nicht leisten können.«

Der Name kam mir sehr bekannt vor. Von dem Lokal hatte ich doch vor kurzer Zeit schon mal gehört. Wer hatte mir davon erzählt? Spielmann? Einer der Kollegen bei Lemaître? Plötzlich wusste ich es. Kraußler hatte davon gesprochen.

»Hör mal, ist das das gleiche Lokal, das auch Niehauser übernehmen wollte?«

»Ja. Aber davon wusste ich überhaupt nichts, hab's erst vom Vorpächter erfahren.«

»Wart ihr Konkurrenten?«

»Schweitzerin, jetzt mach mal halblang, ich weiß genau, was jetzt in deinem Hirn vorgeht! Aber ich kann dir nur sagen: Stimmt nicht! Als ich mich für das Schwalbennest interessierte, da war Niehauser schon raus, da wollte der schon nicht mehr. Er wollte im Ochsen bleiben. Spielmann hatte ihm doch deutlich sein Gehalt erhöht. – Also, vergiss es!«

»Okay, okay. Irgendwie wird man halt misstrauisch.«

Pfister nickte nur.

Ich stand auf. Die Uhr zeigte halb sieben. Ich musste in den Ochsen zurück. Dort waren sie heute gänzlich unterbesetzt.

»Ich ruf noch in Bonn und bei Fischer an, dann komme ich nach!« Pfister begleitete mich zur Tür.

»Hör mal«, sagte ich, als wir am Wohnzimmer vorbeigingen. »Nimmst du viel von dem Zeug?«

Pfister sah mich entsetzt an. Sein Gesicht wurde blass, aber seine Ohren begannen wieder zu glühen.

»Du hast hier herumspioniert«, stieß er hervor. »Du hast in meinen Sachen gewühlt.«

»Jetzt mach mal einen Punkt! Ich habe nicht spioniert, ich habe dich gesucht! – Das Zeug liegt offen auf dem Wohnzimmertisch!«

Ich verstand überhaupt nicht, warum er sich so aufgeregte.

»Meine Privatsphäre ist mir heilig, es geht dich nichts an, was auf meinem Wohnzimmertisch liegt!«

So echauffiert hatte ich Pfister noch nie erlebt!

»Jetzt reg dich doch wegen dem Koks nicht so auf«, versuchte ich ihn zu beruhigen. »Du bist nicht der Einzige in unserem Job, der so was nimmt. Denk doch nur an Witzigmann. Man muss halt aufpassen. Das Zeug ist illegal und kann süchtig machen. In Brüssel habe ich selbst ein, zwei Mal was genommen. – Also, mach keinen Blödsinn.«

Doch Pfister ließ sich überhaupt nicht mehr beruhigen.

»Scheiß auf den Koks! Wie kannst du nur? Nie hätte ich gedacht, dass du eine Schnüffeltante bist!« Pfister schrie jetzt richtig. »Was gehen dich die Geheimnisse anderer Menschen an? Warum willst du mich zerstören.«

»Du kannst mich mal«, sagte ich fassungslos und beeilte mich, die Wohnung zu verlassen.

Pfister knallte die Tür hinter mir zu und riegelte zweimal ab.

*

So allmählich begann ich, an meiner Menschenkenntnis zu zweifeln. Pfister! Der freundliche, hilfsbereite, ausgleichende Pfister! Warum war er so außer sich? Weil ich das bisschen Koks entdeckt hatte? Was faselte er dauernd von Geheimnissen?

Und dann diese Geschichte mit dem Schwalbennest. Wie merkwürdig, dass sich zwei Köche aus einer Brigade für das selbe Lokal interessierten! Waren sie darüber in Streit geraten? War Pfister am Mordtag wirklich nur wegen seiner Schlüssel zum Ochsen zurückgekommen? Fragen über Fragen, die ich unbedingt mit Adela besprechen wollte. Aber das musste bis heute Nacht warten. Jetzt musste ich erst mal zurück in den Ochsen.

Dort hatte Spielmann in der Zwischenzeit eine Entscheidung getroffen, die mich an seinem Verstand zweifeln ließ. Spielmann hatte Kraußler zum Küchenchef gemacht! Kraußler! Kraußler konnte man zur Not mal für einen Tag die Küche überlassen, aber wirklich nur zur Not. Dass er es überhaupt bis in Spielmanns Küche geschafft hatte, lag nur an seinem untrüglichen Gespür für Fleisch. Dafür hatte er ein Händchen. Selbstverständlich wusste er genau, auf welcher Weide jedes Entrecôte, was er klopfte, gestanden hatte. Das war klar. Eine Küche wie die des Ochsen verwendet grundsätzlich nur 1A-Ware. Und damit konnte Kraußler zaubern. Er war ein wirklich begnadeter Fleischkoch. Deshalb war er auch als Saucier die Idealbesetzung. Nur von allen anderen Posten hatte Kraußler keine Ahnung. Fisch konnte er nicht riechen, Gemüse fand er unnötig, und Nachspeisen waren für ihn böhmische Dörfer. Nun ja, könnte man sagen, zur Not konnte man das mit Organisationstalent ausgleichen; schließlich saßen im Ochsen große Könner auf den anderen Posten. Aber auch damit sah es schlecht aus. Sein Weitblick reichte wirklich nur bis zur nächsten Entenbrust.

Und so einen machte Spielmann zu seinem Küchenchef! In einem Lokal, das zu den zwanzig besten in Deutschland zählte! Ich verstand Spielmann nicht. Bisher hatte er alle Krisen so großartig, fast übermenschlich gut gemeistert. Was war los mit ihm? Hatte er keine Kraft mehr und traf deshalb eine so dumme Entscheidung? Ein Anruf bei Wehlauer, Klinck oder Wohlfahrt, und er hätte einen neuen Mann gehabt. Spielmann war eine Persönlichkeit, der man gern aus der Patsche half. Na gut, der Neue könnte nicht am nächsten Tag hier in Köln sein, aber übergangsweise hätte Spielmann die Küche übernehmen können, das hatte er ja bis jetzt auch getan.

So sehr ich mich über diese Entscheidung aufregte, irgendwie nagte das schlechte Gewissen an mir. Ich hatte den Posten abgelehnt und Spielmann so hängen gelassen, dass er Kraußler zum Küchenchef machen musste! So gesehen fand ich das Ganze noch bescheuerter. Ich hatte ihm Pfister vorgeschlagen, der als Tournant sein Können hundertfach unter Beweis gestellt hatte. Spielmann schlug Pfister aus, um mir eins auszuwischen. Männer mit ihren Hirnwindungen!

Selbst wenn Kraußler ein Organisationsgenie gewesen wäre, hätte er an diesem Tag Schwierigkeiten bekommen. Niemand ersetzte ihn als Saucier, Pfister als Tournant fehlte, und auf meinem

Garde-manger-Posten mühten sich Holger und Dany ab. Aber Kraußler geriet darüber nicht in Panik. Er hatte das Gemüt eines Hornochsen. Er präparierte weiter seine Fleischstücke und sah seine neue Aufgabe darin, Dany und Holger Befehle zuzubrüllen. Die beiden machten einen ziemlich verzweifelten Eindruck.

Es war kurz nach sieben, bald würden die ersten Gäste kommen. Ein Blick in den Kühlschrank zeigte mir, dass sich noch niemand um die Amuse-bouche gekümmert hatte. Die marinierten Seezungen warteten darauf, in kleine Gemüseschiffchen gesetzt zu werden. Das hatte Kraußler einfach vergessen. Ich holte mir Zucchini, Schnittlauch und japanischen Rettich aus dem Kühlraum, und beeilte mich, die ersten zehn fertig zu machen. Natürlich fehlten auch Pfisters tolle Brötchen. Keiner hatte seinen Vorteig weiterbearbeitet, und jetzt war es zu spät dafür.

»In dr Nuut schmeck de Woosch uch ohne Bruut!«, war Kraußlers Antwort. »Man kann nit mit vier Minsche dat glische schaffe wie mit sibbe.«

Krüger, der gerade durch die Schwingtür tänzelte, warf einen verzweifelten Blick zum Himmel. Ich schob ihm die ersten Amuse-bouche über den Pass. Er nahm sie so hektisch auf, wie er dies sonst nur in absoluten Stoßzeiten tat.

»Ein Glück, dass heute nur Touristen kommen«, murmelte er, bevor er die Schwingtür auftrat.

»Wo ist der Chef?«, fragte ich Kraußler, nachdem ich für Krüger zehn weitere Tellerchen bereitgestellt hatte. Er hatte keine Ahnung. Ich ging in Spielmanns Büro. Er war nicht da. Ich rief bei ihm zu Hause an, aber es meldete sich nur der Anrufbeantworter. Ich telefonierte weiter. Im Café Reichard hatte man ihn seit Tagen nicht gesehen. Vielleicht hatte er sich bei uns in Deutz gemeldet? Fehlanzeige. Adela erzählte nur, dass Ecki wieder auf dem Weg nach Köln sei. Ecki hatte wirklich ein Händchen für geeignete Augenblicke! Zum Schluss rief ich noch bei Spielmanns Bruder in München an. Als ich da ebenfalls nur mit dem Anrufbeantworter sprechen konnte, gab ich es auf. Spielmann war abgetaucht, wie in früheren Zeiten. Vor Schwertfegers Tod hatten wir ihn manchmal tagelang nicht in der Küche gesehen, und ich hatte mehrfach mitbekommen, wie Niehauser verzweifelt und vergebens versucht hatte, ihn zu erreichen. Schon damals hatte er sich zeitweise überhaupt nicht um den Ochsen gekümmert.

Eine Idee hatte ich noch, wo er stecken konnte. Wenn er schon zu seinen Kartoffeln ging, um nachzudenken, vielleicht klagte er ihnen dann auch sein Leid. Vielleicht suchte er Trost bei seinen geliebten Hörnchen, Nierchen und Sieglindes. Ich stellte mir vor, wie er vor den Kartoffeln kniete und sagte: »Ihr, meine stummen Freunde, seid die Einzigen, die mich verstehen!« Tausend Nierchen verdrückten eine Träne. Eine fette Sieglinde tätschelte Spielmann die Hand. Fünf Bamberger Hörnchen reichten ihm ein Taschentuch. Natürlich war er nicht im Kartoffelkeller!

Als ich in die Küche zurückkam, blendete mich das grelle Licht, und die Hitze von brodelndem Fett und kochendem Wasser ließ mir Schweiß auf die Stirn treten. Kraußler bellte Dany und Holger abermals schwachsinnige Befehle zu, die Sandra soufflierend wiederholte. Ihr kam Kraußlers Aufstieg natürlich sehr zupass. Wahrscheinlich sah sie sich schon als dessen Nachfolgerin.

»Wenn ich dich noch einmal in so einem Kommando-Ton mit meinen Jungs reden höre, werfe ich dir meine Kochtöpfe samt Inhalt vor die Füße, hast du verstanden?«, herrschte ich Kraußler an.

»Isch han misch nit um den Poste jerisse, dat kannste mir jläuvve. Ävver ob et dir pass oder nit, isch han jetzt dat Kommando«, gab der in seiner stoischen Metzgerart zurück. »Wat is mit Pfister? Kütt hä noch?«

»Hat er gesagt!« Ich sah mir jetzt den Speiseplan genau an. Spielmann hatte Austern auf die Karte gesetzt. Wieso jetzt schon? Austern gab es frühestens im September.

»In dr Bretagne is dr Sommer kalt jewesen.«

»Hör mal, Kraußler, du hast mir doch von Niehauser und dem Schwalbennest erzählt. Wann wollte Niehauser das Lokal pachten?«

»Koot bevür hä umjebraat wood. Woröm willste dat wisse?«

»Nur so.«

Ich ging zu Dany und Holger und verschaffte mir einen Überblick über die bisherige Arbeit, als Sandra sich mit einem großen Serviettenkloß hinter mir zum Pass durchzwängte.

»Damit hast du nicht gerechnet, dass wir die Küche übernehmen, was? Aber so ganz kannst du den guten Hugo noch nicht um den Finger wickeln. Der hat noch einen klaren Blick dafür, wer in seiner Küche wirklich gut ist.«

Ich hatte große Lust, ihr die spitze Nase und die noch spitzere Zunge in den dampfenden Kloß zu tunken, begnügte mich aber mit einem »Zisch ab, du Bohnenstange!«

Die beiden Jungen hatten schon gute Vorarbeit geleistet, aber es war immer noch viel zu tun. Krüger kam hektisch hereingeschwänzelt und stöhnte über das heutige Publikum.

»Ratet mal, was die heute alle zur Vorspeise wollen? Austern. Austern. Austern. Kalorienarm, proteinhaltig und gut fürs Vögeln. Ich habe jetzt schon zehn Bestellungen. Kriegt ihr das hin?«

Es gab nicht genügend Austern. Normalerweise werden die eher selten verlangt. Entsprechend geringe Mengen bestellten wir. Kraußler wusste nicht, was er tun sollte, also hängte ich mich ans Telefon. Rungis hatte keine mehr, der Fischhändler in der Südstadt auch nicht, aber der auf der Händelstraße versprach umgehend drei Dutzend per Velo zu schicken.

»Streich sie sofort von der Speisekarte! Empfiehl das Sellerie-Mousselin! Das ist auch kalorienarm und proteinreich!«, rief ich Krüger hinterher.

Wir hatten nur ein paar Stahlhandschuhe. Die durfte Dany wegen seines verletzten Fingers benutzen, Holger und ich öffneten die Austern mit bloßen Händen. Eine Sauarbeit! Das Eis, in dem die Austern lagen, machte die Hände gefühllos, und man verkratzte sich dauernd die Finger an den scharfkantigen Austernschalen. Nach einer halben Stunde hatte ich kein Gefühl mehr in den Händen, aber es half nichts, die Dinger mussten raus.

Nach weiteren fünfzehn Minuten hatten wir es geschafft. Alle Austern waren offen. Dany schlängelte sich gerade mit den letzten beiden Tellern an Sandra vorbei, als er stolperte und zwei Dutzend Austern samt Eis durch die Küche kullerten und diese in eine Schlittschuhbahn verwandelte. Im selben Augenblick kam Krüger herein, rutschte auf einer Auster aus, ging zu Boden und mit ihm ein Teller mit einem Rest Rote-Beete-Suppe, der sich gleichmäßig auf Krügers Hemd und Jacke verteilte. Krüger stöhnte und schimpfte, Dany war den Tränen nahe, und der Rest der Brigade kroch auf allen Vieren durch die Küche, um Austern und Eiswürfel einzusammeln.

»Ohnmächtige Schauer körnigen Eises«, zitierte Holger mal wieder sein Lieblingsbuch.

Während Krüger seine Ersatzkleidung anzog, verteilten wir die restlichen Austernteller so um, dass es wieder zwölf Portionen wurden und sagten Krüger, dass er die Austern billiger verkaufen müsse. Doch der hörte gar nicht zu, meckerte stattdessen über Rote-Beete-Flecken, die nicht rausgingen, und trampelige Lehrjungen, denen man ein paar hinter die Löffel geben sollte.

»Ich bin nicht gestolpert, die Bäumer hat mir ein Bein gestellt, ich schwör's!«, schrie Dany trotzig.

Sandra kreischte zurück, Unverschämtheiten schwirrten durch die Küche, Kraußler brummte und donnerte und hieb kräftig auf ein Fleischstück, weil ihm keiner zuhörte. Krüger kam wieder herein, feuerrot im Gesicht und blutrot auf der Brust, ein Gast hatte ihm das zweite Hemd mit Rotwein zugeschüttet. Wo jetzt ein drittes, sauberes Hemd herbekommen? Holger hatte noch eines. Während er es holen ging, kochte die Milch für die Bayrische Creme über. Wir wischten und lüfteten. Alles war fürchterlich.

Da sah ich Spielmann in die Küche kommen. Bleich und unrasiert starrte er uns an. Ich wartete auf seine Donnerstimme, aber er sagte nichts, sondern machte kehrt. Ich erwischte ihn am Hinterausgang.

»Du hast sie nicht mehr alle, Kraußler zum Küchenchef zu machen!« Ich hielt ihn am Arm fest.

»Du kennst den Aufbau einer Brigade, dafür bist du lang genug im Geschäft. Wenn der Küchenchef ausfällt, übernimmt der Saucier seine Position.« Spielmann befreite sich von meinem Griff.

»Du siehst doch, dass da drinnen der Teufel los ist, der Typ kann doch keine Brigade leiten.«

»Dieser anonyme Anrufer hat schon wieder angerufen«, sagte er jetzt tonlos. »Der Mörder ist im Goldenen Ochsen. Ich soll nach Sandras Messer suchen.«

Ich wollte nur noch raus hier, diesen Wahnsinnsladen verlassen, mich ins Bett legen, mir die Decke über den Kopf ziehen und schlafen, schlafen, schlafen. Ich holte tief Luft, bevor ich sagte: »So geht das nicht weiter, Hugo. Du musst Fischer informieren. Du mußt ihm von den anonymen Anrufen erzählen.«

»Als ob das was ändern würde. Der Mann ist eine Niete, das weißt du.«

»Kam der Anruf wieder nachts um drei?«

»Nein. Vor einer halben Stunde. Ich war auf dem Weg hierher.«

»Was hat er gesagt?«

»Sag ich doch: Der Mörder ist im Goldenen Ochsen. Ich soll Sandras Messer suchen.«

»Du musst diesen Fischer informieren! In solchen Fällen können die doch Fangschaltungen legen. Und dann musst du dich ganz schnell hier um den Laden kümmern!«

»Unsinn. Der Mann taugt nichts, hast du doch schon im Fall Schwertfeger gesehen.« Mit fahrigen Fingern zündete er sich eine Zigarette an. »Ich halte das nicht mehr aus, Katharina! Wer hat so einen Hass auf mich, dass er mich ruinieren will?«

»Mach den Laden für ein paar Tage zu, das täte allen gut.«

»Bist du verrückt? Weißt du, was das kostet? Davon abgesehen, ein Spielmann gibt nicht auf, an mir können die sich die Zähne ausbeißen.«

»Dann stell dich wieder an den Herd, verdammt noch mal, statt so einer Lusche wie Kraußler die Küche zu überlassen!«

»Du hast nicht gewollt, was sollte ich denn machen?«

»Hugo! Du hast Beziehungen zu allen Top-Leuten. Erzähl mir nicht, dass du keinen besseren Küchenchef bekommen konntest! Außerdem gibt es noch Pfister!«

»Komm mir nicht mit Pfister! Kraußler ist in der Situation der richtige Mann.«

»Na prima. Du hast ja grade gesehen, wie es in der Küche läuft.«

»Jetzt hör auf, mir Vorwürfe zu machen. Lass mich mit dem ganzen Scheiß in Ruhe!«

Spielmann starrte mich wütend an. Dann drehte er sich um und ging. Er ging einfach. Er ging aus dem Ochsen, ohne noch einmal zurückzublicken, und verschwand in der Kölner Nacht.

Ich weiß nicht, wie lange ich dagestanden und ihm nachgesehen habe. Irgendwann klappte ich den Mund wieder zu und ging zurück in die Küche. Sandra hatte alles beobachtet.

»Irgendwann lässt Spielmann alle fallen. Dass er so ‘ne fette Kuh wie dich abserviert, war klar«, meinte sie schnippisch und wollte mit ihrem Nudeltopf an mir vorbei.

»Du kannst mich mal!«, fuhr ich sie an und stieß sie dabei zur Seite. Da drehte sie sich um und schüttete mir kochend heißes Nudelwasser über den Arm. Im Nachhinein hat sie es immer anders dargestellt, hat behauptet sie sei durch meinen Stoß gestolpert, aber sie hatte es mit voller Absicht getan, und ihren Blick dabei werde ich niemals vergessen, genau wie den Schmerz, der einsetzte, als das Wasser mir die Haut verbrannte. Dieser Blick war so voller Hass, dass es mir trotz des kochenden Wassers eiskalt den Rücken herunterlief. Ich schrie auf und hieb sie mit voller Wucht zur Seite und bekam undeutlich mit, dass auch sie eine ordentliche Fuhre von der heißen Brühe abbekam.

Den Rest des Abends erinnere ich nur noch durch einen Schleier: Fahrt zum Krankenhaus, Erleichterung darüber, dass es sich, trotz des Schmerzes, nur um Verbrennungen zweiten Grades handelte, Taxifahrt nach Hause, Adelas entsetzter Blick, ein Glas Wasser, eine starke Schmerztablette. Dunkelheit.

*

In der Nacht verbrannte mir ein Feuer den Unterarm. Ich sah, wie er glühend rot wurde und bis in die Fingerspitzen zu leuchten begann. Der Arm fing an zu stinken, das glühende Rot verwandelte sich in ein rußiges Schwarz, und dann fiel er ab. Unterhalb des

Ellbogenknochens hatte ich nur noch einen Stumpen, dessen Oberfläche wie ein verkohltes Steak aussah. In dem Stumpen steckte ein eiserner Haken, an dem ein Greifarm befestigt war. Der Greifarm hielt einen Kochlöffel fest, und der Kochlöffel rührte in einer heißen Brühe, die plötzlich wie ein blubbernder Geysir in hohen Wellen aus dem Topf schwappte. Ich fing an zu schreien und wurde wach. Mein Unterarm war noch da, brannte aber, als wäre wirklich ein Feuer darin. Die Tür wurde aufgerissen, und Adela humpelte auf einem Gehgips ins Zimmer, bewaffnet mit einem kleinen Tablett voll Verbandszeug.

»Ist ja echt gefährlich, so eine Sterneküche«, sagte sie, setzte sich neben mich aufs Bett und begann, mir den Verband zu wechseln.

Der Arm tat höllisch weh, ich kämpfte mit den Tränen. Behutsam entfernte Adela die letzte Gazeschicht. Die Wunde war jetzt leuchtend rot und nässte. Die Luft wirkte wie ein Heer von Stecknadeln, die alle in diesen kleinen Fleck stachen. Ich stöhnte vor Schmerz.

»Tut weh, ist aber nicht weiter schlimm. In ein paar Tagen wird sich eine neue Hautschicht bilden.«

Was war das eine Wohltat, als Adela die Brandsalbe auftrug!

»Es wär schon gut, du würdest rausfinden, warum dich Sandra so hasst«, sagte Adela und schnitt ein Päckchen Gaze auf. »Kann's sein, sie ist eifersüchtig auf dich wegen Spielmann?«

»Unmöglich! So abfällig wie sie über ihn redet.«

»Verletzte Liebesgefühle schlagen oft in Hass um, so was kommt in den besten Familien vor.« Adela legte behutsam eine neue Gazeschicht auf die Wunde.

»Ich kann's mir nicht vorstellen.« Die Berührung tat wieder weh.

»Apropos, Familie«, Adela schnitt zwei Mullbindenpäckchen auf, »es hat mich geärgert, dass ich wegen dem blöden Fuß nicht nach Niebüll hab fahren können! Aber was nicht geht, geht nicht. Also hab ich bei den Niehausers angerufen. Ich hab mich als Redakteurin von einem Gourmet-Magazin ausgegeben, behauptet, dass ich einen Nachruf auf den großen Koch Niehauser schreibe.

Da muss doch jedem Vater der Kamm schwellen! Nicht beim alten Niehauser. – Kochkarriere hat uns nie interessiert, haben seit Jahren keinen Kontakt zu ihm. – Basta. Aufgelegt. Aber so leicht gibt Adela nicht auf. Ich hab dann bei der Gemeindeverwaltung angerufen. Wieder mein Sprüchlein aufgesagt, und diesmal hab ich Glück gehabt. Frau Johannson hält gern einen kleinen Schnack, wie die im Norden sagen. Die Niehausers sind Bauern, aber nicht so kleine Krauter wie hier in der Eifel, nein, richtig groß, so alte Gutsbesitzermentalität. Niehauser war der einzige Sohn. Vor Jahren hat's einen großen Familienkrach gegeben, seitdem hat man den jungen Niehauser im Dorf nie mehr gesehen. Seine Verlobung hat er platzen lassen, aber Genaueres wusste Frau Johannson leider nicht. Ich hab dann noch ein bisschen nach den Eltern gefragt. Der Vater sitzt im Rollstuhl, und die Mutter hat die Parkinson'sche Krankheit. Die kann nicht mal ein Schnitzel schneiden, geschweige denn einen Mann erdolchen. – Die Eltern müssen wir also von der Liste der Verdächtigen streichen. Aber das wundert mich nicht.« Adela hatte vorsichtig die Mullbinden um meinen Arm gewickelt und klebte das Ende mit einem Pflaster fest.

»Dann sind wir nicht viel schlauer als vorher.«

Ich ließ mich in mein Kissen zurückfallen und dachte an gestern Abend. So sehr ich mich über Sandra ärgerte, und so sehr mein Arm noch schmerzte, wirklich beängstigend fand ich Spielmanns Verhalten. Er war in solchen Situationen immer so stark gewesen. Aber gestern Nacht hatte ich den Eindruck, er drehte durch.

»Schätzelchen, dass dich das wundert. Wirklich harten Belastungen ist kein Mann gewachsen, das weiß doch jeder!« Adela packte ihre Verbandssachen zusammen.

»Ach, Adela, du mit deinen Männer-Theorien! Spielmann war bisher allen Belastungen gewachsen.«

»Bisher. – So, fertig!«

Die Schmerzen waren jetzt kaum noch zu spüren. Ich war erschöpft und merkte, wie mir die Augen zufielen. Davor sah ich noch, wie Adela sich an dem weißen Ikea-Klappstuhl hochzog und mit ihrem Verbandszeug nach draußen humpelte.

Zwei Stunden später weckte mich der Duft frisch aufgebrühten Kaffees. Adela hatte ein großes Frühstück gerichtet. Manchmal war sie wirklich rührend.

»Hast du den Pfister eigentlich wachbekommen? Du hast mir noch gar nichts darüber erzählt.« Adela biss beherzt in ein Marmeladenbrötchen.

Ich berichtete von meinem Gespräch mit Pfister. Adela schüttelte nachdenklich den Kopf.

»Der Pfister sagt, der Niehauser war schon raus, als er sich für das Schwalbennest interessiert hat, der Kraußler sagt aber, der Niehauser hat sich noch kurz vor seinem Tod dafür interessiert. – Einer von den beiden lügt. Weißt du was? Wir schauen uns das Objekt der Begierde mal an. Meinst du, du kannst Auto fahren mit dem Arm?«

»Ich denk schon.«

Sehr zu Adelas Leidwesen nahmen wir meinen kleinen Fiat. Bei meiner Fahrpraxis wollte ich auf keinen Fall ihr schickes Cabrio fahren. Zudem mussten erst mal dessen Ledersitze gesäubert werden. Daran klebte noch der Dreck von unserem nächtlichen Abenteuer in Kalk.

»Dass du bei deiner Größe so ein kleines Auto fährst, kann ich nicht verstehen«, meinte Adela, während sie ihre Krücken auf die hinteren Sitze warf, vorn einstieg und eine bequeme Position für ihr Gipsbein suchte. »Fahr über die Severinsbrücke und dann das Rheinufer.«

Auch heute schien die Sonne. Es war nicht mehr so drückend schwül wie im Juli, angenehme fünfundzwanzig Grad warm. Traumhaftes Sommerwetter.

»Schätzelchen, du kannst ruhig schon bei dreißig in den dritten schalten.« Adela tätschelte meinen Oberschenkel.

Der Rhein glitzerte. Träge glitten drei Frachtkähne dahin.

»Geh da auf die linke Spur, da kommst du schneller voran.« Adela interessierte der Rhein nicht. Ich sah, wie sie mit ihrem gesunden Fuß auf ein imaginäres Gaspedal trat.

»Katharina, wieso lässt du diesen blöden Mercedes rein? So einem Drängler darf man keine Lücke lassen.«

»Das Schwalbennest liegt auf dem Venusberg. Wir nehmen die Koblenzer Autobahn und in Bonn die Ausfahrt Poppelsdorf. – Schau mal im Stadtplan nach, wie's weitergeht.«

»Kann ich nicht. Ich kann die Dinger nicht lesen. Ich frag mich immer durch!« Adela blickte mich nicht mal an, sie war voll auf den Verkehr konzentriert. »Mein Gott, ist dein Fiat eine lahme Ente, kann der nicht ein bisschen schneller fahren?«

Nachdem wir in Poppelsdorf abgefahren waren, hielt ich bei nächster Gelegenheit an. »Noch ein Wort über meinen Fahrstil oder mein Auto, und du steigst aus. Dann kannst du entweder zu Fuß zur nächsten Bushaltestelle humpeln oder dir ein teures Taxi nehmen! – Und jetzt gib mir den Stadtplan.«

Adela reichte ihn mir beleidigt. »Ich kann nix dafür, dass du nicht Auto fahren kannst!«

»Robert-Koch-Straße«, sagte ich und gab Gas.

Das Schwalbennest lag hinter einem großen Wanderer-Parkplatz versteckt. Der gut erhaltene Jugendstilbau war ein Schmuckstück, da hatte Pfister recht, aber am besten gefiel mir der Garten mit den alten Kastanien. Bei schönem Wetter war das Schwalbennest bestimmt immer gut besucht, selbst wenn man nur Schaschlik aus der Dose anbieten würde. Und wenn Pfister hier seine Brötchen backte, würde es das ganze Jahr über voll sein.

Es roch tatsächlich nach Schaschlik, als wir das Lokal betraten. Blank gescheuerte Tische und grobe Brauhausstühle bestimmten die Einrichtung. Schön konnte man das nicht nennen, gemütlich war's auch nicht. Hier würden Pfister und Nellie einiges ändern müssen. Wir bestellten uns zwei Kaffee, und ich fragte nach dem Chef.

»Das bin ich«, sagte der dicke, gutmütig wirkende Endfünfziger, der uns den Kaffee hingestellt hatte. Er musterte meinen verbundenen Arm und Adelas Gipsbein und grinste leicht.

Ich stellte mich vor, erzählte, dass ich mit Pfister zusammenarbeitete.

»Der hat mich so neugierig gemacht, da wollte ich mir das Schwalbennest unbedingt mal selber ansehen.«

»Will keiner mehr im Goldenen Ochsen arbeiten, was?« Der

Dicke stützte sich an unserem Tisch ab. »Aber ihr müsst euch deswegen nicht alle um meinen Laden reißen, es gibt noch mehr schöne Lokale in der Gegend!«

Ich wehrte ab, erklärte, dass ich wenn überhaupt das Lokal meiner Eltern im Schwarzwald übernehmen müsse.

»Aber Pfister kann man gratulieren. Ich muss sagen, er hatte verdammtes Glück, dass er den Zuschlag bekam. So ein tolles Haus. Warum geben Sie es überhaupt auf?«

»Ich habe noch ein zweites Lokal in Poppelsdorf. Und in meinem Alter muss man langsam kürzer treten. Das fällt mir nicht leicht. Aber Pfister macht einen guten Eindruck. Er will natürlich die Speisekarte und die Inneneinrichtung verändern, ohne das Ausflugspublikum zu verprellen. Ich bin gespannt, ob er damit Erfolg hat.«

»Seine Eltern haben ein Ausflugslokal im Elsass. Ich glaube schon, dass ihm die richtige Mischung gelingen wird.«

»Ich will ja nicht neugierig sein«, mischte sich Adela ein, »aber warum haben Sie Niehauser nicht den Zuschlag gegeben?«

Sie fiel mal wieder mit der Tür ins Haus. Ich schickte ihr einen strafenden Blick, aber ihre Rechnung ging auf. Der Dicke war ein gesprächiger Typ.

»Mich wundert wirklich, dass die Polizei noch nicht hier war.« Er setzte sich. »Wissen Sie, schon im Frühjahr hat mir Jupp Schwertfeger Niehauser vorgestellt.«

»Nein, ich fasse es nicht! Sie kannten Jupp Schwertfeger?« Adela war regelrecht elektrisiert. »Ich auch.«

»Wissen Sie, wir hatten das gleiche Hobby«, fuhr der Wirt fort.

»Lassen Sie mich raten: Oldtimer?« Adela war jetzt nicht mehr zu bremsen.

Der Wirt nickte.

»Und Niehauser war an Ihrem Lokal interessiert?«, fragte ich schnell dazwischen.

»Genau. Und da ich sowieso verpachten wollte, waren wir uns schnell einig. Nach dem Mord an Schwertfeger hat Niehauser sein Angebot zurückgezogen. Schock, Stress, was weiß ich. Konnte man ja irgendwie verstehen. Umso mehr hab ich mich gewundert, als er noch mal ankam, da war ich gerade mit Pfister handelseinig. Er habe sich alles überlegt und wolle das Schwalbennest jetzt doch übernehmen. Bekniet hat er mich, und aus alter Freundschaft zu Jupp Schwertfeger habe ich ihm den Zuschlag gegeben. – Am nächsten Tag war er tot. Merkwürdig nicht?«

Allerdings. Das also war Pfisters Geheimnis. Niemand durfte erfahren, dass Niehauser ihm sein Traumrestaurant weggeschnappt hatte. Damit hatte er ein Motiv. Und Pfister war am Tatort gewesen. Mir wurde heiß und kalt bei dem Gedanken.

»Sagen Sie, der Mercedes 220 SE Cabrio draußen auf dem Parkplatz, ist das Ihrer?«, fragte Adela, unberührt von dem Verdacht, der sich gegen Pfister auftat.

Ich verstand nicht, wieso sie jetzt an die blöden alten Autos denken konnte.

Der Oldtimer gehörte dem Wirt, und binnen kürzester Zeit waren die zwei in ein Fachgespräch vertieft, das mich nicht die Bohne interessierte.

»Kann ich mal einen Blick in die Küche werfen?«, fragte ich.

»Klar doch«, murmelte der Wirt unwirsch, keine Ablenkung von seinem Gespräch mit Adela duldend.

Die Küche war hell und etwas altmodisch. Es war mittags kurz vor drei, zu der Zeit arbeitete niemand hier, alles sah sauber und ordentlich aus. Vor dem Fenster stritt sich eine Schar Spatzen, und zwei junge Köche saßen auf einem Bänkchen in der Sonne und rauchten. Alles war freundlich und still. Nein. Pfister hatte Niehauser nicht ermordet. Pfister würde jeden Konflikt friedlich lösen. Der brachte niemanden wegen eines Restaurants um. – Pfister und Nellie würden es hier gut haben. Töpfe würden sie sich neu kaufen müssen. Die sahen ziemlich ramponiert aus.

Ich ging nach draußen. Vereinzelt saßen Gäste bei einem Glas Bier unter den Kastanien. Zwischen den Bäumen flatterten Meisen. Vom Rhein her wehte ein leichter Wind. Hinter dem Zaun des Nachbargrundstücks leuchteten rote und gelbe Dahlien. Das Schwalbennest war ein guter Ort für einen Neuanfang.

Ich sah auf die Uhr. In einer Stunde fing meine Schicht im Ochsen an. Ich ging zurück ins Restaurant.

»Fahr du nur schon zu, mit deiner Konservenbüchse. Der Herr Klein hat mir grad angeboten, mich mit dem 220 SE zu fahren!« Adela strahlte über beide Backen.

Ich lenkte meinen Fiat zurück auf die Robert-Koch-Straße und fuhr allein zurück. Je näher ich Köln kam, desto düsterer wurden meine Gedanken. Welche Katastrophen warteten heute in der Ochsenküche auf mich?

Bei meiner Ankunft im Golden Ochsen war alles so, wie ich es liebte: Die Küche war leer und blitzblank. Nichts wies mehr auf die großen und kleinen Dramen hin, die sich gestern hier abgespielt hatten. Ich zog mich um, legte meine Messer zurecht und warf einen Blick auf den Speiseplan. Es war der gleiche wie gestern. Ich ging durch den kleinen Flur zu Spielmanns Büro und klopfte.

»Herein!«, brüllte Kraußler.

Er stand mit hochrotem Kopf an Spielmanns Faxgerät, ein zerknülltes Papier in der Hand.

»Isch weed beklopp mit dem Faxjerät!«, fluchte er und schob mit seinen dicken Wurstfingern ein neues Blatt in das Fax.

»Wo ist der Chef?«, fragte ich.

»Klüngelt mit irjendwelche Hoteljröße. Dat hät hä jesaat.«

»Du musst die Austern von der Karte nehmen! Oder hat Rungis neue geliefert?«

Kraußler starrte mich feindselig an: »Wie hätt ich dat jestern noch mache solle?«

Das Fax begann zu surren.

»Jott sei Dank, jetz deit et dr Dreß.« Kraußler stöhnte erleichtert.

Vor dem Büro rasselte ich mit Sandra zusammen. Ihren gelben Mini trug sie heute bestimmt nur, um allen zu zeigen, wie dick bandagiert ihr rechter Oberschenkel war.

»Geh mir aus dem Weg«, sagte ich eisig und wollte sie zur Seite schieben.

Da schoss Kraußler aus dem Büro und quetschte sich zwischen uns. Er war einen Kopf kleiner als Sandra und zwei Köpfe kleiner als ich.

»Wenn ihr jecke Höhner nit ophööt mit ührer Zänkerei, dann setz isch üch beide vür de Düür. Ejal, wat dr Chef dozu säät. Is dat klar?«

Er funkelte uns mit seinen Schweinsäuglein von unten an.

»Nichts wäre schöner, als hier mal wieder in Ruhe kochen zu können«, meinte ich und sah zu den beiden hinunter.

»Das ist das erste Mal, dass du mir wirklich aus der Seele sprichst«, gab Sandra schnippisch zurück und hinkte in ihrem gelben Mini zu ihrem Spind.

»Na also!« Wie ein kleiner Napoleon stapfte Kraußler in Spielmanns Büro.

In der Küche pralinierte Holger Mandeln, Dany schnitt kleine Kunstwerke aus japanischem Rettich, und Pfister knetete seinen Brötchenteig. Er wirkte ruhig und gelassen, schenkte mir sogar ein frisches Kleine-Strolche-Lächeln. Ich musste unbedingt noch mal mit ihm reden, aber nicht hier im Ochsen.

Was gestern Nacht keiner für möglich gehalten hätte: Die Brigade war komplett. Wir arbeiteten an diesem Abend wie eine ganz normale Brigade in einer ganz normalen Küche. Nur Spielmann erschien nicht. Aber es gab keinerlei besondere Vorkommnisse. Um Mitternacht blitzten bereits der Herd und die Arbeitsflächen, und ich machte mich auf den Nachhauseweg.

Pfister wartete Ecke Lintgasse/Auf dem Rothenberg auf mich.

»Ich wollte mich bei dir entschuldigen, wegen gestern«, sagte er. »Ich weiß auch nicht, was mich da geritten hat.«

»Schon gut«, sagte ich.

Die Türme von Groß Sankt Martin schoben sich gewaltig in den Kölner Nachthimmel, Tünnes und Schäl standen allein in einer Ecke des Plätzchens, und Pfister und ich schlenderten durch das schmale Martinsgässchen auf den Alter Markt.

»Eines möchte ich noch gern wissen, Pfister«, sagte ich, während auf dem Alter Markt Nachtschwärmer unseren Weg kreuzten. »Warum wollte Niehauser dir unbedingt das Schwalbennest abspenstig machen?«

»Wollte er doch gar nicht. Als ich mich auf die Annonce im

Kölner Stadt-Anzeiger beworben habe, war Niehauser schon längst nicht mehr am Schwalbennest interessiert«, sagte Pfister und kickte einen Pappbecher zur Seite.

»Aber er hat das Schwalbennest genau an dem Tag gepachtet, bevor er ermordet wurde.«

»Was sagst du da?« Pfister rüttelte an meinem Arm, seine Ohren glühten. »Das ist nicht wahr! Er ist nach Schwertfegers Tod aus dem Geschäft ausgestiegen. Warum erzählst du so was?«

Er taumelte zum Jan-von-Werth-Brunnen, hielt sich dort einen Augenblick lang fest und blickte mich angsterfüllt an.

»Pfister!«, rief ich. »So beruhige dich doch!«

Er schob mich zur Seite und rannte Richtung Neumarkt. Schnell war er in dem Menschenknäuel und der Dunkelheit verschwunden. Ich starrte ihm bewegungslos nach.

*

In der Kasemattenstraße duftete es nach Nudelauflauf. Ich mochte nicht glauben, dass dieser Duft aus unserer Wohnung kam. Wie hatte Adela das wissen können? Nichts hätte mich nach dem aufwühlenden Gespräch mit dem verwirrten Pfister mehr beruhigen können als ein Teller Nudelauflauf, der nach Kindheit und Großmutter schmeckte.

In der Küche war für zwei gedeckt.

»Setz dich!«, befahl Adela und schaufelte mir eifrig den Teller voll. »Du hast bestimmt wieder nichts gegessen vor lauter Kocherei.«

Der Makkaroniauflauf schmeckte tatsächlich wie der von meiner Großmutter.

»Alles von Aldi«, verkündete Adela.

Nach zwei großen Portionen fühlte ich mich satt.

»So«, sagte ich, »und jetzt erzähl mal, warum du mich heute so verwöhnst!«

»Weißt du, ich hab gedacht, wir könnten heut Nacht die Akten in Schwertfegers altes Lagerhaus zurückbringen!« Adela warf diesen Satz so nebensächlich in den Raum, als würde sie sagen: »War doch lecker, oder?«

»Soll das ein Witz sein?«

»Schätzelchen«, Adela sah mich vorwurfsvoll an. »Als ich die Akten geholt habe, hast du mir selbst gesagt, dass solche Unternehmungen nix sind für eine Frau in meinem Alter.«

»Geklaut, Adela, geklaut!«

»Jetzt sei doch nicht so penibel!«

Adela stapelte die Teller und legte das Besteck darauf. »Weißt du, Ulla hatte gestern die gleiche Idee. Die wollte sich die Akten in der Bürobaracke mal angucken. Na, da müssen die doch komplett sein! Sonst kommt Ulla vielleicht auf eine ganz falsche Spur.«

»Adela, du verrennst dich da kolossal! Was sollen diese alten Akten verraten?«

»Na, wenn der Schwertfeger wieder in das Oldtimergeschäft eingestiegen ist, muss es darüber Unterlagen geben, oder?«

»Schwertfeger? Ich dachte Müngers?«

»Nein, nein. Da irrt sich die Ulla. Der Müngers wär nicht an das Geld gekommen, das man dafür braucht.«

»Der Müngers scheint die reinste Fata Morgana zu sein!«

Adela griff ihre große Handtasche vom Küchenstuhl und förderte daraus ein Foto zutage. »Da schau! Das ist er. – Hab ich selbst gemacht, das Foto.«

Das Bild zeigte einen großen, schweren Mann mit buschigen Augenbrauen.

»Es ist ein Freundschaftsdienst«, bettelte Adela. »In einer Stunde sind wir wieder daheim.«

»Also, gut«, seufzte ich, da ich wusste, dass sie sonst keine Ruhe gab. »Wo sind die Akten?«

»Stehen im Flur. Ich hol mir nur noch einen Pullover.«

So saßen wir nachts um eins wieder in meinem Fiat. Die Deutz-Kalker-Straße war frei, und nach zehn Minuten parkten wir vor der alten Schwertfegerschen Lagerhalle. Wir waren sehr erstaunt, das Rolltor offen vorzufinden. So konnten wir die Leiter im Auto lassen, und ich musste nicht mehr über die Mauer steigen. Ich packte die Akten.

»Du wartest im Auto!«, sagte ich in scharfem Ton zu Adela.

Langsam ging ich durch das Rolltor. Ob hier außer mir noch jemand war? Ich blickte mich nervös um. Ich zitterte. Es war merklich kälter als an den letzten Abenden. Viel zu kalt für die Jahreszeit, ich hätte gut eine Jacke gebrauchen können. Auch von unten kroch mir eine unangenehme Kälte in die Füße. Rechts machte ich im Dunkeln die Umrisse der großen Lagerhalle aus und links die der Bürobaracke. Ich wollte die Sache so schnell wie möglich hinter mich bringen, fand aber das kleine Toilettenfenster, durch das Adela beim letzten Mal eingestiegen war, verschlossen. Ich lief ganz um die Baracke herum. Neben dem Toilettenfenster gab es nur noch die beiden Fenster an der Frontseite, und die waren ebenfalls verriegelt. Jetzt reichte mir diese Schwachsinnsaktion! Ich nahm die Aktenordner und stellte sie vor die Eingangstür. Sie war nur angelehnt. Vorsichtig lugte ich ins Innere. Doch ich konnte nichts erkennen, alles war schwarz und still. Hastig machte ich mich auf den Rückweg. Einmal noch drehte ich mich um, und da sah ich hinter der Baracke ein Feuerzeug aufblitzen. Ich meinte, die buschigen Augenbrauen, die sich im Schein des flackernden Lichts kurz zeigten, vor einer halben Stunde auf einem Foto gesehen zu haben. Ich duckte mich hinter einem Stapel alter Autoreifen. Gerade noch rechtzeitig genug, um den Scheinwerfern eines Wagens auszuweichen, der auf den Hof fuhr. Es war der Passat von Ulla Schwertfeger. Ulla hastete in die Bürobaracke, kam aber flott zurück und fuhr wieder weg. Was suchte sie hier, nachts um eins? Und warum beobachtete Müngers die Halle wohl? Hatte er mich denn nicht gesehen?

Ich schätzte die Entfernung zwischen mir und der Stelle ein, an der das Feuerzeug aufgeblitzt war, und rannte zu meinem Fiat zurück.

Noch außer Atem öffnete ich die Autotür und erstarrte: Adela war weg. Ich schnaubte vor Wut. Was stellte sie jetzt schon wieder an? Ich konnte mir nur vorstellen, dass sie mir nachgegangen war, weil es ihr zu lange gedauert hatte. Konnte diese verrückte Alte nicht einmal tun, was ich ihr sagte? Ich hatte keine Wahl, ich musste zurückgehen. Die Baracke war jetzt wieder ganz ins Dunkel getaucht, der Schein des Feuerzeugs nur noch in meiner Erinnerung vorhanden. Leise öffnete ich die Tür zur Baracke.

»Adela?«, flüsterte ich in den dunklen Raum hinein.

»Hast du ein Streichholz oder ein Feuerzeug?«, hörte ich ihre vertraute Stimme sagen.

»Mach sofort, dass du hier rauskommst. Hier ist jemand, ich glaube, ich habe Müngers gesehen.«

»Hier ist niemand!«, behauptete Adela.

Ich stand immer noch in der Eingangstür. Ich tastete mit der Hand über die Wand, fand den Lichtschalter und knipste ihn an.

»Bist du verrückt? Wenn uns jemand sieht«, zeterte Adela, die ich jetzt neben dem Schreibtisch stehen sah. »Ich hab Glück gehabt, dass die Ulla mich nicht gesehen hat. Ich konnt grad noch hinter die Tür springen. – Los, mach das Licht aus!«

»Wenn hier einer ist, hat er uns längst gesehen! Nun sieh zu, dass wir hier wegkommen.«

Adela blickte sich um, humpelte kurz vor die Tür, lauschte, kam dann zurück und meinte: »Du musst dich getäuscht haben. Da ist niemand. Aber jetzt schau dir das an: Da hat einer die gleiche Idee gehabt wie ich!«

Tatsächlich waren in dem kleinen Raum überall Papiere verstreut, die Aktenordner, die Adela bei ihrem ersten Einbruch nicht mitgenommen hatte, lagen kreuz und quer auf dem Boden verteilt.

»Lass uns abhauen, Adela, ich habe keine Lust, doch noch Müngers in die Arme zu laufen!«

»Wir sind doch zu zweit.«

»Außerdem ist mir kalt, meine Wunde brennt teuflisch, und hier in diesem Chaos, findest du sowieso nichts.«

»Guck mal, der ist bestimmt für die Halle«, sagte Adela und griff nach einem großen Schlüssel, der an einem Nagel neben der Tür hing. »Lass mich noch einen Blick da hineinwerfen, dann gehen wir.«

Ich hätte sie würgen können! Adela humpelte nach draußen und ließ mich in der Baracke stehen. Das war das letzte Mal, dass ich mich von Adela zu so was überreden lassen würde. Ich starrte das Papierchaos an, und plötzlich sah ich auf dem Regal ein kleines Ablagekörbchen, das von all dem Durcheinander unberührt schien. Ich holte es herunter, und ganz oben auf lag ein Fax vom vierundzwanzigsten Juni dieses Jahres. Es war eine Kaufbestätigung über mehrere Wagen von einer Oldtimerauktion in England. Sechs Tage später war Schwertfeger ermordet worden. Es sah so aus, als ob Adela mit ihrem Verdacht Recht gehabt hätte. Ich schnappte mir das Papier, knipste das Licht aus und rannte in die Halle. Adela hing in der Motorhaube eines wunderschönen alten Autos.

»Guck mal, was ich hier habe«, japste ich und wedelte mit dem Papier.

In diesem Augenblick wurde das Hallentor zugeschlagen, der Schlüssel umgedreht und kurze Zeit später das Licht gelöscht. Dann hörten wir eilig sich entfernende Schritte. Man hatte uns eingesperrt. Auch als sich unsere Augen an die Dunkelheit gewöhnt hatten, sahen wir nichts. In die Halle schien kein Mond, hier war es stockduster. Adela tastete nach meiner Hand.

»Wir sitzen fest«, flüsterte sie.

»Du blöde Kuh!«, schimpfte ich. »Wieso hast du den Schlüssel stecken lassen? Warum hörst du nie auf mich? Ich habe dir doch gesagt, dass Müngers da draußen steht!«

»Ich hab Recht gehabt«, murmelte Adela. »Der Schwertfeger ist wieder in das Oldtimergeschäft eingestiegen. Hier stehen ein paar wunderschöne alte Autos. Die sind gut und gern dreihunderttausend Euro wert.«

»Schwertfeger hat genau dreihundertfünfzehntausendzweihundertundvierzehn Euro dafür bezahlt. Er hat die Wagen bei einer Auktion in England kaufen lassen!« Ich erzählte ihr von dem Fax, das ich gefunden hatte. »Aber was hat Ulla Schwertfeger um diese Zeit hier gesucht?«

»Sie hat etwas mitgenommen, ich hab aber nicht erkennen können was.«

»Und was machen wir jetzt? Hast du dein Handy mit?«

»Das liegt im Auto.«

»Na prima! Hab immer schon davon geträumt, eine Nacht mit dir in einer eiskalten, stinkenden Werkstatt zu verbringen.«

Wir hörten wie draußen das Rolltor heruntergelassen wurde.

»Was hat der jetzt vor?«, fragte Adela leise.

»Gar nichts!« brüllte ich. »Er braucht uns bloß hier zu lassen. Wir können uns die Seele aus dem Leib schreien, keiner wird uns hören. Wir werden hier armselig verhungern und verdursten. Und alles nur, weil du dich in diese blöde Oldtimergeschichte verbissen hast!«

Ich trommelte ihr wütend meine Fäuste auf die Brust.

»Jetzt mal den Teufel nicht an die Wand! Wir kommen hier schon wieder raus«, versuchte mich Adela, mit leiser Stimme zu beruhigen, »komm, wir suchen uns erst mal einen Platz.«

Verzweifelt um Orientierung bemüht taperten wir eine Zeit lang in der Halle umher, bis wir uns schließlich resigniert auf die Rückbank des Autos quetschten, unter dem Adela gelegen hatte, bevor das Licht ausgegangen war. Wir rückten so eng wie möglich zusammen. Mein Arm brannte, aber sonst war es kalt in der Halle, und im Auto roch es nach altem Leder und Benzin. Was hätte ich für eine Wärmeflasche oder für eine heiße Badewanne gegeben! Ich versuchte immer wieder, eine halbwegs bequeme Sitzposition einzunehmen. Doch das Auto war zu eng, ich war zu groß, und Adela neben mir zu breit. Aber die Enge war immer noch besser, als in der großen Halle auf dem kalten Betonboden in der Dunkelheit herumzustehen. Wir flüsterten unentwegt. In dieser ausweglosen Lage musste etwas zu hören sein, also wisperten wir, bis wir bei längst vergessenen oder verdrängten Geschichten unseres Lebens landeten, die mit dieser Geschichte nichts mehr zu tun hatten. Das war unser Schutz gegen die Finsternis, gegen die Angst, gegen die Schmerzen, gegen die Wut. Denn wenn wir nicht geflüstert hätten, hätte ich nur brüllen und Adela beschimpfen können.

Gegen fünf Uhr konnte man die ersten vagen Umrisse erkennen. Die Fenster der Halle waren vergittert. Von innen gab es keine Möglichkeit herauszukommen.

Es war schon hell, als wir draußen Schritte hörten. Während ich noch fieberhaft überlegte, ob es besser wäre, sich hier im Auto versteckt zu halten oder irgendetwas zu suchen, um uns verteidigen zu können, quetschte sich Adela bereits aus dem Auto. Die Halle war jetzt in ein milchiges Zwielicht getaucht, schemenhaft konnte man die Umrisse von weiteren Autos und einer Werkbank entdecken. Adela tapste stocksteif Richtung Werkbank, und mir klirrten die Zähne vor Kälte und Angst. Adela rieb sich ihre steifen Finger, bevor sie beherzt nach einem großen Hammer griff. Sie deutete auf eine Eisenstange, die neben der Werkbank lag. Ich zwängte mich aus dem Wagen und griff sie. So bewaffnet stellten wir uns links und rechts vom Eisentor auf. Ich sah schon Müngers vor mir. Er war bestimmt nicht viel größer als ich. Wenn ich ihn mit der Stange am Rücken treffen würde, müsste er zu Boden gehen. Aber was war dann? Was, wenn er wieder aufstand? Ein Seil, wir brauchten ein Seil, um ihn fesseln zu können. Während ich die Werkstatt mit den Augen nach einem solchen absuchte, hörte ich jemanden von draußen rufen.

»Katharina, Adela, seid's ihr da drin?«

Die Stimme kannte ich. Das war Ecki, unverkennbar. O Gott, was für ein Glück! Ecki hatte uns gefunden!

»Hol uns hier raus!«, schrie ich und warf die Eisenstange weg.

»Ich brauch aber einen Schlüssel«, kam es von draußen.

»Schau, ob der Schlüssel wieder im Büro hängt, an dem Nagel neben der Eingangstür!«, rief Adela. »Und beeil dich!«

Ich ging fast in die Knie vor Kälte; ich war ein einziger Eisblock, nur mein kranker Arm brannte und tat bei jeder Bewegung weh. Ecki hatte den Schlüssel gefunden, und Sekunden später waren wir befreit, standen zitternd, aber glücklich in der kühlen Morgenluft. Ich umarmte meinen kleinen Wiener, soweit dies die angegriffenen Knochen zuließen, und auch Adela drückte ihm einen kräftigen Kuss auf die Wange.

Da das Rolltor verschlossen war, mussten wir über die Mauern zurück, so wie bei unserem letzten Besuch, als wir nach Adela gesucht hatten. Ich schwor mir, nie mehr an diesen Ort zurückzukehren, selbst wenn Adela auf den Knien vor mir darum bitten sollte. Was war ich froh, als ich meinen kleinen Fiat auf der Straße stehen sah! Ich gab Ecki die Schlüssel und zwängte mich nach hinten.

Im Auto erzählte uns Ecki, dass er die ganze Nacht vor unserer Wohnung verbracht hatte, in der Hoffnung, wir würden jeden Augenblick nach Hause kommen. Er war schon auf dem Weg zu einem Hotel gewesen, als ihm die Halle eingefallen war. Schließlich hatte er uns gefunden.

»Wir gehn jetzt auf einen Kaffee, ein Pharisäer wär g'scheit. Ihr scheppert ja wie die Kluppensackeln. Was macht's ihr für Sachen?«

*

Die Aussicht auf Kaffee war verlockend, doch Adela hatte andere Pläne.

»Zum Polizeipräsidium, Ecki!«, befahl sie. »Wir müssen sofort diesen Fischer informieren, damit Müngers nicht abhauen kann!«

»Meinst, der ist schon im Büro? Um sechs Uhr in der Früh?« Ecki startete den Wagen.

In manchen der ärmlichen Siedlungshäusern in der Manteuffelstraße brannte schon Licht, aber auf der Straße war niemand zu sehen. Eine dicke Türkin schüttete einen Eimer Putzwasser in einen Gully der Kalk-Mülheimer-Straße. Auf der Kalker Hauptstraße hetzten vereinzelte Gestalten zur U-Bahn. Vor der Kaffeebud an der Kalker Post lungerten ein paar Junkies herum. Zwanzig Meter weiter sah man die Brache der ehemaligen Chemischen Fabrik Kalk, von der jetzt nur noch der alte Wasserturm übrig war. Am westlichen Ende dieses öden Geländes strahlte ein einziger Neubau Zukunftswille für diesen gebeutelten Stadtteil aus. Dieses strenge Bürogebäude beherbergte aber keine Firma, die den Kalkern neue Arbeitsplätze besorgte. Es war das neue Kölner Polizeipräsidium.

Die Empfangshalle erinnerte an eine Versicherung. Ein großer, hoher, karger Raum, in dem links der Empfang war und es rechts in eine Cafeteria ging. Adela stolzierte zu dem Beamten am Empfang. Fischer war tatsächlich schon im Hause. Der Pförtner meldete uns an, und wir fuhren mit dem Aufzug in den vierten Stock. Ecki wollte unten auf uns warten.

Den Geruch von Neubau, Desinfektionsmittel und kaltem Schweiß überlagerte an diesem Morgen der Duft von frischem Kaffee. In jedem Raum ratterte eine Kaffeemaschine, jeder der an uns vorbeikam, hielt eine Tasse in der Hand. Fischer war nicht in seinem Büro. Wir warteten auf dem Flur, bis der lange Speckmantel herangeweht kam, im Mund eine seiner Selbstgedrehten und in der Hand einen Riesenpott Kaffee.

»Sterneköche schlafen doch immer bis mittags. Was hat Sie so früh aus dem Bett geworfen?« Er öffnete die Tür zu seinem Büro, warf mit einer geübten Bewegung seinen Mantel über den Kleiderhaken und sah mich dann eher müde als neugierig an.

»Wenn ich nicht sofort einen Kaffee bekomme, kippe ich aus den Latschen«, sagte ich.

»Im Nebenzimmer steht eine Kaffeemaschine. Bedienen Sie sich.«

Es dauerte, bis ich zwei saubere Tassen gefunden hatte, und als ich zurückkam, erzählte Adela bereits unsere Geschichte. Die schlaflose Nacht hatte sie im Gegensatz zu mir keineswegs müde gemacht. Ich nehme an, es war der Triumph, mit ihrem Verdacht richtig gelegen zu haben, der sie so munter sein ließ. Ich reichte ihr eine Tasse Kaffe, lehnte mich mit meiner an die Wand und ließ sie reden. Sie erzählte, wie gut sie Schwertfeger gekannt und dass sie die Leidenschaft für alte Autos mit ihm geteilt habe. Ab dann beschönigte sie einiges. Das Entleihen der Akten ließ sie weg. Gestern Nacht wären wir ganz zufällig an Schwertfegers Halle vorbeigefahren und durch die offene Hofeinfahrt stutzig geworden. Wir hätten nur nachsehen wollen, ob alles in Ordnung wäre. Ein dringender Toilettenbesuch meinerseits wäre der Grund gewesen, weshalb wir das offene Büro überhaupt betreten hätten, und dann hätte uns ein verdächtiges Geräusch in die Halle eilen lassen.

»Wir dachten, dass es besser wäre, mal nachzusehen«, sagte sie freundlich lächelnd.

Fischer unterbrach sie kein einziges Mal. Er hatte seinen Stuhl nach hinten gekippt, die Füße bequem auf eine Schreibtischecke gelegt und hörte zu. Auch er sah aus, als hätte er diese Nacht wenig geschlafen. Er war nicht rasiert, und seine Haut grauer als sonst.

»Dann hat Katharina in dem Durcheinander zufällig dieses Fax gefunden.« Adela legte es vor Fischer auf den Tisch. »Sie ist zu mir in die Halle gelaufen, weil sie's mir zeigen wollte. Und genau diesen Moment nutzte Müngers, um uns einzusperren. – Zum Glück hat Ecki uns gefunden. So, und jetzt können Sie den Täter verhaften.«

Adela war sichtlich irritiert, dass Fischer nicht sofort aufsprang. Fischer sagte erst mal gar nichts. Er las das Fax aufmerksam durch und gab es dann einem herbeigerufenen Kollegen, dem er ein paar Sätze ins Ohr flüsterte.

»Nun hören Sie mal zu, junger Mann«, Adela war jetzt nicht mehr irritiert, sondern ärgerlich. »Wir schleppen uns hier todmüde zum Revier, damit Sie möglichst schnell einen Mörder verhaften können, und Sie bleiben hier seelenruhig sitzen! Sie nehmen nicht mal die Füße vom Tisch.«

»Wenn in diesem Fall einer nicht der Mörder ist, dann Müngers.« Fischer grinste müde, nahm tatsächlich seine Füße vom Tisch und drehte sich eine Zigarette.

»Aber der ist doch am Mordtag ganz überraschend aus der Firma verschwunden«, setzte Adela dagegen.

»Genau. Und wissen Sie, wo er hingegangen ist?« Fischer zündete sich die Kippe an. »Ins Krankenhaus. Der ist nämlich Großvater geworden in der fraglichen Zeit. Müngers saß in der Uniklinik, das können zwei Ärzte und drei Krankenschwestern bestätigen. Wasserdichter kann ein Alibi nicht sein.«

Adela fiel der Kiefer herunter.

Über Fischers Gesicht zog das müde Lächeln eines Experten, der einen Laien bei einem dummen Fehler ertappt hatte. Adela saß da und starrte durch ihn hindurch ins Nirgendwo.

War das peinlich, dachte ich und hätte mich gern unsichtbar gemacht. Jetzt nicht noch irgendwelche Belehrungen ertragen, das konnte ich nach der Nacht auf keinen Fall. Ich wollte nur einen neuen Verband und ein paar Stunden Schlaf.

Da kam der Beamte zurück, dem Fischer das Fax gegeben hatte und flüsterte seinerseits Fischer etwas ins Ohr.

»Na endlich«, sagte der. »Das wurde aber auch Zeit.« Er atmete tief durch, und sein Gesicht wirkte plötzlich überhaupt nicht mehr grau. »Sehen Sie, wir hatten Ulla Schwertfeger von Anfang an in Verdacht, aber sie hat es uns verdammt schwer gemacht, ihr den Mord an ihrem Mann nachzuweisen.«

»Ulla? Ulla soll ihren Mann umgebracht haben?« Adela schüttelte ungläubig den Kopf. »Sie irren sich, Herr Kommissar.«

»Seit zwei Wochen lassen wir sie Tag und Nacht beobachten. Wir wussten also, dass sie in der Bürobaracke in Kalk etwas suchte, aber wir wussten nicht was. Sie hat das ganze Büro auseinander genommen, ohne Ergebnis. Ihre Stippvisite heute Nacht war ein letzter verzweifelter Versuch, das Gesuchte zu finden. Aber nicht die Schwertfeger, Sie beide haben das Fax gefunden. Gerade hat einer meiner Kollegen sie damit konfrontiert. Da hat sie endlich den Mord gestanden. Vielen Dank, meine Damen!«

»Ich versteh das nicht.« Adela klammerte sich an ihrer Kaffeetasse fest und starrte durch Fischer hindurch. »Wieso sollte Ulla Jupp umbringen? Die beiden hatten sich doch gut miteinander arrangiert.«

»Die Fassade stimmte, da haben Sie Recht!« Fischer schlürfte lautstark seinen Kaffee. »Die war ihm allerdings wichtiger als ihr. Sie hatte die Nase schon lange gestrichen voll von ihrem Alten. – Niehauser hat uns da erstaunlich genaue Informationen geliefert. – Schon seit einigen Jahren wollte sie sich von ihm trennen. Ein Mann, der lieber mit anderen Kerlen als mit ihr ins Bett geht, war auf Dauer schwer auszuhalten. Aber natürlich sollte die Knete stimmen! Nach ein paar schwierigen Jahren, schien ihr der Zeitpunkt dafür jetzt sehr günstig. Die Firma schrieb schwarze Zahlen, und es gab auch noch ein beträchtliches, privates Vermögen. Als sie ihrem Mann eröffnete, dass sie sich von ihm trennen wollte, hat er ihr gesagt ›Kannste gern tun, aber glaub bloß nicht, dass da für dich viel Geld rausspringt‹ und hat frech weg das ganze Privatvermögen in sein neues Oldtimergeschäft investiert. Da hat sie rotgesehen und ihn vergiftet.«

Adela stellte ihre Tasse ab und sagte nichts.

»Und was hat Müngers dann heute Nacht auf dem Gelände gemacht?«, fragte ich. »Ich habe ihn doch gesehen!« Ich beschrieb den Mann hinter der Baracke.

Fischer runzelte die Stirn.

»Wenn nicht er, wer hat uns in der Halle eingesperrt?« Alles ergab überhaupt keinen Sinn mehr.

»Aber Ulla war doch an dem Tag überhaupt nicht in Köln, als Jupp ermordet wurde!«

Adela hatte überhaupt nicht zugehört. Es interessierte sie im Augenblick nicht, wer uns in die Halle gesperrt hatte. Sie konnte es nicht fassen, dass Ulla Schwertfeger ihren Mann ermordet hatte.

»Richtig. Ihr Plan war wirklich außergewöhnlich raffiniert. Deshalb hat es so lange gedauert, bis wir ihr den Mord nachweisen konnten.«

Fischer genoss es sichtlich, uns dummen Hühnern die Ergebnisse seiner erfolgreichen Polizeiarbeit zu präsentieren.

»Sie wissen, Schwertfeger war herzkrank, er musste ein Mittel einnehmen, das sich absolut nicht mit Alkohol vertrug. Wenn er ausging und etwas trinken wollte, mussten mindestens sechs Stunden zwischen der Einnahme des Medikaments und dem Trinken von Alkohol liegen. Die Schwertfegers haben zu Hause eine von diesen neumodischen, teuren Espresso-Maschinen. Eine, bei der für jede Tasse die Bohnen frisch gemahlen werden. – Kennen Sie doch bestimmt, bei dem Kaffee-Angebot in ihrem Laden«, meinte er an mich gewandt. »Sie hat das Herzmittel mit den Bohnen vermischt und ins Mahlwerk geschüttet. Sie wusste, dass Schwertfeger, bevor er ausging, gern einen Espresso trank. Was er dann ja zu seinem Pech auch getan hatte. Natürlich hat der Kaffee bitterer geschmeckt als sonst, aber gerade bei einem Kaffee fällt das nicht auf, da kann das ja immer wieder mal vorkommen. – Jetzt muss sie nur noch den Mord an Niehauser gestehen.« Fischer stand auf und reichte uns beiden die Hand. »Nochmals vielen Dank für Ihre Hilfe.«

»Aber wieso sollte Ulla Schwertfeger Niehauser ermordet haben?«, fragte ich ungläubig auf dem Weg zur Tür.

»Völlig klar. Er wusste zu viel über ihre Ehe und von Schwertfegers Geschäften. Er hätte ihr gefährlich werden können. – Nachdem es Frau Schwertfeger nicht gelungen war, ihm den Mord in die Schuhe zu schieben, musste sie ihn umbringen.« Fischer bugsierte uns zur Tür hinaus.

»Es waren zwei Mörder«, sagte da plötzlich Adela mit altvertrauter Bestimmtheit. »Niehauser ist nicht von Ulla umgebracht worden!«

Und dann verließ sie das Polizeipräsidium in der gleichen Haltung, in der sie gekommen war: hocherhobenen Hauptes.

*

Als wir zurück in der Eingangshalle waren, schnarchte Ecki in einem Besucherstuhl. Das verwaschene T-Shirt war ihm aus der Hose gerutscht und bauschte sich bei jedem Atemzug leicht auf. Ich tippte ihm sanft auf die Schulter. Sofort sahen mich zwei grüne Bergseen an.

»Kati! Adela! Und was war? Kriegt ihr einen Orden?«

Adela presste bloß die Lippen aufeinander und sah missmutig zu Boden.

»Na ja«, meinte ich mit einem Blick auf sie, »das gerade nicht. Aber wir wissen jetzt, dass Ulla Schwertfeger die Mörderin war. Sie hat ihren Mann umgebracht und wahrscheinlich auch Niehauser. Das wird in der Ochsenküche für große Erleichterung sorgen!«

»Unsinn«, knurrte Adela bockig.

»Gib mir mal dein Handy«, sagte ich zu ihr. »Ich muss unbedingt Pfister beruhigen. Der war gestern Abend völlig aufgelöst, als ich ihm erzählt habe, dass Niehauser ihm das Schwalbennest wegschnappen wollte.«

»Aber davon wusste Pfister doch gar nichts! Der Klein hat's ihm auf alle Fälle nicht erzählt. Dem war's doch hinterher furchtbar peinlich. Der war heilfroh, dass der Pfister ihn nicht drauf angesprochen hat.« Adela hinkte neben mir nach draußen.

»So, wie der gestern reagiert hat, hat Niehauser ihm auch nichts erzählt.« Ich wählte Pfisters Nummer.

Schlaftrunken meldete er sich. Ich hatte ganz vergessen, dass es erst sieben Uhr morgens war.

»Ich bin's Katharina.« Keine Reaktion. »Die Polizei weiß jetzt, wer Schwertfeger umgebracht hat. Ja, seine Frau. Und sie hat wahrscheinlich auch den Niehauser umgebracht. Ja. Der wusste zu viel. Hätte ihr gefährlich werden können. Also: Nichts für ungut wegen gestern. Bis später. Ciao!«

Ein großer Seufzer der Erleichterung war das Einzige, was von Pfister zu hören war. Dann legte er auf.

Adela und ich warteten Ecke Eisenbahnstraße/Kalker-Haupt-Straße. Ecki holte das Auto.

Schnell wählte ich noch Spielmanns Nummer. Es meldete sich nur der Anrufbeantworter. Wo trieb er sich so früh am Morgen herum? Ich hinterließ keine Nachricht.

Ecki chauffierte uns sicher zurück in die Kasemattenstraße. Schon halb schlafend erneuerte mir Adela den Verband. Die Wunde nässte immer noch, und mir liefen die Tränen vor Schmerz und Erschöpfung. Ecki kochte Kaffee, aber Adela hinkte nach ihrem Samariterdienst direkt ins Bett. Ecki drückte mir eine Kaffeetasse in die Hand, setzte sich rittlings auf einen Stuhl vor mich und fragte, wie das mit dem Arm passiert sei. Ich erklärte es ihm.

»Meinst nicht, wir sollten uns langsam über die Häuser haun? Eine g'störte Alte will dich ums Eck bringen, dann wirst in eine eiskalte Garage gesperrt, Kathi, die G'schicht ist ung'sund. Schau lieber, dass d' fortkommst.«

Wenn er nicht gerade am anderen Ende der Welt kochte, konnte er richtig rührend und fürsorglich sein, mein Ecki! – Schon mehr als einmal hatte ich hier in dieser Wohnung gesessen und darüber nachgedacht wegzugehen. Aber noch war der Zeitpunkt nicht gekommen. Spielmann hielt mich hier fest. Was sollte werden zwischen uns? Lag meine Zukunft hier in Köln an seiner Seite? Passte er besser zu mir als Ecki? Wie sah eine Zukunft mit Ecki aus? Sollte ich mit Ecki über ihn reden? Zu viele Fragen für eine Frau mit müdem Hirn und kaputtem Arm.

»Komm mit nach Bombay! Ich reiß dir dort in nullkommanix einen tollen Job auf.«

»Bombay!« Das hätte er jetzt wirklich nicht sagen sollen. »Du weißt, dass das nichts für mich ist, Ecki. Ich könnte nicht in diesem Dreck leben, mit den ausgemergelten Kindern und Kühen auf der Straße, der Hitze und dem Lärm. Und gleichzeitig in einem Hotel die feinsten Sachen für die Reichen dieser Welt kochen. Schon bei der Vorstellung krieg ich Beklemmungen.« Ich stellte den Kaffee zur Seite und holte eine Flasche Wasser aus dem Kühlschrank. »Was hältst du von Fautenbach? Mein Bruder heiratet in das Resto seines Schwiegervaters ein. Du kannst dir vorstellen, dass meine Mutter mir die Ohren voll heult wegen der Linde.«

Während ich das sagte, fiel mir siedend heiß ein, dass ich diesen Hochzeitstermin völlig verdrängt hatte. Der musste jetzt bald sein.

»Zweitausend Seelen! Geh, bitte! Kirschbaum rechts, Bach links und mein eing'schlafenes G'sicht in der Mitte. Dagegen ist der Zentralfriedhof ein Volksfest. Und, sei mir nicht bös, aber deine Mama ist eine herrische Kuh, die Straßenkühe in Bombay sind gemütlicher, echt wahr!«

Ich nahm einen Schluck Wasser und sagte nichts mehr. Auch Ecki schwieg. Jeder von uns wusste, wie das Gespräch weitergehen würde. Zu oft hatten wir ähnliche Diskussionen geführt, immer mit ungutem Ende.

Ecki war ein Herumtreiber. Wenn ich mir meine neuen Stellen nach dem Ruf des Kochs aussuchte, so musste für Ecki der Ort interessant sein. Er hatte schon in Sydney und Kapstadt gekocht, in Buenos Aires, New York und Peking. Es war ein absoluter Zufall gewesen, dass wir uns ausgerechnet in Wien, seiner Heimatstadt, kennen gelernt hatten. Meist heuerte er in großen Hotelküchen an, da hatte er genügend Zeit, auf Entdeckungsreise zu gehen. In der Zeit, als wir sehr, sehr verliebt waren, hatte er davon gesprochen, sesshaft zu werden. Wir hatten von einem gemeinsamen Resto geträumt. Prospekte für die Kücheneinrichtung gesammelt, uns über die Farbe der Tischwäsche gestritten und Vormittage damit zugebracht, nach Besteck und Geschirr zu suchen. Gut, vielleicht war ich dabei die treibende Kraft gewesen, aber Ecki hatte alles gern mitgemacht. Bei der Tischwäsche hatte er sich mit Leidenschaft für Burgunderrot stark gemacht. So was macht man nicht nur zum Spaß. Ich wollte einen von diesen neuen Induktionsherden haben, Ecki wollte auf Gas kochen, und über die Größe unserer Küchenbrigade konnten wir uns auch nicht einigen. Nur über den Namen stritten wir uns nie: Paradeiser. Ganz deutlich hatte ich das Schild schon vor mir gesehen. Ein eleganter Schriftzug von links unten nach rechts oben, Rot auf weißem Grund.

Aber dann überredete mich Ecki, mit ihm nach Brüssel zu gehen. »Noch ein paar Erfahrungen sammeln, das tut uns beiden gut, Kati! – Denk an die berühmten belgischen Pâtissiers!«

Als er mir ein halbes Jahr später sagte, dass er noch nach Bombay muss, bin ich ausgeklinkt. Ich erinnere mich nicht gern an diese Nacht. Gedroht habe ich, angefleht habe ich ihn, und als er nicht nachgab, habe ich ihm die Ohren rot gehauen. Noch nie hatte ich mich so verraten gefühlt. Gleichzeitig hatte ich diese dämliche Sehnenscheidenentzündung bekommen. Ich konnte deswegen nicht arbeiten, war noch tiefer in dieses schwarze Loch gefallen. Um mich herumgeschlichen ist er, hat mich bedauert, hat mir jeden Wunsch von den Augen abgelesen, aber kein Wort von wegen: »Ich fahre nicht, oder lass uns noch mal überlegen.«

Wir hatten damals ein winziges Appartement in der Brüsseler Innenstadt gemietet, und in dieser an sich schon unerträglichen Enge saßen wir mit meiner Sehnenscheidenentzündung und diesem Konflikt. Natürlich hat jeder versucht, noch mal einen versöhnlichen Ausgang in die Sache zu bringen, Ecki sogar mehrfach. So hat er angeboten, anstelle von Bombay nach Dubai zu gehen, das sei doch vier Flugstunden näher. Vier Flugstunden näher! Gar nicht fortgehen sollte er, der windige Hund! An dem Morgen, als sein Flieger ging, habe ich mich umgedreht und weiter geschlafen. Regelrecht froh war ich, als er endlich weg war. Häng mich doch nicht an einen, der immer nur weg will. Aber dann kamen Briefe, wunderschöne Briefe – und die verdammte Sehnsucht.

Ecki, der ebenfalls seinen Gedanken nachgehangen hatte, drohte schon wieder einzuschlafen. Ich schleppte ihn in mein Zimmer. Bevor mir selbst die Augen zufielen, schaffte ich es gerade noch, den Wecker auf zwei Uhr nachmittags zu stellen. Das wären glatte fünf Stunden Schlaf. Es schien mir eine Ewigkeit her, dass ich mal so lange schlafen konnte.

*

Keine Ahnung, wie lange ich geschlafen hatte, als das Telefon mich weckte. Der Himmel draußen war hellgrau, und neben mir schnarchte Ecki. Ich schlurfte in den Flur, um dem hartnäckigen Klingeln ein Ende zu setzen. Die Uhr über dem Telefontischchen zeigte Viertel vor zwölf Uhr mittags.

»Süße Küchenfee, wie geht es dir?«

Spielmann klang aufgekratzt und war guter Dinge. Mir brummte der Schädel, mein Arm brannte, und ich brauchte noch mindestens zehn Stunden Schlaf. Je deutlicher ich mich an Spielmanns letzten Auftritt im Ochsen erinnerte, desto saurer wurde ich. Von wegen »süße Küchenfee«! Sich einfach aus dem Staub machen, was er sich dabei wohl gedacht hatte!

»Wieso bist du abgehauen?«, fragte ich kühl, und beneidete Ecki und Adela, die nebenan um die Wette ratzten, um ihren guten Schlaf. »Wo warst du die ganze Zeit?«

»Nennen wir es mal künstlerische Schaffenskrise. Leider, leider habe ich auch manchmal meine depressiven Phasen, in denen ich abtauchen muss. Aber vorbei! Vergessen. Wie geht es dir? Was macht dein Arm?«

Wer hatte ihm davon erzählt? Kraußler?

»Deine Küche ist ziemlich gefährlich. Sandra hat mir heißes Nudelwasser darüber geschüttet.«

»Es gibt etwas, da habe ich immer gedacht, es sei besser, es nicht zu sagen, aber jetzt bei diesen Entwicklungen, also, um es kurz zu machen«, Spielmann druckste verlegen herum. »Bevor du nach Köln kamst, hatte ich mit Sandra eine klitzekleine Affäre, nichts Ernstes, ein-, zweimal miteinander im Bett gewesen, Ausrutscher nach weinseligen Abenden. So was kann vorkommen, kennst du doch bestimmt auch. Kurzum, für mich war die Sache schnell erledigt, ich bin natürlich davon ausgegangen, dass es bei ihr genauso war. Ich hatte keine Ahnung, dass ich für sie die große Liebe bin. Neulich Abend hat sie es mir gestanden, tränenreich, hysterisch, na ja, du kennst sie ja. Das war mir entsetzlich peinlich, ich musste ihr ja sagen, dass ich ihre Gefühle in keinster Weise erwidere, dass ich dich liebe und gedenke dich zu heiraten ...«

Spielmann und Sandra? Ich konnte mir die beiden beim besten Willen nicht miteinander vorstellen. Nicht mal nach weinseligen Abenden. Aber natürlich erklärte das ihr Verhalten. Spielmann ließ sie fallen und fing eine Affäre mit mir an. Deshalb hasste sie mich, da hatte Adela mal richtig vermutet. Aber hatte Spielmann nicht noch etwas von Heiraten gesagt? – Von der Wand strahlten mich wieder die glücklichen Mütter an.

»Was hast du gesagt, Hugo?«

»Ich gebe zu, dies ist ein etwas verquerer Antrag, Küchenfee. Selbstverständlich musst du zuerst gefragt werden, aber im Gespräch mit Sandra ist es mir wie Schuppen von den Augen gefallen, als mir das rausgerutscht war. Ich hätte dich das schon lange fragen sollen. Wir sind ein wundervolles Paar, haben die gleichen Leidenschaften, ergänzen uns in so vielen Dingen, auch wenn wir uns noch nicht so lange kennen. – Und jetzt, wo endlich auch diese entsetzlichen Morde aufgeklärt sind ...«

»Wieso Morde? Nur der Mord an Jupp Schwertfeger ist aufgeklärt!«

»Radio Köln hat in den elf Uhr Nachrichten gebracht, dass Frau Schwertfeger auch den Mord an Niehauser gestanden hat.«

Da hatte Fischer wirklich einmal schnelle Arbeit geleistet!

»Du kannst dir nicht vorstellen, wie erleichtert ich bin, was für eine Last von mir fällt, in den letzten Tagen bin ich fast daran verzweifelt, du hast ja selbst gemerkt, in was für einem Zustand ich war. – Aber jetzt, es ist wunderbar. Alles ist so leicht! Und die Vorstellung, mit dir einen Neuanfang zu machen! ... Du wirst sehen, unter uns beiden wird der Ochse noch besser. Wir erkochen uns noch einen Michelinstern! – Wir könnten auch überlegen, ob wir ein zweites Lokal – gerade habe ich eine Anfrage vom Hyatt bekommen. Sie würden gern eines ihrer Lokale mit meinem Namen schmücken. Du würdest das für mich übernehmen. Stell dir vor, ein neues Lokal, ganz nach deinen Vorstellungen. Du bestimmst alles von der Küchenausstattung bis zur Tischwäsche ...«

Spielmann redete ohne Punkt und Komma.

Wenn ich ans Gleisdreieck dachte, war dieser Heiratsantrag wundervoll, wenn ich mir die letzten Tage vor Augen hielt, sagte alles in mir: Vorsicht!

»Wo willst du heiraten? – Ich kann dir leider keine Trauung hier im Dom bieten, obwohl Monsignore Pappenrath uns gern trauen würde, da bin ich mir sicher, aber in dem Punkt sind die Katholiken konsequent, nein, eher stur, ich war schließlich schon mal verheiratet, da kann auch Monsignore Pappenrath nichts machen, Einfluss hin oder her, so was geht nur bei Caroline von Monaco. Als Trauzeugen würde ich Eckart Witzigmann fragen, macht er bestimmt gern, so eine kreative Verbindung wie der unsrigen, gibt er freudig seinen Segen, außerdem wolltest du ihn sowieso schon längst mal kennen lernen. Aber was ist mit dem Hochzeitsmenü? Ganz, ganz wichtig. Mit meiner ersten Frau war ich im Goldenen Pflug, der war damals noch wahnsinnig gut, gibt einem ein Beispiel, wie schnell Sterne verblassen können, kräht heute kein Pfifferling mehr nach, ich glaube, neulich haben sie sogar die Einrichtung versteigert. Soll jetzt ein einfaches Brauhaus sein.«

Was für Gedankensprünge er machte! Hochzeit im Kölner Dom! Meine Mutter würde platzen vor Stolz. In Wien hatten Ecki und ich heiraten wollen. Ecki war für eine schnelle standesamtliche Trauung gewesen. Anschließend ein Picknick an der Donau mit guten Freunden und den besten Sachen vom Naschmarkt. Von dort hätten wir meiner Mutter eine Postkarte geschickt: Wir haben geheiratet. Die Vorstellung hatte mir gut gefallen.

»Wenn wir hier in Köln heiraten, wäre natürlich Gilbert sehr geschmeichelt, wenn wir zu ihm kämen, in Köln käme eigentlich wirklich nur Gilbert in Frage, die Vössing hätte ihm Konkurrenz machen können, wenn sie im La Societé geblieben wäre, aber die hatte ja Hummeln im Arsch, musste wieder nach Paris. Apropos Paris, die Stadt der Liebe, wäre auch nicht schlecht, oder was hältst du von Wohlfahrt in Baiersbronn, ist doch bei dir um die Ecke, fast deine alte Heimat – aber du sagst ja gar nichts, süße Küchenfee?«

»Hast du irgendetwas eingenommen, Hugo? Ein bisschen Koks, Hallo-wach-Pillen, oder so?«

Spielmann gluckste glockenhell. »Natürlich perlt ein Cuvée Nicolas Delamotte neben mir, unsere Marke, du erinnerst dich? Und am liebsten würde ich ihn jetzt mir dir trinken, ein zweites Glas steht schon bereit – aber besoffen oder sonst was bin ich nicht, was mich berauscht, ist einzig die Vorstellung, mit dir einen Neuanfang zu machen. Alles ernst gemeint, Heirat inklusive. Also, was sagst du?«

Er wollte eine Entscheidung. Jetzt. Sofort. – Spielmann! Der große Spielmann machte mir einen Heiratsantrag. Ich könnte die Frau an seiner Seite werden. Noch vor vier Wochen hätte ich bedingungslos ja gesagt. Aber jetzt konnte ich es nicht.

»Ach, Hugo«, sagte ich.

»Das ist alles, was du zu sagen hast, ›Ach, Hugo‹? Ich lege dir hier den Himmel zu Füßen, und du sagst ›Ach Hugo‹. Was heißt das denn?« Spielmanns Stimme klang ungeduldig.

»Jetzt dränge doch nicht so. Mir brummt der Schädel, mir tun alle Knochen weh, mein Arm brennt, ich habe zu wenig geschlafen. Vor zwei Tagen hast du noch alles stehen und liegen lassen. Irgendwie schlechte Voraussetzungen für Freudensprünge. – Außerdem gibt es noch Ecki.«

»Ach, der Wiener, ich vergesse immer, dass es den noch gibt. Wo ist er denn?«

»Er liegt in meinem Bett und schläft.«

Die Pause, die folgte, war ziemlich lang.

»Weißt du, dass du erst die zweite Frau bist, der ich einen Antrag mache? Weißt du, was es heißt, in meinem Alter noch einmal so einen Schritt zu tun? – Ich dachte, du freust dich!« Seine Champagnerlaune war verflogen, er klang jetzt angesäuert.

»Bedenkzeit, Hugo. Ein bisschen Bedenkzeit.«

»Na gut, dann denk halt nach. Aber allzu lange gilt mein Angebot nicht!«

Dann legte er den Hörer auf, und ich hatte wahrscheinlich die Chance meines Lebens vertan.

Ich widerstand der Versuchung, sofort noch einmal anzurufen, dadurch konnte es nur schlimmer werden. – Von draußen hörte ich die Glocken von Sankt Heribertus läuten. Es war zwölf Uhr mittags. Der graue Himmel war noch grauer geworden. Es regnete. Dieser typische Kölner Nieselregen, bei dem der Himmel den ganzen Tag nicht mehr aufhellt. Ecki und Adela schnarchten immer noch um die Wette.

Wie konnte ich nur so blöd sein!

Ich ließ Wasser in die Badewanne laufen und schüttete etwas von Adelas Duftwässerchen hinein. Vorsichtig löste ich meinen Verband, die Wunde brannte immer noch, doch es bildete sich allmählich eine neue Hautschicht. Ich legte den verletzten Arm vorsichtig auf den Rand der Wanne und schloss die Augen.

Ob Spielmann mit jeder Frau aus seiner Brigade ins Bett ging? Zumindest einen Heiratsantrag machte er nicht jeder. Den machte er nur mir! Das war prickelnd, das war wie der Champagner von Nicolas Delamotte. Und dann! Ein neues Restaurant, das ich planen könnte! Damit würde ich mir endlich den Traum erfüllen, der mit Ecki nicht zu verwirklichen gewesen war. Ecki. Was machte ich mit Ecki? Wenn er mich aus seinen grünen Bergsee-Augen anstrahlte, wurde mir immer ganz warm ums Herz. Ach herrje, da war ich in einem schönen Schlamassel gelandet!

Immerhin waren die Morde aufgeklärt. Vorbei die Angst, vorbei die Zeiten gegenseitiger Verdächtigungen. Keiner von uns hatte etwas mit den Morden zu tun. Wie klar Spielmann das gesehen hatte! In der Ochsenküche würde man wieder frei atmen und unbeschwert arbeiten können! Zumindest die anderen. Für mich waren die Tage in der Ochsenküche gezählt. Wenn ich Spielmanns Antrag ablehnte, würde ich gehen. Wenn ich ihn annahm, würde ich das neue Hyatt-Resto übernehmen. Als Spielmanns Frau wollte ich nicht mehr als Garde-manger in seiner Küche stehen.

Ich stieg aus der Badewanne, trocknete mich ab und schlich

leise in mein Zimmer. In meinem Kleiderschrank herrschte Ebbe. Ich musste unbedingt waschen. Nur eine ungeliebte Jeans und ein gestreiftes Herrenhemd waren noch sauber. Ich zog beides an. Ecki bekam von alldem nichts mit. Fest in mein Oberbett gekuschelt, war er noch immer im fernen Reich der Träume. Ich betrachtete ihn für einen Augenblick voller Zärtlichkeit. Dann ging ich in die Küche und schrieb einen Zettel für ihn und Adela. Ich wollte raus, allein sein, auf keinen Fall reden. Spielmann gleich bei der Arbeit zu begegnen, war genug an Herausforderung für diesen Tag.

Aber Spielmann kam nicht in den Ochsen. Ansonsten verlief auch dieser Tag ohne besondere Vorkommnisse. Todmüde schleppte ich mich nach Mitternacht nach Hause. Ecki und Adela sahen in trauter Eintracht im Nachtprogramm einen alten Wiener »Tatort« an. Ich ging sofort ins Bett. Im Halbschlaf spürte ich, wie Ecki meinen Körper mit Küssen bedeckte.

*

»Fischer macht einen großen Fehler. Herausgepresst hat er das Geständnis, wahrscheinlich hat Ulla gedacht, ist egal, ob ein Mord oder zwei, Hauptsache, die lassen mich in Ruhe. Man weiß doch, wie ekelhaft die bei Verhören sein können.« Angewidert schob Adela den Express zur Seite und nahm einen kräftigen Schluck Kaffee.

Wir saßen zu dritt beim Frühstück. Ecki war schon einkaufen gewesen. Es gab frisch gepressten Orangensaft, feinsten Eifeler Schinken und die besten Brötchen von Deutz. Regen und graue Wolken waren verschwunden, der Himmel war blassblau, und eine noch zarte Sonne kündigte einen schönen Augusttag an.

»Du kannst einfach nicht zugeben, dass du dich geirrt hast. Ich bin heilfroh, dass es keiner aus der Brigade war.« Ich hatte fast zehn Stunden geschlafen, und die Schmerzen im Arm waren heute erträglich.

»Ich bin froh, dass jetzt alles klar ist.« Ecki biss in sein Schinkenbrötchen. »Ich hätt doch in Bombay keine Ruh gehabt. Wenn ich mir überleg, was dir alles passieren hätt können«, sagte er und strahlte mich an.

»Natürlich war das ein Schock für mich, als der Fischer das mit der Ulla erzählte.« Adela schmierte sich ihr drittes Brötchen. »Ich habe die Frau entbunden. – Gut, ihr wisst nicht, was das heißt, weil ihr noch keine Geburt erlebt habt, aber ich sage euch: Das ist was. Ich habe immer geglaubt, wenn man Menschen in so extremen Situationen erlebt, dann kennt man sie. – Bei der Ulla hab ich mich getäuscht. Ich wusste schon, dass sie nicht einfach ist. Man kann es ihr schwer recht machen und sie wird gern bedient. Aber eine Mörderin? Ich bitte euch!«

Ich dachte an Spielmanns Angebot, wenn es denn noch stand. Mit den beiden konnte ich nicht darüber reden. Adela würde mir selbstverständlich abraten, ich wusste genau, was sie sagen würde: »Raffiniert ist er ja, aber ist doch klar, dass der dich aussaugen will, der Bluthund. Ausgelaugt ist er, braucht eine junge, kräftige Frau an seiner Seite, die ihm die Arbeit macht, damit er weiter Lorbeeren einheimsen kann. Glaubst doch nicht wirklich, dass so ein eitler Gockel eine gleichberechtigte Frau neben sich duldet.« Gegen Männer war sie gnadenlos. Nur Ecki genoss eine gewisse Hochachtung, seit er uns aus der Halle rausgeholt hatte. Er durfte sogar mit ihrem Cabrio fahren.

Ecki würde der Heiratsantrag von Spielmann auch nicht gefallen. Er würde darin einen Erpressungsversuch meinerseits sehen. Er würde mir unterstellen, dass ich ihm damit die Pistole auf die Brust setzte. Er würde aus Trotz sofort seinen Vertrag mit Bombay verlängern.

»Natürlich war Ulla mein blinder Fleck. Ich habe sie nie als Täterin in Erwägung gezogen.«

Adela leckte ihre Marmeladenfinger ab.

»Der Groll all die Jahre, für den eigenen Ehemann nicht attraktiv zu sein. Sie war niemand, der gut verzeihen konnte. Aber diese Fassade. Wie viel Energie hat sie daran gesetzt, dass nach außen hin alles stimmte!«

»Zu viel wahrscheinlich«, meinte ich.

»Sieht ganz danach aus.« Adela nickte. »Irgendwann geht so was nicht mehr gut. Denn davon ausgehen, dass nach dem Mord keiner erfährt, dass der Jupp schwul war, das konnte sie wirklich nicht. –Das Geld ist ihr wichtiger gewesen, als bei den Nachbarn gut dazustehen. Sie hat sich ans Geld geklammert. Als er ihr das nehmen wollte, ist sie durchgedreht.«

Adela tupfte mit dem feuchten Zeigefinger die Brötchenbrösel vom Teller auf, bevor sie fortfuhr. »Aber Niehauser hat sie nicht ermordet. Das Motiv ist zu vage. Werdet schon sehen, dass ich Recht habe!« Energisch packte sie das Frühstücksgeschirr zusammen und rauschte dann in ihrem geblümten Morgenmantel aus der Küche.

Darauf schien Ecki gewartet zu haben. Er rannte ebenfalls aus dem Raum, kam aber schnell zurück und legte zwei Karten auf den Tisch.

»Ich lad dich ein«, sagte er. »Wir fahrn mit dem Schiff. Für die berühmten Rheinburgen reicht die Zeit leider nicht, weil du allweil so viel arbeiten musst. Aber Köln können wir uns ansehen vom Rhein aus. Magst?«

Das war wahrscheinlich die letzte Gelegenheit für uns beide, was zu klären. Denn morgen wollte Ecki nach Bombay zurückfliegen.

»Okay«, sagte ich. »Eine Rheinfahrt hab ich noch nicht gemacht.«

»Weiß ich!« Ecki strahlte. »So was machst nur mit mir.«

Auf der Rheinpromenade tummelte sich ein buntes Gemisch von Touristen aus aller Herren Länder. Wir bestiegen unser Schiff mit einer Gruppe Polen und einem holländischen Damenclub. Ecki erkämpfte uns einen Platz direkt am Bug. Wir breiteten uns auf einer Bank aus, und Ecki legte seinen Arm um meine Schultern.

»Schau, sogars Wetter spielt mit. Ja, wenn Engerl reisen, lacht der Himmel.«

Das Schiff tuckerte gemütlich Richtung Süden, vorbei am Schokoladenmuseum und den mächtigen Kölner Speichern.

In Wien hatten wir mal gemeinsam eine Donaufahrt gemacht,

runter nach Melk und dann durch die Wachau. Hier in Köln war ich noch nie auf die Idee gekommen, ich hatte noch nicht mal den Dom bestiegen. Ecki an meiner Stelle würde Stadt und Umgebung schon nach kurzer Zeit wie seine Westentasche kennen. Er liebte es, neue Ort zu entdecken, neue Menschen kennen zu lernen, fremde Sprachen zu hören. Gern erzählte er, dass er nur deshalb Koch geworden sei. Jetzt lauschte er gleichzeitig dem Gespräch der Holländerinnen und besah sich interessiert die vorbeiziehende Stadt. Südstadt und Friedenspark auf der einen, Poller Wiesen auf der anderen Seite. Die Holländerinnen stellten sich zu einem Gruppenfoto auf, und natürlich drückte Ecki den Auslöser.

Ich konnte nicht so unbeschwert sein. Zu viele Gedanken gingen mir durch den Kopf.

»Wie sind deine Pläne, Ecki? Was kommt nach Bombay?«, fragte ich, als er sich wieder neben mich setzte.

»Geh, Kathi, sei net hektisch. Die Sonne scheint, die Vögel zwitschern, die Wellen plätschern. Sogar Köln liegt in der Sonne und macht Pause. Schau hin, dann siehst es!«

Da war er schon wieder, dieser grundsätzliche Unterschied zwischen uns beiden. Ecki konnte das wunderbar. Im Augenblick leben und alle Schwierigkeiten beiseite schieben. Mir gelang das nicht so gut. Was ich brauchte war Klarheit, eine Orientierung, ein Signal.

»Wenn nicht jetzt, Ecki, wann dann?«

»Ach, komm schon, Kati, die Entscheidung rennt uns doch nicht davon. – Hast den Campingplatz gleich am Wasser gesehen, wär das nix für uns zwei?«

Die Arme weit ausgebreitet, das eine Bein lässig über das andere gelegt, saß Ecki in seinen alten Jeans neben mir. Augen und Ohren weit geöffnet, sog er die neuen Eindrücke auf. Warum über Bombay reden, wo er doch jetzt in Köln war? Ach, Ecki!

»Weißt du, was ich mir immer denk, wenn ich auf einem großen Fluss bin? Ohne die Flüsse gäb's keine großen Städte, Köln wär nicht da ohne den Rhein, es gäb kein Wien ohne Donau, Paris nicht ohne die Seine – und Kalkutta ohne den Ganges sowieso nicht. Der Fluss ist die Lebensader, die Bewegung, die Kraft. Ohne Wasser stirbt alles.« Er philosophierte weiter. »Du kannst nie durch den selben Fluss schwimmen. So ein Fluss, der ist immer anders und ewig der gleiche. Der weiß die Antwort auf das Rätsel des Lebens, du musst nur warten und nicht denken und nur schauen, dann sagt er sie dir, vielleicht.«

»Spielmann hat mir einen Heiratsantrag gemacht!«

Jetzt hatte ich seine volle Aufmerksamkeit.

»Geh, Kati, der Chef! Jetzt bist aber weit gekommen mit deinem Ehrgeiz. Wie alt ist der denn? Hat der's Fünferl schon vor dem Zehner, oder gar's Sechserl?«

»Aber du haust ab nach Bombay! Was anderes fällt dir dazu nicht ein?«

»Was willst eigentlich? Soll ich mich hinknien vor dir? Ein Bittgesuch schreiben? Das kannst mit mir nicht machen!« Er war aufgesprungen und stand jetzt vor mir am Bug. »Ich mag's nicht glauben: der Chef!« Er schüttelte ungläubig den Kopf.

Die Zündorfer Groov war ihm jetzt ziemlich egal.

»Magst ihn denn?«

»Ja, sicher.«

»Willst ihn heiraten?«

»Das weiß ich nicht.«

Er blickte stumm auf den Fluss hinaus. In der Ferne sah man die Raffinerietürme von Wesseling. Das war mal wieder typisch Ecki! Der würde eher zulassen, dass ich Spielmann heiratete, als einmal über seinen Schatten zu springen. Na gut, er tobte nicht, machte mir keine Szene, das war auch was wert. Aber konnte er nicht einmal den Eroberer spielen? Nicht einmal sagen »Ich mache alles, damit du bei mir bleibst!« Jetzt drehte das Schiff um, und wir blickten auf den Rheinbogen bei Weiß.

»Ich soll dich schön grüßen vom Gerer. In Wien war ich auf einen Kaffee bei ihm.«

Das Schiff bekam langsam wieder Fahrt, und Eckis blonde Strähnen und sein verwaschenes T-Shirt flatterten im Wind. Ecki passte auf dieses Schiff. Ecki passte überall hin.

»Er hat uns eine interessante Offerte gemacht.«

»Uns beiden?« Ich war froh, dass er das Thema wechselte.

»Dir und mir. Er projektiert ein zweites Beisl. Bissl was für die Jugend, Jeunesse dorée. Schlichtes Ambiente, anspruchsvolle Küche. Du kennst das Konzept. Gerer hätt gern, dass wir zwei das machen. Über die Details müsst man halt reden.«

»Ach? Und wann?«

»Heuer nicht. Nächstes Frühjahr.«

»So lange hast du dich in Bombay verpflichtet. Und?«

»Einerseits verlockend, andererseits Wien.«

Ich stellte mich neben ihn an die Reling. Eine Zeit lang starrten wir beide stumm auf den Fluss. Das Wasser floss dahin, unberührt von allem, was wir redeten oder dachten.

»Hängt ja auch von dir ab. Was sagst?«, fragte Ecki nach einer Weile und strich mir eine Locke aus dem Gesicht.

Wir standen jetzt eng beieinander. Unsere Köpfe berührten sich.

»Wenn ich jetzt ja sagen würde, kämst du dann auch nach Wien?«

»Meinst denn, wir könnten das noch, wir beide?«

Wir sahen uns in die Augen. Ich holte tief Luft.

»Ich weiß vor allem, dass ich nicht noch mal so was erleben will wie in Brüssel«, sagte ich. »Sag lieber direkt nein. Wenn du ja sagst und dir dann einfällt, dass du noch nach Ouagadougou oder Honolulu musst, dann sind wir für immer geschiedene Leute.«

»Komm, reg dich ab. Alles kannst nicht auf mich schieben. Ich war kreuzunglücklich in Brüssel und du hast nicht einmal was gemerkt. Es hat überhaupt nicht gepasst, aber ich war ja so verliebt in dich. Damals in Wien hättst mir ein Beisl am Himalaya einreden können. Brüssel war ein voller Verhau, ich war einfach noch nicht so weit.«

»Dann lassen wir es ganz!«

»Das schaut dir wieder ähnlich. Ist die Kuh hin, soll's Kalb auch hin sein. Sei nicht kindisch. Es gibt doch noch was zwischen jetzt gleich und gar nicht. Es hätt dir gut getan, in Bombay ein bissl indische Gelassenheit und Weisheit mitzukriegen.«

Ecki tigerte zwischen Bank und Bug auf und ab. Die Holländerinnen beobachteten ihn amüsiert.

»Weißt, was wir zwei am meisten brauchen? Zeit. Wir brauchen Zeit. Ich sowieso. Ich entscheid so was Wichtiges nicht in zwei Minuten aus dem Bauch raus. Dir schadets auch nicht. Mach erst Ordnung in deinem Chaos, dann reagierst nimmer so panisch. Lass dir Zeit, schlaf drüber, überleg dir!« Er blinzelte mich an.

Ich seufzte tief und sagte erst mal nichts.

»Es gibt Situationen, in denen man sich keine Zeit nehmen kann, Ecki«, sagte ich dann.

»Dann heirat doch den Platzhirschen! Wennst glaubst, dass'd mit ihm glücklich wirst, bitte! Aber dann bist aufgwacht!«

Ecki hatte sich wütend von der Reling entfernt und saß jetzt mit verschränkten Armen auf der Bank. An uns zogen die Deutzer Messehallen vorbei, und linker Hand schob sich bereits das Hauptschiff von Sankt Kunibert ins Bild.

»Wie viel Zeit?«, fragte ich.

»Bis Jänner bin ich in Bombay. Das ist fast ein halbes Jahr. Bis dahin wirst wissen, was du mit dem Gockel machst, und ob du mit mir nach Wien willst.«

»Und du?«

»Von Bombay zurück nach Wien?« Ecki wiegte kritisch den Kopf hin und her. »Ich muss drüber nachdenken, sag ich doch. Na ja, wenn überhaupt, dann wegen dir!«

Das Schiff drehte in Mülheim und fuhr zurück zum Dom. Wie immer mochte Ecki sich nicht festlegen. In diesem Punkt war er sehr zuverlässig. Aber er schenkte mir auch Zeit. Und das war im Augenblick nicht das Schlechteste.

*

Nach unserer Dampferfahrt begleitete mich Ecki zum Ochsen.

»Schau, dass'd früher rauskommst heut«, sagte er, als wir vor dem Eingang zum Ochsen standen. »Das ist schließlich mein letzter Abend in Köln. – Servus!« Er küsste mich und schlenderte dann, beide Hände in den Hosentaschen, die schmale Pflastersteingasse Richtung Rhein hinunter.

Ich stieß die Eingangstür auf, und Krüger wieselte mir entgegen.

»War das der Wiener?« Der neugierige Pinguin hatte uns beobachtet. »Nettes Kerlchen, könnte mir auch gefallen. Aber diese Jeans! Schweitzerin, dass Sie ihn da nicht zu was anderem überreden konnten. Sie haben doch Geschmack.«

»Ist der Chef da?«

»O ja. Im Büro. Bestens gelaunt. Wie wir alle, nachdem diese unsäglichen Morde jetzt aufgeklärt sind.« Er spurtete schnell zum Fenster, um ein paar Touristen zu verscheuchen, die sich daran mal wieder die Nasen platt drückten. »Ich habe Ihnen ja erzählt, wie frustriert diese Vorstadtlady war. Aber, dass sie deswegen gleich den Mann und den Liebhaber umbringt, hätte ich ihr nicht zugetraut. Nun ja.« Er schüttelte bekümmert den Kopf. »Manchmal täuscht mich meine Menschenkenntnis.«

Ich zog mich um und besah mir den Speiseplan.

Spielmann hatte Zander, Kalb, Sommergemüse und wieder Pfifferlinge, Zwetschgen und Trauben auf die Speisekarte gesetzt. Mir waren alle Rezepte vertraut. Es störte mich nicht, dass Spielmann nichts Neues eingefallen war; ich war zufrieden, endlich wieder konzentriert kochen zu können. Die Stimmung in der Brigade war ausgesprochen freundlich, die Erleichterung über die Aufklärung der beiden Mordfälle allen anzumerken. Selbst Pfister redete wieder mit mir. Während ich Zwetschgen marinierte, Tomaten enthäutete und Polenta rührte, verschwanden der Rhein und Ecki in der Ferne, und in mir tauchten verlockende Bilder auf. Ich sah mich an der Seite eines gut gelaunten Spielmanns als Chefin des Goldenen Ochsens. Der steile Weg von einem kleinen Schwarzwälder Gasthof zu einem Spitzenhaus der deutschen Sterne-Gastronomie. Zusammen könnten wir wirklich einen weiteren Michelin-Stern schaffen, und dann wären wir absolute Top-Spitze. Aus der begabten Jungköchin würde eine souveräne Küchenchefin werden, die in den Berichterstattungen über den Goldenen Ochsen gleichberechtigt neben ihrem Mann genannt werden würde. Und wer weiß, vielleicht gäbe es eine eigene Kochsendung oder eine eigene Rubrik in einer Feinschmecker-Zeitung. Frauen in der Spitzenklasse sind immer noch sehr selten, und die Medien lieben solche Exoten. Ich sah die Bilder deutlich vor mir: mein kastanienrotes Haar, das wunderbar mit Maronen, Walnüssen und Trauben harmonierte, und dann die Überschrift: »Die neuesten Herbstkreationen von Katharina Schweitzer.«

»Katharina, wat is mit den Amuse-bouche? Häste die fädisch?«, drängelte Kraußler, der schwitzend und mit hochrotem Kopf versuchte, den Überblick zu behalten. Es blieb ein Ärgernis, unter ihm zu arbeiten, und ich fragte mich, wie lange Spielmann ihn noch auf diesem Posten lassen würde. Ich stellte ihm die winzigen Käsenocken mit dem Tomatensugo auf den Pass, packte mir ein Tellerchen und ging weiter zu Spielmanns Büro. Er hatte mich vorhin nur flüchtig begrüßt.

Als ich eintrat, telefonierte er.

»Nein, ich arbeite nicht noch mal mit Elly van der Camp zusammen. Die bringt mir immer meine Töpfe durcheinander. Es ist mir egal, dass sie den Zuschauern durch ihre Talkshow bekannt ist, mit der Frau kann man keine Kochsendung machen. Eddie, ich erinnere dich nur an das Fiasko bei der letzten Sendung: Da hatte sie mir anstelle des Zuckers das Salz zum Karamellisieren gereicht, den Topf konnte man auf den Müll schmeißen. Ja, natürlich leuchtet mir das ein, dass du mir eine attraktive Assistentin zur Seite stellen musst, aber es gibt doch auch bei eurem Sender attraktive Frauen, die nicht die Töpfe verwechseln. – Mein letztes Wort, Eddie: Elly van der Camp auf gar keinen Fall!« Er knallte den Hörer auf. »Eddie Steiner. Für den ist nur das Bild wichtig. Nicht, was ich koche.«

Erst jetzt besah er mich von unten bis oben und sagte: »Hallo Küchenfee!«

»Hier, ich habe dir was mitgebracht. Probier mal! Ich bin gespannt, ob dir was auffällt!« Ich reichte ihm das Tellerchen an.

»Krieg ich keinen Kuss?« Er zog mich zu sich und küsste mich, dass ich es bis in die Zehnägel spürte. Es dauerte, bis ich wieder Luft holen konnte.

»Hugo«, ich wusste nicht so recht, wie ich es sagen sollte und druckste herum. »Hugo, dein Angebot ...«

»Oh, ich warte schon die ganze Zeit darauf, dass du dazu was sagst.« Er sah mich gespannt an.

»Ich bin hin und her gerissen ... Es würde ja mein ganzes Leben verändern ...«

»Das hoffe ich«, meinte er trocken.

»Irgendwie kann ich weder ja noch nein sagen.«

»Mhm.« Spielmann lehnte sich in seinen Stuhl zurück und sagte eine Weile nichts, doch dann klang seine Stimme wieder ganz weich, als er sagte: »Findest du nicht, dass wir ein wundervolles Paar, ein wundervolles Team sind?«

»Doch.« Ich setzte mich auf den Schreibtisch. »Aber manchmal verstehe ich dich nicht, du bist so unberechenbar.«

»Natürlich, natürlich, mein Liebes.« Er nahm meine Hand. »Ich weiß, was ich manchmal für ein Stinktier sein kann. Und du weißt es auch: Du hast wahrlich ein paar schwierige Situationen mit mir erlebt. – Ich will mich nicht entschuldigen, aber der Druck in den letzten Wochen war extrem, manchmal zum Verzweifeln. Ich war wahnsinnig belastet. Gott sei Dank ist jetzt alles vorbei! – Und ich denke, schlimmer kann es nicht mehr kommen. Die härteste Zeit mit mir hast du bei der Heirat sozusagen schon hinter dir. Das können die wenigsten Frauen von sich behaupten.«

Zu gern wollte ich glauben, dass seine Wutanfälle und depressiven Phasen nur mit den Morden zusammenhingen. Aber sicher war ich mir da nicht. – Ich ließ ihn los, tauchte eine der Käsenocken in die Sauce und steckte sie ihm in den Mund.

»Mhm, das Basilikum ist absolut köstlich. Nie ist es so gut, wie jetzt im August, findest du nicht?«

Ich stimmte ihm zu, wunderte mich aber, dass der Geruch des Basilikums die Prise Cayennepfeffer überdeckte, die ich in das Rezept hineingemogelt hatte.

»Ist es wegen dem Wiener?«, fragte er dann.

»Ja, auch.«

»Zwei Eisen im Feuer, sind besser als eines. Wo steckt er denn?« Ohne mich anzusehen, reichte er mir den Teller zurück.

»Bei uns in Deutz. Er fliegt morgen früh zurück nach Bombay.«

Täuschte ich mich, oder huschte da ein Lächeln über Spielmanns Gesicht?

»Ich wollte dich fragen, ob ich heute um zehn abhauen kann. Ist schließlich unser letzter Abend.«

»Du hast vielleicht Nerven ...« Spielmann stand schnell auf und ging zum Fenster. Er drehte mir den Rücken zu. »Und er reist wirklich ab?«

»Ich weiß nicht, was ihn daran hindern sollte.«

Dieses Gespräch war entsetzlich. Die Fragerei war mir peinlich, viel peinlicher als heute Nachmittag bei Ecki. Spielmann schnürte mir die Luft ab. Ecki hatte Recht, zurzeit war ich zu überhaupt keiner Entscheidung fähig. Wenn Spielmann damit nicht leben konnte, dann war das halt so. Jetzt wollte ich nur noch raus aus diesem Büro.

»Hast du schon mal was von Eddie Marcone gehört?« Spielmann hatte sich jetzt wieder zu mir umgedreht.

»Sollte ich das?«

»Er kocht im Moment bei Wehlauer in Bühl als Küchenchef, will sich aber verändern. Stellt sich morgen hier vor.«

»Prima.«

»Im Laufe des Abends rede ich mit Sandra. Nach allem, was passiert ist, werde ich ihr nahe legen zu gehen. – Natürlich helfe ich ihr, eine neue Stelle zu finden.«

Jetzt nahm Spielmann wirklich alles in Angriff, zeigte mir, was es hieß, Entscheidungen zu treffen.

»Das ist mir immer noch hochpeinlich, verstehst du das?« Er sah mich mit einem entschuldigenden Lächeln an.

Er wollte wohl einen Schlussstrich unter eine Affäre ziehen, die schon seit Monaten zu Ende war. Das war aber doch ein Kinderspiel im Vergleich zu dem, was ich entscheiden musste.

»Katharina!«, hörte ich da den überforderten Kraußler nach mir rufen. Diesmal fand ich es richtig gut, dass er mich brauchte.

»Also, ich geh dann um zehn«, sagte ich.

Spielmann hatte sich wieder zum Fenster gewandt. »Wie schon gesagt, Küchenfee«, sagte er, »mein Angebot gilt nicht ewig.«

Da war Ecki großzügiger gewesen.

Die nächsten zwei Stunden kochte ich. Meine Gedanken kreisten um Zwetschgensorbet, um Schokoladen-Pofiterols, um karamellisierte Haselnussgitter, um Mandelzabaione, Heidelbeerschaum und Vanilleparfait. Da war kein Platz für Spielmann und Ecki, und das war gut so. Die zwei schlichen sich erst wieder in meinen Kopf, als ich um zehn die Kochklamotten auszog und mich auf den Weg nach Deutz machte.

Adela hatte Ecki und mich zum Lommerzheim eingeladen. Ich war ganz froh, dass wir Eckis letzten Abend in Köln zu dritt verbringen würden. Ecki und ich würden uns nicht über irgendwas streiten oder wehleidig werden können. Ich hasste Abschiede, und die Gefühlsgemengelage war kompliziert genug.

Wie immer standen die Gäste dicht gedrängt bis zur Eingangstür, und der Zigarettenqualm erinnerte stark an Londoner Nebel, nur dass er unangenehm stank. Es war den beiden tatsächlich gelungen, mir einen Platz an einem der Tische freizuhalten.

»Wie lang, sagst, hat er das Beisl nicht renoviert?«, fragte Ecki Adela. »Hoffentlich fällt uns die Hütten nicht auf den Kopf!«

Ich hatte mich kaum gesetzt, als mir auch schon ein frisches Päffgen serviert wurde. Adela wurde von Lommi bevorzugt behandelt. Sie hatte vor Jahren seine Tochter entbunden.

Mir war es hier zu laut und verräuchert. Aber Adela mochte den alten Lommi. Sie liebte es, dass über seinen ansonsten immer verschlossenen Mund, ein Lächeln huschte, wenn sie ihn besuchen kam. Auch Ecki fühlte sich wohl hier. Dafür musste ich nur kurz in seine Augen sehen. Begierig sammelte er Eindrücke und hörte nicht auf, das vorzügliche Bier zu loben. Und wie das bei Lommi so ist, mischten die Nachbarn links und rechts bald in unseren Gesprächen mit.

»Das glaubt mir in Wien keiner«, sagte er auf dem Weg zum Bahnhof. »Das sich's mit einer Bruchbude so viel Geld machen lässt.«

Mit quietschenden Bremsen fuhr Eckis Zug im Bahnhof ein. Zum Abschied zauberte er ein silbernes Fußkettchen für mich aus seiner Tasche. Ohne sich noch mal umzublicken entschwand er im Zug nach Frankfurt. So war er, mein Ecki.

Kaum saß er im Zug, vermisste ich ihn. Mit ihm hatte ich eine Vertrautheit, die ich bei Spielmann nicht kannte. Dabei war er mir vor anderthalb Wochen so ungelegen gekommen. Warum müssen Gefühle so oft Achterbahn fahren?

Als ich die Wohnungstür aufschloss, hörte ich schon Adelas gleichmäßiges Schnarchen. Ich war auch müde und legte mich ins Bett. Das war viel zu groß für mich ohne Ecki.

*

Witzigmann trug einen blütenweißen Anzug und hatte kirschrote Lippen. Spielmann tänzelte auf einem Gymnastikball und versuchte, meine Hand zu fassen, aber immer wenn er sie hatte, rutschte er vom Ball. Meine Brautschuhe waren goldene Inliner, auf denen man nie stillstehen konnte. Es war schwierig, auf Inlinern und gemeinsam mit Spielmann auf seinem Gymnastikball in den Kölner Dom einzufahren. Überall wurde geklatscht, Reiskörner in die Luft geworfen, Konfetti aufgewirbelt. Sandra saß in der ersten Reihe und riss sich die Haare aus. Meine Mutter warf Spielmann Kusshändchen zu. Ein festlich gewandeter Priester winkte uns zu sich, aber um zu ihm zu gelangen, musste man durchs Feuer springen. Spielmann machte mit seinem Gymnastikball einen hohen Sprung und war auf der anderen Seite, aber ich traute mich nicht.

Ich schreckte auf, verwundert, nicht im Kölner Dom zu sein. So intensiv war der Traum gewesen, dass ich Zeit brauchte, in der Wirklichkeit anzukommen. Ich saß in meinem Bett, der Wecker zeigte drei Uhr morgens an. Der Platz neben mir war leer. Vor zwei Stunden hatte ich Ecki in den Nachtzug nach Frankfurt gesetzt. Im Nachbarzimmer sägte sich Adela mal wieder durch den Königsforst.

Während ich noch überlegte, was das Feuer in diesem Traum bedeuten könnte, merkte ich, dass es nicht allein der Traum war, der mich geweckt hatte. Immer deutlicher und dringender drang das Läuten der Haustür an mein Ohr. Ich stand auf und ging nachsehen, wer um diese Zeit zu uns wollte.

»Sieh! unter diesen Stufen / Unter der Schwelle / Siedet die Hölle! / Der Böse / Mit furchtbarem Grimme / Macht ein Getöse.«

Holger war völlig außer sich. Es dauerte, bis er sich etwas beruhigt hatte, und ich erfuhr, was passiert war: Die Polizei hatte Dany verhaftet.

Ich brachte den verwirrten Holger in die Küche und kochte Kaffeewasser. Adela, die in der Zwischenzeit auch aufgewacht war, konnte es sich nicht verkneifen, mir mit triumphierendem Blick zu sagen, dass sie ja schon immer gewusst habe, dass Ulla Schwertfeger Niehauser nicht umgebracht haben konnte. Um den schwäbischen Lockenkopf zu beruhigen, holte sie eine Flasche Cognac. Nach dem dritten Cognac stotterte Holger nur noch halb so viel und nach dem fünften wussten wir, was an dem Abend passiert war.

Holger und Dany waren gemeinsam nach der Arbeit zu Dany nach Hause gegangen. Dany hatte eine Woche sturmfreie Bude, die Eltern befanden sich auf einer Reise. Schon lange hatte Holger Dany Gründgens Faustverfilmung zeigen wollen, damit der endlich die Faust-Geschichte kennen lernte, und an diesem Abend wollten sie das Video gemeinsam ansehen. Die Fassung mit Gründgens als Mephistopheles, Will Quadflieg als Faust und Elisabeth Flickenschild als Marthe Schwertlein.

Adela und mir sagte das nichts, aber wir nickten verstehend, damit Holger nicht aufhörte zu reden.

Als er beim ersten Auftritt Mephistos angelangt war, begann er zu zitieren: »Ich bin der Geist, der stets verneint! / Und das mit Recht, denn alles, was entsteht, / ist wert, dass es zugrunde geht ...«

Nun unterbrachen wir Holgers flüssigen Redestrom, weil wir nicht wussten, wie lange das Zitat dauern würde. Nach mühsamer Stotterei erfuhren wir, dass es bei diesem ersten Auftritt Mephistos an der Storckschen Wohnungstür geklingelt und Fischer vor der Tür gestanden hatte. Mit einem Haftbefehl. Man hatte die Tatwaffe gefunden, darauf waren Danys Fingerabdrücke.

»Das Messer. Das ist interessant«, sagte Adela. »Hat Fischer gesagt, was für ein Messer?«

Sandras Ausbeinmesser war nicht wieder aufgetaucht, seitdem sie mir deswegen an die Gurgel gesprungen war. Sollte Dany es doch genommen haben? War er so wütend auf Niehauser gewesen, dass er tatsächlich zugestochen hatte?

»Wo haben sie Dany hingebracht?«, fragte ich.

Holger zuckte mit den Schultern und hickste. Adelas Cognac zeigte seine Wirkung. Ich rief im Polizeipräsidium an. Fischer war nicht da. Nachts um drei schlief auch die Sonderkommission Ochse. Ich hinterließ eine Nachricht.

Als ich in die Küche zurückkam, war Holger am Tisch eingeschlafen. Ich schleppte ihn zum Wohnzimmersofa. Adela humpelte mit einer Decke hinterher. Wir zogen dem Jungen die Schuhe aus und deckten ihn zu.

»Er hat sich bei Ulla getäuscht. Warum soll er bei Dany Recht haben, dieser Fischer?«, sagte Adela auf dem Weg ins Bett. »Ach, übrigens, da ist noch ein Brief für dich gekommen.« Sie humpelte zurück in die Küche und holte ihn mir.

Er war von meiner Mutter und enthielt eine Fahrkarte nach Baden-Baden mit einer Platzreservierung für heute. Das würde ich auf keinen Fall schaffen, aber die Hochzeit war erst morgen.

»Auch das noch«, seufzte ich.

Fischers Anruf weckte mich um neun.

»So, der Schwabe ist also direkt zu Ihnen gelaufen? Hat Ihnen alles erzählt, was? Ja, der kleine Stock sitzt ziemlich in der Scheiße. Um exakt zu sein: in Ossendorf in Untersuchungshaft.«

Fischers Stimme klang so unausgeschlafen, wie ich mich fühlte. Wieder strahlten mich die glücklichen Mütter von der Wand aus an.

»Sieht so aus, als ob wir es doch mit zwei Mördern zu tun hätten, nachdem die Schwertfeger jetzt hartnäckig behauptet, mit dem Mord an Niehauser nichts zu tun zu haben, obwohl sie ihn ja schon gestanden hatte«, fuhr Fischer fort. »Außerdem haben wir das Messer gefunden, das wirft ein neues Licht auf den Fall. Es sind nur Fingerabdrücke von dem Jungen drauf. Ein Motiv gibt's auch, diese einseitige Liebesgeschichte. – Wir mussten ihn festnehmen.« Fischer erzählte dies nüchtern und sachlich, aber ich meinte, Zweifel oder Bedauern in seiner Stimme zu vernehmen, so als glaubte er nicht so recht an die neuen Fakten. Aber ich konnte mich irren.

»Wo wurde das Messer gefunden?«

»Beim Ochsen um die Ecke: zwischen Lintgasse und Fischmarkt.«

»Oh«, sagte ich. In der Lintgasse hatte Dany sich mit Niehauser geprügelt.

»Ja«, sagte Fischer »und das ist merkwürdig. Wir haben in der Gasse nach dem Mord gründlich nach Spuren gesucht und nichts gefunden. Außerdem ist das eine belebte Ecke. Jetzt um die Zeit rennen da täglich Hunderte von Touris vorbei. Ich kann mir nicht vorstellen, dass das Messer fast vierzehn Tage auf dem Pflaster gelegen hat, ohne entdeckt zu werden.«

»Wer hat das Messer denn gefunden?« Ich fixierte den Trockenblumenstrauß. So früh am Morgen waren glückliche Mütter ein Gräuel.

»Ein schwedischer Tourist. Ein Kollege, glücklicherweise. Der hat es nicht angerührt und uns sofort gerufen. Es lag etwas versteckt, hinter einem Mauervorsprung. Trotzdem: Wir haben damals die Gasse gründlich untersucht. Ich kann mir nicht vorstellen, dass die Kollegen es übersehen haben.«

»Denken Sie, das Messer wurde nachträglich da hingelegt?«

»Ich weiß, dass meine Leute nicht schlampig arbeiten. Es ist übrigens ein Küchenmesser. Ihr habt doch alle eure eigenen Messer, oder? Können Sie ins Präsidium kommen und sich das Teil ansehen? Bestimmt wissen Sie, wem es gehört.«

»Wann soll ich kommen?«

»So schnell wie möglich. – Übrigens, der kleine Storck will Sie sehen. Von mir aus geht das in Ordnung, die Eltern haben wir noch nicht erreichen können. Die sind irgendwo bei den Schuhplattlern in Oberbayern. Wenn Sie gleich hier sind, stell ich Ihnen das entsprechende Formular für Ossendorf aus.«

Um wach zu werden, ging ich zu Fuß. Von der Kasemattenstraße zur Deutz-Kalker-Straße war es nicht weit. Ein bedeckter Himmel tauchte das Rechtsrheinische ins Graue. Nur das ochsenblutrote Vordach der mächtigen Kölnarena stach da heraus. Dreihundert Meter dahinter wartete Fischer im Präsidium auf mich.

Er sah müde aus, hatte Ringe unter den Augen, und sein Mundgeruch war noch stärker als gewöhnlich.

Das Messer lag vor ihm auf dem Tisch. Es war Sandras Ausbeinmesser.

Ich erzählte Fischer, wie oft Sandra Messer verlegte und nicht wieder fand, und dass wir kurz nach dem Mord an Niehauser genau dieses Messer vergeblich gesucht hatten.

»Das glaube ich nicht!«, schrie Fischer und hieb mit der Faust auf den Tisch. »Wieso ist keiner von euch Idioten auf die Idee gekommen, mir das mitzuteilen?«

Das überraschte mich wirklich. Ich hätte schwören können, dass Sandra das brühwarm erzählt hatte.

»Als wir ihr Messer nicht gefunden haben, ist sie wie eine Furie auf mich losgegangen. Sie hat behauptet, ich hätte Niehauser ermordet.«

»Und haben Sie?«

»Nein.«

Ein müdes Grinsen huschte über Fischers Gesicht. »Jeder aus der Brigade hätte also das Messer nehmen können, ohne dass sie es gemerkt hätte?«

Ich nickte.

Fischer stand auf und ging nach draußen. Er kam mit zwei Bechern Kaffee zurück. Einen schob er mir hin. Der Becher schien sogar sauber zu sein.

»Wo werden die Messer aufbewahrt?«

»Unterschiedlich. Die jüngeren Köche legen ihre in Schubladen. Kraußler, Pfister und ich haben Messerkoffer. Meinen schließe ich nach der Arbeit im Spind ein. Die anderen machen es genauso.«

Der Kaffee schmeckte scheußlich. Er musste stundenlang auf der Kaffeemaschine gebrutzelt haben.

»Ich habe keine abschließbaren Schubladen in der Ochsenküche gesehen.«

Fischer nahm einen kräftigen Schluck. Ihn schien die bittere Säure nicht zu stören.

»Gibt es auch nicht. Aber alle außer Sandra ordnen ihre Messer nach einem bestimmten Schema in der Schublade, sodass sie sofort merken würden, wenn ein Messer fehlt.«

»War die Brigade an dem Tag komplett, als die Bäumer gemerkt hat, dass ihr Messer weg war?«

Ich dachte kurz nach. »Es waren alle da, außer Spielmann. Der ist an dem Tag später gekommen.«

»Sie wissen, was der Messerfund bedeutet? Selbst wenn der kleine Storck unschuldig sein sollte, was im Moment nicht so aussieht.«

Natürlich wusste ich es. Einer von uns, einer aus der Brigade hatte Niehauser ermordet.

»Wann kann ich nach Ossendorf?«

»Rufen Sie die Nummer an, die ich Ihnen aufgeschrieben habe.« Er reichte mir ein Formular. »Wir sehen uns.«

Ein paar Sonnenstrahlen hatten es geschafft, den grauen Himmel aufzureißen. Hie und da schimmerte schon sattes Blau durch. Noch leuchtender war das Rot der Kölnarena. Ochsenblutrot. Der goldene Ochse war zum blutigen Ochsen geworden.

Von einer Telefonzelle aus rief ich in Ossendorf an. Ich konnte Dany um elf Uhr sehen. Danach war Spielmann an der Reihe.

»Schlechte Nachrichten, Hugo. Die Polizei hat die Tatwaffe gefunden. Sandras Ausbeinmesser. Sie haben Dany verhaftet, seine Fingerabdrücke waren drauf.«

Ich musste ihn aus dem Tiefschlaf geholt haben.

»Der Junge ist ja fast noch ein Kind! Der soll Niehauser umgebracht haben?«

»Das vermutet die Polizei. Ich fahre gleich nach Ossendorf. Dany will mich sehen.«

»Sei aber bloß vorsichtig!«

»Jetzt rede keinen Quatsch, Hugo! Nur weil die Polizei ihn verdächtigt, muss ich es doch nicht auch tun. Außerdem bin ich im Gefängnis ganz sicher!«

»Das ist eine Heimsuchung! Hat das Ganze denn nie ein Ende?«

Ich wusste nichts, womit ich ihn hätte trösten können.

»Ich melde mich, sobald ich zurück bin.«

Ich nahm die S-Bahn bis Hauptbahnhof. Dort stieg ich in die Linie Fünf nach Ossendorf.

*

Das Kölner Gefängnis war ein schnöder, grauer Betonbau. Wäre nicht der Stacheldraht auf den Mauern gewesen, so hätte man den Gebäudekomplex mit dem türkisfarben gerahmten Glaseingang auch für etwas anderes halten können, zum Beispiel für eine Gesamtschule, wie sie in den siebziger Jahren in ähnlicher Bauweise aus dem Boden gestampft worden waren, oder für eine Gewerbeanlage, die es in diesem trostlosen Stadtteil zuhauf gab.

Viele Türen und Schleusen wurden hinter mir verschlossen, und nachdem ich eine Leibesvisitation über mich hatte ergehen lassen müssen, saß ich endlich Dany gegenüber.

Er bot einen erbärmlichen Anblick. Nichts mehr von dem pfiffigen, charmanten Kerlchen, das mit Begeisterung die Welt entdeckt, nur noch ein großer Junge, der dieselbe nicht mehr versteht und große Angst hat. Er wirkte sehr erleichtert, als er mich sah.

»Du musst mit meinen Alten labern, Katharina, du musst ihnen die Geschichte verklickern. Wenn die das von den Bullen erfahren, drehen die durch.«

Ich wusste, dass der Kleine rauchte und hatte ihm eine Schachtel Zigaretten mitbringen dürfen. Schnell riss er die Folie ab und fingerte einen Glimmstängel aus der Packung.

»Wie kommen deine Fingerabdrücke auf Sandras Messer?«

»Null Schimmer! Lag irgendwann auf dem Boden, ich habe es aufgehoben, normale Reaktion, wie immer. Irgendwas in der Richtung.« Hastig rauchte er die ersten Züge.

»Wieso sind dann bloß deine Fingerabdrücke darauf und nicht die von Sandra?«

»Bin ich Superhirn? Vielleicht hatte sie es gerade abgetrocknet, wollte es in die Schublade legen, da ist ihr eingefallen, dass sie das Fleisch wenden muss. Sie hat das Messer auf den Tisch gelegt, dann brauchte sie den Platz, hat es zur Seite geschoben und schwupp, schon lag es unten. – Die ist doch so ein Schussel.«

»Du hast es nicht aufgehoben und bist damit nach draußen gegangen, damit du was hast, womit du dich verteidigen kannst, falls Niehauser dir zu nahe treten sollte?«

»Ich hatte doch keinen blassen Dunst, dass mir Niehauser an dem Abend auflauern würde!«

Ein Hustenanfall rüttelte ihn durch. Seine Lunge bestrafte ihn für das hastige Qualmen.

»Das stimmt nicht! Der hat dich überhaupt nicht in Ruhe gelassen, das hast du selbst erzählt. Außerdem musstest du an diesem Abend allein nach Hause gehen. Holger war krank. Warum nicht das Messer nehmen? Als Schutz, als Sicherheit?«

»Jetzt rede keinen Stuss, Katharina! Powermäßig hätte der Niehauser bei mir überhaupt keine Chance gehabt, er war doch nur so ein Mickermännchen, keine Einssiebzig groß. Ich war viel stärker als er, nicht im Traum habe ich dran gedacht, das Messer einzustecken!«

Das klang ziemlich glaubwürdig. Er war auch überhaupt nicht der Typ, der mit einem Messer auf einen anderen losgeht. Aber wer war das schon? Er hatte sich bedroht gefühlt, durch die Avancen, die Niehauser ihm gemacht hatte, er sagte selbst, dass ihm an diesem Abend der Faden gerissen und dass er deshalb auf Niehauser losgegangen sei. Und wenn er das Messer zur Hand gehabt hätte? Aber ein Messer hat man nicht zufällig zur Hand.

»Wer war noch im Goldenen Ochsen, als du gegangen bist?«

»Nobody. An dem Tag musste ich die Karamelltöpfe schrubben, das ist doch ‘ne echte Ätzarbeit, dauert immer Stunden. Deshalb war ich so spät. Sonst habe ich immer geguckt, dass ich als Erster durch die Tür bin.«

»Pfister hat dich gesehen an dem Abend.«

»Pfister? Der war doch schon lange weg, als ich ging.«

»Er hatte seinen Schlüssel vergessen.«

»Wenn der das den Bullen erzählt, bin ich endgültig geliefert. O Scheiße, Scheiße, Scheiße ...«

Das sah nicht gut aus für den Jungen. Es sprach wirklich vieles gegen ihn.

»Hast du Fischer von der Prügelei erzählt?«

»Erst gestern. Die haben mich schwer durch die Mangel gedreht. War Kacke, dass ich es beim ersten Mal nicht gesagt habe. Aber damals war es so easy, es unter den Tisch fallen zu lassen. – Ich habe ihn nicht umgebracht, er war so lebendig wie du und ich, als ich gegangen bin!« Die letzten Sätze schrie Dany so laut, dass der Polizeibeamte im Raum ihn barsch zur Ruhe mahnte.

»Du hast Holger und mir kurz nach der Schlägerei davon erzählt, das werden wir auch aussagen, außerdem fand Fischer den Fundort des Messers merkwürdig. Möglicherweise ist das Messer nicht direkt nach dem Mord, sondern erst viel später dorthin gelegt worden. – Kopf hoch, vielleicht sieht bald alles schon wieder ganz anders aus«, versuchte ich ihn, ein bisschen zu trösten. »Hast du schon einen Anwalt?«

»Sie haben mir einen Pflichtverteidiger genannt, aber der war noch nicht da.«

Ich schrieb mir den Namen auf. »Vielleicht kennt Adela einen besseren. Wann kommen deine Eltern zurück?«

»Heute Abend.«

»Okay, ich rede mit ihnen.«

»Thanks a lot! Grüß Holger von mir. Sag ihm, dass wir seinen Film bestimmt bald zu Ende gucken werden!«

Dany schniefte. Ich wusste nicht mehr, was ich sagen sollte, und drückte den schlaksigen Kerl fest an mich. Da schniefte er noch lauter. Im Trösten war ich schlecht. Ich kramte nervös in meiner Handtasche herum. »Die Wahrheit kommt bestimmt ans Licht«, sagte ich pathetisch und drückte ihm ein Papiertaschentuch in die Hand. Ich war froh, dass die Besuchszeit zu Ende war.

Mit der Bahnverbindung hatte ich Glück und war schnell wieder in der Stadt. Bevor ich zum Goldenen Ochsen ging, sah ich mir die Lintgasse genau an. Unzählige Male war ich schon durch diese Gasse gelaufen. Es war eine schmale, gepflasterte Gasse, die vom Alter Markt an Groß Sankt Martin vorbei zum Fischmarkt führte. Das kurze Stückchen zwischen Rothenberg und Fischmarkt war nachts sehr dunkel. Auf diesem Stück hatte Dany sich mit Niehauser geprügelt. Wenn man genau an der Ecke der beiden Gassen stand, konnte man den Ochsen sehen. Nur ein Kellerfenster zeigte in diese Richtung. Von hier draußen konnte ich nicht erkennen, welches. Das musste ich später von innen überprüfen.

Die Brigade bot einen traurigen Anblick. Alle wirkten blass und unausgeschlafen und starrten mich an, als ich die Küche betrat.

»Schöne Grüße von Dany. Der sitzt in Ossendorf in Untersuchungshaft. Ich soll euch aber ausrichten, er hat Niehauser nicht ermordet!«

Holger begann zu schluchzen, und Pfister und Kraußler, ja selbst Sandra starrten betreten zu Boden. Ein pickeliger Küchenjunge, den Gilbert Lemaître kurzfristig an Spielmann ausgeliehen hatte, wusste überhaupt nicht, wo er hingucken sollte, und Spielmann, der heute mal wieder am Herd stand, holte tief Luft und sagte: »Wenn er's nicht gewesen ist, wer dann?«

An den Gesichtern von Kraußler, Pfister und Sandra konnte ich ablesen, dass sie das Gleiche dachten, und ich konnte es ihnen nicht verübeln. Nach dem Messerfund war allen klar, dass nur einer von uns als Täter in Frage kam, da hatte es was Erlösendes zu denken, dass es Dany gewesen war. Die Arbeit war bleiern und schwer, gut war keiner von uns an diesem Tag. Ich wunderte mich, dass Krüger nicht mit Beschwerden aus der Gaststube kam. Doch das Kochen hatte etwas Beruhigendes. So lange wir hier beisammen standen und kochten, konnte uns keiner umbringen. Und keiner von uns konnte jemand anderen umbringen. Als die meisten Bestellungen auf meinem Posten erledigt waren und es etwas ruhiger wurde, ging ich in den Keller. Ich ging sehr selten hier runter, und wenn, dann nur um schnell etwas zu holen. Noch nie hatte ich mir die Räume genau angesehen, sah man mal von Spielmanns Kartoffellager ab. Der Keller war verwinkelt, ich hatte Schwierigkeiten, den Teil zu finden, der der Gasse zugewandt lag. Irgendwann fand ich den Raum. Hier wurden leere Weinflaschen und Gemüsekisten aufbewahrt, die man vielleicht noch einmal verwenden konnte. Die Regale an der Wand füllten kleine und größere Kartons mit neuen Souffléförmchen, Glasschalen und Sektkelchen, die besonders gern zu Bruch gingen. Wenn man sich unter das Fenster stellte, hatte man einen guten Blick auf die Gasse. Jeder aus unserer Brigade konnte jederzeit in diesen Keller kommen. Jeder hätte da gestanden haben können.

Wer hatte von hier beobachtet, wie Dany und Niehauser sich geprügelt hatten?

Ein Geräusch ließ mich aufschrecken. Hatte sich jemand hinter die Obstkisten geschlichen? Beherzt griff ich eine Weinflasche, und hieb sie an der Wand entzwei. Damit bewaffnet trat ich auf die Obstkisten zu. Mit einem lauten Schrei trat ich auf die Obstkisten ein, bis sie in sich zusammenfielen. Dahinter war nur eine schwarze Wand. – Ich schmiss die Weinflasche weg, stürzte nach draußen und prallte mit Kraußler zusammen.

»Wat määste du he für 'ne Krach?«, fragte er, als er wieder sicher auf seinen Beinen stand. »Übste du jetz Karate, oder wat?«

»Ich habe gedacht, es steht jemand hinter den Holzkisten«, sagte ich, immer noch außer Atem.

»Jespenster! Verdenken kann ich et dir nit!«

Gemeinsam gingen wir nach oben. Kraußler hatte eine schwere Lammkeule in der Hand. Der Kühlraum lag am anderen Ende des Kellers. Was hatte er hier in dieser Ecke zu suchen gehabt?

Stumm spritzte ich danach Heidelbeersahne in Hippen und sehnte mich nach Feierabend. Als wir die Küche blank geputzt hatten, fragte ich Spielmann, ob wir noch etwas trinken gingen.

»Besser nicht, ich bin heute für jeden unerträglich, ich kann mich kaum noch selbst aushalten.«

Er sah grau, fahl und alt aus. Misstraute er jetzt auch mir?

»Ich muss nach Fautenbach. Ich habe dir doch erzählt, dass mein Bruder heiratet. Die Hochzeit ist morgen.«

Spielmann starrte mich an. »Das kannst du mir nicht antun. Du kannst mich doch jetzt hier nicht allein lassen.«

»Hugo, ich bitte dich. Natürlich muss ich zur Hochzeit meines Bruders.«

Spielmann seufzte schwer. »Komm aber so schnell wie möglich zurück. Schließlich bist du der letzte Lichtblick in diesem Meer der Dunkelheit.«

Ich lief über den Ostermann-Platz nach Hause. Die Lintgasse wollte ich im Dunkeln nicht mehr betreten.

*

Den Intercity nach Baden-Baden erreichte ich in allerletzter Minute. Der würde mich zwar nicht mehr rechtzeitig zum Standesamt bringen, aber wenigstens zur kirchlichen Trauung würde ich es schaffen. Was war ich froh, als der Zug anfuhr! Nur weg von Köln, weg vom Ochsen, weg von den Morden, weg von dem Chaos hier!

Vor meiner Abfahrt hatte ich wie versprochen Danys Eltern besucht. Ein grauenvolles Gespräch! Die Mutter heulte, und der Vater, steif wie ein Brett, presste ein paar Sätze über das Ansehen der Familie heraus. Er war, im Gegensatz zur Mutter, nicht mal von Danys Unschuld überzeugt. Wie konnte man nur so von seinem Kind denken!

Zum Glück hatte der Zug eine Behindertentoilette, die groß genug war, damit eine Frau von meiner Statur sich darin ohne größere Verrenkungen umziehen konnte. Ich entfernte das Preisschild von dem schmalen, schwarzen Jerseykleid, das ich auf die Schnelle noch im Kaufhof erstanden hatte, und schlüpfte hinein. Darüber zog ich den Kaftan, den Ecki mir aus Bombay mitgebracht hatte. Den letzten Schmiss gab ich der Garderobe mit einem rostroten Seidenschal, der doppelt so teuer wie das Kleid gewesen war. Make-up trug ich so dick wie möglich auf, damit man die Ringe unter meinen Augen nicht sehen konnte. Mit Hilfe von Rouge, Lippenstift und meinen offenen Locken sah ich am Ende ganz passabel aus. So konnte ich mich auf der Hochzeit sehen lassen.

Zurück in meinem Abteil sah ich den Rhein und das Siebengebirge vorbeiziehen. Die Dampfer der Köln-Düsseldorfer schienen bewegungslos auf dem Fluss zu liegen, so schnell schoss der Zug an ihnen vorbei. Erst vor zwei Tagen hatte ich mit Ecki auf einem solchen Schiff gesessen. Es kam mir vor, als wäre es vor einem Jahr gewesen. Ob er wohl gut in Bombay angekommen war? Bestimmt. Ecki kam immer überall gut an.

Der Himmel war heute grau und wolkenverhangen, das Rheintal verengte sich, wie dunkle, schroffe Wände umschlossen die Berge den Fluss, ab und zu reckte eine Burgruine ihre Türme drohend gegen den grauen Himmel. Abweisend, feindlich war diese Landschaft, und der Rhein inmitten schwarz, unergründlich und tief. Vor der Loreley parkten Wohnwagen auf dem Campingplatz. Aber Touristen waren nicht zu sehen, die Loreley zog sie nicht in ihren Bann. Bingen und Mäuseturm zogen vorbei, und in Mainz begann es zu regnen. Der aschgraue Himmel und das Rattern des Zuges verstärkten die Müdigkeit in mir, seit Tagen hatte ich nur stundenweise geschlafen. Sobald ich die Augen schloss, tauchte der tote Niehauser auf der Rollbahre vor mir auf. Dann verwischte das Bild, und ich sah eine schwarze Gestalt am Fenster des Kellers stehen. Wer hatte die Schlägerei beobachtet? Wer hatte Niehauser umgebracht? Immer schneller, wie auf einem Karussell, drehten sich die Gesichter der Kollegen um mich, und bei keinem konnte ich sagen: Stopp! Der war's!

Ich schreckte auf, als der Zug in Heidelberg einfuhr. Wenn ich jetzt einschliefe, würde ich in Baden-Baden garantiert das Aussteigen vergessen! So quälte ich mich aus meinem Sitz hoch und machte mich auf den Weg in den Speisewagen. Ich traute meinen Augen nicht. Da saß Spielmann vor einer Flasche Sekt und einem voll gequalmten Aschenbecher.

»Ist diese Landschaft nicht phantastisch, Küchenfee? Das romantische Rheintal. Wie schön die Burgen sind! Ich habe fünfzehn gezählt, aber das sind bestimmt nicht alle. Als kleiner Junge habe ich mir immer vorgestellt, wie Siegfried durch dieses Tal geritten ist, seinen Abenteuern mit den Nibelungen entgegen. Gerade sind wir am Odenwald vorbeigefahren. Dort hat Hagen ihn hinterrücks ermordet. Nun ja. Jeder Held hat eine verwundbare Stelle. – Komm, setz dich!«, er deutete auf den Platz neben sich. »Ich wusste, dass du irgendwann einen Kaffee brauchst, deshalb habe ich es vorgezogen, hier auf dich zu warten, als dich im ganzen Zug zu suchen.«

Die Flasche war fast leer, und das merkte man Spielmann an.

»Als du von der Hochzeit deines Bruders erzählt hast, habe ich mir gedacht, genau das ist es, eine kleine Pause, die würde mir jetzt gut tun. Außerdem eine wundervolle Gelegenheit, die Familie meiner Angebeteten kennen zu lernen. Bei der Hochzeit des Bruders dabei zu sein ist bestimmt ein gutes Omen für meinen Heiratsantrag. Was stehst du hierherum? Setzt dich zu mir. – Herr Ober! Einen starken Espresso und ein weiteres Glas!«

»Du hättest mich fragen sollen!«

»Das tue ich hiermit. Nimmst du mich mit?«

»Was hast du mit dem Ochsen gemacht?«

»Krüger und Kraußler kümmern sich um alles. Ich muss allerdings mit dem Nachtzug zurück, denn morgen stellt sich Eddie Marcone vor. Ich hoffe zuversichtlich, dass er ein guter Mann ist und mein neuer Küchenchef wird.«

Ich trank meinen Kaffee und rührte den Sekt nicht an. Karlsruhe, noch eine Station. Warum ließ ich mich so überrumpeln? Warum sagte ich nicht: Geh zurück nach Köln, wir fahren erst beide zu mir nach Hause, wenn zwischen uns alles klar ist! Vielleicht war es aber auch gar nicht schlecht, dass er mitfuhr. Ich würde ihn in einer ganz anderen Umgebung erleben. Im Kreise meiner Familie. Vielleicht half mir das, schneller zu entscheiden, ob ich bei ihm bleiben wollte, oder nicht.

»Erzähl von deiner Familie! Wen werde ich alles kennen lernen?«

»Zuerst meine Mutter. Sie holt mich ab. Sag bloß nichts von deinem Heiratsantrag! Trink aus, in fünf Minuten müssen wir aussteigen.«

*

Unübersehbar stand meine Mutter in Baden-Baden am Bahnsteig. Ihre große schwere Gestalt war in ein weißes Chanel-Kostüm mit goldenen Knöpfen gequetscht. Sie sah unmöglich aus. Der Blick, mit dem sie mich musterte, sagte mir, dass sie meine Garderobe ähnlich beurteilte.

»Dem Herrgott sei Dank! Das ist wirklich auf die allerletzte Minute. Jetzt aber geschwind. In einer halben Stunde fängt die Trauung an.«

Bevor sie weiterreden konnte, stellte ich ihr Spielmann vor. Das verschlug ihr für einen Augenblick die Sprache. Aber wirklich nur für einen Augenblick. Dann packte sie mich am Arm, zog mich zur Seite und zischte leise:

»Dass du mir immer so was antun musst! Die Tischordnung ist doch genau geplant, es gibt für jeden ein Platzkärtchen. Wo soll ich den jetzt noch hintun? Wieso hast du ihn überhaupt mitgebracht?«

»Der berühmte Spielmann, Mama. Ich dachte, ich mache dir eine Freude«, sagte ich laut.

»Ich hoffe sehr, dass ich Ihnen nicht ungelegen komme, gnädige Frau«, mischte sich Spielmann jetzt in unser Gespräch, »aber Sie wissen, wir machen schwere Zeiten durch in Köln, und da schien die Aussicht auf ein bisschen badische Ruhe und Behaglichkeit so verlockend, dass ich mich bei Ihrer Tochter eingeladen habe.«

Wir waren jetzt auf dem Parkplatz angelangt, und meine Mutter schloss ihren alten Benz auf.

»Überhaupt nicht, Herr Spielmann, überhaupt nicht«, flötete sie. »Aber sehen Sie«, jetzt warf sie einem strafenden Blick auf mich, »das ist typisch für meine Tochter, dass Sie mit keinem Wort erwähnt, was für einen berühmten Gast sie mitbringt.«

Sie verstaute mein Gepäck im Kofferraum und wies Spielmann an, neben ihr auf dem Beifahrersitz Platz zu nehmen.

»Die Überraschung ist ihr gelungen. Sie werden sich bei uns wohl fühlen, dafür sorge ich persönlich.« Sie bescherte ihm ihr bestes Wirtinnenlächeln und gab Gas.

Sie fuhr auf die Autobahn. Als sie zwanzig Minuten später in

Achern ankam, hatte sie ihm alles über unseren Gasthof, unsere Familie und die Hochzeitsgesellschaft erzählt.

»Sie wissen ja, bei uns wird keine Haute Cuisine gekocht wie bei Ihnen, aber beste, allerbeste badische Hausmannskost, und die ist auch nicht zu verachten.«

Sie lenkte den schweren Benz den Eichberg hoch. Im Kirchturm läuteten schon die Hochzeitsglocken.

»Wenn ich Zeit habe, schaue ich mir Ihre Kochsendungen an. Hören Sie, diese Elly van der Camp in Ihrer letzten Sendung war doch wunderbar! Die konnte zwar eine Tomate nicht von einer Kartoffel unterscheiden, aber die hat so nett geplaudert. Bestimmt haben Sie persönlich dafür gesorgt, dass die in Ihre Sendung kommt!«

Ich tauschte einen Blick mit Spielmann. Der wirkte eher amüsiert als genervt. – So lange sie sich Spielmann krallte, ließ mich meine Mutter in Ruhe. So kamen wir bei der Kirche an, ohne dass ich mich mit ihr gestritten hatte.

Auf dem Kirchplatz herrschte reges Gedränge. Meine Mutter packte Spielmann am Arm und begann, ihn allen möglichen Leuten vorzustellen. Ich hatte grade noch Zeit, meinen Vater zu begrüßen, da fuhr schon die kitschige weiße Hochzeitskutsche vor, mit der der alte Schindler, so lange ich denken konnte, Brautpaare zur Kirche brachte. Mein Bruder half seiner Sonja beim Aussteigen, was auch bitter nötig war, denn sie schleppte meterweise weißen Tüll mit sich. Vier kleine Mädchen wurden zur Braut gestoßen und hoben, angeleitet von ihren Müttern, die Stoffmassen an den Seiten hoch. Ich stellte mir mich in einem solchen Kleid zusammen mit Spielmann in der Hochzeitskutsche vor und bekam einen Lachanfall. Erst jetzt bemerkte mich Bernhard. Er drückte mir einen flüchtigen Kuss auf die Wange und flüsterte:

»Ich weiß, dass du nicht einverstanden bist mit allem, aber wünsch mir trotzdem Glück, große Schwester.«

Das musste ich dann ganz schnell tun, denn die ersten Orgeltöne erklangen, und das Brautpaar machte sich zum Einzug bereit. Die Kirche war bis auf den letzten Platz besetzt, was im Alltag eine Seltenheit war. Man hatte das hässliche Teil in den fünfziger Jahren bauen lassen, als man noch glaubte, mehr Platz für die Gläubigen zu brauchen. Der große Jesus vom Abendmahlbild hinter dem Hauptaltar hatte immer noch den schrägen Blick, den ich schon als Kind furchtbar gefunden hatte. Ich saß zwischen Spielmann und meinem Vater. Die Messe las Altpfarrer Schmitt, der uns schon getauft und zur Kommunion geführt hatte. Seine Stimme war so brüchig geworden, dass man ihn nur mit großer Mühe verstehen konnte. Da half auch das Mikrophon nichts. Das hielt ihn aber nicht davon ab, zwanzig Minuten über die guten und schlechten Zeiten in der Ehe zu predigen, vor allem über Letztere. Als er geendet hatte, waren die Alten eingeschlafen, und die Kinder hielt nichts mehr auf den Bänken. Mein Vater seufzte schwer, und Spielmann starrte ins Leere. Da setzte der Kirchenchor mit einem stimmungsvollen Credo ein, das Brautpaar erhob sich, und die Zeremonie begann. Ich kam mir fremd vor an diesem Ort, unter diesen Menschen, die ich fast alle aus meiner Kindheit kannte. Sonja strahlte Bernhard an und Bernhard Sonja, sie wollte ihn, er wollte sie. Wie schön, wenn alles so klar und eindeutig war! Ich betrachtete Spielmann. Sein Blick verlor sich im Abendmahlbild. Wo seine Gedanken jetzt wohl weilten? Mit Sicherheit konnte ich nur sagen, dass sie nicht hier an diesem Ort waren. Als dann zum Schluss die Orgel mit mächtigen Tönen »Großer Gott wir loben dich« anstimmte und die Gemeinde kräftig mitsang, wusste ich mit aller Klarheit, dass ich Spielmann nicht liebte. Es gab kein Vertrauen zwischen uns, keine Nähe, keine Geborgenheit. Es hatte mir geschmeichelt, dass so ein erfolgreicher Mann mir Avancen gemacht hatte, und als Liebhaber würde ich ihn sehr vermissen, das spürte ich schmerzhaft. Er hatte meinen Ehrgeiz angestachelt, mir Mut zu meiner Karriere gemacht, aber das war zu wenig für ein gemeinsames Leben. Der Organist zog alle Register, das Kirchenvolk sang aus voller Kehle, und mir liefen die Tränen ob der Gewissheit, zu der ich gerade gelangt war. Spielmann starrte noch immer das Bild an. Ich suchte ein Taschentuch und schnäuzte mich kräftig, bevor ich aus der Bank trat.

Beim Hinausgehen henkelte sich mein Vater bei mir ein.

»Viel zu viel Leut hier. Was hältst von einem Spaziergang?«

Wir gingen den Eichberg weiter hoch zum Kriegerdenkmal und dann über die Kirschbaumfelder Richtung Oberdorf. Ein leichter Dunst vom frischen Regen lag über den Hügeln und ließ die Silhouetten des Schwarzwalds milchigblau verschwimmen. Mit einer Brissago im Mund schritt mein Vater forsch voran und sagte wie so oft kein Wort. Als Kind hatte ich gedacht, dass meine Mutter alle Worte aus ihm herausgesaugt hätte und er deshalb so wenig redete. Mir war auch nicht nach Reden zumute, das erste Mal seit Wochen fühlte ich keinen Druck. Es roch nach Spätzwetschgen und Kuhmist.

Wir gingen am Bach entlang zurück. An der Johannisbrücke, über die der Weg zur alten Kirche führte, blieb mein Vater stehen. Früher hatten wir beide hier oft Wettspucken veranstaltet. Auch heute beugte sich mein Vater über das Brückengeländer, nahm die Brissago aus dem Mund und spuckte. Ich tat es ihm gleich. Das träge Bächlein nahm unsere Spucke auf, ließ sie noch eine Weile an der Oberfläche tänzeln, verschluckte sie dann und glitt mit ihr weiter, bis sie sich ganz aufgelöst hatte.

»Schon immer rührselig so eine Hochzeit«, sagte ich.

»Mhm«, brummelte er. »Hat die Mutter dich wegen der Linde gefragt?«

»Sie lässt keine Gelegenheit aus. Aber heute noch nicht, ich habe meinen Chef mitgebracht.«

»Der lange Lulatsch mit dem grauen Stachler ist also der berühmte Spielmann.« Mein Vater richtete sich auf und sah mich an. »Wieso kommt der mit? Hast du was mit dem?«

Wie schnell er mich durchschaut hatte. Auch als ich noch ein Teenager war, hatte er lang vor meiner Mutter gespürt, wenn ich verliebt war.

»Er braucht eine Auszeit«, sagte ich. »Du hast bestimmt mitbekommen, was bei uns los ist.«

»Hat immer mal wieder was in der Zeitung gestanden. Du weißt, was für Sorgen sich die Mutter allweil macht.« Er beugte sich wieder über das Geländer. »Sie hat oft in Köln angerufen, du warst nie da. Ich hab ihr gesagt, wenn was Schlimmes passiert, erfahren wir's früh genug. – Hat die Polizei jetzt den Mörder gefunden?«

»Noch nicht. Aber mein Lehrling wird verdächtigt. Er sitzt in Untersuchungshaft.«

»Furchtbar, so eine Sache!« Er legte mir jetzt seine Hand auf die Schulter. »Du weißt, Kind, ich mische mich nicht in dein Leben ein. Aber ich will nicht, dass wir dich demnächst nach dort oben tragen müssen.« Er deutete mit dem Kopf in Richtung Friedhof, der hinter der alten Kirche auf einem anderen Kirschbaumhügel lag.

»Papa!« Ich gab ihm mit den Hüften einen Stups in die Seite. »Ich kann auf mich aufpassen. Und ich werde nicht mehr lange in Köln bleiben. Aber das weiß ich erst seit heute.«

»Na, dann ist ja gut. Ich frag dich aber besser nicht, was du danach machst, oder?«

»Besser nicht.«

»Das mit der Linde eilt ja nicht, die Mutter und ich haben bis jetzt ganz gut allein gewirtschaftet, das können wir auch noch eine Zeit lang so weitermachen.«

»Ich glaube nicht, dass ich zurückkomme!«

»Muss ja nicht übers Kreuz gebrochen werden. – Wer weiß, was in ein paar Jahren ist.«

»Wer weiß, aber ...«

»Hast recht. Hören wir auf, über ungelegte Eier zu reden. Komm, wir trinken einen Kirsch beim Grünbacher«, er deutete auf die Gastwirtschaft auf der rechten Seite des Baches. »Bevor wir uns wieder unters Volk mischen.«

Ein weiteres Mal vertrauten wir dem Fautenbach unsere Spucke an und machten uns dann auf den Weg.

*

Die Hochzeit wurde im Rebstock gefeiert. Ein stattliches Gasthaus, in welches mein Bruder einheiratete. Bestimmt doppelt so groß wie die Linde, wunderschön am Fuße der Waldulmer Weinberge gelegen, allerbeste Lage. Als wir die Gaststube betraten, hatte die Hochzeitsgesellschaft bereits zum Essen Platz genommen. Meine Mutter schickte uns einen strafenden Blick, weil wir so spät kamen. Auch das erinnerte an früher. Dann befahl sie, die Suppe aufzutragen. Die Hochzeitssuppe war kaum ausgelöffelt, es war natürlich eine Rinderbrühe mit Markklößchen und Eierstich, da erhob sich auch schon der Brautvater. Er schaffte es, sich kurz zu fassen, und meine Mutter lehnte sich entspannt zurück. Natürlich hatte sie Spielmann neben sich platziert. Dass ich ihr so einen berühmten Mann ins Haus geschafft hatte, an einem Tag mit so viel Publikum, würde sie mir immer hoch anrechnen. Ich glaube, ich könnte sie nie härter bestrafen, als ihr irgendwann zu erzählen, welches Angebot ich ausgeschlagen hatte. Spielmann genoss es, von meiner Mutter hofiert zu werden, er genoss es immer, im Mittelpunkt zu stehen. Und nach dem Gekicher in seiner Nähe zu urteilen, begeisterte er mit seinem Charme auch etliche Tanten und Kusinen.

Ich saß neben meinem Vetter Hermann, einem Weinhändler, der vor einem halben Jahr Monique, eine Elsässerin aus Scherwiller geheiratet hatte. Der Ort kam mir bekannt vor. Stammte nicht Pfister aus Scherwiller?

»Du kennst den Jean? Sommersprossen, große Ohren?« Monique war völlig aus dem Häuschen, als ich sie nach Pfister fragte.

So ungewöhnlich war das nun nicht. Auf jeder größeren Gesellschaft stellt man doch immer wieder fest, dass Bekanntschaften verzweigte Wege machen können. Aber Monique bekam sich überhaupt nicht mehr ein. Sie führte die Gabel mit dem Tafelspitz zum Mund, um ihn dann wieder in die Meerrettichsauce fallen zu lassen.

»Das ist eine tragische Geschichte mit dem Jean«, erzählte sie. »Vor fünfzehn Jahren ist er mit einer Frau ins Bett, und die ist schwanger geworden. Sie hatte ihm wohl gesagt, dass sie verhütet, und so war Jean außer sich, als sie ihm erzählte, dass sie schwanger war.«

Endlich fand der Tafelspitz den Weg in Moniques Mund.

»Er hat sich geweigert, Alimente für das Kind zu zahlen, so betrogen fühlte er sich. – Nicht, dass du denkst, er war so ein Filou, der mit jeder ins Bett hüpfte. – Na ja, für das Jugendamt war er der Vater und hatte zu bezahlen. – Da ist er abgehauen aus Scherwiller, und seit fünfzehn Jahren hat keiner mehr was von ihm gehört. Und du weißt jetzt, wo er ist!« Monique schüttelte nochmals ungläubig den Kopf. »Das ist doch wirklich ein wunderbarer Zufall! Sag doch dem Jean, er soll sich mal zu Hause melden. Die Mariette ist doch längst verheiratet, und ihr Mann hat den kleinen Philippe adoptiert. Er braucht also gar keine Angst haben, Tausende von Euros nachbezahlen zu müssen.«

War das Pfisters Geheimnis? Mir fielen die offiziellen Papiere der Stadt Séléstat ein, die auf seinem Wohnzimmertisch gelegen hatten. Pfister war gar nicht wegen des Kokains durchgedreht. Er hatte Angst, dass durch die polizeilichen Ermittlungen ans Tageslicht kam, dass er jahrelang keine Alimente bezahlt hatte. Zumindest den Wutanfall in seiner Wohnung würde es erklären. Und dieses Getue um seine Privatsphäre. – Ob nun Geheimnis oder nicht, ich freute mich sehr, ihm die gute Nachricht mit nach Köln bringen zu können.

Den Rest des Tages schleppte ich mich durch weitere Gespräche mit Verwandten und ließ neckische Darbietungen, die jede angeschickerte Hochzeitsgesellschaft zum Kichern bringen, über mich ergehen. Spielmann verabschiedete sich am frühen Abend. Natürlich bestand meine Mutter darauf, ihn zum Bahnhof zu fahren. Ich versprach, so schnell wie möglich nach Köln zurückzukommen. Als mein Vater um zwei Uhr morgens nach Hause wollte, war mir das sehr recht, und ich begleitete ihn zur Linde.

Der betonierte Vorplatz und die Tankstelle rechter Hand vor der Linde hatten schon als Kind mein ästhetisches Empfinden gestört. Die Eltern hatten das Stück Land in den siebziger Jahren verkauft, weil sie dringend Geld brauchten. Heute bedauerte mein Vater die Tankstelle sehr, doch was nutzte das jetzt?

Mein Vater war müde, aber im Gegensatz zu ihm wollte ich noch nicht ins Bett gehen. Ich ging in die Küche und knipste das Licht an. Die einzige Neuanschaffung, die meine Mutter in den letzten zwanzig Jahren gemacht hatte, war eine Mikrowelle, ansonsten arbeitete sie immer noch mit dem großen Acht-Flammen-Gasherd und dem Gasbackofen. Angeblich hat sie hochschwanger mit mir hier gestanden und große Kessel Hühnerbrühe gekocht, als die Fruchtblase platzte. Mit letzter Kraft hatte sie es bis ins Schlafzimmer geschafft. Sonst wäre ich in der Küche geboren worden. – Eine schöne Geschichte für die Biographie einer großen Köchin. An der Wand hingen ihre Messer, und unter der Spüle türmten sich die verbeulten Aluminiumtöpfe. Obwohl ich nicht hierher zurückkehren wollte, fing ich an zu überlegen: ein neuer Backofen, eine neue Lüftung, eine größere Arbeitsfläche, insgesamt eine ganz neue Aufteilung.

Dann ging ich in die Gaststube. Eigentlich war dieser kirschholzgetäfelte Raum mit dem großen, grünen Kachelofen wunderschön. Man musste nur all das hässliche Kleinzeugs wegwerfen, das überall verteilt war. Die Rüschenvorhänge, die Deckchen auf den Tischen, die Blumenväschen, in denen wie immer rosa Nelken standen, die Spruchbilder an den Wänden. Stattdessen: schöne Grünpflanzen, lindgrüne Tischdecken, schlichtes weißes Geschirr, eine klare, helle Linie.

»Man müsste hier gar nicht so viel ändern, nicht wahr?«

Ich traute meinen Augen nicht, als ich meinen Bruder in der Tür sah.

»Du solltest doch jetzt mit deiner Braut im Bett liegen, damit du gleich das Leintuch zeigen kannst, Bruderherz.«

»Mach dich nur lustig, du Weltenbummlerin. – Ich wollte noch ein paar Sätze mit dir reden. Komm, wir setzen uns an den Kachelofen!«

Wir setzten uns an die Stelle, wo wir als Kinder schon immer gespielt hatten, und mit dem Platz kam ein Stück alte Vertrautheit zurück. Ich sah uns an kalten Wintertagen eng aneinander gepresst hier sitzen, während der Vater den Kachelofen mit Walnussschalen füllte, die beim Verbrennen, Geräusche wie kleine Fürze machten. Was hatten wir für einen Spaß gehabt, diese Pupsgeräusche nachzuahmen! – Bernhard holte vom Tresen eine Tüte Salzstangen, genauso hatten wir es als Kinder auch immer gemacht.

»Ich hab mehrmals bei dir in Köln angerufen, aber du warst immer arbeiten oder nicht da. Natürlich habe ich auch gehört, was bei euch los ist, und wollte dich nicht noch mit meinen Problemen bequatschen. So habe ich allein entschieden fortzugehen.«

»Apfelsaftschorle?«, fragte ich und ging zum Tresen.

»Es war auch ganz gut gewesen, dich nicht zu erreichen, weil du bestimmt versucht hättest, mich zum Bleiben zu überreden, aber letztendlich nehme ich mir das gleiche Recht heraus, meinen eigenen Weg zu gehen, wie du es getan hast. Der Rebstock hat eine Spitzenlage, der Schwiegervater lässt mir in der Küche freie Hand, was unsere Mutter ...«

»... nicht könnte.«

»Genau!« Er schlürfte an der Apfelsaftschorle. »Und was noch dazu kommt: Sonja wollte auf keinen Fall hierher. Es ist mir trotzdem sehr, sehr schwer gefallen. Die Mutter verzeiht es mir bestimmt nie, beim Vater hoffe ich, dass er es versteht, und bei dir auch!«

Ich brach eine Salzstange entzwei und reichte ihm die Hälfte, auch etwas, was wir als Kinder immer getan hatten.

»Für mich war immer ganz klar, dass du hier bleibst.«

»So sah es ja auch lange Zeit aus.«

»Das Herz tut mir weh, wenn ich mir vorstelle, nicht mehr an diesem Kachelofen sitzen zu können.«

»Wenn du willst, kannst du das für den Rest deines Lebens!«

»Ha, ha!«

»Jetzt versuch nicht, mir ein schlechtes Gewissen zu machen. Du musst zugeben, der Rebstock ist schon eine andere Nummer.«

»Ein paar Jahre können die Alten das hier noch gut machen.«

»Na klar.«

»Ich weiß zurzeit überhaupt nicht, in was für eine Richtung es bei mir weitergehen soll.«

»Ist bestimmt ziemliches Durcheinander bei euch im Goldenen Ochsen.«

»Das ist es nicht nur.«

»Ecki?«

»Auch.«

»Mhm. Warum bleibst du nicht ein paar Tage? Das Wetter ist noch so schön, du könntest ein bisschen wandern, das macht den Kopf frei.«

»Ich muss zurück nach Köln.«

Bernhard gab mir die letzte Salzstangenhälfte.

»Wenn du dich für die Linde entscheidest, kriegst du alle Hilfe von mir, die du brauchst.«

»Weiß ich.«

Ich drückte meinen Bruder zum Abschied fest an mich und ging in mein altes Zimmer. Das erste Mal seit langer Zeit schlief ich traumlos und ruhig. Ich hatte meine Entscheidung gefällt und wusste, was ich zu tun hatte.

*

Jetzt, da ich Spielmann nicht heiraten würde, wollte ich schnell reinen Tisch machen. Im Zug hatte ich mir überlegt, wie ich ihm meine Entscheidung beibringen wollte. Einfach würde das nicht werden. Ob er einen Tobsuchtsanfall bekommen oder eher kühl und gefasst reagieren würde, konnte ich überhaupt nicht einschätzen. Um nicht durch irgendetwas von meinem Entschluss abgebracht zu werden, ging ich direkt vom Bahnhof zum Goldenen Ochsen. Spielmann war allein in seinem Büro.

»Ich muss mit dir reden, Hugo!«

Erregt warf Spielmann den Hörer auf die Gabel.

»Nicht das noch!« Er stöhnte und zündete sich hastig eine Zigarette an. »Kraußler ist verschwunden. Er ist gestern nach der Arbeit nicht nach Hause gekommen. Seine Frau ist einem Nervenzusammenbruch nahe. Der Kleine hat heute Geburtstag, und sein Papa ist nicht da! Kraußler ist jeden Abend pünktlich, der würde nie wegbleiben, ohne Bescheid zu sagen. – Hör mal, wenn ich rausgehe und der Brigade erzähle, dass Kraußler verschwunden ist, dann können die nicht mal mehr eine Maggisuppe kochen!«

Er schob seinen Stuhl zur Seite und ging wie ein eingesperrter Tiger in seinem winzigen Büro auf und ab.

»Denk an Pfister, der ist auch ganz schnell wieder aufgetaucht«, versuchte ich ihn zu beruhigen. »Bestimmt steht Kraußler in zwei Stunden am Herd. – War gestern Abend irgendwas Besonderes?«

»Besonderes, Besonderes! Hier herrscht doch seit Wochen Ausnahmezustand. Wer tut mir so etwas an? Wer will mich ruinieren? Man wird ja ganz bescheiden, bei dem Durcheinander. Das Einzige, was ich mir wünsche, ist Ruhe. Ich will nichts anderes, als hier wieder in Ruhe arbeiten!«

Er zog heftig an seiner Zigarette.

»Was soll ich mit Kraußler machen?«

Spielmann sah aus, als würde er diesem Stress nicht mehr lange gewachsen sein. Seine Augen flatterten, sein Blick war regelrecht hilfesuchend, o Mann, wenn ich ihm jetzt erzählte, dass ich gehen wollte, dann würde er umkippen.

»Wann ist Kraußler gestern gegangen?«, fragte ich.

»Mein Zug war um dreiundzwanzig Uhr und fünfundvierzig in Köln. Ich war zehn Minuten später im Ochsen. Da machte sich Kraußler gerade auf den Weg. Was mach ich denn jetzt bloß?«

»Wenn er in zwei Stunden nicht zur Arbeit kommt, musst du die Polizei informieren.«

»Polizei. Polizei. Dieser unfähige Junkfood-Kommissar kann mir gestohlen bleiben.«

»Soll ich ihn anrufen?«

»Wieso willst du ihn anrufen?«

»Hugo!« Auch meine Nerven waren angespannt, allmählich machte mich Spielmanns nervöses Herumgehampel sauer. »Auch wenn du ihn für unfähig hältst, du musst Fischer informieren!«

»Nein. Ich suche Kraußler selbst. Bei Pfister sind wir auch nicht sofort zur Polizei gerannt, und das war gut so. Als Erstes werde ich zu seiner Frau gehen. Ich will, dass der Mann heute Abend putzmunter am Herd steht.«

Schon griff er zu seiner Jacke und zündete sich schnell noch eine neue Zigarette an. Seine Finger zitterten dabei schlimmer als die eines Junkies, der drei Tage keinen Stoff mehr bekommen hatte.

»Hugo«, sagte ich so ruhig wie möglich, »meinst du nicht, es wäre besser, wenn du …«

»Tu mir einen Gefallen, Katharina!«, Spielmann war überhaupt nicht ansprechbar. »Wir haben schon jetzt zwanzig Vorbestellungen für heute Abend. Über Kraußlers Verschwinden kein Wort zur Brigade. Übernimmst du heute die Küche?«

Da dies sicherlich einer der letzten Liebesdienste war, die ich Spielmann erweisen würde, sagte ich ja.

»Ich habe gestern Abend übrigens noch ein Carpaccio von der Lotte, ganz leicht mediterran mariniert, gemacht. Das solltest du mal kosten. – Warte ich hol's dir gleich. Ich will wissen, was du dazu sagst!«

Spielmann holte schnell eine kleine Portion. Die Kombination von Lotte, Chili und Rosmarin war grandios, wie alle kulinarischen Geistesblitze Spielmanns. Ich verstand nicht, wie er jetzt an Essen denken konnte, aber Spielmann beharrte auf einer ausführlichen Bewertung der Lotte. Das machte ihn ruhiger. Gefasst teilte er der Brigade mit, dass ich heute den Posten des kranken Kraußlers übernehmen würde.

Keiner murrte, alle machten sich schnell und ohne viel Worte an die Arbeit. Auf dem Fleischposten musste Pfister einspringen. Als Beilagen hatte Spielmann auf den Speiseplan Möhrengratin, Tomatenpolenta, grüne Böhnchen und Kartoffelgnocchis gesetzt, alles Sachen, mit denen Sandra allein zurechtkam, da man sie gut vorbereiten konnte. Meinen Bereich übernahm Holger. Ich hoffte, dass der Junge mit Hummergratin, Mohr im Hemd und Waldbeeren an Champagnersauce klarkommen würde. Den pickligen Karl-Heinz teilte ich Pfister zu. Als der in den Keller musste, ging ich ihm nach.

»Ich soll dir ausrichten, das Mariette geheiratet hat, und du keine Angst wegen nicht bezahlter Alimente haben brauchst.«

Pfister starrte mich eine Zeit lang an, als wäre ich nicht von dieser Welt. Seine Ohren glühten, und sein ganzer Körper zitterte. Er rang sichtlich um Fassung.

»Ich, ich weiß nicht, wie du das jetzt schon wieder rausgefunden hast«, stammelte er dann, »aber es ist wunderbar, dass du in meinen Privatangelegenheiten herumgeschnüffelt hast! – Mensch!« Er drückte mir zwei feuchte Küsse auf die Wangen, wie es Mickey von den kleinen Strolchen nicht besser hätte machen können, hopste vor Freude in die Luft und rannte zurück in die Küche.

»Heute Abend lass ich eine Runde springen!«, verkündete er, und hieß Karl-Heinz Bohnen köpfen.

Wir kamen mit den Vorbereitungen gut voran, bis Holger rief: »Rungis hat die Krebse nicht geliefert, was mache ich jetzt mit dem Krebssoufflé?«

Ich ärgerte mich, dass ich die Lieferung nicht kontrolliert hatte, aber dies war schließlich mein erster Tag als Küchenchefin. Ich holte mir das Bestell-Fax und stellte fest, dass Spielmann vergessen hatte, die Krebse zu ordern. Jetzt konnte ich bei Rungis keinen Druck machen. Ich rief trotzdem an, in der vagen Hoffnung, dass eine andere Küche Krebse bestellt hatte, aber nicht brauchen würde. Dies war natürlich nicht der Fall, alle Lieferungen waren ausgefahren, vor morgen früh hatte ich keine Chance, an frische Krebse zu kommen, außer ich klapperte die hiesigen Fischhändler ab.

Ich überlegte noch, was ich jetzt machen sollte, als Pfister etwas einfiel.

»Der Chef hat doch letzte Woche von dem neuen Fischhändler eine Kiste schwedischer Flusskrebse geliefert bekommen, Tiefkühlware, aber die waren klasse, wir haben sie probiert. Für ein Soufflé kann man die nehmen.«

Eigentlich verarbeitete man in einem Haus wie dem unsrigen keine Tiefkühlkost. Obwohl es Tiefkühlprodukte von ausgezeichneter Qualität gab, bei denen selbst feine Zungen keinen Unterschied zu Frischware feststellen können. Ich beschloss, einen von diesen Tiefkühl-Hummern zu probieren und dann zu entscheiden, ob sie auf den Speiseplan kamen. Karl-Heinz wurde in den Keller geschickt, um die Kiste zu holen.

»Ich kann sie nicht finden«, vermeldete er kurz danach und klapperte heftig mit den Zähnen.

»Kann sein, dass der Chef sie ganz nach hinten hat räumen lassen, weil er nicht wusste, wie er die Hummer verwenden will. Sieh da noch mal nach! Und zieh bloß die Schutzjacke an, die hängt rechts neben der Tür!«

Keiner ging gern in den Tiefkühlraum. Dort herrschte eine Temperatur von minus sechzehn Grad Celsius, Temperaturen, die einen höchstens bei brütender Hitze locken konnten. Wie in jeder Küche wurden auch im Ochsen die Lehrlinge in den Kühlraum geschickt. Karl-Heinz machte sich erneut auf den Weg. Als er wieder kam, war er noch blasser und zitterte am ganzen Leib.

»Und, hast du die Krebse gefunden?«, fragte ich ihn.

Er schüttelte heftig den Kopf und versuchte verzweifelt zu sprechen, es gelang ihm aber nicht, auch nur einen Ton herauszubringen.

»Na, was denn?«, drängelte ich.

»Mensch, Karl-Heinz, reiß dich zusammen!« Pfister kam zu ihm und rüttelte ihn. »Oder hast du da unten eine Leiche entdeckt?«

Jetzt nickte der Pickelige heftig und zischte: »Kraußler!«

Dann hangelte er sich mit dem freien Arm rasch zum nächsten Waschbecken, um alles auszukotzen, was er im Magen hatte.

Pfister hielt die Hände, mit denen er den Küchenjungen gerüttelt hatte, weiter oben. Es war wie nach Dornröschens Spindelstich: Er erstarrte in seiner Bewegung, und wir anderen taten es ihm gleich. Keiner zweifelte auch nur einen Augenblick daran, dass der Junge die Wahrheit gesagt hatte. Allen war klar, unter uns, im Tiefkühlraum, lag der tote Kraußler. Das Fleisch brutzelte weiter in den Pfannen, das Gemüsewasser blubberte, die Röstnüsse hüpften im Backofen, und die Sahne tropfte vom Schaumschläger. Augen wanderten von einem zum anderen, keiner rührte sich. Nur Karl-Heinz kämpfte immer noch mit seinem Mageninhalt, und in der Küche machte sich der saure Geruch von Erbrochenem breit. Holger begann jetzt ebenfalls zu würgen und riss das Fenster auf. Dann setzte eine unglaubliche Hektik ein. Gasflammen wurden ausgemacht, Töpfe vom Feuer gezogen, Gnocchis abgeschüttet. Alle redeten wild durcheinander:

»Wir müssen die Polizei verständigen. – Nein, zuerst Spielmann. – Nein zuerst nachsehen, ob er wirklich tot ist. – Auf keinen Fall, da behindern wir Polizeiarbeit. – Einen Krankenwagen holen. – Halberfrorene können wiederbelebt werden. – Ein Arzt muss kommen. – Jetzt kündige ich. – Wenigstens ist klar, dass Dany nicht der Mörder ist!«

»Ruhe!«, brüllte ich. »Ich gehe jetzt runter und sehe nach, was los ist.«

Ich holte meine Jacke und stieg nach unten. Alle folgten mir. Selbst Karl-Heinz, dessen Magen jetzt leer war, ging noch mal mit. Der Kühlraum war nicht groß, hinter mir drückten und drängelten sich die anderen, sodass ich fast über Kraußler stolperte. Er lag hinter dem Regal mit den Sorbets und Eiscremes und war hart wie eine gefrorene Ochsenhälfte. Ich war froh, dass er die Augen geschlossen hatte. Ich zog Kraußlers Arm nach oben, um den Puls zu fühlen. Der Arm war so steif, dass ich Angst hatte, Kraußler sämtliche Knochen zu brechen. Durch das Eisregal starrten mich alle erwartungsvoll an. Natürlich fühlte ich keinen Pulsschlag.

»Nix. Nichts wie raus hier!«

Bibbernd und zitternd liefen wir nach oben. Während ich Fischer anrief, standen alle am Pass, diskutierten oder klapperten mit den Zähnen.

»Sie kommen gleich«, sagte ich zu den anderen.

»Warum hat der Chef vorhin erzählt, dass der Kraußler krank sei?«, fragte Sandra misstrauisch.

»Als ich heute morgen kam, hat Kraußlers Frau angerufen. Die war völlig fertig mit der Welt, weil er heute Nacht nicht zu Hause war. – Wenn die Frau jetzt erfährt, dass er tot ist …«

»Und warum hat Spielmann uns nicht die Wahrheit erzählt?«, hakte Sandra nach.

»Kannst du dir doch wohl denken, oder? Er hatte Angst, dass hier keiner mehr was tut, wenn ihr hört, was los ist, deshalb hat er das mit dem Kranksein erfunden. Er ist zu Kraußlers Frau gefahren. – Was sollen wir denn jetzt machen?«

»Auf Fischer warten«, meinte Pfister.

»Was ist hier los? Habt ihr die Amuse-bouche fertig?« Krüger kam durch die Schwingtür geeilt. »Das ist das Ende«, flüsterte er, nachdem er gehört hatte, was passiert war. »Diesen Mord wird der Goldene Ochse nicht überstehen. Wir sind ruiniert!« Er sackte auf einem Hocker neben dem Pass zusammen.

»Ich kann kein einziges Fleischstück mehr in die Pfanne legen, ohne an den armen Kraußler zu denken«, murmelte Pfister.

Sandra begann zu schluchzen. »Er war der Einzige, der immer zu mir gehalten hat.«

»Krüger, können Sie die Reservierungen für heute absagen?«, fragte ich.

»Natürlich«, antwortete er tonlos. »Kein Problem. Darin habe ich mittlerweile Übung.«

Für die Laufkundschaft malte Holger ein Schild und hängte es in die Eingangstür. »Wegen Todesfall in der Familie geschlossen.«

Das war nur ein bisschen gelogen. Für uns war die Brigade schließlich fast so etwas wie eine Familie.

*

Fischer kam mit zwei Kollegen und der Spurensicherung. Wie immer trug er den speckigen Ledermantel und hatte eine seiner Selbstgedrehten im Mundwinkel.

»Wo ist der Chef?«

Ich erklärte es ihm und musste ihn dann in den Keller führen. Im Kühlraum ließ ich ihm gern den Vortritt. Er trat seine Zigarette auf dem Boden aus. Fischer betrachtete den Kühlraum ausgiebig und ging erst dann zur Leiche.

»Eure Küchenchefs leben gefährlich. Der Posten scheint ein Himmelfahrtskommando zu sein. – Habt ihr was angerührt?«

»Ich habe seinen Arm genommen, um den Puls zu fühlen«, sagte ich.

»Na bravo!«

»Wir mussten doch sicher sein, dass er tot ist.«

»Zum Glück habt ihr ihn nicht noch hier rausgeschafft!« Fischer zog ein Paar Gummihandschuhe an, stellte sich breitbeinig über den Brustkorb des Toten und hob vorsichtig den Kopf. Am Hinterkopf war eine blutverkrustete Stelle zu erkennen.

»Das habe ich mir gedacht«, murmelte er.

Er überließ der Spurensicherung das Feld und stieg wortlos mit mir nach oben. In der Küche warf er den Mantel auf den Pass und holte seinen Tabak aus der Hosentasche. Die Jeans, die er anhatte, war genauso speckig wie der Mantel. Wahrscheinlich besaß er nur diese beiden Kleidungsstücke.

»Sie wissen ja, dass man hier nicht rauchen darf!« – Das hatte ich ihm schon lange sagen wollen.

Aber Fischer drehte sich ungerührt eine Zigarette.

»Kaffee«, sagte er. »Kann mir mal einer einen Kaffee besorgen?«

Krüger erbot sich: »Espresso? Café au Lait? Cappuccino?«

»Ich vergesse immer, dass ihr so was Ordinäres hier gar nicht kennt. Habt ihr für die Milch auch schon spezielle Kühe, oder kommt die noch aus der Flasche?« Fischer schüttelte den Kopf. »Schwarz soll er sein, in 'ner Riesentasse, so schnell wie möglich.« Er zündete sich die Zigarette an und setzte sich auf den Pass. »Herrschaften, wir sind nicht zum ersten Mal hier. Das ist weder für euch gut, noch für uns. Fürs Erste gilt: Keiner geht hier weg ohne meine ausdrückliche Erlaubnis. Zum Zweiten: Ab sofort wird hier kein Wort mehr gesprochen, dafür sorgt der Kollege Pütz. Und du«, er zeigte auf Karl-Heinz, »kommst jetzt mit mir mit.«

Er packte seinen Ledermantel und ging in den Flur zu Spielmanns Büro. Der picklige Küchenjunge folgte wie ein begossener Pudel.

Wir standen zunächst ziemlich baff am Pass herum. Nachdem Krüger Fischer den Kaffee gebracht hatte, goss er uns allen einen guten Marc ein. Der Schnaps brannte in der Speiseröhre und wühlte meinen Magen auf. Aufgewühlt und trübe war auch mein Gemüt. Noch heute Morgen während der Zugfahrt war alles so klar gewesen, und jetzt saß ich hier im nächsten Schlamassel. Dabei wollte ich nur weg, raus aus dem Ochsen, das alles nie wiedersehen. Um nicht zu heulen, musste ich mich mit all meiner Kraft zusammenreißen.

Sandra schluchzte laut vor sich hin. Krüger hatte schon eine Haushaltsrolle vor ihr auf den Pass gestellt. Die tränennassen Papierhäufchen, die sie daraus machte, vermehrten sich schnell. Pfisters Gedanken waren nicht beim toten Kraußler, das sah ich deutlich. Die waren im Elsass, bei seiner Familie, denn immer wieder huschte ein kleines glückliches Lächeln durch sein sommersprossiges Gesicht. Auch Holger wirkte recht gelassen. Er war wahrscheinlich einfach kolossal erleichtert, dass sein Freund Dany nicht der Mörder war. Krüger hielt sich nicht an das Redeverbot. Er insistierte darauf, den Gästen, die für den heutigen Abend vorbestellt hatten, abzusagen. Pütz, ein junger, kräftiger, Kaugummi kauender, etwas blöde in die Welt blickender Polizeibeamter, bestand allerdings darauf, dass er die Gespräche in seiner, was auch hieß in unser aller Gegenwart, durchführte. Damit hatte Krüger keine Probleme.

»Frau Doktor Kühn-Schmitz, es tut mir entsetzlich Leid …«

Ich dachte an meine Zugfahrt. Zwischen Mainz und Koblenz hatte ich länger mit einem netten italienischen Zugkellner aus Palermo geplaudert. Palermo! Sofort würde ich wieder in der Albergo Roma arbeiten, die Zustände dort waren geradezu paradiesisch im Vergleich zu Köln. Dort regierte zwar die Mafia, aber die brachten keine Köche um. – Dany konnte sich jetzt freuen, denn es war unwahrscheinlich, dass es im direkten Umfeld des Goldenen Ochsen drei Mörder gab. Der Mörder war jemand, der krankhaft versuchte, Küchenchef des Goldenen Ochsens zu werden, dachte zumindest Fischer. Und da war die Auswahl nicht besonders groß.

Ein Gepoltere ließ uns alle von unseren Hockern hochschrecken. Spielmann hatte mit Wucht die Schwingtür aufgestoßen und fuchtelte wie wild mit einem Zettel in der Luft herum.

»Wer hat es gewagt, diesen Zettel an die Tür zu hängen? – Todesfall in der Familie! – Wer sabotiert hier meinen Laden?«

Jetzt entdeckte Spielmann Pütz. »Was suchen Sie hier? Was ist hier los?«

»Wer ist das?«, fragte Pütz. So blöd konnte er wirklich nicht sein.

»Hören Sie«, Spielmann baute sich direkt vor ihm auf und donnerte, »dies ist meine Küche und mein Restaurant! Und wenn Sie mir nicht sofort ... Was? – Kraußler ermordet? Im Tiefkühlkeller? Das ist ein schlechter Witz, ein sehr schlechter.« Spielmann sah uns alle an. »Nein«, sagte er immer wieder, »nein, nein«, und in sein Gesicht schlich sich ein leicht irrer Blick. »Wieso arbeitet hier keiner? Los, los, ran an die Töpfe, wir haben heute Abend Gäste, die kommen von weit her, um bei mir zu essen.«

»Hugo!«, versuchte ich ihn zu beruhigen. Er tat mir unendlich Leid.

»Mund halten!«, fauchte der blöde Pütz.

»Jemand ruiniert mich!«, schrie Spielmann und nahm eine Pfanne aus dem Regal. »Los an die Arbeit, marsch, marsch. Ich lasse mich nicht ruinieren!« Als sich keiner von uns rührte, hieb Spielmann mit Wucht auf die Herdplatten. »Wo ist dieser Kommissar Fischer? Ein neuer Mord! Kraußler! Euer Verein ist unfähig, ein Verbrechen aufzuklären! Wenn ich so arbeiten würde wie ihr, stünde ich bestenfalls bei McDonald in der Spülküche.«

Spielmann hieb weiter und weiter, so außer sich war er. Ich wusste nicht, wie ich ihm helfen konnte, er war nicht ansprechbar. Keiner wusste es. Alle starrten wie gelähmt auf den funkenschlagenden Spielmann.

»Tag, Herr Spielmann!« Unbemerkt von uns war Fischer aus dem Büro in die Küche zurückgekommen und streckte Spielmann von der anderen Seite des Herdblocks die Hand entgegen. Irritiert hielt Spielmann in seinem Hämmern inne. Der Kommissar entwandt ihm sanft die Pfanne und schüttelte ihm dann zur Begrüßung die Hand.

»Tut mir Leid, was passiert ist. Kommen Sie, ich setze Sie über den Ermittlungsstand in Kenntnis.«

Gemeinsam gingen sie in Spielmanns Büro.

Am Pass kehrte wieder Ruhe ein.

Spielmann war am Ende. Die Kraft, mit der er solche schwierigen Situationen bisher gemeistert hatte, schien aufgebraucht. Wenn es die Absicht des Mörders war, ihn zu ruinieren, so hatte er sein Ziel fast erreicht. Wie wollte Spielmann nach diesem dritten Mord weitermachen? Das Beste wäre, er würde sich weit weg von Köln erholen und danach mit einer komplett ausgewechselten Brigade einen Neuanfang wagen. Ich hielt dies natürlich auch deshalb für das Beste, weil es mir die Entscheidung zu gehen sehr erleichtern würde.

Das Gespräch zwischen Fischer und Spielmann im Büro war lebhaft und lautstark. Wir hörten ihre Stimmen in der Küche. Nach einiger Zeit kamen die beiden zurück und bauten sich wie Staatsmänner zu einer gemeinsamen Erklärung vor uns auf. Spielmann wirkte wieder gefasst.

»Ich habe mich immer geweigert, es zu sehen. Aber ich kann die Augen nicht mehr davor verschließen. Der Mörder ist unter uns. Es kann nur jemand aus der Brigade sein. Ich rate ihm, sich endlich zu stellen, und ihr anderen müsst jetzt die Wahrheit sagen. Ich habe mit Herrn Fischer ausgemacht, dass er die erste Befragung hier macht. Wenn diese ohne Ergebnis verläuft, müssen alle aufs Präsidium. – Ansonsten können wir nur beten, dass es ihm gelingt, den Mörder schnell zu finden!« Man merkte ihm bei diesem letzten Satz an, dass er daran nach wie vor deutliche Zweifel hatte. »Heute bleibt der Ochse geschlossen. Morgen gilt dann der Speiseplan von heute.«

Plötzlich räusperte sich jemand und sagte, »Tschuldigung, Chef!«

Fischer und Spielmann drehten beide den Kopf zur Tür. Es war einer von Fischers Männern.

»Wir wissen jetzt, womit der Mann erschlagen wurde.«

»Ja und?«, fragte Fischer.

»Mit 'ner Wurst. Wir haben deutliche Spuren von Hartwurstpelle in seinen Haaren gefunden.«

Was für ein Ende! Da wurde der Fleischkoch Kraußler, dem ein ordentliches Schinkenbrot über alles ging, mit einer Wurst erschlagen! – Was für eine Todesart würde sich der Mörder für einen Garde-manger wie mich ausdenken? Erstickungstod in Zwetschgenmousse? – Der Gedanke war so makaber, dass es mir kalt über den Rücken lief.

»Wo hängen bei euch die Würste?«, fragte Fischer.

Spielmann ging mit dem Mann von der Spurensicherung zum Kühlraum, und mich nahm Fischer zum Verhör mit. Er war nicht allein, ein mittelalter Schmierbauch namens Schmitz war bei ihm.

»Setzen Sie sich!«, blaffte Fischer eisig und ließ sich in Spielmanns Schreibtischsessel fallen.

Als ich dies nicht sofort tat, drückte mich der Schmierbauch auf den Stuhl hinunter.

»Was spielen Sie hier, Frau Schweitzer? Zehn kleine Negerlein? Oder sechs kleine Köchlein? Der eine starb bei Wurst und Bier, da waren's nur noch vier. Wer steht als Nächster auf Ihrer Liste? Die Bäumer?« Fischer beugte sich zu mir vor. Er hatte wieder eine seiner Selbstgedrehten im Mund und blies mir den Zigarettenqualm direkt ins Gesicht.

»Ich habe nichts mit den Morden zu tun«, sagte ich und wedelte mir angewidert den Rauch aus dem Gesicht. Wenn der meinte, den Frust über seine erfolglose Arbeit jetzt an mir auslassen zu müssen, dann täuschte er sich.

»Sie lügen! Wenn Sie jetzt nicht die Wahrheit sagen, dann werde ich andere Saiten aufziehen, das können Sie mir glauben.« Er stand auf. »Ich sehe die Sache so: Sie sind ehrgeizig, verdammt ehrgeizig, Sie schrecken vor nichts zurück. Sie gehen mit ihrem Chef ins Bett! Ich kann mir genau vorstellen, wie Sie ihm Honig um den Bart streichen und ihm dabei erzählen, wie unfähig Niehauser ist. Nutzt aber nichts, im Gegenteil. Spielmann erhöht dessen Gehalt, damit er bleibt, das muss Sie wahnsinnig geärgert haben.«

»Sie meinen, ich war scharf auf seinen Posten? Das ist doch Quatsch. Für mich ist es viel spannender auf meinem Posten zu arbeiten als Küchenchefin zu sein. – Es hat mich allerdings gewundert, dass Spielmann Niehausers Gehalt erhöht hat.«

»So?«

»Niehauser war angeschlagen durch seine Verhaftung, er leistete nicht mehr so gute Arbeit, außerdem kann ein Spielmann jeden Küchenchef kriegen, den er will. – Warum wollte er ausgerechnet Niehauser behalten?«

»Was denken Sie? Warum hat Spielmann Niehausers Gehalt erhöht?«

»Weiß ich doch nicht. Ich verstehe viele Entscheidungen Spielmanns nicht. Ich hätte Niehauser keine Gehaltserhöhung gewährt. Umgebracht habe ich ihn auch nicht. Dafür habe ich ein Alibi.«

»Ach ja?« Fischer stand jetzt direkt neben mir und sah auf mich herab. Der Schmierbauch stand auf der anderen Seite, sofort bereit, mich wieder nach unten zu drücken, falls ich es wagen sollte aufzustehen. »Sie haben Spielmann in der Mordnacht zum Bahnhof gebracht. Als Sie nach Hause kamen, hat Ihre Zimmerwirtin geschlafen. Die kann nicht sagen, ob Sie um zwei oder um vier Uhr nachts zurück waren. Sie sind nämlich nicht direkt vom Bahnhof nach Hause gegangen. Sie sind in den Ochsen zurück. Vielleicht haben Sie etwas vergessen? Vielleicht wollten Sie heimlich etwas nachsehen? In der Lintgasse haben Sie den zusammengeschlagenen Niehauser gefunden. Es war für Sie ein Leichtes, ihm nach der Schlägerei mit Dany den Rest zu geben. Und mit Ihrer Statur hatten Sie auch wenig Probleme, ihn in die Mülltonne zu hieven.«

»Das ist doch Blödsinn. Warum hätte ich ihn umbringen sollen? Ich war nicht scharf auf seinen Posten. Spielmann hat ihn mir danach doch angeboten, und ich habe ihn abgelehnt.«

»Sie sind ja nicht doof, das wäre zu auffällig gewesen.«

Ich kapierte es langsam. Fischer wollte tatsächlich mir die Morde in die Schuhe schieben. Das war zu viel. Ich ging zum Gegenangriff über.

»Ist das das Einzige, was Sie können? Unschuldige Menschen verdächtigen? Wieso schaffen Sie es nicht endlich, den wahren Mörder zu finden?«

Spielmanns Büro war viel zu eng für drei Leute. Der Schmierbauch hinter mir stank nach einem billigen Aftershave, Fischer vernichtete das letzte bisschen Sauerstoff im Raum mit Zigarettenqualm. Warum machte nicht wenigstens einer das Fenster auf?

»Was meinen Sie, was wir hier tun?«, brüllte Fischer und hieb seine Arme in die Lehnen meines Stuhls. Er war mir jetzt so nah, dass sich unsere Nasen fast berührten. Ich drehte mein Gesicht zur Seite.

»Die Tatsache, dass Spielmann nach Niehausers Tod Kraußler zum Küchenchef machte, war etwas, womit Sie überhaupt nicht gerechnet haben, nicht wahr?«, sagte er jetzt mit ruhigerer Stimme und richtete sich wieder auf.

»Das war eine schwachsinnige Entscheidung. Kraußler kann wirklich keine Küche leiten.«

»Genau. Sie wissen alles besser als ihr Chef.« Er ging zum Fenster, öffnete es aber nicht. »Mit den Morden haben Sie ihn gründlich mürbe gekocht. Der ist so durch den Wind, dass er Ihnen aus der Hand frisst. Wenn der wüsste, was für eine Natter er großgezogen hat! – Wie weit sind Sie bei ihm gekommen? Hat er Ihnen schon einen Heiratsantrag gemacht? Das Lokal schon auf Sie überschrieben?«

»Das sind doch alles Hirngespinste!« Mir wurde Angst und Bange bei dem, was Fischer da auffuhr.

»Die Einzige in der Brigade, die sie durchschaut hat, ist Sandra Bäumer. Und der haben Sie ja auch gewaltig zugesetzt. Man kann von Glück sagen, dass sie noch lebt, nachdem Sie sie mit kochendem Wasser überschüttet haben.«

»Sie drehen sich die Fakten zurecht, wie's Ihnen passt. Sandra hat angefangen, schauen Sie sich meinen Arm an, ich habe mich nur gewehrt. Sie war total eifersüchtig.«

»Spielmann scheint sich fürs Bett gern bei seinen Angestellten zu bedienen.« Fischer hatte sich jetzt wieder zu mir gedreht. »Das haben Sie geschickt ausgenutzt.«

»Ist doch gar nicht wahr!«, schrie ich.

»Sehr geschickt sind Sie auch bei dem kleinen Dany vorgegangen«, fuhr Fischer ungerührt fort. »Sie haben ihm gesagt, er soll die Sache mit der Schlägerei für sich behalten, weil er sich damit verdächtig macht.«

»Das Gegenteil ist der Fall! Ich habe ihm geraten, zu Ihnen zu gehen!« Ich schrie immer noch.

»Na klar! Und Pfister haben Sie mit seinem neuen Lokal unter Druck gesetzt. Ihm zu verstehen gegeben, dass Sie glauben, er hätte Niehauser umgebracht, damit der ihm nicht das neue Lokal wegnimmt. – Sogar hingefahren sind Sie. Es hat wirklich lange gedauert, bis ich Ihnen auf die Schliche gekommen bin, aber jetzt kriegen wir Sie.«

»Ich wollte nur rausfinden, ob Pfister die Wahrheit sagt. Sie haben ja nicht den Eindruck vermittelt, als ob Sie besonders gründlich arbeiteten!«

»Jetzt noch frech werden, was? – Schmitz, schaffen Sie die Schweitzer in U-Haft, die knüpfen wir uns später noch mal vor!«

Mir schwamm der Boden unter den Füßen weg. Mordverdacht. Untersuchungshaft. Ich suchte fieberhaft nach einem Rettungsanker.

»Sie haben mich noch gar nicht nach meinem Alibi im Mordfall Kraußler gefragt!«, rief ich verzweifelt.

»Jetzt sagen Sie bloß, Sie haben eins!« Fischer ließ sich wieder in Spielmanns Sessel fallen.

»Mein Bruder hat gestern geheiratet, im Schwarzwald. Ich habe bei meinen Eltern geschlafen, es war nach zwei Uhr, als ich ins Bett gegangen bin. Ein Freund meines Bruders hat mich heute Morgen nach Baden-Baden zum Zug gebracht. Im Spind hängt meine Handtasche, da ist der Fahrschein drin. Im Zug habe ich länger mit dem Mann mit dem rollenden Speisewägelchen gesprochen. Er kam aus Palermo. Da habe ich mal gearbeitet. Der Italiener wird sich mit Sicherheit an mich erinnern. In Köln bin ich vom Bahnhof aus direkt zum Ochsen gegangen. Da hat Spielmann gerade von Frau Kraußler erfahren, dass der nicht nach Hause gekommen war.«

Fischer schickte Schmitz, meine Handtasche holen.

»Wann waren Sie in Köln? Um zwei? Bisschen früh, um zur Arbeit zu gehen. Sie fangen doch erst um sechzehn Uhr an. Warum sind Sie so früh in den Ochsen?«

»Das glauben Sie mir jetzt bestimmt nicht: Ich wollte mit Spielmann reden, ihm sagen, dass ich ihn und Köln verlasse.«

»Wunderschön!« Fischer lächelte zuckersüß. »Die Ratten verlassen das sinkende Schiff.«

Nachdem Schmitz mit der Fahrkarte zurückgekommen war,

befahl Fischer ihm, den Kellner aus dem Zug ausfindig zu machen, und sagte dann zu mir: »Sie verlassen die Stadt nicht und sind jederzeit telefonisch erreichbar. Wenn die Nummer mit dem Italiener nicht stimmt, sind Sie in ernsten Schwierigkeiten!«

*

Es war schon dunkel, und ein feiner Nieselregen hüllte die Stadt ein, als ich endlich gehen konnte. Ich war fix und fertig. Mir war schlecht vor Wut. Ich knöpfte mit zittrigen Fingern meinen Mantel zu, packte meine Reisetasche und schlurfte mit immer noch weichen Knien über den menschenleeren Willi-Ostermann-Platz. Ich wollte nichts lieber, als diesen widerlichen, stinkenden Italo-Western-Bullen bis auf die Knochen blamieren. Nichts, aber auch gar nichts hatte er in diesen Mordfällen an Ergebnis zustande gebracht. Wer weiß, ob er Ulla Schwertfeger ohne das Fax, das Adela und ich gefunden hatten, jemals des Mordes an ihrem Mann hätte überführen können! Und jetzt versuchte er, mir die Morde an Niehauser und Kraußler anzuhängen! Spielmann hatte schon Recht: Wenn wir so schlampig arbeiten würden, stünden wir bestenfalls in der Spülküche von McDonalds. So schwer konnte es jetzt doch nicht mehr sein, den Mörder zu finden. Es war einer von uns, einer aus der Brigade, so groß war die Auswahl nicht mehr, also?

Der Speisesaal des Domhotels schimmerte milchigweiß, und durch den Regen gedämpft drang das Gelächter der Gäste und das Klirren der Gläser auf den großen Platz. Eine friedliche Welt. Schnell ging ich hinüber zum Römisch-Germanischen Museum und an der Dombauhütte vorbei, da war es ganz still. Der Heinrich-Böll-Platz glänzte nass, nur ein paar wetterfeste Touristen drückten sich die Nasen an den großen Fenstern des Museum Ludwig platt. Meine Schuhe waren feucht, meine Füße kalt, und ich beeilte mich, die Hohenzollernbrücke zu überqueren. Der Regen fiel stetig und dichter, der Rhein unter mir war eine riesige schwarzgraue Masse ohne Anfang und Ende.

Ich stolperte am Deutzer Bahnhof vorbei und hörte die Autos

um mich herum hupen, als ich bei Rot den Ottoplatz überquerte. In der Kasemattenstraße begann mein Magen zu rebellieren. Ich hatte den ganzen Tag nichts gegessen.

In dem mit Leninbildern und sozialistischem Rot ausgestatteten Hotel Lux am Von-Sandt-Platz brannte noch Licht, und es gab noch etwas zu essen. Auf der Speisekarte stach mir ein Salat »Feierabend auf der Kolchose« ins Auge. Eigentlich fand ich es geschmacklos, eine Kneipe nach dem Moskauer Hotel Lux zu benennen, in dem Stalin in den dreißiger Jahren seine Gegner in Verhören hatte foltern lassen, aber heute Abend passte es. Der »Feierabend auf der Kolchose« entpuppte sich als eine in Schwarzbrotbrösel gewälzte Dorschleber. Na ja.

»Jesses«, sagte Adela nur, als ich ihr berichtete, dass Kraußler ermordet worden war.

Ich ließ mir ein Bad einlaufen und legte mich in das Ruhe und Frieden verheißende Wasser. Nicht die kleinste Spur von Fischers Verhör sollte an meinem Körper kleben bleiben.

Irgendwann klopfte es, und Adela brachte mir einen ihrer Wundertees. Sie zog sich einen Hocker neben die Wanne und setzte sich.

»Der Mörder ist ein Koch«, sagte sie, »und beide Morde sind in der Nähe einer Küche begangen worden. Ich glaube, dieser Fischer kommt nicht weiter, weil er nichts vom Kochen versteht. Er irrt sich, wenn er glaubt, dass Motiv für die Morde sei Ehrgeiz oder Habgier.«

»Sondern?«, fragte ich und ließ etwas warmes Wasser nachlaufen.

»Kochen. Es hat was mit Kochen zu tun. Was würde einen Koch existenziell bedrohen?«

»Schlechte Lebensmittel, eine zerstrittene Brigade, zu wenig zahlende Gäste.« Ich leierte Adela lustlos ein paar Gründe herunter.

»Nein, so was meine ich nicht. Das sind alles Dinge, die man ändern kann. Ich denke eher an etwas Unveränderliches, an einen Schicksalsschlag, eine Querschnittslähmung zum Beispiel, an

Alzheimer erkranken, irgendetwas, das keinen Ausweg lässt. Der Täter ist verzweifelt, das weiß ich seit dem Mord an Niehauser.«

»Auch im Rollstuhl könnte man noch kochen. Und für Alzheimer sind wir in unserer Brigade zu jung. Wenn du erblinden würdest, müsstest du halt deine Nase benutzen.« Mir war immer noch nicht klar, worauf Adela hinauswollte.

»Riechen! Schmecken!«, rief Adela jetzt aufgeregt. »Nase und Zunge, das sind doch für einen Koch die entscheidenden Organe. – Was ist, wenn du als Koch deinen Geschmacksinn verlierst?«

»Das wäre wirklich existenziell bedrohlich«, murmelte ich, und in meinem Kopf begann es wie wild zu arbeiten. Der Verdacht, der mir kam, war so ungeheuerlich, dass mir schlecht wurde. Mit wem hatte ich in letzter Zeit über Geschmacksempfinden gesprochen? Genau. Mit Pfister. Seine Freundin Nellie hatte Niehauser Adressen von Hals-Nasen-Ohren-Ärzten besorgt, weil er angeblich unter einer Störung des Geschmacksempfindens gelitten hat. Wenn er diese Adressen aber gar nicht wegen eines eigenen Leidens gesammelt hatte? Sondern, weil er eine Auskunft gebraucht hatte, um einen Verdacht zu überprüfen? Den gleichen Verdacht, den ich jetzt auch hatte? – Dann bekam auch diese enorme Gehaltserhöhung einen Sinn.

Ich stemmte mich so rasch aus der Wanne, dass ich Adela dabei nass spritzte.

»Kennst du einen HNO-Arzt, der mir schnell und unkompliziert eine Auskunft geben kann?«, fragte ich, während ich mich abtrocknete.

Glücklicherweise war unter den vielen Frauen, die Adela entbunden hatte, auch eine Hals-Nasen-Ohren-Spezialistin. Adela kramte umständlich in alten Unterlagen nach der Adresse. Als sie sie endlich gefunden hatte, humpelte sie in Zeitlupe zum Telefon. Sie sprach eine Ewigkeit über Kinder und Geburten, bevor sie endlich zum Thema kam.

»Du kannst morgen früh um halb acht zu ihr in die Praxis kommen«, sagte sie, nachdem sie den Hörer aufgelegt hatte.

»Kann ich nicht jetzt noch schnell zu ihr? Es würde auch gar nicht lange dauern!«

»Nix da. Die ist hundemüde. Bis morgen früh musst du noch warten.«

In dieser Nacht schlief ich schlecht. Adela hatte natürlich wissen wollen, was ich so Dringendes aus dem Hals-Nasen-Ohren-Bereich wissen wollte, aber ich weigerte mich, es zu erzählen. Niemand würde davon erfahren, bevor ich Gewissheit hatte. Dazu war der Verdacht zu ungeheuerlich.

Als ich mich am nächsten Morgen auf den Weg zur Ärztin machte, hoffte ich, dass sich meine Vermutungen als wirres Hirngespinst herausstellen würden. Aber die Ärztin fand meine Theorie überhaupt nicht lächerlich. Sie bestätigte sie in den wesentlichen Punkten.

*

Ich musste unbedingt mit Spielmann reden. Obwohl es noch relativ früh war, stand er schon in der Ochsenküche. Er spickte Kaninchenfilets und sah nur kurz auf, als ich hereinkam.

»Gestern ist mir noch eine neue Idee für ein Kaninchenfilet gekommen. In zwanzig Minuten kannst du probieren.«

Er jonglierte so locker und gut gelaunt mit seinen Töpfen, dass es mir entsetzlich schwer fiel zu fragen: »Seit wann lässt dein Geschmacksempfinden nach, Hugo?«

Er lachte kurz und trocken auf, sagte aber nichts.

»Bald wirst du nichts mehr schmecken können!«

Immer noch sagte er nichts.

»Für jeden ist es schlimm, nichts schmecken zu können. Aber für uns Köche ist es die Hölle. Warum hast du dir keine Hilfe geholt? Es gibt doch Experten.«

»Experten?« Wieder dieses trockene Lachen. »Ich war bei Professor Könemann in Berlin, ich war bei Professor Steinhausen in München, beides namhafte Spezialisten für Geschmacksnerven. – Für die bin ich ein interessanter Fall. Weißt du, was das heißt? Sie benutzen dich als Versuchskarnickel, können dir aber nicht helfen.«

»Warum hast du nicht einmal versucht, mit mir darüber zu reden?«

»Reden?« Spielmann hieb die Spicknadel mit Wucht in das zarte Filet. »Reden? Dass ihr Frauen immer glaubt, sobald man über etwas redet, ist es halb so schlimm! Nichts wird besser durch Reden.« Er holte eine Pfanne und legte ein Stück Butterschmalz hinein. »Du hast keine Ahnung, wie grauenvoll das ist, Katharina! Das Fegefeuer ist ein lieblicher Ort gegen diese Hölle. Ich bin einer der größten Köche Deutschlands. Was mache ich ohne meinen Geschmack?«

Er sagte dies so verzweifelt, dass ich den nächsten Satz kaum über die Lippen brachte.

»Es gibt aber immer wieder Zeiten, wo du alles genauso gut schmecken kannst, wie vor deiner Erkrankung.«

»Oho«, Spielmann warf das Fleisch in das siedende Fett, »ich wusste immer, dass du ein kluges Mädchen bist.«

»Es fing mit dem Mord an Schwertfeger an, nicht wahr? Der hat dich so aufgeputscht, dass plötzlich deine Geschmacksnerven wieder funktionierten. Du konntest wieder schmecken. Manchmal klappt das, das hat mir eine Ärztin heute morgen bestätigt, leider nur für kurze Zeit. Was hast du danach nicht alles getan, um wieder schmecken zu können! Waghalsige Manöver auf Inlinern, eine neue Kochsendung, eine Affäre mit mir. Das hat aber alles nichts geholfen. – Und dann hast du Niehauser umgebracht! Du hast einen Menschen getötet, damit du wieder schmecken kannst!«

»Quatsch. Dieser Kretin hat doch tatsächlich geglaubt, Spielmann Befehle erteilen zu können! Leider hat Niehauser ein Telefonat mitgehört, das ich mit Professor Könemann geführt habe. So hat er herausbekommen, dass meine Geschmacksnerven nicht mehr funktionieren. – Ich lasse mich von einem mittelmäßigen Zwergenkoch nicht erpressen!«

»Vom Keller aus hast du die Prügelei zwischen Dany und Niehauser in der Lintgasse beobachtet. Bis zu diesem Zeitpunkt hast du möglicherweise noch gar nicht an einen Mord gedacht. Aber nachdem Dany weggelaufen war und Niehauser so hilflos dalag, da hast du nicht gezögert. – Du warst so kaltblütig, dass du sogar noch daran gedacht hast, Gummihandschuhe anzuziehen.«

»Die hatte ich noch an.«

»Du hast Sandras Messer genommen, bist rausgelaufen und hast auf den wehrlosen Niehauser eingestochen!«

»Erinnere mich nicht daran! Das war grauenvoll. Es dauerte so lange, bis er tot war. Das Messer machte quietschende Geräusche, wenn es zwischen Haut und Knochen fuhr, und immer zappelte ein Arm. – Das will ich nicht noch mal erleben!« Hastig wendete er sein Kaninchenfilet hin und her.

»Du hast ihn umgebracht, Hugo!«

»Zum Glück haben wir die Sackkarre, da habe ich ihn dann draufgeladen und in den Ochsen gebracht. Bis ich ihn in den Müllsäcken hatte! Ein lebloser Körper ist so schwer, so unhandlich. Dann habe ich mich von dir in den Zug setzen lassen. In Bonn bin ich wieder ausgestiegen. Ich brauchte doch ein Alibi. Zum Glück hat es in der Nacht geregnet. Keiner war auf der Straße, als ich ihn in die Mülltonne hievte.«

»Mir wird schlecht vom Zuhören!«

»Hinterher ging es mir wunderbar. Schon als ich ihn in die Mülltonne gesteckt hatte und das Gesicht in den Regen hielt, schmeckte ich den Dreck und den Ruß in den Wassertropfen! Da wusste ich, dass ich wieder schmecken konnte. All die wunderbaren Gewürze, die zarten Gemüse, die feinen Pasteten, die tollen Weine! Mir liefen Glückstränen über die Wangen, ich konnte das Salz schmecken.«

»Du warst sehr clever, du konntest mich die ganze Zeit täuschen, sogar anonyme Anrufe hast du fingiert!«

»Das hat mich doch geärgert, dass du deswegen nicht zu Fischer gelaufen bist! Ich musste doch alles tun, dass kein Verdacht auf mich fällt.«

»Du hast ihn umgebracht!« Ich konnte nicht fassen, wie bedeutungslos für Hugo Spielmann ein Menschenleben war.

»Glücklicherweise war es bei Kraußler einfacher. Ich probierte gerade die neue Wurst von unseren Wurstlieferanten aus den Cevennen. – Du weißt schon. Wie heißt er noch?«

»Drouot!«

»Drouot. Genau. Seine Würste sind ja sehr scharf und würzig, aber ich schmeckte nichts. Ich konnte die Paprika sehen und den Thymian, ich konnte mit der Nase dran stoßen, aber ich schmeckte nichts. Es war, als würde ich auf einem Stück Leder herumkauen. Lieber lahm sein oder blind, aber nicht das! Stell dir vor, Katharina, ein Leben ohne Geschmack! Ich weiß, auch du würdest alles dafür tun.«

»Du bist krank, Hugo. Du hast zwei Menschen getötet, nur um wieder schmecken zu können. Wie lange hält der Kick denn an? Zwei Wochen? Drei Wochen? Und wer ist nach Kraußler dran?«

»Dumm für Kraußler, dass er noch mal zurückkam, weil er das Geschenk für seinen Sohn hier vergessen hatte. Warum hat er die Tüte mit den Murmeln fallen lassen? Warum war er so blöd und ist vor mir auf dem Boden rumgekrochen, um sie aufzusammeln? Es war so einfach! Ich musste nur dreimal kräftig zuhauen, bis er umfiel. Drouots Hartwürste machen ihrem Namen alle Ehre!« Spielmann grinste. »Dann legte ich ihn ins Tiefkühlhaus, eine saubere Angelegenheit!« Er löschte das Kaninchen mit Wein ab, rüttelte und schüttelte die Pfanne und sog genüsslich den Duft ein.

»Du musst zur Polizei gehen, Hugo. Du bist krank, das gibt mildernde Umstände. Komm, lass uns gehen. Ich begleite dich.«

»Es tut mir wirklich Leid, dass du dahinter gekommen bist.« Er rührte gekonnt ein Stück Mehlbutter in die Sauce und schaltete dann das Gas ab. »Du bist wirklich eine beeindruckende Frau, Katharina. Aus uns beiden hätte etwas werden können. Wirklich schade.«

»Ich war blind, ich hätte es schon viel früher merken müssen. Das Zitronengras, die Orangenmarmelade, der Cayennepfeffer. Und dann die Schwankungen auf deinen Speisezetteln! Ich habe es bemerkt, aber nicht weiter drüber nachgedacht. Lass uns gehen!«

Spielmann ging nach hinten und sperrte den Lieferanteneingang ab.

»Meine Jacke ist vorne im Restaurant, geh schon mal vor«, sagte er und deutete mit dem Kopf zur Schwingtür.

Es wunderte mich, dass Spielmann so einfach mitgehen wollte. Doch ich hatte seine Reaktionen noch nie gut einschätzen können. Spielmann war ein Mann der Tat, und wenn er sich entschlossen hatte, mit mir zur Polizei zu gehen, dann jetzt schnell und sofort. Aber warum ließ er sein Kaninchenfilet stehen?

Ich drehte mich in der Schwingtür zu ihm um. Ich sah das Messer in seiner Hand, vor allem sah ich seinen Blick, aber anstatt ins Restaurant zu laufen, ließ ich mich instinktiv zur Seite fallen. Spielmann war nur einen Augenblick irritiert, dann stürzte er sich wie eine Furie auf mich und versuchte, meine Haare zu packen. Ich drehte den Kopf und rammte ihm einen Fuß zwischen die Schenkel. Spielmann ließ mich augenblicklich los, die Chance nutzte ich und rannte zurück in die Küche, das Blödeste, was ich machen konnte, denn da war ich eingesperrt, die Tür zum Lieferanteneingang war abgeschlossen. Auch das Büro bot keinen Ausweg, das Fenster dort war vergittert. Spielmann hatte sich schnell berappelt und kam immer näher.

»Bist du jetzt völlig übergeschnappt?«, schrie ich ihm entgegen. »Leg sofort das Messer weg!«

»Das könnte dir so passen, was?« Wie ein Jongleur ließ er das Messer von der einen in die andere Hand gleiten. »Zur Polizei gehen! Wie oft habe ich dir schon gesagt, dass ich nicht mit diesem ignoranten Polypen rede. – Und von dir lasse ich mir doch meine Arbeit nicht kaputtmachen!«

»Das hast du schon selbst besorgt! Du glaubst doch nicht im Ernst, dass du hier noch länger kochen kannst? – Ein Betrüger bist du, ein Blender. Du bist am Ende, Hugo, völlig am Ende!«

Blitzschnell warf er das Messer mit großem Schwung nach mir. Ich duckte mich und hörte es hinter mir auf den Boden fallen. Spielmann riss jetzt eine Schublade nach der nächsten auf und bewaffnete sich mit neuen Messern. Die einzige Chance, die ich hatte, bestand darin, zurück ins Restaurant zu gelangen. Aber dazwischen lagen zwei Kochblöcke, der Pass, und dort war Spielmann.

Ich nahm das Messer, mit dem er nach mir geworfen hatte, und krabbelte damit auf allen Vieren bis zum Ende des Blocks. Als ich um die Ecke lugte, sah ich Spielmann neben dem Pass stehen, ein unüberwindbares Hindernis auf dem Weg ins Freie. Draußen schlugen die Glocken von Groß Sankt Martin neunmal an. Zeit, dachte ich, Zeit war meine zweite Chance. Eine Stunde musste ich durchhalten. Spätestens um zehn kamen die ersten Kollegen von der Frühschicht. Aber das wusste auch Spielmann. Von meinem Versteck aus sah ich, wie er langsam auf meinen Block zusteuerte. Aus dem Unterschrank holte ich mir den großen Salzstreuer und schraubte so leise wie möglich den Deckel ab. Als Spielmann noch zwei Schritte von mir entfernt war, sprang ich auf und schleuderte ihm das Salz ins Gesicht. Das meiste ging daneben, und zu allem Unglück bekam Spielmann dabei meinen Arm zu fassen. In der anderen Hand hielt er das Messer. Mit meinem freien Arm versuchte ich, das Messer wegzudrücken, aber es kam näher und näher. Ich trat Spielmann fest gegen das Schienbein, er ließ ganz kurz das Messer sinken, und in diesem Augenblick biss ich ihn in die Innenseite des Unterarms. Spielmann trat nun seinerseits mit dem Fuß nach mir, ich knickte weg, meine Zähne lösten sich aus dem Unterarm, und ich ging zu Boden. Spielmann warf sich sofort auf mich. In dem engen Gang zwischen Koch- und Arbeitsblock wälzten wir uns im Salz. Spielmann war jetzt eindeutig im Vorteil. Er hockte sich rittlings auf mich, klemmte das Messer zwischen die Zähne und drückte mit beiden Armen meine Arme nach hinten. Dann hielt er meinen linken Arm fest, nahm sich mit der anderen Hand das Messer, um es in mein ungeschütztes Herz zu stoßen. Mit meiner freien Hand klumpte ich ein kleines Salzhäufchen zusammen und schmierte es Spielmann in die Augen. Er schrie auf und gab meinen Arm frei. Ich hieb ihm eine Faust in den Bauch, und für einen Augenblick lockerte er seine Schenkel, sodass ich ein Bein unter ihm hervorziehen konnte. Mit dem freien Bein attackierte ich erneut seinen Bauch, Spielmann kippte leicht zur Seite, und ich hatte das zweite frei. Ich war schon auf den Beinen, als es Spielmann gelang, mein rechtes Handgelenk zu greifen. Er zog sich an mir hoch und zerrte mich mit eisernem

Griff zum Waschbecken, drehte das kalte Wasser auf und wusch sich laut stöhnend das Salz aus den Augen. So sehr ich es auch versuchte, es gelang mir nicht, meine Hand freizubekommen. Mit der anderen erreichte ich jedoch den Vorratsschrank, ich griff nach einer Tüte Mehl, riss sie mit dem Mund auf und schüttete sie Spielmann über den Kopf. Danach Gries, dann Reis, dann Bohnen, dann Nüsse. Das Honigglas, das als Nächstes dran war, schlug er mir aus der Hand. Da wusste ich, dass er wieder sehen konnte. Er griff nach meinem Kopf und drückte ihn unter das eiskalte Wasser, dann drehte er das heiße Wasser auf. Meine Kopfhaut brannte wie Feuer, Spielmann zwängte meinen Kopf mit Macht nach unten, ich hatte keine Chance, dem Strahl zu entgehen. Ich verlagerte mein Gewicht nach links und trat Spielmann mit meinem ganzen Gewicht auf den Fuß. Für einen Augenblick lockerte er den Klammergriff um meinen Hals, schnell griff ich mit der rechten Hand nach unten und drückte seine Eier so fest zusammen, wie ich konnte. Er jaulte wie ein Hund und ließ endlich meinen Hals los. Mein Kopf stand in Flammen, ich schleuderte meine Haare nach hinten, drehte mich um und warf Spielmann zur Seite. Ich rannte los, rutschte aber auf den Bohnen und Nüssen aus, sodass mich Spielmann im nächsten Küchenblock wieder zu fassen bekam. Spielmann zog mich an den Haaren hoch und schleppte mich bis zur Fleischschneidemaschine. Er drückte den Startknopf, nahm ein Büschel von meinen Locken und schob es unter das Sägemesser. Mit meinen Händen suchte ich verzweifelt nach einer anderen Waffe und bekam den Handmixer zu fassen. Der Stecker war in der Steckdose, und die Knethaken waren eingesteckt, die bohrte ich Spielmann in den Bauch und schaltete den Mixer ein. Spielmann stöhnte und löste den Griff um meinen Kopf. Endlich war ich frei und rannte mit dem letzten Rest von Kraft ins Restaurant. Dort wäre ich fast über Adela gefallen, die mit zwei Krücken und ihrem bandagierten Fuß hinter der Schwingtür stand.

»Raus hier, raus hier!«, schrie ich völlig panisch, da ich Spielmann schon hinter mir japsen hörte. Adela reagierte nicht und starrte den hechelnden Spielmann an. Der schaffte es nicht mehr zu bremsen, geriet ins Stolpern und fiel über eine von Adelas Krücken bäuchlings vor den Tresen. Ich packte Adela am Arm, sodass sie die Krücken fallen lassen musste, und zerrte sie aus dem Ochsen, bevor Spielmann irgendetwas von ihr oder mir fassen konnte. Ich legte mir ihren Arm um die Schultern, packte sie um die Hüften und schleppte sie über den Willi-Ostermann-Platz, über den Alter Markt, immer weiter, immer weiter. Adela humpelte und zeterte, aber ich zog sie mit mir. Sie wusste nicht, wie dankbar ich um jeden Meter war, der mich von der Hölle wegbrachte, der ich gerade mit ihrer Hilfe entronnen war.

Epilog

Hinterher hat Adela behauptet, sie hätte Spielmann mit der Krücke ein Bein gestellt, und das hätte ihn zu Fall gebracht. Eigentlich ist es nebensächlich, wenn man bedenkt, dass sie mir durch ihr Erscheinen das Leben gerettet hat.

Als Fischer nach unserem Anruf im Ochsen eintraf, fand er Spielmann im Kartoffelkeller. Er hatte sich dort an einem alten Stromkabel aufgehängt. Man hat mir erzählt, dass es aussah, als hätte er sich vor seinem Freitod weiß gepudert, wie eine traurige Clownsfigur. Ich selbst habe den Ochsen nie mehr betreten. Dieses letzte mörderische Zusammentreffen mit Spielmann verfolgt mich, und ich bin froh, dass die nächtlichen Alpträumen mittlerweile seltener geworden sind.

Ansonsten weiß ich immer noch nicht, was ich machen werde: Seit ein paar Tagen liegt ein Flugticket nach Bombay auf dem Küchentisch, das Ecki geschickt hat. Und meine Mutter nervt mich weiterhin mit ihren ewigen Telefonanrufen und erzählt mir, dass sie sich sofort aufs Altenteil zurückziehen würde, falls ich die Linde wirklich übernehmen wollte.

Vielleicht bewerbe ich mich aber lieber bei Jacques Estourelles in Bordeaux oder Giacomo Badesti in Florenz. Schließlich ist ja nicht jeder große Koch krank und bringt seine Kollegen um. Oder ich fahre mit Adela nach Australien. Sie will dort eine ehemalige Patientin besuchen. Köche brauchen die dort bestimmt auch.

Überhaupt fallen mir nur wenige Orte auf dieser Welt ein, wo man keine Köche braucht ...

Die Faust-Passagen sind zitiert nach: Johann Wolfgang Goethe, Faust: Der Tragödie erster Teil. Reclam Universal Bibliothek, 1971

Anhang

Die Küchenbrigaden *Les brigades de cuisine*

Zitiert nach:
Karl Duch, Handlexikon der Kochkunst
Auflage 1989, Trauner-Druck, Linz
(Ich habe hier Duchs Schreibweise übernommen. Er schreibt zum Beispiel Sauce, Entremetier)
Dieser Brigadenaufbau stammt aus dem 19. Jahrhundert, bestimmte Posten gibt es heute kaum noch, zum Beispiel Chef der Wache. Geblieben ist bis heute der hierarchische Aufbau sowie die französischen Fachbegriffe …

Die Anzahl der Köche einer Brigade und der den einzelnen Köchen zugewiesene Aufgabenbereich richtet sich nach Art und Größe eines Betriebes.
In der Regel unterscheidet man drei Gruppierungen dieser Arbeitsgemeinschaften:

Große Küchenbrigade *Grande Brigade de cuisine*
1 Küchenchef, mindestens 6 Chefs de partie mit Commis

Mittlere Küchenbrigade *Brigade de cuisine moyenne*
1 Küchenchef, mindestens 4 Chefs de partie mit Commis

Kleine Küchenbrigade *Petite brigade de cuisine*
1 Küchenchef, mindestens 2 Chefs de partie mit Commis

Berufsbezeichnungen (Rangstufen)
La hiérarchie culinaire

Chef de cuisine *Küchenchef*
Leiter des Küchenbetriebes und der Kochbrigade

Sous-chef *Küchenchef-Stellvertreter*
Stellvertreter des Küchenchefs, Aufgabenbereich wird vom Küchenchef zugeteilt

Saucier *Saucenkoch*
Stellvertreter des Küchenchefs, wenn kein Sous-chef vorhanden, zuständig für Saucen, warme Vorspeisen, Ragouts und Zwischengerichte

Chef de garde *Koch für die Wache*
Verrichtung zusätzlicher Arbeiten während der Abwesenheit der Köche

Cuisine du personnel *Personalkoch*
Verantwortlich für das Personalessen

Entremetier *Gemüsekoch*
Herstellung von Gemüsebeilagen, Teigwaren, Vorspeisen und Suppen
(Entremetier wird bei Duch ohne Accent geschrieben!)

Garde-manger *Koch der kalten Speisen*
Fleischvorbereitung, kalte Platten, Pasteten, kalte Saucen und Skulpturen

Grilladin *Grillkoch*
Speisen vom Grill, vor dem Gast zubereitet, meist nur in Betrieben mit einem Grillraum

Hors-d'oeuvrier *Koch für kalte Vorspeisen*
Kalte Vorspeisen, Salate, Mayonnaisen; dem Garde-manger zugeteilt oder in Imbissstuben arbeitend

Pâtissier *Süßspeisenkoch, Konditor*
Alle warmen und kalten Süßspeisen, Eis

Poissonier *Fischkoch*
Alle Fischgerichte, Gerichte von Krustentieren, nur in großen Brigaden, in der Regel werden Fischgerichte vom Saucier hergestellt

Potager *Suppenkoch*
Alle Arten von Suppen; nur in Großbrigaden, sonst dem Entremetier zugeteilt

Régimier *Diätkoch*
Diätspeisen, vegetarische und Schonkost, in Kuranstalten und Spitälern sind oft Diätassistentinnen tätig

Restaurateur *Koch für frisch gemachte Speisen*
Speisen auf Bestellung, Einzelportionen (À la carte-Gerichte), Tagesplatten

Rôtisseur *Bratenkoch*
Bratenherstellung von großen Fleischstücken, Geflügel, Wild, Fritüren, in der kleinen Brigade übernimmt er auch die Aufgabenbereiche von Grilladin und Restaurateur

Tournant *Wechselkoch*
Übernimmt die Vertretung der einzelnen Köche, Chefs de partie

Commis *Jungkoch*
Koch nach der abgeschlossenen Lehre

Apprenti/e de cuisine *Kochlehrling*

Anmerkung:
In einer kleinen Brigade, wie sie in der Spielmannschen Küche kocht, werden die unterschiedlichen Posten stärker konzentriert. Aber auch in der kleinsten Brigade sind die Zuständigkeiten klar geregelt, ebenso wird die Hierarchie Küchenchef, Chef de partie, Commis, Lehrling eingehalten.

Sechs Rezepte aus Spielmanns Bestseller »Die Knolle«

(Gerichte, die schnell und einfach zuzubereiten sind)

Apfel-Kartoffel-Gratin

Zutaten für vier Personen:
1 kg fest kochende Kartoffeln (empfehlenswert sind die Sorten Cilena, Cinja oder Granola)
2 säuerliche, rotbackige Äpfel (empfehlenswert sind Elstar oder Berlepsch)
¼ l süße Sahne
200 g geriebener Gruyère oder Comté Käse
Salz
Pfeffer
Muskatnuss

Zubereitung:
Kartoffeln schälen, Äpfel entkernen und beides in dünne Scheiben schneiden.
In einer gebutterten Auflaufform dachziegelartig anordnen.
Mit Sahne übergießen, dann mit Salz, Pfeffer und vorsichtig mit Muskatnuss würzen.
Zum Schluss den Käse gleichmäßig darüber verteilen.
Im vorgeheizten Backofen bei 200 Grad Celsius circa dreißig bis vierzig Minuten backen.

Anmerkung:
Im Goldenen Ochsen serviert man diesen Gratin als runde Blumenform, die rotschaligen Äpfel lösen sich mit den gelben Kartoffeln ab. Im Herbst wird dieser Gratin mit winzigen Äpfeln, im Sommer mit Kartoffelblüten garniert. Der Gratin verträgt sich gut mit allen Arten kurz gebratenen Fleisches, kann aber mit einem großen Salat auch als vegetarisches Hauptgericht serviert werden.

Spinatkugeln à la Suisse

Zutaten für vier Personen:
500 g mehlig kochende Kartoffeln (zum Beispiel die Sorte Santé)
300 g blanchierten Spinat
150 g Mehl
2–3 Eier
120 g geriebener Rahm-Tilsiter
Salz
Pfeffer
Muskatnuss

Zubereitung:
Kartoffeln als Pellkartoffeln garen. Die gegarten Kartoffeln ausdampfen lassen und anschließend auf ein Blech legen. Zum Austrocknen circa zwanzig Minuten bei 150 Grad Celsius in den Backofen schieben.
Danach schälen und durch die Kartoffelpresse drücken. Spinat blanchieren und gut ausdrücken, gemeinsam mit Eiern, Mehl, Käse und Gewürzen zu den Kartoffeln geben und alles gut verkneten.
Mit kalt abgespülten Händen circa fünf Zentimeter große Kugeln formen. In köchelndem Salzwasser circa zehn Minuten gar ziehen lassen. Mit der Schaumkelle herausnehmen und auf einer vorgewärmten Platte anrichten.

Anmerkung:
Man kann die Kartoffeln auch, wie Spielmann dies in der Geschichte beschreibt, direkt im Backofen garen. Wichtig ist, dass so viel Feuchtigkeit wie möglich entzogen wird!

Spinatkugeln passen sehr gut zu kurz gebratenem, herzhaftem Fleisch mit Sahnesaucen, können aber auch mit einer Tomatensauce als vegetarisches Hauptgericht gereicht werden.

Kartoffelbrötchen

Zutaten für circa 24 Stück:
250 g Kartoffeln (Cilena, Santé oder Gloria), können gut Reste vom Vortag sein
⅛ l Milch
15 g frische Hefe
1 Prise Zucker
500 g Mehl
1 Ei
160 g weiche Butter

Zubereitung:
Die Kartoffeln waschen und in der Schale kochen.
Die Milch leicht erwärmen. In einer Schüssel Milch, Hefe, Zucker und etwas Mehl zu einem Vorteig verrühren. Zugedeckt dreißig Minuten gehen lassen.
Die Kartoffeln pellen und durch die Kartoffelpresse drücken. Auskühlen lassen. Mit dem übrigen Mehl, Ei, 125 Gramm Butter und dem Vorteig zu einem glatten Teig verarbeiten. Zu einer Rolle von circa fünf Zentimetern Durchmesser formen, mit einem Geschirrtuch abgedeckt fünf Minuten ruhen lassen.
Die Rolle in circa zwei Zentimeter dicke Scheiben schneiden, mit den Händen kleine Kugeln formen, auf ein Blech legen, etwas flach drücken. Restliche Butter flüssig werden lassen, die Brötchen damit bestreichen. Im vorgeheizten Backofen bei 225 Grad Celsius zwanzig Minuten backen.

Anmerkung:
Die Kartoffelbrötchen werden im Spielmannschen Ochsen zu Amuse-bouche oder im Brotkorb gereicht. Die Kartoffeln machen den Hefeteig extrem knusprig und leicht.
Man kann sie auch in der Mitte mit einem Löffel leicht andrücken, Schmand hineinfüllen, und mit Salz und Kümmel bestreuen. Diese herzhaftere Variante eignet sich gut zu einem bunten Salat.

Kartoffel-Möhren-Püree

Zutaten für vier Personen:
500 g Kartoffeln (Linda, Nicola oder Sieglinde)
250 g Karotten
3 Knoblauchzehen
4 EL Crème fraîche
Salz
Pfeffer
Muskat

Zubereitung:
Kartoffeln, Karotten, Knoblauchzehen in Salzwasser gar kochen. Durch die Kartoffelpresse drücken. Mit dem Schneebesen Crème fraîche und Gewürze unterrühren.

Anmerkung:
Kartoffeln nicht mit dem Pürierstab oder dem Mixer pürieren. Nur wenn man sie durch die Kartoffelpresse drückt, bleiben sie locker! Das Kartoffel-Möhren-Püree ist eine ausgezeichnete Ergänzung zu feinem Fisch. Je feiner der Fisch, desto vorsichtiger muss der Knoblauch dazu dosiert werden.

Kartoffel-Kerbel-Suppe

Zutaten für vier Personen:
6 Kartoffeln
1 Bund Kerbel
½ l Milch
etwas Crème fraîche
Gemüsebrühe
Salz
Pfeffer

Zubereitung:
Kartoffeln schälen, in Würfel schneiden. Die Milch zusammen mit einem halben Liter Wasser und etwas Gemüsebrühe erhitzen. Kartoffeln darin gar kochen. Kurz vor Ende der Kochzeit den klein geschnittenen Kerbel zufügen. Wer mag, kann die Suppe pürieren. Vor dem Servieren mit Salz und Pfeffer abschmecken, mit Crème fraîche und Kerbelgrün garnieren.

Kartoffelmuffins

Zutaten:
300 g Pellkartoffeln vom Vortag
120 g Zucker
Mark einer Vanilleschote
5 Eigelb
125 g gemahlene Mandeln
½ Bittermandel, fein gerieben oder Bittermandelaroma
6 EL Mandellikör
30 g Mehl
30 g Kartoffelstärke
2 TL Backpulver
5 Eiweiß
1 Prise Salz
60 g Zucker

Zum Verzieren:
100 g gehäutete Mandeln
1 Eigelb
etwas Hagelzucker

Zubereitung:
Kartoffeln schälen und fein reiben. Eigelb mit Zucker schaumig rühren. Mandeln, Bittermandel oder Bittermandelaroma, Likör, Mehl und Stärkemehl, Backpulver und zum Schluss die geriebenen Kartoffeln zugeben. Eiweiß mit Salz und Zucker sehr steif schlagen. Unter die Kartoffelmasse heben.
Den Teig in gut ausgefettete Muffinförmchen oder Papiertüllen füllen, in die Mitte eine Mandel stecken, die Muffins mit Eigelb betupfen, zum Schluss mit Hagelzucker bestreuen.
Im Backofen bei 175 Grad Celsius zwischen zwanzig und dreißig Minuten backen lassen.

Mein besonderer Dank gilt dem Koch und den Köchinnen:

Kathrin Latuske, damals Hotel Bünda, Davos,
die mir über ihre Wanderjahre als Köchin berichtete und mir viel über ihr Spezialgebiet, das Herstellen von Eisskulpturen für Büfetts erzählt hat, etwas, das ich leider in der Spielmannschen Küche nicht unterbringen konnte.

Andreas Lechtenfeld, Maternushaus, Köln,
der mich in die Arbeitsabläufe einer Kochbrigade eingeweiht hat. Ihm und seiner Brigade durfte ich bei der Arbeit zusehen.

und vor allem
Susanne Vössing, damals La Societé, Köln,
die mir mit ihren Erzählungen über ihren Aufstieg in die Spitzenklasse der Köche viel Hintergrundwissen geliefert und mir sehr geholfen hat, meine Hauptfigur zu entwickeln.

Des Weiteren Dank an:

Marion Heister für ihr vorzügliches Lektorat.

Adela Mohnlein, die mir nicht nur ihren Namen für meine gleichnamige Figur zur Verfügung gestellt, sondern die mich auch zur selbigen inspiriert hat.

Herrn und Frau Moor von der Domaine Mustin für eine Woche kostenlose Schreibferien in ihrer wunderschönen Ferienwohnung.

Ralf Schneider für das Kölsche von Kraußler.

Eva Sternbauer für das Wienerische von Ecki.

Walter Wittkämper, der nicht nur die neue Rechtschreibung, sondern immer auch die Geschichte als Ganzes im Blick hatte.